LAS BRUJAS DE BELIE

LAS BRUJAS DE BELIE

MARTA SANTÉS

TITANIA

Argentina • Chile • Colombia • España
Estados Unidos • México • Perú • Uruguay

1.ª edición Mayo 2024

© 2024 *by* Marta Santés
© 2024 *by* Urano World Spain, S.A.U.
Plaza de los Reyes Magos, 8, piso 1.º C y D – 28007 Madrid
www.titania.org
atencion@titania.org

ISBN: 978-84-19131-62-1
E-ISBN: 978-84-10159-12-9
Depósito legal: M-5.591-2024

Fotocomposición: Urano World Spain, S.A.U.

Impreso por Romanyà Valls, S.A. – Verdaguer, 1 – 08786 Capellades (Barcelona)

Impreso en España – *Printed in Spain*

Nota de la autora

Hay un par de apuntes que me parece muy importante hacer antes de que comiences la lectura. El primero es que la historia que transcurre desde 1930 a 1936 es un homenaje a Federico García Lorca, esto quiere decir que, en su mayoría, todo lo que acontece es ficción, excepto el propio poeta y lo que ocurrió en la época de la guerra civil española. Lo segundo es que el noventa por ciento de los hechizos y rituales que leerás han sido extraídos de libros especializados en brujería, me encantaba la idea de plasmar información de calidad a base de una buena documentación.

Solo me queda decir que ojalá tu alma vibre como lo ha hecho la mía mientras escribía este libro.

Feliz lectura.

A mi madre,
que posee toda la energía y el corazón de una bruja.

«¡Libros! ¡Libros!
He aquí una palabra mágica que equivale
a decir "amor, amor", y que debían
los pueblos pedir como piden pan».

«En la bandera de la libertad bordé
el amor más grande de mi vida».

Federico García Lorca

Prefacio
Ágata

Hay historias que jamás deberían ser olvidadas, mucho menos si proclaman a voz desgarrada la defensa del amor o de la sensibilidad y la ternura. Ser sensible no significa ser débil, en absoluto. Al igual que la ternura requiere fortaleza. Hay historias que el mundo debería contar una y otra vez para recordar que somos humanos, que nos unen más cosas de las que nos separan. Hay historias que vibran en el alma y nos dejan un recuerdo eterno.

Esta historia comienza un día triste de abril, una noche lluviosa sin luna que rociaba nuestra casa de campo en una nebulosa nostálgica, nadie dormía; lo echábamos de menos, muchísimo. Pero ¿quién puede controlar el amor? No se puede. No se puede por mucho que lo temas o lo ignores. Todas las personas a las que amábamos perdían la vida sin explicación: un día enfermaban o tenían un accidente y al día siguiente ya no estaban. ¿De qué me servía saber curar orzuelos, leer las cartas o preparar brebajes si no había sido capaz de salvar los amores de mis hijas? Héctor, el marido de mi querida hija Mariela, ya no estaba. Lo habíamos intentado todo, pero no habíamos podido hacer nada.

Vera, mi nieta, solo tenía cinco años. Sus leves gimoteos infantiles me desvelaban a mitad de la noche, me calzaba mis zapatillas y el batín y me apresuraba hasta su dormitorio para ampararla en mi regazo hasta que volvía a dormir.

Pero esa noche fue diferente.

Sus llantos eran más sólidos, más viscerales, como los de una adulta. Me senté en su cama y le acaricié la espalda. Siempre debía contener las lágrimas; esa estampa me trituraba las entrañas, nunca llevé bien el dolor de mis brujitas.

—Cris era luminoso, el mundo ha perdido su luz —empezó a decir entre llantos. Sus palabras me extrañaron tanto que me quedé inmóvil—. Eso me dijo Diego, que si un día él no estaba, haría más frío. Tenía razón, estoy helada.

No supe asimilar la situación en un primer momento, su manera de hablar y los nombres que decía eran desconocidos para mí. Actué con cautela; aquella niña que hablaba no era mi nieta. Se me puso la piel de gallina antes de acariciarle el pelo en la tenue penumbra de la habitación. Nunca había vivido nada parecido, pero sabía que el dolor era una energía muy fuerte que atraía otras que quizá vagaban por la Tierra.

—¿Quién es Cris, pequeña? —le susurré.

—Cris es mi hermano. —Me mantuve quieta; Mariela solo había tenido una hija y esa era ella—. Es muy injusto, es horrible, tata…

—Al menos Vera seguía presente, me alivié cuando me llamó así—. Lo han matado por amar a Diego, lo han matado porque su poesía proclamaba el amor libre.

Y se incorporó para echarse a llorar con intensidad en mi regazo. Yo la rodeé, muy impactada; apenas respiraba.

—Andrés no ha venido a encontrarse conmigo en nuestra dirección secreta. No lo encuentro, tata, y temo por él. Me exiliaré a Nueva York con María y… no sé dónde está. Si no lo siento contra mí una última vez, no sabré vivir.

Entonces me vino una fugaz revelación: no se trataba del dolor y las energías, mi nieta hablaba a través de la voz de otra persona, de alguien mayor.

—Dime tu nombre, pequeña, ¿cómo te llamas?

Ella alzó la mirada; su carita estaba enrojecida y empapada, sus enormes ojos de color nácar estaban hinchados y sumidos en un pasado que no era suyo.

—Victoria, Victoria Leiva —musitó.

Y luego, agotada, cerró los ojos y se durmió de nuevo.

¿Creéis en la reencarnación? Yo solo sospechaba de su existencia hasta esa noche lluviosa de finales de abril, cuando daría comienzo la mayor historia de amor (historias, para ser más exactos) que jamás he conocido.

1

Vera

Otoño de 2021

Suena de fondo *Savage Daughter* de Sarah Hester Ross mientras preparamos las velas, los sahumerios y las flores; somos unas peliculeras. Por mucho que nos teman en el pueblo... si nos viesen, se reirían. Mamá danza como una bailarina mientras esparce el humo del sahumerio por la estancia con su vestido blanco (todas llevamos vestidos blancos), la tía Flor canturrea mientras deja caer gotas de perfume casero hecho por la tata sobre sus tobillos (nuestros pies deben oler a azahar y sándalo en luna llena). Chiara, mi prima, enciende las velas con aire dramático, como una dama del siglo diecinueve, con el cabello rubio cobrizo despeinado, y la tata Ágata lo supervisa todo con ristras de flores salvajes en las manos. Y, mientras, Bosque, nuestra gata escurridiza, se pasea con elegancia entre nuestras piernas.

—¡Vera! ¿Qué hay del brebaje? ¿Ya está listo? —me pregunta Ágata, entrando descalza en la cocina.

—No entiendo por qué tengo que preparar yo el brebaje secreto si no puedo probarlo —reniego al tiempo que me coloco de puntillas para alcanzar el cuenco de resina y lapislázuli que hicimos ella y yo la pasada primavera.

—Pues porque hay que turnarse las labores, pequeña, por eso. Acuérdate de echarle unos pétalos de rosa por encima —me dice antes de salir, como si no lo supiese de sobra.

Nadie, a parte de ella, sabe lo que lleva el brebaje secreto. Dice que nos revelará la receta en su lecho de muerte, pero la tata vivirá más que nosotras, estoy segura: a sus sesenta y cuatro tiene la vitalidad y la flexibilidad de una niña; dice que es el yoga, pero todas sospechamos que no es del todo terrenal.

Sirvo el brebaje de la botella en el cuenco, le coloco los pétalos y meto el cucharón en el líquido antes de encaminarme al salón, que huele a madera quemada del sahumerio, a azahar, orquídeas y azucenas. Me encanta esto, a todas nos encanta. Realizamos este ritual cada luna llena y siempre se me posa una sensación burbujeante en el estómago. Además esta noche es distinta: la semana pasada cumplí diecisiete años, la edad blanca. Según la tata, la edad blanca es el periodo en el que pueden pasar cosas extraordinarias porque es época de cambios hormonales clave, la energía se expande y el universo está receptivo. Y yo me creo todo lo que dice porque hay muy pocas cosas que ella no sepa (aunque no nos las cuente todas).

—Coloca eso ahí, ya he preparado los vasos sobre las hojas en la mesa —me dice Chiara mientras se acerca a mí con un tarro de purpurina; ni siquiera me pregunta, sus finos dedos esparcen ese fluido brillante y fresco por mis sienes y mis pómulos, tal como lo lleva ella.

Miro su cara, sus carnosos labios llenos de *gloss* con olor a fruta; ya casi no queda rastro de niña, cumplió los diecinueve poco después de la última luna llena.

—¿Cómo puedes ser tan guapa, Vera? —Mi prima siempre tiene algún piropo para mí, aunque en realidad es ella la que ha heredado toda la belleza de la familia.

—¿Estáis todas listas? —pregunta mamá.

—¡No! No me he puesto la esencia de azahar en los tobillos... ¿dónde está? —pregunto.

La tía Flor se acerca canturreando con el frasco en la mano.

—¿Estás nerviosa, cielo? Una no celebra la edad blanca todas las noches. ¡Ah! Todavía recuerdo cuando yo cumplí los diecisiete, qué época tan efervescente.

—¡Es hora de tomar el brebaje! —anuncia Chiara con ilusión.

Claro, ella ya lo puede tomar porque es mayor de edad; el brebaje secreto de Ágata es una bebida espirituosa que huele a canela y a bosque, y que muchas veces se me ha pasado por la cabeza tomar a escondidas. Sirven cuatro chupitos ante mi mirada contrariada y mamá cambia de música, pone *La mujer de verde* de Izal, una tradición que inicia la noche de las brujas de Belie, nuestro pequeño y simpático pueblo (nótese la ironía en lo referente a los habitantes) y las miro con el ceño fruncido mientras se lo toman. Los ojos de Chiara se abren como platos al tragar y luego hace un aspaviento con un leve aullido; mamá, Flor y la tata la miran con sonrisitas de complicidad, como para restregarme que el brebaje está delicioso y que todavía me queda un año para poder beberlo.

—Sois crueles conmigo —refunfuño.

—Pequeña Vera, no te quejes, ¡es tu noche! —vocea Chiara antes de ponerse a dar saltitos.

Mamá me toma de los hombros y me agita hacia los lados para hacerme bailar.

—Vamos, brujita blanca —me susurra con cariño al oído.

Quiero evitar una sonrisa, pero no puedo, soy incapaz de enfadarme con ninguna de las mujeres de este salón. Se sirven otro chupito y empiezan a bailar alrededor de la mesa; dejamos la brisa de azahar en cada movimiento de nuestros pies desnudos, las faldas vaporosas de los vestidos se enredan en nuestras piernas y nuestro cabello, voluminoso y despeinado (característica que nos define a todas y que por alguna razón refuerza nuestra fama), cae delicado sobre las pieles pálidas de nuestros hombros. Damos saltitos, vueltas y, en mi caso, algún traspié, mientras bailamos entregadas rodeando la mesa. La estancia se llena de risas, voces desafinadas y algún maullido emocionado.

Pues eso: unas peliculeras excéntricas a las que quiero con locura.

Ellas son extraordinarias, intuitivas, inteligentes y saben ver cosas que la mayoría de la gente no ve. Leen la mano, los posos del té o las cartas del tarot, y aciertan siempre. La tata recibe llamadas diarias de personas que buscan curarse con solo unas palabras; un orzuelo, un dolor de tripa o algún eccema. Ella les dice: «mañana ya no lo tendrás» y al día siguiente vuelven a llamar entusiasmados diciendo que están curados. Sus objetos esotéricos caseros cada vez están más demandados, viene gente de otras ciudades para comprarlos y eso que no tenemos nada de publicidad en internet (Belie es un pueblo de montaña muy mal comunicado y apenas tenemos cobertura), así que el negocio espontáneo ha surgido del boca a boca a raíz de gente agnóstica impresionada por los resultados místicos de los objetos, que van desde atrapaluces y velas de soja a sahumerios con minerales y flores.

Sin embargo, la gente de Belie nos rehúye. Creen que somos capaces de echar males de ojo o maldiciones. Bueno, quizá el hecho de que mi tío y mi padre fallecieran jóvenes no ayude a nuestra reputación. Y, por lo que nos cuenta la tata, no es algo reciente: ni ella ni mi madre o mi tía conocieron a sus padres, así que puede que sí comprenda un poco el miedo que nos tienen. Al parecer, las que estamos malditas somos nosotras y, por lo que nos ha contado la tata, es por culpa de un hechizo de magia negra que alguien lanzó hace algunas generaciones, aunque no sabemos mucho más.

En cuanto al rechazo por parte de los vecinos de Belie, tampoco ayuda el hecho de que sea tradición mantener el apellido de la rama femenina: Anies. Mi padre y mi tío estuvieron muy de acuerdo en cambiar el orden de los apellidos cuando nacimos, algo que todavía se ve demasiado moderno en Belie, sobre todo teniendo fama de brujas matamaridos.

Y por todo esto (y otras muchas cosas que me caracterizan solo a mí) no es que tenga muchos amigos. Mi día a día en el instituto consiste en afanarme por ser invisible a la vista de todos con la misión de no gustar a nadie. «El amor es indómito y sigiloso, pequeña, cuando dos personas tienen química, a veces es imposible detenerlo», me dijo un día la tata; pues a mí no me iba a tomar desprevenida. No es por nada, pero en mis planes nunca ha entrado matar a nadie, así que ya hace mucho que lo decidí: jamás me voy a enamorar y no dejaré que se enamoren de mí, nadie merece morir por eso.

—Déjame que te ponga *gloss*. —El aliento de Chiara huele a canela cuando se coloca frente a mí; se le han sonrojado las mejillas y tiene brillo en los ojos verdes—. No me acostumbro a verte así en nuestros rituales, ¿sabes?

—¿Así cómo?

—Pues así, Vera, con vestido, enseñando tu precioso pelo negro y tu piel blanca. —Termina de pintarme los labios con el *gloss* de frutas y me mira de arriba abajo—. En tu armario no hay ningún vestido más aparte de los que guardamos para este tipo de ocasiones, ¿no?

—No los necesito —miento, encogiéndome de hombros.

No le he contado a mi prima que tengo un baúl repleto de vestidos con estampados de estrellas y lunas, con tul o con los colores del otoño. Me obsesionan porque no me los puedo poner y cada vez que mamá va a la ciudad, le pido que me traiga uno. Ella tiene la esperanza de que alguna vez me decida a ponérmelos y yo dejo que lo piense para que me los traiga.

—Es una pena que este pelazo siempre esté bajo algún gorro o capucha. Te han crecido las tetas, son muy bonitas.

—Y nadie las va a ver jamás —sentencio.

Ella ríe.

—Yo te las he visto.

—Tú no cuentas, no vas a enamorarte de mí.

—Eso es mentira, ya estoy enamorada de ti.

Pongo los ojos en blanco.

—Bueno, pero es que ese amor no es romántico, no te vas a morir por quererme.

Ella hace un mohín y simula que se ahoga con dramatismo. No sé qué gracia le ve, a mí nunca me ha dado gracia que tengamos el poder de matar a alguien involuntariamente.

Ágata apaga las luces del salón, es hora de ir al jardín. Las cinco cargamos con los materiales necesarios y los colocamos en el césped bajo la influencia de la luna. Mamá y Chiara ordenan las velas, que flotan en agua con pétalos de rosa dentro de cuencos; la tata y yo esparcimos las flores y los minerales en torno al círculo que forman las velas, y la tía Flor bailotea alrededor con el humo denso del sahumerio. Luego nos sentamos en círculo con las manos tomadas y

Bosque se acuesta sobre las piernas cruzadas de mamá con un ronroneo. Adoro ese momento de conexión; somos cinco (bueno, seis) corazones sincronizados. Cerramos los ojos, respiramos y Ágata comienza con unas palabras.

La luna llena tiene una energía muy potente que hay que aprovechar y escuchar; bajo su influjo, cargamos la energía de los minerales, escribimos nuestros propósitos, limpiamos energías de la casa, meditamos y conectamos con nuestro interior, pero esta noche, por mi edad blanca, la tata nos tiene preparado algo distinto.

La vemos tomar un cuenco (mi favorito, el de resina, pan de oro y cuarzo verde) lleno de agua y lo encara hacia la luna, luego esparce unas gotas de un frasco que no había visto antes, trozos de flores secas y minerales.

—Este será tu elixir, Vera Anies, solo tuyo. Espárcelo sobre tu cuerpo en pequeñas gotitas cuando sientas que necesitas fuerzas para afrontar algo; lo dejaremos aquí hasta el amanecer.

—Muchas gracias, tata —digo emocionada.

Entonces extrae una carpeta morada de su espalda y la coloca en su regazo.

—Voy a contaros una historia, especialmente a ti, pequeña. —Su precioso pelo plateado resalta bajo la luz lunar al abrir la carpeta casi con ternura—. Aprovechemos que el universo nos escucha por partida doble, por la luna y por tu edad. La historia es totalmente verídica. Ocurrió en el pasado, pero nos ayudará a comprender algo del presente. Me gustaría que abráis del todo vuestra alma; leeré escritos y cartas de personas que ya no están, pero que dejaron grandes huellas en la Tierra. Y como es tan trascendente, la historia ocupará varios rituales.

Todas asentimos, expectantes. Trago saliva porque de repente me siento nerviosa.

—Estas letras manuscritas que sostengo en las manos pertenecen a una mujer llamada Victoria Leiva. —Ágata se detiene y me observa, como si esperase algo de mí, pero no sé el qué. Suspira y cierra los ojos unos instantes antes de proseguir—. Victoria, que ya no se encuentra entre nosotros, escribió la historia de amor prohibido de su hermano mayor. Una buena amiga suya me dijo por teléfono que era una historia que debía ser escrita y conocida, y aquí estoy, cumpliendo sus deseos.

—¿Su amiga aún vive? —pregunto.

—Ya cumplió los cien, pero sí: sigue viva y con una lucidez increíble para su edad —responde ella de buen humor—. Por lo visto, Diego, el amor prohibido de su hermano, escribía un diario a menudo y Victoria pudo escribir con fidelidad su historia a través de los ojos de Diego.

—Una historia de amor prohibido, ¡qué emocionante! —exclama Chiara dando pequeños botes sobre su trasero.

—¿Empezamos? —La voz musical de la tata nos remueve de anticipación.

Aprieto las manos de mamá y Chiara, que están a mis dos flancos.

—«Es difícil imaginar que la aparición de un desconocido en tu vida pueda desbarajustar tu cuerpo hasta hacerte olvidar tu propio nombre. Yo, desde entonces, solo sabría pronunciar el suyo… Tiene gracia pensar en lo anodina que era mi vida antes de mudarnos del campo a esa majestuosa casa a las afueras de Granada, un lugar que había odiado antes incluso de pisarlo, pero que se convertiría en el escenario de dos adolescentes larguiruchos que no sabían muy bien qué hacer con un deseo voraz que apenas comprendían…».

2

Diego

Primavera de 1930

Mi padre nos había abandonado, nunca supe bien por qué. María, mi madre, no era una mujer muy comunicativa, la conocía más por sus silencios y su naturaleza hacendosa y servicial que por sus charlas. Me llevaba bien con mi padre, él me había enseñado todo lo que sabía del campo y me contaba batallitas divertidas de cuando era joven; por eso, lo que más me dolía de su desaparición era que no se hubiese despedido de mí.

La propuesta de don Joaquín Leiva era muy amable: le daría trabajo a mi madre y un cobijo para ambos. Tampoco supe nunca la razón de por qué un hombre de la alta sociedad era tan altruista, lo único que pude saber era que había conocido a mi padre mucho tiempo atrás.

La casa de la Huerta de San Benjamín, como habían bautizado la finca donde vivía don Joaquín, era achaparrada, de un ladrillo amarillo vivo y de un estilo gótico señorial con cristales emplomados. Estaba rodeada de naturaleza salvaje, dos puentes de piedra sustentaban el camino de entrada y, a la orilla de un lago artificial, se desplomaba un templo de estuco en ruinas. Contuve un gesto de hastío tras los apresurados pasos de mi madre; yo cargaba los dos petates (no muy llenos) observando mi nuevo alojamiento como quien mira la muerte de sus proyectos futuros. Solo tenía catorce años, sí, pero mi idea siempre había sido montar mi propia empresa agrícola con mis amigos, a quienes vería poco (o nada) a partir de entonces. O puede que mi estado de ánimo se debiese al dolor por la pérdida de un padre, a la traición del abandono.

—¡María, Diego! ¡Bienvenidos! —Supuse que aquel hombre trajeado con una llamativa pajarita roja, que se aproximó desde el paseo del jardín con aire jovial, debía ser don Joaquín Leiva—. Doña Maruja, el ama de llaves, os enseñará la casa y vuestro alojamiento. Me alegro mucho de teneros por aquí.

No hizo ningún comentario acerca del marido y padre desaparecido ni nos trató con diferencia, algo que me sorprendió gratamente. A primera vista, don Joaquín parecía un hombre nervioso y bonachón que podía ser fuente de inspiración para los artistas bohemios del momento; una imagen que no casaba con el empresario ocupado que había dibujado en la mente cuando lo único que mi madre me había contado de él era que había heredado una gran fortuna de su padre por el éxito de su fábrica de textil. No me equivoqué al juzgarlo porque, más tarde, tras ver las interminables salas de la casa, nos acompañó por los jardines y dijo que, por las tardes, cuando su agenda le dejaba, daba clases de escritura y poesía en su propia casa. También ejercía como maestro de Literatura en el colegio; de modo que delegaba sus responsabilidades (no todas) a gente de confianza para mantener la fábrica a flote.

—¿Qué, Diego, te unirías a mis pupilos poetas? ¡No los elijo al azar, no te creas! Hago una selección exhaustiva. Y ya tengo ganas de encontrar algún muchacho que destrone a mi hijo Cris.

El bochorno subió por mi cara hasta sentir las mejillas al rojo vivo; nunca me había avergonzado ser medio analfabeto en el campo, allí dedicaba jornadas completas al trabajo y no había tiempo para mucho más. Sin embargo, bajo la mirada inteligente de don Joaquín, me sentí azorado.

—No creo que sea para mí, apenas leo —respondí cabizbajo.

—Bueno, muchacho, eso se puede solucionar. Aquí hay todos los libros que quieras, tienes la biblioteca abierta para cuando desees entrar.

Cruzamos ante una arboleda que dejaba paso a un lago artificial cuyo suelo estaba veteado de amarillo y gris donde camomilas y crisantemos crecían entre sus fisuras. Dos jóvenes reían y se lanzaban al agua.

—¡Cris, Victoria! —llamó él a voz en grito.

La niña, de no más de once o doce años, se giró hacia nosotros agitada por el ejercicio y el muchacho, quizá de mi edad, se volvió unos segundos desde el fondo del lago para nadar hacia la orilla. No sabía por qué no era capaz de apartar la mirada cuando el chico salió del agua con su bañador azul oscuro; apreté los puños sin explicación alguna al verlo acercarse con un caminar tranquilo en nuestra dirección.

—Estos son mis hijos, Cristóbal y Victoria —dijo don Joaquín con un deje de afecto evidente—. Niños, ella es María Molinos y su hijo Diego Vergara, ya os hablé de su llegada, se instalarán de forma indefinida en el *bungalow*.

—Encantado —dijo Cristóbal, revolviéndose el pelo empapado con los ojos entrecerrados por la fuerza de la luz solar que incidía en los ángulos ridículamente simétricos de su rostro.

Se secó con la toalla y trotó con elegancia para extender la mano seca hacia mi madre y luego hacia mí; sus ojos de color verde oliva se posaron sobre los míos y sentí un estremecimiento rarísimo. Él alzó la ceja y yo me di cuenta de que seguía ofreciéndome la mano, exclamé un sonidito irrisorio y me apresuré a darle un apretón. Luego bajé la mirada y no la levanté para no dejarme más en evidencia.

Ridículo, había sido ridículo. Mira que quedarme ahí como un pasmarote…

—Diego, debo insistir con lo de las clases: esta tarde a las seis en el vestíbulo, ¿te lo pensarás? —dijo don Joaquín antes de alejarse.

Lo que don Joaquín había llamado *bungalow* era una cabaña acogedora que olía a madera y a limpio, pero que era incluso más pequeña que nuestra antigua casa a pesar de tener dos pisos. Yo me quedé con la habitación superior (el único espacio en el piso de arriba); de todas formas, y siempre que sus tareas no se lo requiriesen, mi madre prefería evitarse las escaleras por culpa del dolor de su incipiente artritis a sus treinta y ocho años.

Ella se marchó a desempeñar su nuevo trabajo y yo miré a través de la ventana de mi cuarto, ocioso e impaciente; no acostumbraba a no hacer nada. ¿En qué invertiría mis horas allí? La idea de acudir a las clases de don Joaquín estaba descartada desde el primer instante, pero tras unas horas de letargo, bufé y bajé al jardín. Estaba enfadado con la vida, con mi padre, con mi madre por ser tan hacia dentro y conmigo porque no me entendía ni yo. Me recoloqué los tirantes sobre los hombros y cuadré la postura antes de subir las escalinatas del porche. En el vestíbulo de baldosas negras y blancas no había ni un alma, pero se escuchaba el eco de una algarabía de voces adolescentes desde no muy lejos. Apreté los tirantes con fuerza y miré hacia fuera, pensando en huir, pero mis pies decidieron por mí y se pusieron a caminar hacia la sala de la izquierda. Un grupo de seis jóvenes se sentaba distendido en sillas y sillones y debatía sobre algo acaloradamente mientras don Joaquín los miraba con orgullo.

—¡Oh, Diego! Pasa, pasa, has llegado en el mejor momento. —Tragué saliva y, aunque nunca había sido mi fuerte ser el centro de atención, obedecí y me quedé plantado al lado de la mesa de roble—. Estábamos debatiendo acerca de si la poesía tiende a ser demasiado rebuscada y desea decir mucho sin decir nada en realidad.

—A ver, para el poeta su obra tendrá sentido, imprime en el papel todo lo que conoce, sus vivencias y sus emociones desde su punto de vista. —Cristóbal estaba sentado en una silla al lado de la chimenea apagada y jugueteaba con un lápiz entre sus dedos mientras hablaba.

—¿Y cómo debe ser la poesía para que llegue a todo el mundo?

—Bueno, creo que la poesía no debería ser solo para intelectuales y aristócratas. Para mí, la poesía no solo alimenta mi mente, sino también otras cosas más profundas; no sé, las emociones. ¿No es eso la poesía? Entonces no debería estar solo enfocada a cierto público; mujeres y hombres de todas partes deberían poder leer poesía y sentirse conmovidos.

Me quedé sin aliento. Lo observé, aunque por dentro me estaba gritando la orden de apartar la mirada de una puñetera vez sin ser capaz de reaccionar. Mis amigos y yo juzgábamos duramente a la gente acomodada de la ciudad: «Riquitos superficiales y narcisistas que no han tocado un pico y una pala en toda su vida». Y sí, aquello podía ser cierto, pero no contaba con que existiese alguien como Cristóbal Leiva.

Se alzaron voces de aprobación ante la respuesta del hijo del profesor, alguien más comentó algo, aunque ya no era capaz de escuchar nada. Me notaba entumecido y raro, nunca me había pasado nada parecido.

—¿Qué opinas tú, Diego? —Mi nombre en la voz afable de don Joaquín me hizo pegar un respingo.

Miré a los seis muchachos que fijaban sus ojos curiosos en mí y apoyé mi peso en la mesa porque me temblaban un poco las rodillas. Siempre había sido algo tímido, pero aquello era pasarse.

—No sé mucho de poesía, pero sí me gustaría sentirme conmovido al leerla —respondí con un torrente de voz más seguro de lo que esperaba.

No sabía por qué de repente me era urgente conocer su reacción; dirigí la mirada directamente hacia él. Lo encontré observándome con media sonrisa satisfecha y noté un espasmo extraño en el estómago parecido a la felicidad, pero era absurdo, no podía ser felicidad.

—Y dinos, Cris, ¿tienes idea de cómo sería esa poesía que conmueve a todo el mundo? —le preguntó su padre. El chico se encogió de hombros, esquivo—. Vamos, Cristóbal, no seas modesto.

Los demás muchachos se rieron y él enrojeció, se alborotó el pelo con gesto vergonzoso antes de buscar algo en su libreta. Miré el arrebol de sus mejillas, me recordaba a alguna fruta jugosa; me entró sed, de repente tenía la boca seca.

—Quien lo mire pensará que nunca está solo, que ocupa su vida despreocupada y se jacta de la ansiedad —comenzó en tono profundo, acentuando la vibración de su voz—. Quien lo mire creerá que rebosa carisma, que siembra admiración y júbilo allí donde va.

Pero nadie lo ve en realidad, es más fácil venerar la cáscara reluciente que el fruto podrido. Es más fácil lo superfluo, lo anodino. Y él sonríe mientras las flores de su alma se marchitan. Sonríe. Sonríe. Y desoye los gritos de sus entrañas que aguardan a que algún día empiece a vivir.

Me sobresalté cuando sus compañeros estallaron en aplausos; agité la cabeza, febril. Cristóbal tenía un magnetismo evidente y me frustraba que mi cuerpo se colapsara cuando empezaba a hablar, como si no pudiese prestar atención a nada más.

Me fui de la sala cuando don Joaquín empezó a despedir la clase, no quería cruzarme con nadie.

Y no regresé al día siguiente.

Lo que sí germinó en mí con fuerza fue la necesidad de aprender a leer y a escribir mejor. Me obsesioné, incluso me atreví a colarme en la biblioteca con el pretexto de que don Joaquín me había dado permiso y recogí unos cuantos libros que me llevé a mi habitación. Me pasé horas metido en el *bungalow* con libros abiertos y folios llenos de tachones. Leía (o intentaba leer) poesía, ensayos y narrativa de diferentes autores.

Veía a los pupilos de don Joaquín a diario cruzar por el paseo del jardín hacia la casa a través de mi ventana. Cristóbal siempre era el centro de todos ellos; caminaba con andares seguros meneando con ímpetu las manos al hablar y el resto se reía. A mí me exasperaba; nunca había soportado a la gente extrovertida que con un par de palabras se ganaban a todo el mundo, como si fuera fácil. Yo nunca me expresaría como él, de esa manera sofisticada… En cualquier caso, lo que en realidad me había impactado de aquel muchacho había sido lo diferente que era a cualquier chico de mi edad que hubiera conocido; su piel pálida, sus manos suaves, su acento… Decidí que no debía preocuparme por ello, que no me pasaba nada raro con él. Solo estaba poco habituado.

Hice varias intrusiones a la biblioteca aquella semana, dejaba los libros usados y tomaba unos nuevos.

—¿Ya has leído a Lorca? —Se me salió un pulmón por la boca y me agarré a la escalera de madera (que permitía llegar a las baldas más altas) porque estuve a punto de caerme cuando escuché esa voz.

Miré hacia abajo y vi a Cristóbal contemplarme mientras se apoyaba con despreocupación en la estantería. El bochorno acudió a mi cabeza con tanta fuerza que me dolió.

—Te lo recomiendo. Es granadino como nosotros, ¿sabes? Neruda también me gusta. —¿Por qué me hablaba ahí tan tranquilo mientras yo suplicaba que me tragasen los libros que tenía enfrente?—. ¿Estás buscando algo concreto? Te puedo ayudar.

—No, gracias —dije con sequedad mientras bajaba intentando no tropezar.

Mi idea era cruzar ante él sin mirarlo y escapar a paso ligero, pero de repente lo tenía delante.

—Toma, he pensado que este podría gustarte. —Me cedió un libro con una sonrisa amable en la cara.

—Gracias —dije con rapidez, y luego lo tomé de su mano y hui de la biblioteca.

No tardé ni diez segundos en abrirlo por la primera página y ahí estaba, el principio de mi fin: «"Hay almas a las que uno tiene ganas de asomarse, como a una ventana llena de sol". Lorca. Para Diego Vergara de Cris Leiva. Espero que esta poesía sí te conmueva».

3

Vera

Otoño de 2021

Si el hecho de cumplir la edad blanca hace más receptivo al universo, eso significa que debo tener mucho más cuidado con lo que hago. Por eso, una vez que me enfundo el gorro azul marino, el jersey tres tallas más grande que yo y los pantalones de chándal grises, meto en mis bolsillos mi elixir y una ramita de perejil para ahuyentar la atracción.

—¡Me voy! —anuncio mientras bajo las escaleras al trote con Bosque pisándome los talones.

—¿Te has acordado de meterte citrino en el bolsillo? —me pregunta la tata, que está haciendo yoga en el salón.

Chasqueo la lengua y corro hacia la vitrina donde guardamos los minerales. «Una chica, cuando cumple la edad blanca, debe protegerse de las energías negativas con citrino».

—¿Ya has desayunado? —vocea mamá desde la cocina.

—¡No me da tiempo, me llevo una manzana para el camino! —digo apresurada, dándole un beso en la mejilla. Luego me agacho para darle mimos a Bosque; me encanta cómo huele y la manera en la que frota su cuerpecito en mi cara.

—¡Si empleases menos tiempo en ponerte más capas que una cebolla, te daría tiempo a comer! —chilla mamá desde la ventana de la cocina cuando salgo rápidamente.

El autobús escolar me lleva al instituto más cercano de Belie. Está de más decir que nadie se sienta a mi lado en el transporte desde primero de la escuela secundaria; estoy acostumbrada, incluso me he acomodado, me pongo los auriculares con mi música y el mundo se silencia por unos instantes.

En clase se podría decir que tengo una amiga: Tania, una chica estudiosa que comparte mi afición por las flores y los libros de adolescentes que se enrollan, pelean y terminan confesándose amor eterno. Al menos, si no puedo enamorarme, podré ponerme en la piel de la protagonista. Siempre termino llorando al final; soy masoquista, lo sé, pero me encanta la sensación.

Tania y yo solo nos vemos en el instituto, nunca he ido a su casa y, por supuesto, ella no ha venido a la mía. A sus padres no les gusto, como a la mayoría de la gente que conoce nuestra fama. Así que apenas podemos compartir tiempo juntas y eso provoca que nuestra amistad nunca se forje demasiado.

Hoy paso inadvertida como el resto de los días de mi vida y vuelvo a casa sin haber recibido una sola mirada interesada. Admito que, cuando me empezaron a crecer las tetas y las caderas, me asusté mucho (nada que no se pueda arreglar con una talla más), y todavía no me acostumbro a sentirme así de voluminosa cuando me quito la ropa.

—Esta mañana me ha llamado Bego —empieza la tata mientras sostiene una mecha de algodón entre los labios.

Bego es la única amiga del pueblo que tiene, una mujer encantadora de unos ochenta años que nos trae tartas y una *mousse* de limón para chuparse los dedos. Y por ese motivo mucha gente de Belie no le dirige la palabra, no sea que la pobre mujer les pegue algo por estar con nosotras.

Estamos preparando nuevas velas para colocarlas en mi dormitorio y en mi cabaña del bosque. Ya hemos derretido la cera de soja y hemos preparado las esencias de lila y jazmín para hacer la mezcla en los tarros de cristal.

—¿Cómo está? —le pregunto mientras deshojo la lavanda.

—Preocupada, me ha dicho que su hijo debe marcharse de misión más de un año.

—Oh, pobrecita. Su hijo vivía lejos, ¿verdad? Nunca lo hemos visto.

—Sí, así es. Y ya sabes que no tiene más familia, así que su nieto acaba de venir a Belie a vivir con ella. Por lo visto el muchacho es muy reservado y lo está pasando mal.

—No debe ser fácil separarse de un padre y mudarse de casa al mismo tiempo —opino mientras vierto la cera derretida en los recipientes.

—Ajá... —Alzo la mirada hacia ella porque ya me conozco de sobra su entonación y sus silencios cuando intenta proponer alguna idea típica suya—. Vendrán esta tarde a tomar el té; sé que puedes llegar a ser encantadora y divertida aunque solo te muestres así con nosotras.

—Tata... no me gusta por dónde vas —le advierto.

—El chico debe sentirse muy solo y triste, me gustaría que alguien de tu edad te ayudase a adaptarte un poco a un entorno desconocido si nosotras no estuviésemos y...

—De ninguna manera —la interrumpo—. ¿Has olvidado los esfuerzos que hago por ser invisible?

—Ya sabes lo que pienso de eso, pequeña —comenta calmada mientras coloca las mechas en la cera—. No tienes que esconderte del mundo para evitar gustar a alguien, te estás negando ser libre. Ya hemos tenido esta discusión muchas veces...

—Exacto, y no voy a cambiar de opinión hoy.

—Solo te estoy pidiendo que recurras a tu lado humano y ayudes al pobre chico que deberá amoldarse a la fuerza a una nueva vida. Eso es lo que hacemos a pesar de que la gente del pueblo nos repudie: ayudar. No podemos apartar una parte de nosotras mismas por miedo.

Expulso el aire por la boca con fuerza y dejo caer los hombros; mi abuela siempre sabe decir las palabras exactas para desordenar tu cabeza. No respondo, pero sabe que ha ganado, por eso contiene con todas sus fuerzas una sonrisilla triunfal.

Así que, conforme se va acercando la hora del té, me pongo cada vez más histérica. No acostumbro a llevar la ropa que me pongo para ir al instituto en casa, me apetece llevar algo que me haga parecer una chica normal de diecisiete años cuando nadie más aparte de mi familia me ve. Pero no puedo arriesgarme, así que me pongo el jersey morado enorme y me recojo el pelo en una coleta. Luego bajo por las escaleras, casi me escalabro en el penúltimo peldaño y asusto a Bosque, que iba detrás de mí, cuando veo por la ventana del salón dos figuras acercándose por el camino. Ese es mi poder de bruja: tropezarme con todo; al menos me alivia que la gente no suela sentirse atraída por alguien con dos pies izquierdos.

La tata se ha puesto uno de sus vestidos de mandalas y su cabello plateado alcanza sus hombros con formas onduladas. Y mamá, con la cara manchada de color magenta, sale del estudio donde pintaba.

Llaman al timbre y yo me escondo por instinto en la cocina para cubrirme tras el vano de la puerta. Escucho a Bego saludar a la tata de buen humor; se abrazan de la forma en que solo pueden abrazarse las amigas que llevan años contándose confidencias. Y tras ella aparece un chico cabizbajo muy alto, con una gruesa cazadora vaquera *vintage* y el cabello revuelto.

—Por ahí anda mi nieta, Edan. Estará en la cocina buscando los terrones de azúcar y las cucharillas que se me han olvidado —le chiva la traidora.

Entonces él dirige la mirada hacia la dirección que ella ha señalado y me pesca de pleno observándolo. El corazón me da una voltereta y me escondo tras la pared apoyando la frente en ella. Han sido solo unos instantes, unos segundos en los que nuestras miradas se han encontrado y he podido verle bien la cara. Dios, ¿se me ha olvidado cómo inhalar aire sin emitir silbiditos? Mierda, ¿este es el tipo de cosas que trae el universo en la edad blanca? Porque no me gusta un pelo. Ese chico de ahí fuera es la persona con la cara más bonita que he visto en mi puñetera vida. Y es muy alto y está triste y… encaja a la perfección en las características que suelen hacer perder la cabeza a las adolescentes en los libros que leo. Y yo soy una maldita adolescente aunque me niegue a vivir como tal. Me entra la urgencia de buscar el significado de su nombre en internet; es una manía rara que tengo desde hace tiempo (total, una más no hace daño a nadie). Y aunque sé que la cobertura en Belie es pésima, me desespero por la lentitud de la conexión.

«Edan: fuego abrasador. Que arde en llamas». Estupendo.

—¡Vera! ¿Necesitas ayuda en la cocina? —vocea la tata desde el salón.

Me envaro y tenso las extremidades con el pulso en las sienes antes de ir a por lo que me ha pedido. Decido que da igual lo atractivo que sea, yo no me fijo en esas cosas. Además yo no soy nada del otro mundo, ni siquiera se molestará en mirarme más veces. No tengo de qué preocuparme, está todo bajo control.

Inspiro hondo antes de salir de la cocina y adentrarme en el salón, donde mantienen una conversación entretenida en los sofás. El chico está estratégicamente colocado en la parte más cercana a la puerta (obra de Ágata, claro) y solo queda un hueco libre en la butaca que está justo a su lado. Porque si me pusiera en la otra esquina con mamá no llegaría a la mesa del té y sería evidente que lo evito. Le dirijo una mirada disimulada de resentimiento a la tata mientras deposito las cucharillas y el azúcar en la mesita y me dirijo a mi asiento tratando de no mirarlo.

—Después podrías enseñarle tu cabaña del bosque a Edan, ¿no, Vera?

Me tenso y la miro con una leve sonrisa; nunca se me ha dado bien actuar.

—Tal vez otro día, tata. Tengo muchos deberes. —Noto una mirada de fuego abrasador sobre mí, aunque no estoy segura de si realmente me está mirando porque yo no lo miro a él.

—¿Tienes una cabaña en el bosque? —Ay madre, que me está hablando.

—Sí —musito al tiempo que me levanto para servirme té con la excusa de estar ocupada en algo.

—Fue idea suya —dice mi abuela—, la construimos entre las tres. Debéis verla, es pequeña pero preciosa, mi nieta tiene muy buen gusto para decorar.

Estoy tan molesta con ella que no sonrío esta vez. Mi cabaña es mi refugio secreto.

—Sería un buen lugar para escribir, ¿no, Edan? Mi nieto tiene mucha sensibilidad para la escritura; una vez me mandó una carta desde Madrid y ¡no veas la llorera que me entró! Un gesto precioso que ya no se lleva.

—Bueno, abuela, no fue nada...

Me giro hacia él, ha sido superior a mis fuerzas; se está mordiendo la parte interna del labio inferior y tiene las mejillas encendidas. Mis defensas se desploman por unos instantes, solo unos instantes. Y justo en ese momento, Bosque sube al sofá a su costado y se refriega contra él; Edan la acaricia despacio.

—¡Vaya! Bosque no suele acercarse a los desconocidos, es bastante suspicaz —ríe Ágata con satisfacción—. Debe de gustarle mucho tu energía, Edan.

Él esboza una sonrisa dulce hacia nuestra gata y yo aparto los ojos y los cierro despacio envolviendo la taza caliente entre mis manos con más fuerza de la necesaria.

Tengo que irme. Debo irme.

—Tata, tengo muchos deberes. Además tengo que estudiar, la semana que viene tengo dos exámenes —anuncio incorporándome.

Ella me mira sorprendida. ¡¿De qué se sorprende?!

—¿No vas a terminarte el té?

—M-me lo llevo a la habitación —soluciono, y sin dar opción a réplicas, me despido—. Me ha gustado verte, Bego. Encantada, Edan.

—Encantado, Vera —dice con voz suave.

Y luego huyo con la firme intención de salvarle la vida.

Bolsita de canela para atraer (o ahuyentar) el amor

Necesitarás:

Una bolsita roja pequeña (para ahuyentar, que sea negra)

Una rama de canela cortada por la mitad

½ cucharada de té de pétalos de rosa secos

½ cucharada de té de anís estrellado molido

½ cucharada de albahaca seca (para ahuyentar, que sea perejil seco)

Un cristal de cuarzo pequeño (para ahuyentar, que sea turmalina)

<u>Cómo proceder</u>

Dispón todos los ingredientes en la bolsita y llévala colgada del cuello o en un bolsillo cerca del corazón. Te la puedes quitar cuando quieras, pero has de mantenerla cerca.

4

Vera

Otoño de 2021

Contemplo el pequeño coche de mamá con desolación al apreciar la fina película de hielo que se ha formado en la luna delantera. Esta madrugada de primeros de octubre ha helado, lo que significa que las superficies patinarán; maravilloso. Me enfundo mis botas anti-deslizantes y el abrigo mullido por si acaso y bajo para poder desa-yunar con mi madre antes de que se vaya todo el día a la ciudad. Es una artista y tiene muchos eventos relacionados con la pintura, por-que capta de una forma única los rostros de la gente y gusta mucho a galeristas y amantes del arte. Antes de que la venta de objetos caseros de la abuela creciese como la espuma, mamá trabajaba en una galería de la ciudad en un puesto importante; pero ese empleo no requería creatividad y mi madre no sabe vivir sin creatividad. Y es que todo se le da bien: pintar, cantar, bailar… no me extraña que mi padre se enamorase de ella, no habría podido evitarlo aunque quisiese. Y esos no son sus únicos dones, por supuesto también ha heredado el espíritu místico de la tata: leer las líneas de la mano, curar enfermedades leves o percibir las auras de la gente. La tía Flor y Chiara también saben; además, mi prima, según Ágata, ha obteni-do la capacidad de desarrollar la práctica de la hipnosis. En cuanto a mí… Bueno, digamos que soy la rara dentro y fuera de mi familia. Lo he intentado, de veras que sí, pero no tengo ningún don. No hay nada que se me dé bien además de camuflar mi feminidad. Y de verdad que es agotador ser tan normal y al mismo tiempo tan extraña fuera de mi casa.

Me coloco la capucha por encima del gorro de lana antes de bajar del autobús con cuidado y horado el trecho que me queda para alcanzar las puertas del instituto con mala cara. Suena *August* de Taylor Swift en mis oídos mientras camino; el cielo plomizo le otorga un aura deprimente al edificio, dan ganas de darse la vuelta y resguardarse en casa con una bebida caliente. Me detengo de golpe cuando veo una chaqueta vaquera *vintage* aproximándose al instituto. Da la casualidad de que hay una pequeña cuesta bajo mis pies, que de repente se deslizan hacia delante y caigo de culo con un estrépito. Cierro los ojos para asimilar que me acabo de pegar un porrazo; me duele el trasero, pero tengo más herida la autoestima. Para mi alivio, estoy alejada de la afluencia de estudiantes y no veo a nadie partirse de la risa ni mirarme con lástima. He desempeñado muy bien mi misión de ser invisible.

Pero mi preocupación prioritaria es la siguiente: Edan ha cruzado la puerta del instituto, vamos a estar en el mismo edificio varias horas a la semana durante más de un año. Lo único que puedo hacer es suplicar al universo que no vaya a mi clase, eso sería el colmo de la crueldad.

Me relajo un poco cuando entro en clase y solo veo las mismas caras de siempre. Me ignoran cuando cruzo por sus lados entre los pupitres para llegar al mío, en la penúltima fila; saludo a Tania con una sonrisa y me siento para abrir la mochila y sacar los apuntes de Historia.

—Me estoy acabando el libro que me dejaste, es increíble —empieza a decirme Tania en el pupitre de al lado. Le presto libros que sus padres creen que son de la biblioteca—. Anoche leí la escena de la que me hablaste y casi me da un infarto, es que... —Se detiene de repente al mirar detrás de mí y sus ojos hacen algo extraño al tiempo que se le abre la boca.

Frunzo el ceño y me giro hacia donde está mirando; dejo de respirar cuando veo a Edan adentrarse en la clase con su mochila colgada a un hombro con gesto calmado. Se alza un bullicio amortiguado de cuchicheos y aspiraciones mientras él se dirige al primer sitio desocupado que ve. Yo meto las manos en los bolsillos y aprieto la bolsita con el hechizo y el citrino con fuerza. «Que se haya equivocado de clase, por favor, que se haya equivocado».

—Oh, ya veo que te has acomodado, Edan. —El profesor, que entra poco después que él, lo localiza con gesto de aprobación—. Bienvenido a clase.

Me tapo los ojos con una mano con el codo apoyado en la mesa. De pronto un papelito cae frente a mí, es Tania; muchas veces nos mandamos notitas cuando nos aburrimos en clase: «¡Es guapísimo!, ha escrito en mayúsculas entre exclamaciones y corazoncitos. Me giro hacia mi amiga para sonreírle y simular que soy una adolescente normal que se emociona con el alumno nuevo cuando por dentro me quiero morir. Me encojo para resguardarme dentro de mi enorme sudadera azul oscuro y me coloco la capucha; el profesor no puede decirme nada con el frío que hace hoy.

—¡Silencio! Venga, callaos, ya tendréis tiempo de conoceros en el patio —replica Roberto antes de ponerse a escribir algo en la pizarra.

Me paso el resto de la clase intentando omitir su presencia, pero el esfuerzo hace que ocurra todo lo contrario. Al menos no me ha visto al entrar y luego, a la hora del almuerzo, los chicos se abalanzarán sobre él y ellas querrán hacerle un montón de preguntas personales impregnadas de coqueteo, de modo que pasaré inadvertida. Lucía no deja de cuchichear con Sandra mientras le dirigen miradas muy interesadas; él se mantiene en la ignorancia, parece ir a lo suyo.

—Edan de Alba, ¿puedes seguir tú, por favor? —le pregunta el profesor.

Continúa leyendo el texto que estamos estudiando con esa voz suave y fluida que me recuerda a un río. Levanto un poco los ojos de mis apuntes y aprecio cómo la luz oblicua recorta su perfil: tiene una nariz recta y perfilada, bucles castaños le rozan la sien y la forma de su nuca esbelta parece suave al tacto. Pero no me estoy fijando, yo no me fijo en esas cosas. Aparto la mirada y trato de sobrevivir sin mirarlo una sola vez más durante toda la mañana. Sin embargo, siempre acabo haciéndolo con cualquier excusa: estudio sus zapatillas, la forma de sus hombros y su espalda, la manera en la que sonríe cuando algún compañero suelta alguna gracia.

Y termino partiendo mi lápiz entre los dedos.

* * *

—Hola, Sonia, ¿puedo hablar contigo? —Sí, estoy en el despacho de profesores en un acto de pura desesperación e impulsividad.

—Claro, Vera, ahora tengo un ratito. Dime, ¿qué pasa? —Mi tutora me observa con sus ojos grandes y amables; es una mujer joven a la que se nota que le gusta lo que hace.

—Es que… tengo que cambiarme de clase —le suelto con las extremidades rígidas.

Ella adopta un gesto asombrado.

—¿Cambiarte de clase? ¿Por qué?

—He pensado que, como somos dos grupos de primero de bachillerato, no habría problema. Creo que rendiría mejor si me cambio.

—¿Tienes alguna amiga allí con la que quieras ir?

—Hum… no, no.

—¿Entonces? ¿Seguro que no tienes ningún problema en clase?

En realidad sí, uno muy grave, pero no puedo explicarle que soy capaz de matar a un alumno sin querer y que lo entienda. Ella alza una ceja y me mira con condescendencia.

—Puedo revisarlo con tus profesores si insistes, pero la mayoría a estas alturas ya se han organizado. Si es algo muy grave entonces le daríamos prioridad, pero veo que no lo es, ¿verdad?

«No puedes llegar a hacerte una idea». Pero agacho la mirada y me doy por vencida; me ha dado evasivas, pero la negativa es clara: voy a tener a Edan en clase todos los días.

Corro hacia la linde del bosque cuando el autobús me deja en el camino paralelo a casa, atravieso los árboles y salto ramitas sin detener el ritmo. Mi corazón galopa al compás de mis pies y suelto gruñidos guturales impregnados en enfado. Cuando estoy lo suficientemente alejada, me detengo, roja, con la sangre palpitándome en el cuero cabelludo, y emito un grito de frustración que altera una parte de la fauna cercana. A solo unos pasos se encuentra mi cabaña, es un modesto cuadrado hecho de madera poco más alto que yo donde caben más cosas (y personas) de las que parece a simple vista. En su interior he ido creando un refugio imprescindible para mí: pufs, mesitas de mimbre, macetas llenas de flores y plantas y atrapaluces que cuelgan del techo haciendo que el sol que atraviesa las ventanas proyecte miles de iridiscencias diamantinas. Es como estar dentro de él cuando cierro los ojos y me tumbo en la cama improvisada con un fino colchón, edredones y cojines con estampados vegetales; me encanta el sonido de tintineo que producen cuando está todo abierto y el viento atraviesa las cortinas.

Tiro la mochila al suelo y me dejo caer en la cama. Al lado guardo libros y un cuaderno grueso donde clasifico las flores según su función medicinal e invento mezclas y rituales; me gusta prensar las plantas, pegarlas al papel apergaminado o dibujarlas y escribir sus nombres y sus beneficios, me relaja y me ayuda a conectar con la naturaleza.

Suspiro con fuerza y me quedo mirando el pequeño cuadro que pintó mamá con el rostro de mi padre. Yo solo tenía cinco años cuando murió, pero todavía lo echo muchísimo de menos. Mamá nunca ha dejado que olvidemos ni un detalle de él. De hecho, ese no es su único retrato; en casa hay decenas de láminas con la cara luminosa de papá mirando al espectador. Se quisieron tanto... y mi madre no pudo hacer nada por salvarlo.

Pienso en la tata y en lo raro que es que no me haya reprendido por mi actitud con Edan ayer por la tarde. Cuando Bego y él se marcharon, esperé a que entrase en mi habitación con alguna de sus frases sabias, pero no lo hizo. Y ese silencio me perturba más de lo que me gustaría.

* * *

Los días siguientes transcurren sin grandes sobresaltos. Llego al instituto camuflada y procuro llegar a clase antes que Edan todas las mañanas; no suele echar la vista hacia atrás, algo que me alivia. Tengo tiempo de averiguar que es poco hablador y que no se interesa demasiado por nadie de la clase; es amable y posee una calma que rebosa seguridad en sí mismo, algo que intimida a la par que genera admiración y curiosidad. Proyecta un aura misteriosa y taciturna que, como ya sabemos, es un imán de hormonas. Es inteligente (responde bien a todas las preguntas que formulan los profesores y reflexiona con una madurez que no acostumbro a ver en el resto de los compañeros) y además es hábil en Educación Física (igualito que yo, sobre todo ahora que procuro mantenerme fuera de su vista todo el tiempo como si estuviese mal de la cabeza). Tiene a la clase revolucionada y, sin embargo, él no se inmuta en absoluto.

—Algún defecto debe tener —le digo a Tania mientras hacemos estiramientos antes de correr alrededor del patio por orden de la profesora.

He llegado a la conclusión de que, ahora que el universo puede verme por mi edad blanca, me tiene manía, no le gusto ni un pelo, no me cabe otra explicación: correr está en mi lista de cosas más odiadas; no quiero ser quejica, pero basta con que haya un pequeño e inofensivo guijarro en la tierra para que acabe de morros en el suelo.

—Si lo tiene, me encantaría descubrirlo —suspira ella mientras sigue con la mirada los movimientos de Edan.

Yo no lo estoy mirando, no lo hago ni lo haré en toda la clase de Educación Física. Aunque tendré que localizarlo a veces para saber si tengo que colocarme fuera de su campo de visión.

—¡Está bien, chicos, ya basta de calentamiento! ¡A correr se ha dicho! ¡Veinte vueltas al patio! —El cuerpo se me descompone cuando la profesora sopla el silbato y los grupos empiezan a trotar en círculo.

—Oye, ¿y si es un vampiro como en *Crepúsculo*? Habla como si fuese mayor y es demasiado guapo —empieza a decir Tania mientras corre a mi lado.

Exhalo una risa sibilante mientras miro al suelo por si hay grietas o desniveles peligrosos.

—No brilla a la luz del sol —comento, divertida.

—¿Cómo lo sabes si evitas mirarlo? —Vaya, así que se ha dado cuenta.

—Bueno, pues porque eso se ve aunque no te fijes mucho, ¿no? Además los únicos chicos que me interesan son los de los libros, los de carne y hueso solo dan problemas.

Mi amiga emite una risita conforme y yo la observo con disimulada tristeza; me ocurre muchas veces cuando la miro. Nunca hablamos de mi familia ni de nada relacionado con las brujas de Belie. Tania solo conoce mi vida en el instituto; de puertas hacia afuera, en realidad, soy una desconocida para ella.

* * *

Cuando llega mediados de octubre, me siento orgullosa de que Edan siga ignorándome, aunque también admito que estoy agotada. Y me duele un poco el pecho, que se encoge cada vez que se me escapa una mirada en su dirección o me asusto porque estoy expuesta a sus ojos y, sin embargo, él no me ve.

No me ve. Debería alegrarme por ello, ¿no?

El sábado antes de comer, me escapo a la cabaña con flores nuevas en la mano y me detengo de golpe antes de llegar porque veo un papel ondear en la puerta del refugio. Miro hacia los lados antes de acercarme y distingo letra mecanografiada en el folio. Alguien ha dejado esa nota colgada ahí, ¿para mí?

Cuando despierto, duele un poco menos respirar porque sé que ella existe. Cuando las calles se apagan y mi habitación se sume en la penumbra, ya no estoy solo. Es extraño como la mera presencia de alguien en el mundo puede salvar algo dentro de mí que creía perdido.

Firmado: El chico poeta

5

Diego

Primavera de 1930

«He pensado que este podría gustarte». Esa frase en su voz y los rasgos de su cara al hablarme en la biblioteca se repetían una y otra vez en mi cabeza. «He pensado que este podría gustarte». Cristóbal había dedicado algún momento de su tiempo en pensar en mí. Había... había pensado que el libro (que ya me había leído un par de veces) me podría gustar; lo había hecho, pero sobre todo por su influencia. ¿Por qué había creído que me gustaría? No me conocía, no habíamos hablado nunca. «Hay almas a las que uno tiene ganas de asomarse, como a una ventana llena de sol». No podía parar de repetir esa frase en mi cabeza y de rebanarme los sesos pensando en si tendría algún significado. «Para Diego Vergara, de Cris Leiva». Mi nombre en su letra parecía más refinado, casi como si fuese importante. Procuré convencerme de que no me había tratado diferente a sus otros compañeros; quizá fuese su manera de relacionarse con todo el mundo. A las personas carismáticas les gusta caer bien.

Aquel día de principios de junio sería el primer día que iría al colegio. Las clases ya estaban llegando a su fin, pero a don Joaquín le había parecido buena idea que me habituase a las rutinas antes de incorporarme al próximo curso; no me había dado opción a réplicas. Y en realidad me apetecía.

Los días anteriores a mi ingreso en la escuela me había acostumbrado a levantarme temprano para poder ver cómo Cristóbal acudía a nadar al lago de buena mañana con una toalla al hombro y su bañador azul. Ese chico me causaba cientos de incógnitas y frustraciones que apenas comprendía, nunca había sido tan cambiante e inestable como aquel mes. Un día estaba de buen humor y me apetecía verlo, y al rato siguiente me sentía triste y enfadado por alguna razón incomprensible y me escondía de él. Por supuesto, Cristóbal no sabía nada de eso; de hecho, apenas me miraba.

Aquel día salí pronto del *bungalow* y, con los nervios de ir por primera vez al colegio, se me olvidó que Cristóbal volvía de nadar sobre esas horas y me lo encontré de camino. No fue hasta que noté la salpicadura de gotas frescas sobre mi nuca cuando me di cuenta de que venía detrás de mí; se estaba revolviendo el pelo mojado a propósito para que el agua me alcanzase. Sonreía de forma pícara con el torso brillante y los pies desnudos. Se me hizo un nudo rarísimo en el estómago.

—Qué suerte vas a tener, solo unos días de clase —dijo dicharachero antes de trotar por mi lado para adelantarme.

Lo vi correr hacia la casa con cierta desazón, a veces Cristóbal me producía ese sentimiento desconocido para mí hasta entonces.

Aquel día me enteré de que tenía varios meses más que yo y por lo tanto iba un curso adelantado: él ya tenía los quince años.

* * *

La experiencia en el colegio fue tan gratificante que regresé a la casa de buen humor. Estaba contento de que mis esfuerzos por aprender a leer mejor hubiesen dado resultado, por eso me vi con fuerzas de acudir a las clases de don Joaquín esa tarde. Nadie se extrañó ni me prestó demasiada atención cuando entré, lo que me animó a acercarme un poco más y sentarme en una de las sillas; por lo visto, ellos tenían sus sitios asignados y estaban todos en los mismos lugares de la última vez.

—¿Te gustó el poemario que te di? —Cristóbal me abordó por la izquierda al terminar la clase.

—Eh… sí, me gustó mucho. Gracias por prestármelo. —Tomé el libro del montón de apuntes y se lo cedí.

—Es un regalo, Diego, ¿no has visto la dedicatoria? —Y sonrió, deslumbrándome.

Luego salió de la clase y los demás lo persiguieron con ánimo. Don Joaquín me dedicó una sonrisa rebosante de paternalismo desde su asiento, alegre de que al fin me hubiese decidido a volver a sus clases. Eché de menos a mi padre en ese momento y me dije que algún día le preguntaría a don Joaquín de qué se conocían. Después salí tras el escándalo que armaban los seis chicos, que se adentraron en la sala contigua. Empezaron a sonar notas aleatorias de piano que, con destreza, se transformaron en una pieza musical. Me asomé al enorme comedor y los vi hacer un corrillo alrededor de un piano de cola al que, cómo no, Cristóbal le daba vida. Los cinco muchachos reían y bailoteaban en el sitio y caí en la cuenta de que quizás aquello fuese una costumbre tras las clases de poesía. Empezaron a cantar una canción que no conocía, pero que sonaba bastante bien; se me escapó una sonrisa y, justo en ese instante, lo vi alzar la mirada por encima del instrumento para encontrarme; sus comisuras se ensancharon y yo volví a experimentar ese espasmo extraño en el estómago. Dos niñas cruzaron por mi lado corriendo para unirse a ellos, reconocí a su hermana Victoria, que se puso a bailar con su amiga con las manos tomadas. Me quedé porque me era imposible moverme de allí, pero cuando Cristóbal tocó su tercera canción, me marché en silencio. Fue la primera vez que me crucé con su madre, Margarita, la mujer de don Joaquín, que atravesaba el umbral de la entrada; me miró como quien ve un insecto sobre su mesa y pasó de largo sin mediar palabra.

Por la tarde, después de hacer los ejercicios que me había pedido la profesora en el colegio, salí al jardín masticando un albaricoque y me tumbé sobre la hierba en una zona tranquila para que me diese el sol en la cara. Mis manos callosas se habían suavizado durante aquellos días; todavía no me había acostumbrado a no tener que trabajar la tierra y, de hecho, se me había pasado por la cabeza pedirle a don Joaquín que me encomendase alguna labor en el jardín.

—Hola. —Mis pensamientos se detuvieron de golpe al notar una sombra sobre mí.

El sol recortaba la silueta de Cristóbal, que me miraba desde arriba. Me incorporé enseguida, avergonzado por holgazanear.

—¿Te vienes a nadar? —me preguntó.

—Eh… bueno… —Odiaba que mi cerebro funcionase tan lento en su presencia.

—¿Tienes bañador? Te puedo dejar uno.

Terminé de levantarme del suelo con la peladura y el hueso del albaricoque en la mano; si me tragaba la capa exterior de esa fruta, la garganta me picaba mucho durante todo el día.

—No tengo.

—Vale, ven conmigo.

Cristóbal giró sobre sus talones y empezó a caminar con celeridad; yo lo seguí mientras mi cerebro bullía de pensamientos veloces que se evaporaban y se entremezclaban. Entré tras él a su casa y vacilé unos segundos antes de perseguirlo por las escaleras, subió sin comprobar si iba tras él. Finalmente acabamos en lo que debía ser su dormitorio, el doble de grande que el *bungalow*. Pero no me dio tiempo a curiosear; Cristóbal vino hacia mí con un bañador en cada mano, uno azul y otro rojo.

—Puedes desvestirte aquí, si quieres. Te espero en el vestíbulo.

Me puso el bañador azul en el estómago para que lo sujetase y luego cerró la puerta tras de sí. Yo me quedé unos instantes en pose estática, procesando la situación: hacía unos minutos estaba solo, repantigado en la hierba, y de repente me encontraba en el cuarto de Cristóbal con su bañador favorito, aquel que le había visto puesto varias veces; de hecho, lo llevaba cuando su padre nos había presentado. Apreté la tela entre los dedos y se me empezó a acelerar el corazón. Tenía su bañador en una mano y la piel y el hueso del albaricoque en la otra, la habitación olía a fruta y a un almizcle agradable que pertenecía a él. Me obligué a reaccionar, deposité la peladura y el hueso en el suelo y luego empecé a desnudarme; me quité los tirantes, la camisa, el pantalón… por alguna razón estúpida me puse rojo al estar desnudo en su dormitorio. Él también habría estado desnudo allí. La sola imagen hizo que el calor se estampase contra mis mejillas y me puse su bañador con rapidez, el roce de la tela no ayudó a relajarme. Cerré los ojos y coloqué la mano sobre mi sexo, que iba por su cuenta; respiré hondo varias veces para calmarme. Aquello era lo más raro que me había pasado en la vida. No entendía nada, nada.

Recuperé los restos de albaricoque y salí a paso apresurado de allí, bajando las escaleras con celeridad. Él estaba apoyado en el vano de la puerta con su bañador rojo, los músculos de la espalda se le marcaban al tener los brazos cruzados.

Empezamos a caminar juntos en cuanto se giró y comprobó que ya estaba listo.

—Dame eso. —No supe verlo venir, Cristóbal me tomó el puño e introdujo el dedo gordo para abrirme la mano, sus dedos me rozaron la palma al recoger la piel pringosa y el hueso del albaricoque y luego los lanzó al campo que se extendía a nuestra izquierda—. Ahora los dos olemos a albaricoque

Me costó procesar aquello, la mano me hormigueaba. ¿Cómo podía actuar con tanta seguridad? Ni que tuviese treinta años. Apreté el paso porque sus zancadas eran largas e inquietas a pesar de que era poco más alto que yo.

Las niñas se estaban bañando cuando alcanzamos el lago; Cristóbal no se lo pensó dos veces, tomó carrerilla, enfiló hacia el agua y se lanzó sin pensarlo. Victoria y su amiga rieron en respuesta y lo salpicaron cuando sacó la cabeza a la superficie.

—¡Venga, Diego, ahora tú! —me instó.

Lo miré divertido mientras caminaba con parsimonia por la orilla. Él me salpicó; las gotas frescas en contraste con mi piel expuesta al sol me dieron escalofríos. No sabía qué hacía allí ni por qué me resultaba tan agradable que Cristóbal me prestase atención, pero no quería irme. Quería seguirlo adonde me dijese. Por eso me zambullí. Y entonces él vino hacia mí y enroscó sus piernas a las mías para hundirme en el agua entre risas, aquella muestra repentina de confianza me aturdió. Me defendí cuando me repuse y forcejeé con él, su cadera impactó contra mi abdomen, su piel estaba caliente y resbaladiza. Me ardían las orejas.

—¡Vic, Isabel! ¿Estáis en mi equipo o no? —voceó él a las niñas.

—¡¡Sí!! —chillaron ellas.

—¡Pues a por él!

—¡Eh! No, no… —Las niñas se colgaron de mi cuello mientras él se desternillaba.

Las dos eran peso pluma y apenas me movieron del sitio, les hice cosquillas y ellas gritaron y se carcajearon en mis orejas.

—¡Es muy fuerte! ¡No podemos con él! —se quejó Victoria, subida a mi espalda como un monito.

—Eso es porque ha levantado mucho peso durante años, raspilla. Diego ha cultivado muchos alimentos y, gracias a personas como él, la comida puede llegar a nuestra casa. —Me quedé mirándolo; descrito por él, parecía que fuese un héroe. Aquello calentó mi pecho de forma desconocida. Jamás había visto mi trabajo desde esa perspectiva—. ¿No veis lo duros que están sus brazos y lo tostada que es su piel?

Las orejas ya estaban a punto de reventarme: ¿él se había fijado en eso? Retiré a las niñas de encima de mí con cuidado.

—¿Es muy difícil cultivar alimentos? —preguntó Victoria, la inocencia le rebosaba de sus dulces ojos color avellana.

Le sonreí con afecto.

—No tanto —dije, acudiendo a la orilla.

—Bah, modesto. —La voz de Cristóbal sonó más baja y cadenciosa esa vez.

Hice caso omiso y salí del agua; me tumbé en una zona apartada del césped boca arriba para secarme y lo escuché segundos después colocarse a mi lado. No dijo nada, yo tampoco. No era capaz de dejar de estrujarme la cabeza preguntándome por qué de repente se acercaba a mí. Estaba seguro de que aquello era pasajero, de que al día siguiente ya estaría harto. Sus amigos serían mucho más interesantes que yo, podría sacar temas de conversación que conmigo era imposible.

—Se hace tarde —anuncié, incorporándome.

Él me miró desde abajo con los codos apoyados en la tierra.

—Vale, hasta mañana —dijo mientras me alejaba.

—¡Hasta mañana!

—¡Adiós, Diego! —gritaron las niñas desde el agua.

* * *

Nuestro trato en la clase de don Joaquín del día siguiente fue formal como todas las veces anteriores. No iba a mentir, me frustraba tener razón. Pero era mejor así. Por eso me sorprendió sobremanera que alguien lanzase piedrecitas a mi ventana mientras leía y, al asomarme, lo viese ahí con su bañador rojo.

—¿Vas a venir a nadar o qué? —gritó desde abajo. El aluvión de felicidad que me sobrevino me preocupó, pero por supuesto lo seguí porque no sabría hacer otra cosa.

—Ven —me pidió cuando salí del agua tras el chapuzón, aquella vez sin su hermana ni la amiga de su hermana presentes.

—¿A dónde?

—Tú ven, ¿tienes algo más interesante que hacer?

«Creído». Me aguanté la sonrisa y salté el cerco que bordeaba el lago artificial hacia el bosque detrás de él. La sombra alta y fresca de los árboles eran un alivio para mi cabeza achicharrada bajo el sol y me zambullí en aquel paraje natural tratando de alcanzarlo, pero corría que se las pelaba. Cruzamos frente a una fuente y una escultura que me llamó la atención; no pude evitar ralentizar el ritmo.

—Es una reproducción a media escala de *Perseo con la cabeza de Medusa* de la plaza de la Señoría, en Florencia. —Cristóbal regresó sobre sus pasos con las mejillas rosas del ejercicio.

Ambos contemplamos el cuerpo curvo y oxidado del chico, las dimensiones de sus piernas, la forma de sus costillas y tendones de piedra. Nunca había estado frente a una escultura así, era chocante lo poco pudoroso que resultaba. Era… hermoso. Pegué un bote del susto por el golpe que Cristóbal me dio con su hombro para luego salir huyendo, sonreí casi sin querer y lo seguí a zancadas largas hasta que nos adentramos en el espesor del bosque. Cuando se le escapaba la risa yo también reía con la vista fija en su espalda y en sus piernas veloces. Hasta que, de un momento a otro, desapareció de mi vista. Reduje el ritmo hasta detenerme para horadar mi alrededor sin ver más que árboles y vegetación.

—¡Cristóbal! —lo llamé, sofocado.

Me incliné para apoyar las manos en las rodillas mientras recuperaba el aliento. Él no respondía y empecé a preocuparme.

—¿Cristóbal?

El corazón casi se me salió por la boca cuando noté un peso muerto sobre mi espalda, unas manos cálidas me taparon los ojos y su risa musical sonó justo en mi oído, noté su aliento chocarse contra mi nuca.

—Llámame Cris —dijo antes de soltarme.

Lo miré con cara de pocos amigos y él se carcajeó todavía más.

—Te diviertes a mi costa, ¿eh? Muy bonito —gruñí de buen humor.

Él me observó de una forma limpia, casi intensa. Apreté los puños y los dedos de los pies contra las hojas húmedas.

—Me sé este lugar como la palma de mi mano, también te enseñaré para que te lo sepas, Diego. Si te fijas, cada tronco tiene esculpidas formas diferentes, tú los ves iguales, ¿verdad? Y el olor, en cada tramo huele distinto. Un oso te encontraría a kilómetros, chico de campo, hueles a albaricoque desde el jardín.

Parpadeé y lo contemplé inmóvil como quien observa una especie nueva y fascinante. Su forma bella de hablar, la pasión que desprendían sus palabras firmes, me embelesaron, aunque todavía no me había dado cuenta del todo, aún no. Solo sabía que Cristóbal era el ser más deslumbrante que había conocido.

—Y también te enseñaré a escalar árboles y a hacer fuego —dijo, paseándose ante mí con una ramita de pino en la mano.

De lejos, se escuchó el eco de la voz de una mujer. Era Margarita, estaba llamando a su hijo.

—Alcánzame si puedes, chico de campo. —Y salió despedido.

Me costó unos segundos reaccionar (nunca solucionaría lo del tema de que mi cuerpo se atrofiase ante él) y luego corrí, con los músculos doloridos, tras su estela.

Aquella noche, ante el espejo del lavabo, recorrí con los ojos mi rostro. No era especialmente agraciado; mi madre siempre me había dicho que era enjuto y discreto, como mi padre. Estudié mi piel quemada por el sol del campo y la musculatura creada a base de fuerza; cargar sacos y carretas, cavar, labrar… Mi cuerpo todavía estaba cambiando, en mí asomaban retazos de la niñez que parecía que a él casi se le habían difuminado. Si Cristóbal se mirase al espejo reconocería la belleza en su rostro, ¿se sentiría satisfecho por ello? Nunca había sentido la necesidad de contemplar tanto una cara, como si quisiese aprendérmela igual que las lecciones. ¿Se habría dado cuenta de que lo miraba demasiado? ¿Qué pensaría de mí?

Al día siguiente, al finalizar la clase con don Joaquín, Cris anunció a los demás que esa tarde no habría recital de piano, que se encontraba cansado. Los chicos se lamentaron, ya que, por lo visto, nunca había faltado una sesión musical tras la clase de poesía. Entonces comprendí que tampoco nos iríamos a nadar ni a recorrer el bosque más tarde; quizá se hubiese arrepentido de estrechar lazos conmigo. Quizá su madre, que nos había dirigido una mirada apabullante el día anterior al vernos aparecer juntos en la linde del bosque, le hubiese prevenido de lo perjudicial que era mi compañía simple y poco estimulante.

Siempre me quedaba el último para salir de clase, me gustaba no llamar en exceso la atención y quedarme rezagado tras la energía entusiasta que solían tener los demás. Lo vi correr hacia mí tras despedir a sus amigos mientras bajaba las escalinatas del porche.

—Ven —me pidió, cruzando como una exhalación por mi costado, de nuevo hacia el interior de la casa.

No sabía si debía molestarme el hecho de que nunca comprobase si lo seguía, como si ya supiese de sobra que iría tras él de todas formas. Lo seguí con la mirada mientras él subía de nuevo las escaleras y se adentraba en el gran salón del piano de cola. Suspiré, notando el pulso triplicar su velocidad sin razón aparente, y me asomé para verlo sentado frente al instrumento.

—Pasa. —La emoción discreta de su voz no se me pasó desapercibida.

—Creía que estabas cansado para tocar —murmuré.

—Quería enseñarte algo —reveló.

No quería ilusionarme, lo juro, pero el retortijón que sentí en la tripa se parecía mucho a eso. «Quería enseñarte algo», ¿solo... a mí?

—A estos solo les gustan las piezas movidas, pero hoy me apetece algo diferente —admitió, tanteando algunas teclas sueltas—. Se llama *Preludio en mi menor* de Chopin.

Me aproximé despacio, como quien teme que el suelo se rompa bajo sus pies antes de llegar al destino deseado. Cris empezó a tocar y, desde el primer acorde, se me puso la piel de gallina. Observé cómo su ceño se fruncía, la seriedad se apoderaba de él y parecía más adulto de repente. La pieza reverberaba melancólica como una caricia de consolación tras el llanto y yo miré la soltura de sus dedos largos, cómo sus extremidades se tensaban bajo su ropa. Me senté en el banco a su lado casi sin pensar y el extremo de su comisura derecha se curvó un poco.

Cris tocaba para mí en aquel fastuoso salón. Había despachado a sus amigos y me enseñaba una parte de sí mismo que no había querido mostrar a nadie más. Solo a mí. El corazón empezó a dolerme desde ese preciso instante y ya no dejó de hacerlo. Ojalá hubiese salido huyendo tras el primer síntoma. Ojalá hubiese sabido lo que me pasaba: por qué no podía dejar de estudiar su perfil y sus manos, por qué tenía ganas de llorar... Pero no sabía nada porque era un crío ignorante fascinado por la belleza, ansioso por ser lo suficientemente bueno para él. Ojalá... pero ni en mil vidas podría haberme alejado de Cristóbal Leiva.

6

Vera

Otoño de 2021

Conforme se acerca la fecha de la celebración del Samhain aumenta más mi estado de nervios. Es curioso como gente del pueblo viene a nuestra casa la noche de las brujas cuando durante el resto del año somos unas apestadas; me parece lo más hipócrita y sinsentido del mundo. Pero a mi familia, que tiene un humor peculiar, le parece divertido. Por lo que nos ha contado siempre la tata, cuando mi madre y la tía Flor eran jóvenes (y su fama de brujas ya se estaba consolidando con fuerza), la gente de Belie empezó a acercarse a nuestra casa de campo como quien busca aventuras terroríficas, solo con actitud morbosa, como en esas películas estadounidenses donde los protagonistas se adentran en mansiones encantadas y practican la ouija. Un día se cansaron de los curiosos y salieron a invitarles unas galletas (supongo que las primeras veces salieron despavoridos), pero, no sé en qué momento, invitar a los habitantes del pueblo en Samhain se convirtió en una tradición.

Voy pensando en eso cuando salgo del baño del instituto y, de repente, veo a Edan acercarse desde el extremo del pasillo (no hacia mí, claro, estoy segura de que ni me ha visto). Cruza por mi izquierda dejando una ráfaga tras él que huele a perfume masculino y un toque más asilvestrado, como a aire que corre al ras del río; su aroma me estruja el estómago y el pecho y solo puedo relacionarlo con el deseo prohibido. Es apenas un momento en el que se me nubla el juicio, pero me repongo enseguida (o eso quiero pensar).

Estas últimas semanas de octubre han aparecido dos notas más colgadas en la puerta de mi cabaña bajo el pseudónimo El chico poeta». La segunda vez, tras leer la nota, recorrí el perímetro buscando al artífice, sin suerte. Y luego pensé que era mejor así: ¿qué iba a hacer tras encontrarlo? Es mejor no saber quién las escribe, porque lo que dice me remueve las entrañas:

> Me pregunto si mi nombre cruza su mente alguna vez. Me permito desearlo con todas mis fuerzas aun sabiendo que mi suerte es una quimera. Me pregunto si ella, al leer esta nota, verá mi rostro. Pero ¿acaso me ha visto alguna vez?
>
> Firmado: El chico poeta.

> Ella se pasea por mis sueños sin permiso aunque duela. Ella se cuela entre las grietas colmadas de heridas aunque no la invite.
>
> Firmado: El chico poeta.

—Vaya, la verdad es que estas notas son muy románticas —opina Chiara, leyéndolas por segunda vez—. ¿Y no te imaginas quién puede ser?

—No, ni me interesa —respondo mientras rebusco en el armario con mala leche.

—¿Estás buscando tu disfraz de mago?

—¡Se ha volatilizado!

—Yo creo que tu madre cumplió sus amenazas y lo donó a la beneficencia. Tres años seguidos vistiendo de mago ya está más que amortizado, ¿no crees?

—Entonces no me disfrazo este año —sentencio con todo el pelo en la cara tras adentrarme en los cajones y desordenarlo todo.

—De eso nada, ya contaba con esto: te he traído un disfraz. —El tono excitado de su voz no me gusta—. Te encanta disfrazarte, Vera Anies, no desperdicies esta ocasión.

—Es que sigo sin entender por qué la gente viene en Samhain si nos odia, no me cabe en la cabeza.

—Pues porque en el fondo saben que somos encantadoras. Y porque les gusta que les leamos el futuro y les contemos historietas que creen que son verídicas. Se arma una fiesta muy interesante, ¿por qué no le ves el lado bueno?

—¿El lado bueno de que las mismas personas que quieren que les leáis la mano al día siguiente piensen en la mejor manera de quemarnos en una pira?

—Exagerada.

—Somos una atracción de feria…

—¿Quieres ver tu disfraz para esta noche? —Chiara saca una tela negra y aterciopelada de la bolsa.

—¡¿Eso es un vestido corto?!

—Parece que le esté enseñando la cruz al diablo, ¿quieres relajarte? Llevarás medias tupidas. Esta noche serás Miércoles Addams.

—Mi disfraz de mago era largo y ancho y…

—Y te tapaba toda la cara, sí, lo sé. Lo odiaba con toda mi alma. ¿Puedes hacerme feliz y probarte lo que te he traído?

Gruño y empiezo a desvestirme con lentitud.

—Entonces…, ¿ni una ligera idea de quién puede ser este chico poeta misterioso? —pregunta de nuevo mientras mira las notas.

—Estoy empezando a pensar que es una broma de algún gracioso —farfullo mientras me enfundo el vestido entallado de manga larga—. Oye, Chiara…, tú ¿cómo lo haces para no fijarte en nadie? Ni que se fijen en ti, claro.

—No hago nada —responde, sincera.

—Entonces…, ¿no te gusta nadie? No me creo que los demás no te miren.

—Vera, yo no sigo tu dinámica. No podría vivir en este mundo evitando a todo aquel que se cruzase conmigo, ya sabes lo que opino. Procuro tener mucho cuidado siempre, pero he besado a mucha gente.

—¡¿Has besado a mucha gente?! —Meto el pie mal en la media y me vuelco hacia un lado dando tumbos hasta que me topo por suerte con mi escritorio, del que tiro varios libros y apuntes.

Ella me mira con gesto divertido y cariñoso.

—Eres demasiado inocente. He besado a chicas y chicos, una sola vez cada vez, nunca repito. Y también me he acostado con varios de ellos.

Aspiro entre dientes tan fuerte que me atraganto con mi saliva.

—¡No puedes arriesgarte tanto! ¿Y si alguien se enamora de ti? ¿Y si te enamoras tú? ¡El amor no se puede controlar!

—No estoy con ninguno de ellos tanto tiempo como para que eso ocurra —dice, encogiéndose de hombros.

—Eso no puedes saberlo —replico, sofocada; solo puedo pensar en un homicidio en serie.

Ella se incorpora de mi cama con despreocupación y me indica que me dé la vuelta ignorando mi mirada acusatoria.

—Nadie se enamora de una persona que no conoce —resuelve mientras me sube la cremallera del vestido, haciendo que se me pegue al cuerpo como una segunda piel.

—No sé si estoy de acuerdo… y este vestido me viene pequeño —refunfuño.

—Cuando no conoces a la otra persona no puedes sentir amor de verdad, tal vez una atracción muy fuerte y una idealización de su personalidad, pero no amor. No matamos a nadie por desearlo, Vera —me explica con cautela—. Y no te viene pequeño, solo entallado. Estás perfecta.

Me desplazo hasta el espejo de cuerpo entero y hago un mohín ante mi imagen. La tela de terciopelo negro se acopla a mis curvas, resaltándolas, tiene un cuello de camisa blanco y una línea de botones en el centro que acaba al final de la falda a la altura de mis muslos.

—Desabróchame la cremallera —le pido a Chiara.

Ella chasquea la lengua con los ojos en blanco.

—Sé que te gusta, estás preciosa, ¿qué tiene de malo? Solo es una noche, nadie se va a enamorar de ti en una noche, Vera. ¿Y qué si a alguien le pareces atractiva? Eso no le hará daño, ni a ti tampoco.

Abro la boca para replicar, pero la vuelvo a cerrar. Reviso mi reflejo y estudio mi cuerpo. Admito que el disfraz me queda como un guante y, en realidad, me gusta verme bonita, por eso me explayo en las celebraciones en las que solo participa mi familia; es como una liberación, me desahogo tras tanto tiempo refugiada tras telas anchas y gorros. Chiara sabe que me encanta arreglarme y que siento predilección por el tono burdeos en mis labios, que, en contraste con mi piel pálida y mi pelo azabache, resalta como si fuese una vampira o Blancanieves.

Me resigno cuando me pide que me siente para que me haga las dos trenzas. De todas formas, no me dejaré ver mucho por la fiesta.

Mi madre y la tata llevan dos días cocinando galletas (receta secreta de las brujas de Belie) y sus famosas tartas de queso y fruta. No escatiman en gastos de adornos y bebida para sus famosos cócteles caseros. Sé que desean gustar a la gente de Belie, sé que se afanan por encajar en un lugar que hace tiempo que las rechazó, no pueden evitarlo. Ni yo tampoco. Por eso disfruto ayudándolas a adornar la casa, el porche y el jardín con cestas de flores, velas y calabazas. Hay una veintena de calabazas de todos los tamaños, dos de ellas las hemos tenido que sacar al jardín entre mamá y yo porque una sola no podía trasportarlas. Sacamos pequeñas mesas plegables y colgamos atrapaluces y frascos con flores en las ramas de los árboles que bordean el jardín.

—¿Alguien se ha encargado de la lista de canciones? —pregunta la tía Flor mientras lleva dos platos colmados de galletas a la mesa alargada del jardín con una hambrienta Bosque cruzando sus piernas de forma que mi tía va dando tumbos.

Todas están disfrazadas: la tata se ha puesto su vestido blanco para los rituales de luna llena y un velo en la cabeza, es la novia cadáver más entrañable que he visto; Chiara y la tía Flor van de Catrina y mamá, ¡sorpresa!, es Morticia Addams. Chiara y ella han conspirado a mis espaldas, esta se la guardo. Incluso le han colgado una araña en el collar a Bosque.

La gente va apareciendo sobre las ocho de la tarde, cuando el crepúsculo ha abandonado el cielo y las estrellas se esparcen aquí y allá junto a una luna creciente que corona el horizonte. Desde la ventana de la cocina, los veo mirar la casa con cierta desconfianza acompañada de un brillo de excitación, ninguno se atreve a atravesar el camino y adentrarse en el jardín a pesar de que mi madre sale a recibirlos con hospitalidad. Reconozco caras de otros años: el panadero, su sobrina, las abuelas que hacen un corrillo para charrar toda la tarde en la esquina cerca de la casa de Bego (donde voy a menudo a darle galletas, pasteles o lo que sea que quiera darle la tata) y también reconozco las caras de algunos padres de mis compañeros de clase y niños y gente joven que a veces me cruzo en el instituto. Algunos vendrán a curiosear y se marcharán enseguida y otros se quedarán un poco más.

La casa se empieza a llenar sobre las nueve y nuestra gata desaparece para refugiarse en el cuarto de la tata, su lugar favorito. Como todos los años, se hacen corrillos alrededor de las mesas de comida y pocas veces se acercan a nosotras a no ser que quieran algo como que les leamos la mano o las cartas o les chivemos secretos para mejorar su buena suerte, para encontrar el amor o atraer el dinero. Es el colmo que vengan a nuestra casa a husmear o a exigir que mejoremos sus vidas.

Por eso mi cara de hastío no cambia mientras me paseo con discreción entre las estancias de la casa sorteando a personas que en realidad nos odian. Nadie lo diría desde fuera, claro, el ambiente es alegre, animado, la música ameniza la noche y las bandejas de comida y las copas de cóctel vuelan de aquí para allá. Yo me acerco a la mesa con menos éxito, la del cóctel de cerezas sin alcohol, y me sirvo un vaso. Y al alzar la mirada lo veo: Edan de Alba; viste con una cazadora y un pantalón negros y se ha pintado un poco la cara como una calavera. Me llevo la mano al estómago y dejo el vaso sobre la mesa. En esos instantes sé que Chiara no tiene razón: sí es posible enamorarse de alguien que no conoces. Tal vez lo que me ha estrujado el pecho al verlo sea una atracción muy fuerte, sí, pero puede transformarse, lo siento latente, como un ser vivo palpitante en mis entrañas que amenaza con descubrirse cuando menos lo espere. De repente me localiza y pego un respingo en el sitio. Sus ojos no se apartan enseguida, algo parece sorprenderle en un primer momento aunque su gesto haya sido sutil; entonces caigo: llevo trenzas, los labios pintados y un vestido ceñido. Contengo el aliento y el pánico y me escabullo hacia el pasillo y, en mi huida, me choco contra una mujer de baja estatura que se queja de mi despiste.

—¡Lo siento! —le digo, apurada.

—Chiquilla, eres la menor de las brujas de Belie, ¿no? ¿Puedes leerme la mano? —Me quedo inmóvil ante ella como una ameba.

La gente del pueblo no suele llamarnos así a la cara, solo a nuestras espaldas. La mujer debe ser de fuera.

—Eh… bueno, lo hará mucho mejor mi madre o mi abuela. Yo es que…

—Están ocupadas, ¡y tienen cola! La gente se aprovecha de que hacen estas cosas gratis. —La gente, claro, la gente—. Entonces, ¿puedes ayudarme o no?

—Yo no tengo ese don. Han intentado enseñarme, pero… no soy como ellas —admito entre risas incómodas.

—Oh, vaya. —Hace un mohín y luego me gira la cara y se aleja de mí sin despedirse.

«Oh, vaya» es una buena expresión para definirme. Sí, señora, soy un bicho raro dentro y fuera de mi entorno familiar. Es lo que hay.

Subo las escaleras para encerrarme en mi habitación, respiro hondo en la soledad: definitivamente no soy un animal social. Y no puedo soportar la falsedad y la conveniencia disfrazadas de amabilidad y buen rollo.

Al cabo de un rato, veo a través de mi ventana a un grupo de gente alejarse hacia el bosquecillo de fresnos (la tata dice que los fresnos dan buena suerte, por eso construimos mi cabaña allí); distingo a algunos compañeros de clase: Lucía y su cuadrilla, alguno de los chicos y… Edan. Me siento sobre mi escritorio con el estómago en un puño. Por la dirección en la que van, sé que su destino es el lago de la Suerte (bautizado así a raíz de los fresnos). Nosotras cerramos rituales en ese lago en algunas ocasiones y nos bañamos con los vestidos blancos bajo la luz lunar, haga la temperatura que haga.

Aprieto la falda del vestido entre mis dedos y salto del escritorio para salir de mi cuarto. No sé ni lo que hago mientras sorteo a la muchedumbre al salir al jardín. ¿Por qué vienen a mi casa mis compañeros de instituto? No entiendo qué motivaciones traen. Me adentro en el bosque y oigo el eco de sus risas; el lago está a varios metros de la casa, me sé el camino con los ojos cerrados. Menos mal que mi refugio está al otro lado, no me hubiese gustado que lo encontrasen. Veo sus siluetas y me resguardo tras los árboles y los matorrales; están desnudándose entre risas y gritos, retándose a entrar al lago a pesar del frío. Edan está sentado en las rocas observando el panorama y Lucía se acerca a él, lo toma del brazo para estirarlo hacia ella; no puedo oírla, pero sé que le estará pidiendo que se bañe con ella con su voz ñoña. Él no accede; Lucía hace aspavientos decepcionados con el cuerpo y luego corre hacia el lago, donde los demás ya están metidos.

Estudio el perfil de Edan, con su cabello revuelto por la brisa; la penumbra apenas me deja ver, pero la luz de la luna creciente deposita cierta luz mortecina sobre el paisaje. Siento una tristeza sólida en el pecho; este es mi lugar favorito del mundo (el bosquecillo de fresnos, la cabaña, el lago...) y ellos se hacen suyo este lugar, mi hogar, en apenas unos minutos. No se esconden, no temen. Yo nunca perteneceré a eso; yo nunca podré pedirle a Edan que se bañe conmigo en el lago. Por unos instantes quiero ser Lucía, quiero dejar de tener miedo a acercarme a él sin el temor de matarlo. Envidio sus risas adolescentes, sus vidas agitadas.

—¡Miradme, soy una bruja de Belie! —escucho vocear a Lucía con los brazos en alto—. ¡Soy Vera creyéndome genial por ir de rapera cutre solitaria!

Sus risas estridentes resuenan entre el follaje de los árboles. Cierro los ojos y dejo caer la frente en mis brazos apoyados en los setos.

—¡Eh, eh! ¿Aquí es donde dicen que se bañan cuando invocan al diablo? ¡Buah, hombre, que no quiero que me pasen una maldición! —Óscar, siempre tan gracioso, sale con movimientos exagerados del agua.

Y risas afiladas de nuevo.

—¡Eres un cagado, hombre! ¡Si eras el primero que quería venir!

—¡Ya, ya, pero no me quiero bañar aquí, joder! ¿Y si se enteran? ¡Estamos muertos!

No los estoy mirando, así que no sé lo que hacen. Intento concentrarme en morderme el labio para no dejar salir las lágrimas que arden en mis ojos. Hace tiempo que acepté nuestra fama; las miradas, los desprecios, los vacíos… pero nunca había escuchado lo que piensan. Y aunque ya lo sabía, duele igual. Levanto los ojos para mirar a Edan; al menos aquello servirá para alejarlo de mí sin que tenga que esforzarme tanto.

Se están vistiendo mientras se quejan del frío que hace. Edan se incorpora y Lucía se le acerca entre tiritonas y, con la excusa, se aferra a él.

Aguardo a que se marchen y, cuando sus voces suenan lo suficientemente lejos, me incorporo de mi escondite y camino hasta el claro; la luz pálida riela sobre el agua en calma, como si jamás nadie se hubiese bañado allí.

Si fuese una chica normal, tal vez habríamos sido amigos. Si fuese una chica normal y pudiese verme, quizá le parecería guapa o simpática. Quizá el primer día le hubiese enseñado mi cabaña del bosque, él me habría contado que estaba triste y yo le habría dicho que lo entendía, pero que lo acompañaría adonde fuese hasta que un día se sintiese un poco mejor… Mientras pienso en ello, me quito el vestido por la cabeza con dificultad, las medias y las botas; el agua está helada, la sangre de mis pies reacciona ante el cambio de temperatura y me hormiguea la piel. Contengo un gemido cuando el agua me alcanza el abdomen, me deshago las trenzas con los dedos y luego me sumerjo.

Dejo que las extremidades se me entumezcan por el frío del lago y luego regreso con calma a pesar de que he empezado a tiritar de forma violenta. Pero todo eso se esfuma de mi cuerpo de golpe al levantar la mirada y distinguir una figura en la linde del bosquecillo. El corazón casi se me para: es Edan, lo veo contemplarme quieto con su cazadora colgando en la mano; el poco ingenio que puedo emplear en ese instante me dice que ha regresado a por su chaqueta olvidada. Ay, madre, ¡joder! ¡Voy en ropa interior! Agacho la mirada, tan abochornada que apenas coordino mis movimientos.

Actúo con calma aunque querría echar a correr y, al llegar a la orilla, veo que he dejado el vestido medio metido en el agua. Soy un maldito genio, di que sí. Encima me doy cuenta de que ha sido muy fácil sacármelo a la fuerza por la cabeza pero que no será tan sencillo metérmelo sin abrir la cremallera.

Tensa y entumecida, me enfundo las medias tupidas y el vestido abierto mientras intento cubrirme el cuerpo con los brazos.

—¿Te ayudo?

Reprimo un gritito al escucharlo tan próximo, tenía la esperanza de que se hubiese marchado. Alzo la mirada hacia él, que está ahí a mi lado, más cerca que nunca.

—No hace falta —murmuro.

—¿Estás segura? Puedo… subirte la cremallera —propone en un tono suave y solícito.

Aprieto la mandíbula y asiento con la cabeza antes de darle la espalda. Reacciono de una forma muy intensa e inesperada ante el tacto de sus dedos cálidos al retirarme el pelo mojado del cuello, luego noto la presión de sus manos en la cintura al hacer fuerza con la cremallera hacia arriba.

—Ya está —susurra.

El pulso me va tan deprisa que temo que él se dé cuenta.

—Gracias —digo rápido, colocándome las botas con torpeza.

Necesito huir de ahí ya, necesito correr. Reprimo otro gemido de susto cuando de repente noto que me deja algo sobre los hombros; es su cazadora, me está arropando con ella y su olor se apropia de mis fosas nasales.

—Estás helada…

—Oh, no, no, gracias —tartamudeo, evitando mirarlo al tiempo que empiezo a retirarme su chaqueta para devolvérsela.

—Por favor, Vera. —Alzo la mirada de golpe hacia su cara pintada de calavera al escucharlo decir mi nombre. Él vuelve a colocarme su cazadora por encima y esboza una sonrisa débil ante mi mirada—. Vamos dentro, estás temblando.

Posa una mano en mi espalda y empezamos a caminar despacio porque soy incapaz de accionar mis extremidades ateridas.

Atravesamos el bosque en penumbra; yo me tropiezo varias veces y él me sostiene por instinto del brazo sin saber que su contacto es como un disparo de aire caliente contra mis órganos. No decimos nada por el camino, pero, de una forma extraña, el silencio con él es apacible, como si ya hubiésemos compartido miles de silencios antes.

La afluencia de gente ha disminuido bastante cuando llegamos al jardín. Edan me acompaña adentro y vamos directos hacia la chimenea encendida del salón, desde donde emerge un calor inmensamente agradable con olor a leña y al almizcle de las velas perfumadas. Frunzo el ceño ante el pensamiento intrusivo de que la casa parece más hogar con Edan en ella.

—Gracias... por todo. —Me alejo de él para aproximarme al fuego.

Le doy la espalda con la esperanza de que se marche.

—Gracias a vosotras por invitarnos a vuestra casa —dice con voz rasgada detrás de mí.

Cierro los ojos y se me pone la piel de gallina. «Márchate, Edan, por favor, vete».

Al cabo de un minuto, me atrevo a girarme y él ya no está. Soy un nudo de contradicciones, pero la tristeza se solapa en mí ante su ausencia.

«Por favor, Vera», resuena en mi cabeza. El deje íntimo de su voz, la nota casi suplicante al pronunciar mi nombre, ambas vocales y consonantes en su paladar como si se los apropiase, como si le hubiese escuchado decirlo muchas veces antes...

Me ha visto desnuda. Me ha visto vulnerable. Y yo he dejado que aflorase en mí algo que no existía antes.

Y sé que a partir de ahora todo será más complicado.

7

Ágata

Otoño de 2021

La fotografía continúa indemne en mi caja de recuerdos. En la imagen, ella me abraza feliz, yo apenas tengo arrugas en los ojos y la miro de una forma devocional, como nunca he mirado a nadie después de ella. Samhain era una de sus fiestas favoritas, tomábamos chocolate caliente y veíamos películas de terror. Muchas veces me pregunto cómo hubiese sido mi vida a su lado si hubiese podido parar a tiempo la maldición.

Mariela y Flor conocen su existencia, pero Vera y Chiara... Quizá sea más fácil pensar que son ellas las que no están preparadas cuando en realidad soy yo la que no lo está.

Hago bailar el papelito con el teléfono móvil de Isabel Herrera en los dedos. Ya me proporcionó información acerca de Victoria Leiva, me mandó por correo algunas de sus notas manuscritas, y ahora tengo un mensaje suyo diciéndome que ha encontrado cartas de Cristóbal, Diego y Victoria de los años 1934 a 1936. La última vez no lo hice, pero esta vez estoy decidida: iré a ver a Isabel en persona. Es muy mayor y no está para hablar por teléfono largos periodos de tiempo, pero podrá contarme todo lo que recuerde si voy a su casa.

Vera dejó de tener regresiones a los seis años. Durante varios meses despertó entre resuellos echando de menos a su hermano

Cris, a Diego y a un chico llamado Andrés; «tiene los ojos del color de las nubes cuando amenazan con descargar tormenta, es una tormenta en mi pecho, tata. A veces busco su mirada gris entre los desconocidos. A veces despierto con la sensación de que me ha abrazado durante la noche fría», repetía palabra por palabra algunas veces al despertar con un dolor sólido que traspasaba mis huesos.

Me obsesioné con Victoria Leiva, con Cris, Diego y Andrés. Y encontré mucho más de lo que buscaba en realidad: el posible origen de todo, la razón por la que perdíamos a los amores de nuestra vida. Y cuando encuentras el foco infeccioso, es mucho más fácil erradicarlo.

8

Vera

Otoño de 2021

He perdido mi bolsita con el hechizo para ahuyentar el amor. Seguramente se me cayó al quitarme el vestido en el lago y, ¡*pum*!, Edan apareció de la nada.

He guardado su cazadora en el armario el resto del fin de semana con el juramento de no sacarla bajo ningún concepto. Su olor y su recuerdo se quedarán encerrados hasta que Edan regrese a por ella y la tata o mi madre se la devuelvan, porque no pienso llevársela al instituto; cualquier situación que conlleve acercarme a él, por muy breve que sea, está más que descartada.

El lunes, antes de salir, me preparo bien: mi nueva bolsita con el hechizo, mucho citrino en los bolsillos, ramitas de perejil y, por primera vez, unas gotas del elixir que me regaló la tata por mi edad blanca. Esta, sin duda, es una situación en la que necesito fuerzas para afrontar algo; y ese algo es Edan.

Se me embala el pulso cuando lo veo entrar en clase, pero no dirige ninguna mirada hacia las hileras del fondo, como siempre.

Y continúa así el resto del día.

Nada ha cambiado, mis miedos son infundados. Sin embargo, hay algo que sí es distinto: Lucía se acerca a él con más confianza. En una ocasión, entre clase y clase, ella se pone de cuclillas al lado de su pupitre y le dice algo a Edan por lo bajo que lo hace reír; su risa ligera se cuela en mi cerebro como un estímulo doloroso.

Y los días posteriores son parecidos. Intento distraerme y mantenerme ajena a él, pero es más difícil de lo que creía. Me veo pensando en él, preguntándome dónde estará u observándolo sin darme ni cuenta; luego me reprendo por ello, pero al rato siguiente lo vuelvo a hacer.

«Es solo un desconocido, nadie se enamora de un desconocido, no es para tanto», me repito mentalmente.

—¿Tú crees que le gustará Lucía? —me pregunta Tania en el patio mientras nos comemos nuestro almuerzo en un banco.

Mastico con parsimonia y suspiro hondo. Tania no sabe que Edan me vio desnuda en el lago ni que me acompañó a casa ni que guardo su cazadora en mi armario. Odio que me dé vergüenza contarle esas cosas, querría sentirme segura con ella, pero hay algo que siempre me frena.

—No lo sé…

—Ojalá le gustasen las chicas tímidas —bufa ella. Sus ojos se apagan cuando se sumerge en sus pensamientos—. Sería demasiado cliché que la popular de la clase se liase con el chico guapo, ¿verdad?

Asiento haciendo un mohín. Tania me mira e intenta decirme algo, pero se calla y mira hacia su sándwich. En esos instantes vuelvo a sentir el frío entre las dos, ese abismo que nos separa; me pasa a menudo. Ella se guarda cosas, yo también; estoy segura de que la amistad no consiste en eso en absoluto. Hay un muro gélido y robusto que ninguna de las dos hemos intentado derribar y ambas ignoramos que en cualquier momento moriremos de hipotermia.

El vacío inexplicable que se instala entre mis costillas se aplaca un poco cuando encuentro una nueva nota en la cabaña. Esa semana han aparecido otras dos y las leo y releo dentro del refugio imaginando quién puede ser aunque tengo decidido que no lo buscaré ni intentaré averiguar quién es.

A menudo me pregunto por qué las funciones del corazón son tan intrincadas, por qué en la mente se producen conexiones que desembocan en una emoción desgarradora a raíz de algo tan pequeño; un simple gesto de su cara, leves partículas de su olor flotando en el aire, su voz o el solo pensamiento de que quizá pueda verla al día siguiente.

Firmado: El chico poeta

Me duelen las manos. Me pican las yemas de los dedos, me escuecen las ganas de saber cuál será la textura de su piel. Y el dolor se propaga por mi cuerpo cada día. Cada día.

Firmado: El chico poeta

Es demasiado bonito, se me encoge el pecho al leerlas. ¿Serán para mí de verdad? ¿Y si es algún escritor bohemio que deja muestras de su trabajo por diferentes lugares? ¿Y si cree que soy otra persona? No conozco a nadie de mi entorno que pueda sentir todo eso por mí; de hecho, me parece imposible. ¿Y si es Chiara gastándome una broma para que deje de taparme el cuerpo? ¿Y si es alguien que se quiere burlar de mí?

Arranco una hoja de libreta y escribo:

No sé quién eres, chico poeta, y no conozco tus intenciones. No te pido que me reveles tu nombre, solo quiero saber una cosa: ¿por qué dejas notas en mi puerta?

Firmado: Vera

Cuelgo mi nota en la puerta de la cabaña y luego corro hacia casa con la luz violácea del ocaso abriéndose paso como vaporosas formas perpendiculares a través de las copas de los árboles. Llevo el gorro de lana en la mano y mi cabello se desliza a sus anchas hasta la mitad de mi espalda; nadie, además de mi familia, conocía lo largo que tengo el pelo hasta la pasada noche en Samhain. Y lo cierto es que no fue tan desastroso como imaginaba.

El aroma a miel caliente, especias y flores me invade en cuanto entro en casa. Mamá está en su estudio pintando y la tata cocina algo con música de fondo. Anuncio mi llegada a voces antes de subir las escaleras hacia mi habitación y ellas me responden sin desatender sus quehaceres. Hago los deberes y luego empiezo a preparar la colada (cada día le toca a una), es cuando abro mi armario y un olor profundo a perfume masculino y ese toque sutil asilvestrado que evoca libertad y deseo me golpea en la cara. Emito un gemido que agradezco que no haya oído nadie. ¿Cómo un olor puede estimular tanto? Su cazadora sigue ahí colgada; ahora mi ropa olerá a Edan, es una estrategia brillante para dejar de pensar en él, claro que sí. Me pregunto si estará esperando a que se la lleve a clase o es que se ha olvidado de ella (o puede que no quiera venir, eso también). La descuelgo de la percha y, no sé por qué, me la pongo y la sujeto de las solapas, cubriéndome la nariz. Casi puedo verlo en la linde del bosque de fresnos, con su expresión atónita al verme allí semidesnuda. Y, no me entiendo, pero abrazo mi cuerpo sobre la chaqueta de cuero. Estoy abrazando a Edan... y la sensación es como la del fugaz pensamiento que invadió mi cabeza al entrar en casa con él en Samhain: su presencia suena a hogar, a un lugar seguro. El repentino escozor de mis ojos me hace reaccionar y me quito la chaqueta con gestos bruscos y la lanzo a la cama.

Un pensamiento absurdo y kamikaze me viene a la mente y, aunque mi cerebro me alerta y me empuja a desecharlo, se queda anclado en mi cabeza con fuerza: no pasó nada en Samhain; llevé aquel vestido entallado e incluso Edan me vio en ropa interior y no pasó nada. Nadie se fijó en mí, nadie me miró más de la cuenta y, en caso de que alguien lo hubiese hecho, no habría corrido ningún peligro. Miro la bolsa que cuelga del perchero en la esquina de mi cuarto, Chiara se dejó su ropa porque se marchó con el disfraz puesto; la recupero y miro dentro: son unos pantalones vaqueros de talle alto y una camiseta de esas que ella suele llevar, con las que se le ve un poco la cintura, con cuello *scoop* y tejido de canalé de color verde botella.

Agito la cabeza y tomo la gaveta con la ropa sucia para bajar las escaleras y preguntarles a mamá y a Ágata si tienen ropa para lavar. Me paso la tarde tan ocupada que cuando me tumbo en la cama por la noche me duermo en apenas unos segundos.

* * *

«Tiene los ojos del color de las nubes cuando amenazan con descargar tormenta, es una tormenta en mi pecho. A veces busco su mirada gris entre los desconocidos. A veces despierto con la sensación de que me ha abrazado durante la noche fría». Regreso a la conciencia con la imagen de los ojos grises de Edan en la retina. Una sensación abrumadora, tan fuerte y tan real como una roca, me corta el aliento y me provoca sofocos. Estoy… ¿llorando? Me incorporo, asustada, con una nostalgia lacerante que no comprendo. Retiro el edredón con ahogo y me pongo en pie intentando entender qué me pasa, pero la sensación se va diluyendo conforme el sueño me abandona.

Respiro hondo un par de veces en mitad de mi habitación.

Pero… ¿qué me ocurre? Me voy a la ducha y, cuando vuelvo al dormitorio, no lo pienso más: alcanzo la bolsa de mi prima del perchero y me enfundo su ropa. Tengo la suerte de tener una complexión semejante a la de Chiara, así que tanto los vaqueros como el jersey me vienen bien. Me coloco mi parka ancha azul oscuro, la bufanda y bajo las escaleras corriendo.

—¡Adiós! —les grito.

—¿Hoy tampoco desayunas nada? —vocea mamá desde el salón.

—¡No tengo hambre! —Y cierro la puerta tras de mí para recorrer el camino con la misma prisa hacia el autobús.

En realidad voy bien de tiempo, pero corro para dejar atrás el pánico, que me pisa los talones.

Voy mirando al suelo cuando cruzo las puertas del instituto y me retiro la capucha. Me tiemblan los dedos; siento extraño el roce de mi pelo suelto contra la cara. Seguramente nadie me esté mirando, pero en mi mente todo el mundo se fija en mi cabello negro descubierto. Una especie de vértigo se apropia de mi estómago cuando entro en clase y algunos compañeros parlotean alegres, sentados sobre los pupitres, como todos los días. Me siento en mi sitio y saco de la mochila todo lo necesario para la asignatura de primera hora.

—¿Vera? —Tania me está mirando patidifusa a medio metro de mi mesa—. Estás... tu pelo.

No le salen las palabras y me observa como si me viese por primera vez; de hecho, ella tampoco me había visto antes con el cabello suelto. Le sonrío intentando buscar su aprobación, pero sus comisuras tiemblan al intentar responderme la sonrisa.

—¡Buenos días! ¡Sentaos, sentaos! ¿Cuántas veces os tengo que decir que me gusta que estéis en vuestros asientos cuando entro en clase? —La profesora de Castellano alivia un poco mis nervios cuando nos obliga a prestarle atención.

Tania se desliza hasta su sitio sin decirme nada más. Necesito en ella a una amiga, ahora más que nunca, pero creo que está muy impactada.

Edan cruza por la puerta y se sienta con prisa, apenas aparto la mirada de la profesora para comprobar qué hace. Escucho cuchicheos enérgicos de vez en cuando desde distintos puntos de la clase. No sé de dónde me sale el impulso rebelde (o quizás es solo porque me estoy asando; hoy la clase está a treinta y cinco grados porque por fin han arreglado la calefacción), pero me bajo la cremallera de la parka y me la quito. Si quieren hablar, que hablen.

El cuchicheo leve del principio se transforma en zumbidos violentos.

—¡Silencio! ¡Callaos! Pero ¿qué os pasa hoy?

Estoy roja. He clavado la vista en mis apuntes con fijeza y respiro deprisa; sé que estoy entrando en pánico, pero trato de respirar más despacio y controlar las voces de mi cabeza que me gritan que vestirme de persona normal ha sido una idea horrible.

—Joder... —escucho decir a uno detrás de mí.

—La brujita se ha desarrollado bajo esos trapos que siempre lleva —murmura Óscar lo suficientemente alto para que lo oiga.

Y las risas ahogadas le suceden.

—¡Al próximo que oiga se va fuera de la clase! ¿Entendido?

Aprieto el bolígrafo entre mis dedos y poco a poco me nace la necesidad de ser invisible, ¿no podría desarrollar el don de desaparecer? ¡Algo debe dárseme bien!, ¿no?

Solo deseo que pase el tiempo mientras escucho susurros sueltos; puedo oír las palabras «tetas» o «truco de magia» en voces masculinas y la palabra «zorra» en alguna femenina. Es fascinante la sororidad de esta clase.

Cuando se va acercando el final de la hora, le lanzo un papelito a Tania, ella lo recoge y me mira de reojo: «Tania, ¿puedes venir ahora conmigo a los pasillos, por favor? Necesito salir de aquí». Ella no me responde. La profesora da por acabada su clase y yo siento que me asfixio.

—Tania, ¿vienes? —Me acerco a ella tratando de no mirar a mi alrededor ni escuchar sus voces, que, ahora que la profesora no está, se explayan a sus anchas.

—¿Dónde quieres ir? Tenemos Historia —me dice con sequedad.

—Pues… fuera —le digo, confusa por su actitud cortante.

—Vera…, ¿qué pretendías al venir así al instituto? —Su pregunta afilada me atraviesa como una daga; su voz destila reproche y desdén—. ¿De repente te vistes así y quieres que nadie te diga nada? ¿O es que quieres llamar la atención de alguien?

Estoy tan aturdida y duele tanto que no soy capaz de reaccionar. Solo la miro intentando averiguar si alguna vez la he conocido o solo ha sido fruto de mi imaginación. No vuelve a mirarme, simula estar entretenida buscando algo en su mochila, y yo me alejo algo entumecida por el golpe de realidad que acaba de estallarme en la cara, y sorteo pupitres evitando mirar a nadie para salir del aula a paso ligero. Antes de darme cuenta, estoy cruzando pasillos corriendo. Ojalá pudiese salir del centro, pero la conserje es una sargento que no deja que ningún menor cruce las puertas antes de la hora. Así que bajo las escaleras hacia el piso inferior y me resguardo tras el hueco de la enorme escalera. El silencio y los débiles sonidos amortiguados de las clases del piso superior ayudan a que solo perciba el pitido agudo que se instala en mis tímpanos. No lloro, ni siquiera hiperventilo. Estoy inmóvil, sentada con la espalda apoyada en la pared, asimilando lo estúpida que soy y lo irracional que es la humanidad.

Me tenso cuando escucho unos pasos bajar las escaleras y alguien se asoma al hueco; se me corta el aire. Edan termina de bajar y me mira con cautela desde el final de la barandilla.

—No parece que ocurran muchas cosas emocionantes en este pueblo, ¿no? —habla con su deje suave y rasposo, apoyando su peso en el pasamanos—. Menudo revuelo por un cambio de *look*.

Esboza una sonrisa calmada y yo, sin querer, elevo las comisuras de los labios un poco. Se queda ahí a pesar de que no respondo.

—Te estás perdiendo la próxima clase —digo por fin.

—Tú también —apunta.

Sonrío de forma reprimida otra vez. Entonces Edan deja de apoyarse para acercarse a mí; se me embala el corazón al verlo sentarse a mi lado. No dice nada más, yo tampoco. Siento que el pecho me va a reventar, pero al mismo tiempo noto una paz extraña, como un alivio en el vacío entre mis costillas. Estudio sus manos de soslayo, que se dejan caer sobre sus rodillas flexionadas; son bonitas, tiene los dedos largos y las palmas anchas. Ya me había fijado en que la ropa cae sobre él de forma grácil, como si la tela se amoldase a sus extremidades, a sus hombros, a su cintura estrecha.

—Podemos quedarnos aquí el resto del día —dice en habla queda—. O también podemos subir y darles más de qué hablar.

Me ofrece su mano y yo la miro, justo ante mí, mientras trato de acallar el caos bullicioso de mi cabeza. Me tiemblan los dedos y escucho mi propia expiración entre dientes antes de rozar su piel. Edan aferra mi mano con entereza y luego se incorpora con habilidad, yo lo hago con menos gracia, impulsada por él, y después me suelta.

No entiendo qué hace allí, por qué ha venido a buscarme. Lo miro todo el tiempo intentando encontrar un porqué, pero Edan se muestra natural y cercano. Subimos juntos las escaleras sin decir nada más y, antes de llegar a la puerta de nuestra clase, me detengo. Él también lo hace y se gira hacia mí. Puede ver el susto reflejado en mis ojos, se aproxima y vuelve a ofrecerme su mano con una sonrisa suave en sus labios esponjosos.

—Roberto tiene genio, pero en el fondo es un trozo de pan —dice. Se refiere al profesor y a su obsesión por la puntualidad.

Sonrío sin reprimirme esta vez y le doy la mano. Edan llama dos veces a la puerta y luego la abre.

—¿Podemos pasar?

—¡De Alba! ¡Anies! Pero ¿qué diablos hacíais por ahí? ¿Habéis visto la hora?

—Sí, Roberto, disculpa, no me encontraba bien. El retraso de Vera ha sido culpa mía, me estaba ayudando a airearme.

Roberto refunfuña por lo bajo mientras la clase continúa silente.

—Pasad, no tengo todo el día —gruñe.

Me sorprendo cuando Edan no me suelta la mano, de modo que ambos pasamos sujetados a clase. Los cuchicheos y aspiraciones sibilantes son inevitables en esa ocasión mientras atravesamos los pupitres. Me suelta una vez llega a su sitio, pero, para más escándalo, recoge la mochila y la chaqueta de su silla y viene detrás de mí para colocarse en el pupitre vacío que hay a mi derecha (en el de la izquierda sigue Tania, la única que se atrevía a ponerse cerca de una bruja de Belie).

No salgo de mi asombro. Me siento con movimientos torpes en mi silla mientras él se acomoda en su nueva mesa.

—¡¿Pero qué es este alboroto?! ¡Guardad silencio ahora mismo!

Miro a Edan de reojo con las extremidades tensas; el corazón me va tan rápido que temo encontrármelo encima de mi mesa en un despiste. Él mantiene una sonrisa torcida en los labios y un gesto de sana satisfacción ante la reacción de nuestros compañeros. Lo observo atónita, y luego me obligo a prestar atención al profesor con el aliento en la garganta.

No entiendo nada. Nada de nada. ¿Por qué Edan actúa así? ¿Por qué parece tan calmado y… divertido?

En una de las ocasiones que dirijo la vista disimulada hacia él, me topo con sus ojos grises, que me dedican una mirada cómplice. La sensación de hogar se desliza como miel por mis venas ante este gesto y recuerdo de golpe el sueño borroso de esta noche y la angustia derivada de la nostalgia al despertar.

Hechizo de protección para crear un escudo de luz:

1. Busca un lugar silencioso y tranquilo donde sentarte y luego arráigate. Pisa con firmeza y respira hondo tres veces.

2. Ahora visualiza una bola de luz blanca latiendo en tu zona media, justo detrás del ombligo. Imagina que esta luz se extiende por todo tu cuerpo y llena cada parte de ti.

3. Con cada una de tus respiraciones, imagina cómo esa luz se expande fuera de ti y forma una esfera cubierta de una fina capa exterior azul.

4. Siéntate dentro de esa esfera durante unas cuantas respiraciones más, sintiéndola vibrar a tu alrededor. Pídele protección contra toda energía negativa, las malas intenciones y todo lo que no te haga bien.

9

Diego

1930-1931

Lo seguía a todas partes. Por alguna extraña razón, Cristóbal Leiva me quería a su lado y yo no era capaz de tomar distancia de él.

Pronto descubrí que, aunque mis manos callosas estuviesen más acostumbradas a la fuerza, eso no significaba que fuesen más hábiles. Cris trepaba los árboles con una agilidad animal y yo trataba de imitarlo con suma torpeza. Una de las veces me caí, topé con una rama seca y me hice una brecha alargada que cruzaba toda mi barbilla en horizontal; nunca olvidaré el gesto de miedo de sus ojos cuando se quitó la camisa para presionar la hemorragia con la tela. Su brazo me abarcó la cintura y fuimos pegados en esa postura a través del bosque; su preocupación evidente, sus dedos clavados en mi carne y su costado desnudo pegado a mí me impedían sentir dolor. «No siento nada. Solo a ti, Cris. Solo te siento a ti», pensé durante el trayecto hacia la casa.

—Creí que te desangrarías por mi culpa —me dijo cuando salí de que me diesen varios puntos en la barbilla.

Se me quedaría una cicatriz permanente que caracterizaría los rasgos de mi rostro.

Y ese sería el primero de varios rasguños, cortes o caídas que conseguiría tratando de imitar todo lo que él hacía. En una ocasión me pinché el dedo con una planta y contemplé cómo la sangre formaba una pequeña gota escarlata en la yema de mi dedo índice.

—¿Sabes cuál es el mejor cicatrizante? —dijo él, agachándose a mi altura—. La saliva.

No lo vi venir, de pronto me tomó de la mano y se acercó mi dedo a la boca, sentí la humedad de su lengua y la suavidad de sus labios al lamer mi herida. Reprimí un gemido de sorpresa y excitación, ¿quién entendía sus arrebatos? Tuve que quedarme más rato de cuclillas cuando él se incorporó como si nada, debía procesar varias cosas; lo distinto que era a cualquiera que hubiese conocido y las sensaciones tan fuertes y desconocidas que me provocaba. ¿Acaso era admiración? ¿Curiosidad? ¿O era una necesidad inconsciente de agradar a alguien con un estatus superior para reconocer mi valía?

Fuera cual fuese la razón, no veía el momento de que llegase la hora en que su imagen se hiciera visible a través de mi ventana, donde aguardaba a que bajase para nadar con él. Y cada viernes, tras las clases de don Joaquín, siempre decía que estaba cansado y esperábamos a que todos los demás se fuesen para sentarnos los dos frente al piano; me enseñaba algunas notas y canciones sencillas y me sentía tonto cuando se reía por alguna equivocación.

—No te enfades, chico de campo. Lo haces muy bien, aprendes rápido —me dijo una vez mientras yo bajaba las escalinatas algo ofuscado por mi ineptitud con el piano y, sobre todo, por el hecho de que él parecía divertirse a mi costa—. ¿No te han dicho nunca que, a pesar de que eres muy callado, eres tan expresivo que se puede ver a través de ti?

Me detuve para mirarlo con el ceño arrugado y él bosquejó una sonrisa socarrona y luminosa antes de volver a subir las escaleras y dejarme solo e inmóvil en el jardín. Tenía una facilidad asombrosa de dejarme así y me irritaba que tuviese tanto poder sobre mí. Aquella frase daría vueltas en mi mente mucho tiempo. ¿Cris podía ver a través de mí? Esperaba que estuviese de broma.

Victoria y su amiga nos acompañaron en varias ocasiones al lago o a veces bailaban las canciones más pausadas y nostálgicas que su hermano tocaba los viernes. Cris y ella estaban muy unidos, se hacían de rabiar cada dos por tres o discutían por tonterías, pero al segundo se estaban abrazando o él la perseguía para hacerle cosquillas.

—¿Qué estás haciendo? —Victoria apareció descalza con su vestido favorito y el pelo revuelto tras haber corrido por el jardín.

—Arranco las malas hierbas —le respondí de buen humor tras secarme el sudor de la frente con el brazo.

Llevaba un buen rato bajo el sol despiadado de principios de julio y los guantes y el mono estaban llenos de tierra húmeda y mugre verdosa. Al final había podido convencer a don Joaquín de ayudar en labores de jardinería; no sabía estarme quieto, necesitaba moverme y hacer cosas productivas.

—Tienes la cara manchada —me dijo riendo.

Le sonreí con ganas y luego me la manché más a propósito.

—¿Ya?

—¡Diego! ¡Te has llenado la cara entera! —Su risa le sentaba bien a mi cuerpo cansado.

—¿En serio? ¿Y ahora? —volví a restregarme las mejillas con los guantes sucios.

Ella se carcajeó tanto que terminó cayéndose hacia delante.

—Quiero ayudarte. —Victoria sujetó algunas plantas y estiró hacia ella sin éxito.

—Necesitas equipamiento o te harás daño —dije, divertido.

—Me gusta que estés aquí, Diego —admitió de repente. La miré con ternura y vi que su gesto se había endurecido un poco—. Cris nunca ha tenido un amigo como tú.

Traté de reprimir la sorpresa, pero Victoria vio mi expresión al levantar la mirada hacia mí.

—Está más contento desde que estás aquí. —Sonrió y se encogió de hombros—. A veces mi hermano está muy triste, ¿sabes? Y desde que es tu amigo no está tan triste.

Aquella conversación me tuvo con el pecho en un puño durante toda la semana. Me dio por mirar a Cris e imaginármelo triste y no conseguía saber la razón. «¿Por qué estarías triste, Cris?».

Un día, mientras nos secábamos tras el baño, él se acercó y me preguntó con suma naturalidad si me apetecía cenar en su casa.

—Creo que no le caigo muy bien a tu madre —respondí, escondiendo la emoción que me había embargado porque Cris me quisiese más tiempo cerca.

—Te aliviará saber que a mi madre le cae bien muy poca gente —respondió, tranquilo.

Esa noche descubrí que, en efecto, mi presencia no era agradable para Margarita, que me ignoró la mayor parte de la velada o recordó a Cris todo lo que podría hacer ese verano con otros chicos que no fuesen yo. Me pasé la mayor parte del tiempo mirando con fijeza mi plato de comida y, de vez en cuando, Cris me daba una patada bajo la mesa y sonreía hacia cualquier otro lugar con disimulo. Salí de allí con dolor de estómago por los nervios y las orejas ardiendo por su atención inusitada. Y aquella fue la primera de muchas veces ese verano en el que Cris me pediría comer o cenar en su casa.

—Pasas mucho rato con el hijo de don Joaquín —murmuró mi madre un día.

Estábamos sentados en las butacas tras la jornada laboral, yo apoyaba la cabeza en su regazo y ella me mesaba el pelo despacio mientras escuchábamos música en un gramófono que había en el pequeño salón del *bungalow*. Mi madre no era de hablar, pero sí era muy cariñosa; ese tipo de momentos abrazados o de contacto físico eran habituales entre nosotros. Para mí eran muy reconfortantes a pesar del silencio que compartíamos.

—Sí, somos amigos —respondí en un hilo de voz.

—Ten cuidado, mi niño, ten cuidado.

No entendí las palabras apesadumbradas de mi madre, que era más sabia de lo que dejaba ver por su falta de palabras. Yo era demasiado feliz como para comprender lo que significaba su advertencia, aunque llegué a pensar en ella varias veces a lo largo de los años siguientes.

El verano de 1930 pasó volando entre aventuras, aguadillas, juegos, sonrisas, patadas bajo la mesa y acelerones bruscos de corazón que no comprendía, pero que resultaban demasiado agradables como para parar.

Yo cumplí quince años y poco después él hizo los dieciséis. Ese invierno acostumbramos a contar historietas frente al fuego del salón de su casa después de las aventuras en el bosque. Cris siempre me rozaba o me pinchaba mientras trataba de leer algo con Victoria y su amiga Isabel presentes. Habíamos alcanzado un grado de confianza bastante fuerte porque apenas nos separábamos; íbamos juntos al colegio y, nada más salir de las clases, volvíamos y nos adentrábamos en el bosque hasta la hora de comer. A Margarita no le quedó más remedio que tolerarme en la mesa, aunque siguió sin dirigirme la palabra (y me constaba que había intentado disuadir a Cris de vernos tan a menudo). Había llegado a mis oídos que a veces hacía consultas espirituales en su casa y, desde ese momento, me sentí todavía más amedrentado bajo su mirada gélida.

—¿Es verdad lo que dicen de tu madre? Que... que es espiritista. —En realidad no sabía muy bien lo que significaba esa palabra.

Estábamos tumbados al lado de la chimenea crepitante de la que manaba un calor casi asfixiante. Yo acababa de leer en voz alta un párrafo de *El Gran Gatsby* y Victoria e Isabel se habían quedado dormidas en los sillones. Cris me dedicó una sonrisa ladeada con una mano tras la nuca apoyada en el suelo.

—¿Tienes miedo de mi madre? —dijo con voz suave y divertida.

Yo arrugué el ceño.

—Me odia.

—No te odia. Es que no le gusta que le lleve la contraria —dijo y luego tomó la solapa de mi chaqueta como si la inspeccionase, pero luego me di cuenta de que tenía sueño.

Cuando a Cris le entraba sueño, tenía la manía de tocar tejidos suaves, pero nunca antes había tocado mi ropa. Cerró los ojos a medio metro de mi cara, los dos estábamos tumbados boca arriba, el calor del fuego me abrasaba la parte izquierda del cuerpo. Y yo observé sus facciones, no sé por qué. Mirarlo todo el tiempo se había convertido en una necesidad irracional. Estudié la curva de su mandíbula marcada, el tabique de su nariz recta, sus labios gruesos, sus pestañas extensas. Y me dolió una zona profunda cerca del corazón, o puede que fuese el corazón. Cristóbal poseía una cara que... Al contemplarlo, a veces se me pasaban pensamientos urgentes y frustrantes por la cabeza, como que quería acariciarlo, besarlo o incluso lamerlo. Si él supiese todo lo que cruzaba por mi mente... saldría espantado.

Cris abrió los ojos de repente y contuve la respiración porque me había sorprendido observándolo. Esperé a que me preguntase qué narices estaba haciendo o que me pidiese que me largase. Pero en vez de eso, dijo:

—Quiero que te quedes a dormir esta noche.

Me quedé paralizado. Cada vez que Cris daba un nuevo paso que me aseguraba que quería tenerme cerca, lo primero que cruzaba mi mente era: «No te lo creas», «No durará», «No pienses que eres importante para él». Pero un estallido de felicidad inundaba mi cuerpo a pesar de eso.

—Tu madre no lo consentirá —respondí entre risas ahogadas.

Él esbozó una sonrisa confiada.

—¿Tú quieres dormir conmigo?

Tragué saliva con fuerza y me pregunté si aquello era una trampa. De nuevo, el pulso empezó a correr de forma irregular por mis venas.

—Yo quiero si tú quieres. —Así, sin arriesgar demasiado.

Al cabo de un rato, cuando ya estaba preparando mi cama en el *bungalow*, alguien llamó a la puerta de forma acelerada. Mi madre abrió y su voz sonó desde abajo.

—¡Diego Vergara! —Me llevé una mano al estómago, que me acababa de dar un vuelco rarísimo. Puede que nunca me acostumbrase a escuchar mi nombre en su voz.

Bajé a toda prisa y lo vi en el vano de la puerta con las mejillas rosas por el frío.

—Ve a por tu pijama —me pidió, sonriente.

Corrimos por el jardín y subimos hasta su dormitorio. Victoria saltaba sobre la cama cuando llegamos y nos unimos a ella.

Cuando don Joaquín vino a darnos las buenas noches, la hermana de Cris se fue a su dormitorio y yo deshice la ropa del camastro que habían colocado para mí al lado de su cama. No sé si me sentí aliviado o decepcionado al ver que dormiríamos separados al fin y al cabo.

Retiré la vista de golpe cuando vi que Cris se desnudaba sin pudor. Se deshizo de toda su ropa y se paseó por su cuarto en busca del pijama en el armario. Las luces estaban apagadas, solo entraba una tenue luz blancuzca, pero era suficiente para apreciar su silueta definida y cada una de sus alargadas extremidades. Yo empecé a quitarme la ropa bajo las sábanas con la cara al rojo vivo. Me palpitaban las sienes, las manos y el sexo. Por eso emití un gemido cuando noté un peso repentino caer sobre mí por encima de las sábanas, donde estaba medio desnudo.

—¿Te da vergüenza que te vea? —susurró, socarrón.

Pude apreciar que él todavía no se había vestido del todo, mi brazo rozaba la piel de sus costillas y sentía cada parte de su cuerpo a través de la ropa de la cama.

—Cris, quítate de encima —le pedí, intentando que no se diese cuenta de que no respiraba.

—Al chico de campo le da vergüenza la desnudez —dijo y luego forcejeó para quitarme las sábanas de encima.

—¡Cris! ¡Para! —Mi voz emergió ronca al intentar no elevarla al tiempo que luchaba por quitármelo de encima.

Él rio tratando de ser silencioso cerca de mi oído mientras me tomaba de las muñecas, con las sábanas entre medias. Yo hice fuerza con las caderas y terminé riendo también porque era fuerte y sabía escurrirse, pero en eso no me podía ganar. Se detuvo justo frente a mi cara, su respiración acelerada chocó contra mis labios entreabiertos, pude olerlo y sentirlo. Nuestros ojos se cruzaron, serios, como si de repente se diesen cuenta de algo trascendente difícil de asimilar. Cris me contempló, frágil, y luego pareció querer decir algo, pero no lo dijo; en vez de eso se levantó de encima de mí y se dirigió a su cama.

—Buenas noches, Diego —musitó.

Y yo apreté la mandíbula intentando comprender mi cuerpo con dificultad. Sin embargo, al cabo de unos minutos, dormía a pierna suelta, como si su presencia fuese lo único que necesitaba para sentirme a salvo.

10

Vera

Otoño de 2021

Está todo preparado para que vengan los nuevos clientes: hemos decorado el salón con detalle para que el ambiente ayude a que se sumerjan en la magia que desprende ya de por sí nuestra casa y dejen un poco de lado la desconfianza. A veces recibimos visitas de gente que pide cita para que la tata o mamá les lean el tarot y les ayuden a curar alguna dolencia.

Hoy Ágata lo ha preparado todo para leer los posos del té y hacer terapia floral; me encantan ambas cosas porque, aunque yo no posea sus habilidades, me sé al dedillo todo lo que tenga que ver con las flores.

—No sabíamos qué más hacer. —Unos padres preocupados entran con su hija cabizbaja y miran a la tata con los típicos gestos de esperanza pero con recelo—. Ha estado yendo al psicólogo varios meses, pero no notamos ninguna mejoría.

—Nunca habíamos recurrido a… esto —añade el padre—. Pero estamos desesperados.

La tata los hace pasar al salón e incluso la chica, que será algo mayor que yo, levanta su mirada gacha para observar la estancia con curiosidad. Las decenas de piedras, incienso, flores, velas y demás objetos esotéricos siempre llaman la atención, incluso a los más agnósticos. Y Ágata, con su imagen entrañable, aun con su estatus de bruja imponente, se gana la confianza de los clientes con sus palabras dulces y cercanas.

—No podía salir de ahí —dice la chica tras un largo silencio en el que sus padres nos han explicado que estaba en una relación muy tóxica—. Yo lo quería.

Y, por cómo lo dice, sigue enamorada de ese energúmeno que durante dos años la tuvo sometida, aislada y maltratada. Fue él quien la abandonó y, por lo visto, ella está sumida en una depresión severa.

—Bien, lo primero que es necesario dejar claro: nada sustituye las sesiones del psicólogo. Su labor es muy importante y, tras mi intervención, recomiendo que no dejes de ir, ¿de acuerdo?

La chica asiente despacio; por su postura adivino que está nerviosa y algo incómoda; sus padres están ansiosos por empezar. La tata enciende un sahumerio y mamá enciende otro; uno lo usan para limpiar la estancia de sus energías negativas y el otro para sus auras bloqueadas.

La tata les sirve el té a los tres sin filtrar y les pide que se lo beban todo. Luego hace el mismo procedimiento con las tres tazas; las sujeta con ambas manos y mueve los posos tres veces en dirección contraria a las agujas del reloj, gira las tazas para que las asas queden hacia ella y se prepara para la lectura.

—Este paso lo hago para tener la mayor información posible; sé que vosotros me habéis contado lo necesario, pero los posos me dan mucho más. Os voy a contar lo que veo: veo una distancia emocional entre vosotros. Tras dos años separados de Lana, vuestra hija, habéis perdido lazos que deseáis recuperar, los tres lo deseáis. Veo que el daño regresa y que no es la primera vez que se marcha, el hombre que te ha provocado daño quiere volver a tu vida de nuevo.

—No... —ruge la madre con ansiedad.

—Mamá —replica la chica.

—Pero también veo fortaleza y equilibrio en el momento en el que el daño quiera regresar. Lana, aquí dice que hallas la manera de encontrarte de nuevo a ti misma y que tendrás la fuerza de echar el dolor de tu vida.

—¿De verdad?

—Los posos no mienten, pero las formas son abstractas, lo que quiere decir que la línea que separa tu yo fortalecida y tu yo que abraza el dolor es muy fina y frágil. Y las dos líneas temporales son muy distintas: en una tu familia y tú rompéis la relación y sois desgraciados y en la otra veo una oportunidad laboral deseada y un amor romántico sano.

Los tres miran a mi abuela con atención, algo inclinados hacia la mesa. Mamá y yo aguardamos de pie cerca de la tata por si necesita cualquier cosa.

—Y, en caso de que elijas el camino correcto, no olvides ir el día veintidós del mes de capricornio a un lugar atestado de gente bajo un enorme reloj —le dice, concentrada.

—¿Qué? —La chica y los padres parecen repentinamente confusos.

—Cuando el calendario marque el día veintidós en el mes de capricornio, debes ir bajo un enorme reloj en una calle llena de gente, ahí encontrarás algo que traerá una gran felicidad a tu vida, pero solo si estás en el camino que te aleja del sufrimiento.

—Mmm… vale —musita la chica con escepticismo.

—De acuerdo, tengo lo necesario para pasar al siguiente nivel. —Ágata prepara los frascos y las piedras delante de ellos en la mesa.

Esos recipientes de cristal ámbar los preparamos juntas hace un par de días, son elixires elaborados por el método de solarización. La tata y yo vamos a menudo al bosque a recoger las plantas donde estas crezcan con libertad, silvestres, para que aporten su máximo potencial. Deben recolectarse en un día soleado, totalmente despejado, antes de las nueve de la mañana, que es el momento en el que despierta la naturaleza. Y, una vez cortadas con puntas de cuarzo, se dejan al sol en el interior de un bol lleno de agua del lago entre dos horas y media y tres horas. Luego colamos el líquido con un filtro de papel en un vaso medidor y después lo vertimos en el frasco. Tiene que haber la misma cantidad de esencia que de *brandy* para su conservación. Es un proceso que desde niña me encanta hacer, de ahí mi fascinación por clasificar las flores y sus beneficios; no es necesario que yo posea ninguna habilidad, la naturaleza lo hace todo por mí, solo tengo que tratarla con sumo respeto y delicadeza.

—El nombre científico de la planta que se halla en el interior de este frasco es *Castanea sativa*, Castaño Dulce. La toma de este elixir aporta paz y claridad en los peores momentos de la vida, cuando tu corazón no puede más y hay exceso de tristeza, miedo y desconfianza. Lo mejor es tomar cuatro gotas cuatro veces al día, aunque en algunos casos de gravedad es conveniente aumentar la frecuencia. Ahora os voy a pedir que escojáis una piedra de todas las que veis ante vosotros, no lo penséis, recoged una que destaque entre las demás. —Los tres obedecen y toman una piedra pequeña de la veintena que tienen delante—. Ahora meted esa piedra dentro de vuestra taza de té.

Esta vez me encargo yo de servir el contenido de la tetera en sus tazas y luego Ágata deja caer cuatro gotas del elixir en cada una.

—Ahora os pido que toméis vuestra taza con ambas manos con energía y cerréis los ojos. —La tata golpea el cuenco tibetano, que inunda la estancia con su sonido melódico semejante a una campana, y hace rodar el mazo de madera alrededor de la boca del gong haciendo reverberar el sonido hacia nuestros órganos—. Pensad en vuestro futuro más feliz, pensad en qué está en vuestra vida que os aporta paz y sonrisas. Concentraos en ello, no dejéis que nada más entre en vuestra mente y, si lo intenta, despachadlo.

La tata pronuncia el «om» y, bajo el sonido del cuenco tibetano, parece que su voz proceda de otro mundo. Me encanta ese momento. Mamá vuelve a limpiar sus auras con el sahumerio mientras están concentrados y, cuando abren los ojos, Ágata les pide que se beban el líquido con cuidado de no tragarse el cristal. Les prepara una cestita de mimbre con sus tres tazas, el elixir, las piedras, sahumerios y té y les dice que repitan el ritual al menos una vez por semana.

—Llamadme para cualquier duda y, si al cabo de catorce días no veis ningún cambio, volvéis a venir, ¿de acuerdo? Sin gasto adicional.

—Una pregunta, Ágata… —El padre de Lana se detiene antes de salir del salón—. Hemos venido por ella y nos has atendido a los tres, ¿por qué?

—Los tres sufrís, cada uno a vuestra manera, pero... es sufrimiento al fin y al cabo. Somos seres interconectados, en la mayoría de los casos el problema no es individual.

El hombre asiente y sonríe con gratitud. Luego se marchan bastante satisfechos; me gusta cuando vienen recelosos y se van creyendo un poco en la magia, aunque todavía no hayan visto los resultados. Y los verán, siempre los ven. A unos les cuesta más y en otros casos es inmediato, como el mes pasado, cuando vino un hombre que padecía de dolor de estómago crónico y era incapaz de tener calidad de vida. Lo acompañaba su mujer, que no parecía muy de acuerdo en haber venido a nuestra casa. Sin embargo, su ceño fruncido y su gesto de hastío mientras la tata, con una cinta métrica, liberaba los nudos de su aura energética, se esfumaron de golpe cuando, de repente, su marido se llevó las manos al estómago y corrió al cuarto de baño como una exhalación.

—¿Qué ha pasado? ¡¿Qué le has hecho?! —balbuceó ella, nerviosa.

Ágata guardó silencio con serenidad, como siempre hace cuando algún cliente pierde los papeles, porque sabe que pronto cesará. Y, en efecto, a los pocos minutos su marido salió del baño con luminosidad en la cara.

—Me encuentro... muy bien. Hacía tiempo que no me sentía tan bien —dijo incrédulo y maravillado.

A los pocos días nos mandaron una cesta de jabones artesanales como agradecimiento porque se encontraba perfectamente y el dolor no había vuelto.

Ojalá fuese tan fácil con nuestro propio dolor; ojalá alguno de sus hechizos me hiciese olvidar a Edan o protegerlo para que nada le hiciese daño. Porque una cosa está clara: nunca me había sentido tan atraída por nadie y tengo miedo de no saber mantenerme alejada de él.

11

Vera

Otoño de 2021

Me pregunto dónde estarás, qué ocupará tu tiempo. Me entretengo y colmo mi mente de quehaceres que al final culminan en tu nombre. Me pregunto, si alguna vez me conocieras, si te decepcionaría. Si es mejor dejar que seas un haz de luz cálido que apenas aprecia mi presencia o dejar que me mires y yo deshacerme.

Firmado: El chico poeta.

Leo por tercera vez la última nota que el chico poeta ha dejado en la cabaña mientras intento sacar fuerzas para decirles a la tata y a mamá que necesito hablar con ellas. Ágata nos ha dicho que se marcha cuatro días a la ciudad por algo referente a la historia que nos está contando cada luna llena, la de Diego, Cris y Victoria. Nunca ha salido de casa tanto tiempo y me da que pensar que esa historia es mucho más importante de lo que creo. No aguantaré hasta que vuelva de su viaje, así que me infundo de valor y bajo las escaleras a paso lento.

Mamá está en su estudio y mi abuela clasifica los minerales nuevos que han llegado esta mañana en la mesa del salón.

—Sé que me habéis visto rara últimamente y no me lo decís porque respetáis mi ritmo, pero necesito hablar con vosotras —digo en un tono de voz solemne.

Las dos han podido escucharme porque el estudio y el comedor son salas contiguas y tienen las puertas abiertas. Mamá desatiende lo que está haciendo y Ágata me contempla con esa mirada sabia que me tranquiliza y me perturba a partes iguales.

—Ven, pequeña.

La tata se levanta y mamá viene detrás de mí con su mono vaquero manchado de pintura y un moño despeinado. Las tres nos sentamos en los sillones, nuestro lugar habitual para conversaciones importantes.

—Estás muy nerviosa, ya sabes lo que tenemos que hacer antes de abordar un tema que nos preocupa mucho, ¿no? Vamos a respirar hondo tres veces.

Me coloco con las piernas cruzadas en el sillón y las tres tomamos aire profundo como ha indicado la tata; en ese momento llega Bosque y salta a mis piernas para enroscarse como una bolita peluda. Mi abuela me da la carta del tarot de la Templanza y me pide que la coloque en el centro de mi pecho con movimientos circulares antes de juntar las palmas de las manos, todas lo hacemos. El ritual siempre me funciona, aunque en esa ocasión con menos efectividad de lo que desearía.

—Creo que me gusta mucho un chico —me lanzo.

Mamá y Ágata despegan las palmas de sus manos con calma y me miran como si ya lo supiesen todo. A veces me frustra que sean tan intuitivas.

—¿Qué es lo que te preocupa de eso? —pregunta mi madre.

—¿No es evidente? ¡No quiero matarlo!

—No puedes matar a Edan solo porque te guste mucho, pequeña. —Miro a la tata con los ojos redondos y expulso el aire por la nariz de una.

Son las brujas de Belie, a veces las subestimo.

Les cuento lo que ha pasado hoy en el instituto, lo de la ropa de Chiara, el escándalo que han montado mis compañeros, lo de Tania y la atención amable que me ha dado Edan.

—Es un buen chico. Bego me habla mucho de él —comenta la tata.

—Sí, bueno, pero que sea así conmigo no mejora las cosas; todo lo contrario. No quiero que se acerque a mí, solo de pensar en volver a clase mañana… No puedo. —Deslizo los dedos entre mi pelo para apoyar la frente en las palmas de mis manos.

—¿Crees que si se acerca a ti lo pondrías en peligro? —pregunta mi abuela.

—Es lo que estoy diciendo, sí.

—Sin embargo, lo que te causa dolor es la obligación que te impones de alejarte de él —añade mi madre.

Levanto la mirada hacia ella y parpadeo varias veces, he sentido hasta un pinchazo en la tripa ante la verdad de sus palabras.

—No, es que viene a mi clase y no puedo alejarme de él aunque quiera, mamá. —No sé ni qué estoy haciendo ni a quién pretendo engañar—. Se ha sentado a mi lado, ¡a mi lado!

—¿Crees que deberías tomar distancia con lo que ha pasado hoy y pensar? A veces es lo mejor, hablar con uno mismo y escuchar tu cuerpo —propone la tata.

—Sí, lo necesito. No puedo verlo mañana, no me siento preparada. Ni a Tania ni al resto de la clase —admito.

—Lo de Tania y tus compañeros ha sido una reacción ante algo nuevo. Sois adolescentes, os lo tomáis todo a la tremenda; se les pasará pronto.

Le dedico una mueca escéptica a la tata; no creo que se les pase pronto en absoluto.

—Está bien, pues si necesitas tomarte este tiempo para poner en orden tus ideas, deberías hacerte una pregunta. ¿Qué sería más difícil y doloroso para ti: alejarte de Edan o ser solo su amiga?

Esa pregunta se instala en mi cráneo y soy incapaz de dejar de pensar en ella; apenas me concentro en hacer los deberes, las tareas de casa, del huerto o en ayudar a Ágata a preparar los sahumerios que más tarde se venderán. Normalmente, preparar los objetos místicos con ella me distrae mucho, pero hoy no.

Y por la noche me cuesta conciliar el sueño porque no puedo dejar de pensar en cómo me he sentido esta mañana al despertar, con esos ojos grises rasgados y profundos a los que, por unos instantes, creía amar con todas mis fuerzas.

Al día siguiente me despierto más tarde de lo normal y corro a mi cabaña; me entretengo recogiendo flores nuevas para prensarlas o secarlas y luego busco sus nombres y cualidades en uno de nuestros múltiples libros esotéricos. Apenas como al mediodía y luego ayudo a la tata de nuevo con los pedidos.

Los dos días posteriores transcurren de forma parecida y el caos de mi mente no parece remitir.

—Necesito que le lleves a Bego estos pasteles de calabaza y le devuelvas la bandeja de cristal con la que nos trajo la tarta de limón —me dice Ágata después de preparar todas las velas en cajas.

Me tenso tras su petición y me quedo mirándola. Ella enarca una ceja.

—Tata…

—Has ido a casa de Bego muchas veces para lo mismo, Vera —me recuerda, entretenida en colocar los pastelitos en un táper.

—Edan vive ahora con ella, ¿o es que se te ha olvidado?

—Puede que sea una buena ocasión para que termines de convencerte de lo que sea que ronda tu cabecita —propone, tan pancha.

—Tata, no creo que sea bue…

—Es mejor resolver las cosas en un entorno acogedor como la casa de Bego que en el instituto, ¿no crees? —me interrumpe, y luego me ofrece el táper y la bandeja de cristal—. Además, ¿no hay una cazadora de ese chico en tu armario?

—Eh, sí… —Me devano los sesos haciendo memoria; ¿le he dicho alguna vez que la cazadora de Edan está en mi armario?—. ¿Y qué le digo si me pregunta por qué no voy a clase?

—Dile que tienes miedo de enamorarte de él y matarlo. —Se encoge de hombros tras chuparse el dedo índice impregnado en crema.

—Muy graciosa.

—¿No es la verdad?

Gruño para que lo oiga y luego salgo cargada hacia el salón. En fin, no puedo quedarme recluida en casa toda la vida.

Así que camino hacia el pueblo con la bolsa de los pasteles en una mano y su cazadora en la otra. Belie es precioso a pesar de sus habitantes antipáticos; los balcones están llenos de flores, nos rodean árboles y vegetación, el aire siempre es puro porque la gente se desplaza a menudo en bicicleta, hay infinidad de fuentes con esculturas de alabastro que evocaban el arte de Roma y las fachadas tienen motivos vegetales o mosaicos. Estoy acostumbrada a oír cerrarse puertas y ventanas a mi paso o que alguien se cambie de acera al verme venir; al principio me sentía muy incómoda, pero luego lo asumí. Al fin y al cabo, no podemos dejar de ir al pueblo a hacer la compra o a visitar a Bego por las creencias de los pueblerinos y su desprecio.

Me detengo ante la puerta de su casa al cabo de casi media hora con las extremidades rígidas. Cierro los ojos e inspiro hondo tres veces y aprieto el citrino del bolsillo de mi chaqueta antes de decidirme a llamar al timbre.

—¡Vera! ¡Qué agradable sorpresa! Entra, entra —me pide Bego con su actitud protectora y su aura entrañable que a veces me recuerda a la tata—. Hoy no estoy en mis mejores días, cielo. Me ha dado un dolor de espalda terrible y jaqueca, menos mal que tengo a mi nieto. Es una bendición.

Paso tras ella a la cocina, donde siempre acudimos en mis visitas. Suele ofrecerme una taza de té con canela que yo acepto mientras parlotea sin dejar de hacer cosas, pero esta vez mis ganas de huir se hacen más fuertes a cada segundo.

—¿De qué son los pasteles hoy?

—De calabaza, tenemos muchas a raíz del Samhain —le explico, mirando todo el tiempo hacia la puerta.

—¡Oh, son de mis favoritos! A Edan le van a encantar, muchas gracias, cielo. —Deja el táper en la encimera y guarda su bandeja de cristal en el armario—. Por si te lo preguntas, Edan está en el patio de atrás cortando leña. —Señala la puertaventana que da al jardín trasero. A través de las cortinas traslúcidas se puede adivinar la silueta de una persona en movimiento—. Como llevo pachucha unos días ha estado haciéndolo todo él. No recordaba lo que era encontrarme con la comida hecha, los platos limpios y la nevera llena desde que mi Enrique faltó, ¡y ni siquiera entonces! Desde su llegada no he tenido que preocuparme de nada, cuida él de mí en vez de al revés. —Ríe de forma asfixiada y luego tose al tiempo que se lleva una mano a la espalda.

—Me voy a marchar, siéntate y descansa, Bego. —La sostengo del brazo mientras nos encaminamos al salón.

—¿Te marchas ya? ¿Qué hay del té con canela? Me vendría muy bien uno ahora, el calor me ayudará —me dice antes de dejarse caer en la butaca llena de cojines.

Sonrío con cariño y asiento mientras miro hacia atrás por si Edan aparece en cualquier momento.

—Está bien, lo traigo enseguida.

Todavía llevo su cazadora colgada del brazo cuando regreso a la cocina y no me he quitado mi parka con la capucha, y eso que en casa de Bego hace una temperatura más alta de lo que acostumbro a soportar con tanta ropa; aunque el responsable de ello es Edan, que corta leña para su abuela, como uno de esos hombres atractivos de las películas. Me aproximo a la puertaventana y me asomo un poquito por la ranura que dejan las cortinas; en ese instante escucho el crujido de un leño al ser cortado con el hacha. Edan, que ha dejado su chaqueta vaquera *vintage* en el banco de madera que adorna el lateral del patio, sostiene el hacha con destreza. Sus mejillas y su nariz están enrojecidos por el frío y el esfuerzo, tiene el cabello castaño revuelto y el jersey que lleva se le ciñe al torso al levantar la herramienta. Madre mía…

Me doy la vuelta rápido, decidida a hacerle el té a Bego lo más veloz posible para irme cuanto antes.

No puedo. No puedo enfrentarme a él. Nunca me había ocurrido nada parecido, nunca había sentido tanto miedo y tanta impaciencia. «Fuego abrasador. Arde en llamas». Mi cabeza repite eso una y otra vez como si me hubiese sumido en mi propio infierno mientras caliento el agua y busco la canela. Recito un mantra mentalmente para que haya la suficiente madera que cortar y me dé tiempo a irme antes.

—Toma, Bego, te dejo el té en la mesita. Espera unos minutos para tomártelo, ¿vale?

—¿No has hecho uno para ti y para Edan?

—Hum… no, tengo prisa. Tal vez el próximo día. Ah, y esta cazadora es suya, dile que se la dejo aquí en la silla, ¿vale?

Me giro tan deprisa para encaminarme a la salida que no veo que Edan está cruzando el umbral del salón hasta que me choco contra él. Sus manos me sostienen de la cintura tras el golpe para que no pierda el equilibrio y noto el rubor ascender con violencia por mi cuello y mi cara hasta que escucho un pitido incómodo en los tímpanos.

—Hola, Vera —esboza una sonrisa de las suyas, la misma que me dirigió cuando lo miré de reojo al lado de mi mesa.

—Hola —respondo en un hilo de voz.

—Ah, has traído la cazadora. No he tenido tiempo de pasarme a por ella, gracias. —No borra la sonrisa ladeada mientras se dirige a la silla para recoger su chaqueta.

—Vera ha venido a traernos pasteles de calabaza de Ágata —le cuenta Bego desde su asiento—. Dile que se quede a tomar té, que yo no la convenzo, pero seguro que a ti te hace caso.

Y el rubor sube y sube hasta convertirse en un ente que devora mi carne. Edan me dirige una mirada divertida.

—Abuela, a lo mejor tiene prisa. No la pongas en un compromiso —dice acercándose a ella—. ¿Tienes frío? Puedo echar un par de leños más a la estufa.

—No vendría mal, cielo —responde ella.

Edan asiente y se vuelve hacia mí, se me embala el pulso solo de saber que va a pasar cerca de mí. No es normal. Y el hecho de que sea tan protector con Bego no ayuda, parece mayor, más experimentado, como si estuviese acostumbrado a cuidar de sí mismo y de los demás.

—¿Vienes? —me dice cuando cruza por mi lado.

Yo asimilo su pregunta con lentitud y camino de forma errática hacia la cocina. Él ha salido al patio para cargar con unos cuantos troncos y me apresuro a ayudarle.

—No te preocupes, te he dicho que vinieses para preguntarte si estás bien —dice mientras carga leña en la carreta.

—Oh, sí, sí... estoy bien —digo con la mirada fija en los dos troncos que acuno en el regazo.

—Como no has venido al instituto desde lo que ocurrió en clase...

—Lo sé, yo... seguramente vuelva mañana —improviso.

—Me alegra oír eso. —Sonríe de forma limpia y franca antes de cargar la carreta.

Voy tras él con mis dos trozos de leña y Edan se agacha ante la estufa para abrirla y meter troncos al fuego. «Fuego abrasador. Arde en llamas». Trago saliva y me acerco para depositar mi aportación a la carreta.

—El té está muy rico, Vera. Siempre está más rico cuando lo haces tú —me halaga Bego.

Le regalo una sonrisa de agradecimiento mientras me sacudo la parka de restos de virutas.

—En realidad me parece que todo lo que nos hacen los demás está mejor siempre —opino.

—En eso llevas razón —ríe ella.

—Bueno, tengo que irme ya —digo mientras meto las manos en los bolsillos de mi chaqueta y aprieto el citrino.

Escucho los pasos de Edan detrás de mí cuando me encamino hacia la puerta y dejo de respirar.

—¿Nos vemos mañana, entonces? —pregunta antes de que salga a la calle.

—Sí —respondo sin levantar la vista.

—Vera... —Levanto la mirada enseguida al escuchar mi nombre así en su voz, como aquella vez en el lago, con ese matiz a ruego que me resulta casi íntimo—. No dejes que te afecte más de lo que merece. Sé que no es fácil lidiar con el exceso de atención, pero pasará. Y veo que vuelves a tu estilo de siempre...

Esboza una sonrisa que me obliga a mirarlo a los labios.

—Oh, sí, creo que es mejor dejar las cosas como están —farfullo.

—Todos tenemos derecho a cambiar de opinión —comenta mientras se apoya en el vano de la puerta—. Y a vestir como nos dé la gana.

—Sí… lo sé.

Él asiente con la cabeza varias veces de forma casi inapreciable. Sus facciones son tan dolorosamente bonitas bajo la luz vespertina que me siento insignificante. Y luego me doy media vuelta y empiezo a caminar con celeridad para poner distancia con él.

Creo que ya he tomado una decisión.

12

Ágata

Otoño de 2021

—Me alegra poder revivirlos a través de las palabras. Echo muchísimo de menos a Victoria. —Isabel, amiga de la infancia de Victoria y Cristóbal Leiva, mira a través de la ventana con aire nostálgico y ojos vidriosos.

Su rostro apergaminado y sus manos delicadas tienen ligeros espasmos derivados de la vejez. Sin embargo, a sus cien años cumplidos, resulta una mujer bastante autosuficiente y lúcida; es como si hubiese decidido sobrevivir para mantener vivo el recuerdo de aquellos que sufrieron las barbaridades de la guerra…

—Y yo me alegro de estar aquí, Isabel, de que me hayas recibido de buen grado —le digo con afecto antes de acomodarme en una silla cerca de ella.

—Se merecen ser recordados, Ágata. Solo se recuerda a los artífices de las masacres, a los poderosos. —Hace una mueca de dolor ante el cristal de la ventana y se lleva una mano temblorosa a la cara—. ¿Qué es lo que necesitas saber, querida?

—Todo lo que puedas recordar —contesto con delicadeza.

—Tienes tiempo, entonces —sonríe.

Yo le devuelvo una expresión cálida.

—El que sea necesario. Me parece que esto es igual de importante para ambas —admito.

Isabel asiente y suspira, luego empieza a juguetear con el cuarzo que le he regalado entre los dedos.

—Mi querida Victoria murió hace diecisiete años ya. —«Diecisiete años, los mismos que tiene mi nieta», quiero decir, pero en realidad no quiero hablar más de lo que debería—. Nunca volvió a enamorarse. Sí tuvo hijos y un marido, pero jamás dejó de buscarlo... Aunque todos sabíamos, antes de haberlo oído siquiera, el amargo final del pobre Andrés, como muchos otros hombres sin nombre amontonados en las zanjas en 1936.

»Crecí con ellos, revoloteé junto a Victoria con la imagen de dos chicos que rebosaban devoción el uno hacia el otro. Diego y Cristóbal tenían algo que jamás vi ni he vuelto a ver, a excepción del amor de Victoria y Andrés. Al parecer los hermanos Leiva sabían amar a unos niveles que no eran humanos, sabían ver por dentro, conquistar las grietas de los cuerpos, convertirse en amaneceres. ¡Oh, doña Margarita echaba chispas! La vi discutir con don Joaquín muchas veces en la casa de la Huerta de San Benjamín. Debía separar a los chiquillos, eso le decía: «Ese muchacho analfabeto no es buena influencia para nuestro Cris. Si no hacemos algo ya, lo lamentaremos. Debes alejarlos si quieres a nuestro hijo». Pero don Joaquín Leiva no estaba de acuerdo con su mujer, de ahí a que nunca interviniese.

—¿Es cierto lo que decían? ¿Doña Margarita daba consultas de espiritismo? —le pregunto.

—¡Oh, sí! Victoria y yo nos escondíamos tras la puerta y a veces espiábamos a su madre cuando tenía invitados especiales. Decían que tenía un don, que en las aldeas cercanas estaba generando cierta reputación, pero Victoria y yo nunca supimos qué hacía realmente en ese cuarto.

Y ahí está el quid de la cuestión: ¿qué ocurrió en esa casa que originó tanto daño como para trascender en el tiempo? ¿Y por qué a nosotras?

13

Vera

Otoño de 2021

«A veces busco su mirada gris entre los desconocidos. A veces despierto con la sensación de que me ha abrazado durante la noche fría». Tengo los ojos cerrados, pero veo la imagen de una cicatriz en forma de media estrella en la piel suave y caliente de la pelvis de la persona a la que estoy besando, justo en esa zona. Escucho mi nombre en su voz: «Tori, mírame, Tori».

Y tomo aire de golpe al deshacerme del sueño con la vista fija en el techo y la respiración entrecortada. De nuevo, esa sensación aplastante de nostalgia colma mi pecho y me incorporo rápido para correr escaleras abajo ansiando despejarme y respirar aire puro en el jardín.

—¿Vera? —Me descoloca sobremanera sentir, en un primer momento, que no respondo a ese nombre.

—Mamá… —exhalo, y me doy cuenta de que sale vaho de mi boca.

—¿Qué haces ahí fuera en pijama? Te vas a helar, venga, pasa —me pide desde la ventana de la cocina.

Es verdad, hace muchísimo frío. Me abrazo y entro a casa dando saltitos entre trembleques.

—¿Se puede saber a dónde ibas? —me pregunta con una taza de café humeante entre las manos.

—Quiero leche de arroz hirviendo y galletas, por favor. —Evado el tema a propósito. No puedo explicarle lo que me pasa porque es que no lo sé.

—Esta tarde no estaré en casa. Tu tía Flor tiene una conferencia y me ha pedido ayuda. Esta vez hablará de la terapia de crear y cómo canalizar nuestro arte como modo de vida.

—Bosque y yo estaremos solas —comento. Ágata se fue ayer por la tarde y ni mi madre ni yo estamos acostumbradas a su ausencia.

—¿Estarás bien?

—Pues claro, mamá —afirmo y le beso en la mejilla antes de beber de mi enorme taza caliente—. Hoy vuelvo a clase.

Mi madre me sonríe con orgullo.

—Imagino que lo de renovar tu armario sigue siendo solo una esperanza, ¿verdad?

—Así es.

Estoy acostumbrada a que tanto ella como la tata me entiendan sin tener que hablar demasiado. Con intercambiar algunas palabras y miradas, parecen saberlo todo. Es una habilidad que, por supuesto, yo tampoco heredé.

Me pongo mi sudadera, mis pantalones anchos y mi parka con el gorro y la capucha para salir de casa. Esta mañana también ha helado, así que camino con cuidado hasta la entrada al instituto.

—Ey, ¡eh! —Tardo un tiempo en comprender que me están llamando a mí.

Reconozco la voz de Lucía; ¿por qué me iba a llamar? Me giro hacia su grupo, que normalmente aguarda en una de las mesas que se sitúan en el vestíbulo apurando hasta que suena el timbre para entrar a clase.

Contemplo a Lucía y a Sandra acercarse a mí y tengo la tentación de girar la cara hacia atrás por si me estoy equivocando de persona, pero parece ser que no.

—Por lo que veo no te sentiste muy cómoda con la ropa que llevabas el lunes, ¿no? —dice horadando mi atuendo. Les frunzo el ceño porque no sé a dónde quieren ir a parar—. No quiero pensar mal pero… ¿Qué le has hecho a Edan? ¿Por qué de repente se sienta al lado de tu mesa? Ni siquiera has venido estos días y él sigue poniéndose allí.

Me descoloca todo lo que me dice, no sé si me sorprende más que crea que la actitud de Edan es cosa mía o que me confirme que sigue sentándose en el pupitre de mi derecha.

—No sé cómo quieres que te responda a eso, pregúntale a él.

Mi respuesta parece ofenderla por la mueca que surca su rostro.

—Solo espero que no hayas recurrido a… esas cosas satánicas que hace tu familia. Es muy raro que Edan te haya ignorado desde su llegada y que de repente se comporte así.

Me echo a reír, no puedo evitarlo. «Cosas satánicas», dice. Tiene que ver a la tata bailoteando con flores en el pelo, a Chiara cantando como una princesa Disney y a la tía Flor pegando saltitos después de colocarse la esencia de azahar en los tobillos para que se seque.

—¿De qué te ríes? —replica.

—Pues que si tuviese el poder de manejar la voluntad de alguien, probablemente no la usaría para hacer que se sentara a mi lado en clase.

—Mira, yo solo te lo advierto, Vera: Edan es un buen chico, no quiero que le pase nada malo por tu culpa. Déjalo en paz. —Y con eso, me dan la espalda y se dirigen de nuevo al grupo, que cuchichea en cuanto se reúnen.

A pesar de que sus palabras me han afectado más de lo que me gustaría, me repongo y me muevo deprisa para subir a clase.

Tania entra poco después que yo y no me dirige la palabra, ni siquiera me mira cuando se sienta en su sitio. Intento que no me afecte, pero cuesta. Y cuando ya casi es la hora, Edan se hace presente; algunos lo interceptan para saludarlo, Lucía también, por supuesto. Y luego, cuando se dirige hacia las filas de atrás, me encuentra y dibuja una sonrisa sincera. El corazón me da un vuelco fuerte contra las costillas.

—Buenos días, me alegra verte, Vera Anies —dice inclinándose un poco hacia mí antes de dejarse caer en su silla.

No le respondo, no sé por qué. Creo que estoy paralizada por todo lo que siento, por las contradicciones que son como un enjambre en mi cabeza. Creía haber tomado una decisión, pero ¿y si me equivoco? Además él podría estar actuando llevado por la pena; quizá es solo una buena persona que ofrece su ayuda a los marginados. Esa probabilidad late más y más fuerte contra mi cerebro hasta que acepto que es la idea más razonable. No sé cómo había llegado a pensar en hacerme su amiga. ¿Por qué querría Edan ser amigo mío? Menuda tontería.

Lo esquivo durante todo el día y, aunque a veces noto su mirada sobre mí en clase, reprimo mis ganas enormes de girarme hacia él.

Y a la vuelta, en el autobús, pego un respingo al apreciar de refilón cómo alguien se sienta a mi lado. Me quito los auriculares de golpe y miro a Edan con los ojos como platos (aunque intento disimular la sorpresa). No sabía que iba en el autobús. En realidad no tengo ni idea de cómo llega y se marcha del instituto, es algo que no he podido comprobar por mi tendencia a escapar de él.

—Perdona que te aborde así, es que no puedo parar de pensar en el motivo por el que te caigo mal —me suelta, aparentemente resentido.

Lo observo unos segundos más para comprobar que no está de broma y luego carraspeo.

—¿Qué? No me caes mal —digo de forma atropellada.

—Nadie lo diría —repone con los hombros caídos—. La capucha de tu chaqueta es lo único que he visto a lo largo de las horas de clase y huyes en cuanto suena el timbre. Eres tan rápida que, en cuanto me descuido, eres un borrón que sale por la puerta.

—Ah… lo suelo hacer normalmente —miento.

Él enarca una ceja; me emboba por unos instantes lo bien que le queda ese gesto.

—Puedes decírmelo, no pasa nada. Pero me gustaría saber la razón —insiste.

—¡No me caes mal! En serio, no es eso. —El pulso se me está embalando de una manera extraña.

—Entonces, ¿es otra cosa? —Su perfume, el de la cazadora, invade mi espacio vital en cuanto gira un poco el cuerpo hacia mí.

Necesito cerrar los ojos un momento para procesar la avalancha intensa que me sobreviene, pero no quiero quedar en ridículo. Dios, ¿por qué huele tan bien? ¿Por qué parece tan interesado en saber lo que pienso de él?

—Quiero dejar de huir de ti —confieso al fin, con las mejillas al rojo vivo y las extremidades tensas.

Edan me contempla con ligero asombro cuando digo lo último y después me parece apreciar cierto alivio.

—Entonces no huyas —resuelve en habla queda.

—Para eso… necesito que me hagas una promesa muy rara —comienzo, sin saber si me arrepentiré minutos después.

—De acuerdo… —murmura alargando la «d».

—Luego no digas que no te avisé, es rara de verdad y es cuestión de vida o muerte.

—¿Tengo que empezar a asustarme?

—Deberías —le digo completamente seria.

Edan me contempla atento, estudia mi rostro y cierro los puños ante su escrutinio. Nunca me ha mirado tanto tiempo a la cara.

—Dime qué promesa es esa —decide, serio también.

Trago saliva y toqueteo la costura de mi chaqueta con nerviosismo. Odiaría que Edan también me rechazase como los demás, sería muy doloroso ver su desprecio. Aunque quizá fuese lo más seguro para él.

—Seremos amigos. Y nunca, *nunca*, cruzaremos esa línea —me decido a explicar con la voz temblorosa—. Sé que no… en fin, no sucederá, pero de todas formas debo asegurarme. Quiero ser tu amiga, Edan. Pero en el caso de que alguno de los dos empiece a… sentir… ¡ah! Ya me entiendes. En ese caso dejaríamos de vernos, todo se acabaría.

Él procesa mi monólogo (probablemente es la vez que más ha podido oír mi voz desde que me conoce) con sus ojos grises todavía enredados en mi rostro.

—He de admitir que sí que es rara la promesa —musita.

—Te lo he dicho.

—¿Puedo preguntar la razón?

—No.

—Vaya, clara y concisa —dice llevándose un puño al pecho.

—No estás obligado a prometer nada, pero es mi condición.

—Nunca me he hecho amigo de nadie con condiciones, será la primera vez. —Su gesto socarrón y su buen humor me hacen cosquillas en las entrañas.

—Hablo en serio, Edan.

—Y yo también, Vera. —Pronuncia mi nombre con el mismo retintín con el que lo he llamado yo—. Amigos, pues.

Me ofrece su mano como acuerdo. Yo esbozo una sonrisa contenida y le tomo de la mano, noto la caricia de sus dedos al apartarlos y siento un latido anormal en mi pecho; menudo comienzo, no puede ir peor.

—Amigos —digo.

Y él esboza una sonrisa que alcanza a toda su cara y acentúa lo guapo que es. ¿Cómo alguien puede ser tan atractivo? Me enfada que sea tan guapo, en serio, aunque no me fijo. ¡No me estoy fijando!

Nos despedimos cuando el autobús se detiene en el centro del pueblo y diez minutos más tarde hace otra parada en los caminos que conducen a mi casa. Echo a correr con euforia y esa sensación de absurda temeridad, como si acabase de cometer la primera locura de mi vida.

Edan quiere ser mi amigo. ¿Por qué? Esa pregunta late en mi cabeza. ¿No habrá oído todo lo que dicen de las brujas de Belie? Quizá no crea las supersticiones del pueblo. O tal vez quiera comprobarlo por él mismo.

De golpe recuerdo que estoy sola, mi madre y la tata no están. Se me posa una sensación excitante en el estómago y contemplo el bosque de fresnos frente a mí, que se me antoja repentinamente enorme. El olor de la naturaleza en su máximo esplendor, el sol brillante que torna de un verde esmeralda el follaje y ese aura mágico que parece envolver la casa de campo de mis brujas favoritas colman mis sentidos. Siguen habiendo botes de cristal con flores colgados de los árboles del jardín, hay cientos de flores silvestres plantadas a los flancos del camino y atrapaluces y pinturas hechas a mano por mi madre en la fachada del porche. El lugar no puede ser más precioso, no me explico cómo a todo el que pasa frente a ese paisaje no le dan ganas de quedarse.

Sonrío sin razón aparente y luego lanzo la mochila al porche antes de salir corriendo hacia el bosque. Sorteo los árboles mientras me quito el gorro, la bufanda y la chaqueta, dejándolas caer por el camino. Es un gustazo notar mi pelo moverse con libertad, rozar mi cuello y mi cara; hace mucho frío, pero lo recibo con la piel de gallina todavía con la sonrisa en la cara. Y ralentizo el ritmo cuando distingo un papel blanco colgado de la puerta de mi cabaña; noto un pinchazo de ilusión (que no debería estar ahí; quizá solo haya sido hambre) antes de apresurarme a leerla:

Me fascinas.
Me desgarras.
Me curas.
Me iluminas.
Me dueles.
Me salvas.
Me estalla el pecho.

Firmado: El chico poeta.

Leo la nota por quinta vez inmóvil frente a la cabaña. Los escritos del chico poeta me afectan siempre, pero, por alguna razón, esta vez la sensación es más intensa y desata todo mi cuerpo.

—¡¿Quién eres, chico poeta?! —grito colocando las manos a modo de megáfono.

Los pájaros se asustan y las ramas friccionan, es lo único que me devuelve una respuesta.

—¿Eres real? No creo que te estés burlando de mí a estas alturas..., ¿no? Y... ¿cómo puedes sentir todas estas cosas si nunca nos hemos cruzado? ¿Te he visto? —Empiezo a hablar yo sola mientras paso al interior del refugio y dejo la nota bien guardada en mi caja de música—. ¿A qué hora vendrás a dejar las notas? Estoy aquí mucho tiempo, de hecho a veces vengo solo porque me apetece, a horas distintas...

Tomo alguna de las flores que recogí ayer y empiezo a atar el final de los tallos con cordeles. El chico poeta solo puede acercarse por las noches o tal vez de madrugada, a esa hora nunca estoy, no me gusta levantarme muy temprano. Salgo para empezar a colgar las flores boca abajo en las ramas más bajas de los árboles que bordean la cabaña y no paro hasta que se acaban todas; es como si medio centenar de flores estuviese lloviendo alrededor del refugio.

—Me iluminas, me dueles, me salvas, me estalla el pecho... —musito con los dedos entumecidos por el frío.

Creo que se me han congelado la cara y los pies. Decido volver corriendo y recojo mi ropa de abrigo del suelo antes de entrar en casa, donde el calor me alivia tanto que emito un gemido de gusto. Avivo el fuego con más leña y luego troto a la cocina a prepararme una sopa caliente. Luego me ducho; el jabón ecológico que usamos lo hacemos también en casa, huele de maravilla a bosque y dulce de leche, es purificador y arrastra las malas energías, soy adicta a ese olor.

Me coloco uno de los vestidos de mi baúl secreto, uno negro de punto con dibujos de minilunas, y me dispongo a comprobar qué deberes tengo. Bosque se sube a mi escritorio y, como de costumbre, camina por encima de mis apuntes con parsimonia para reclamar mi atención. Meto la cabeza en su pelaje súper suave y blanco y la beso muchas veces, adoro su olor y los ruiditos que hace; si fuera por ella, estaría todo el día en nuestros brazos recibiendo cariño.

—Bosque, tengo que hacer los deberes, deja de distraerme con tu belleza —le pido con voz aguda.

Y en cuanto me descuido, la veo con mi bolsita del hechizo para ahuyentar el amor en la boca.

—Suelta eso, Bosque, sé buena —le ruego de forma cauta. Pero la muy bandida baja de un salto del escritorio y sale corriendo hacia el pasillo—. ¡Bosque! ¡¡Bosque, ven aquí!!

Salgo tras ella y bajo las escaleras al trote.

—¡No hagas eso! ¡No salgas! —Se gira hacia mí frente a la gatera de la puerta de entrada con gesto amenazante y la bolsita colgada en la boca—. Bosque, dejaré de darte esas bolitas de carne que tanto te gustan si no me das la bolsita.

No sería la primera vez que se escabulle, de hecho le encanta pasear por ahí y volver cuando quiere, es un alma libre. Salto hacia ella pero, por supuesto, es más rápida y sale hacia el jardín. Gruño y suelto improperios por lo bajo mientras corro hacia la puerta y salgo descalza al porche.

—¡Bosque! —corro tras ella, un acto inútil, lo sé, pero necesito esa bolsita, no puedo estar perdiéndola continuamente, seguro que eso no es bueno.

Atravieso el jardín repleto de flores que tintan de decenas de colores toda la parcela y, cuando levanto la vista de mis pies descalzos para intentar no tropezar, compruebo que la he perdido de vista.

—¿Bosque? ¡Bosque, vuelve aquí!

Y por tentar la suerte y dejar de vigilar el suelo, tropiezo y voy de morros a la tierra. Emito un lamento, más por la resignación de que nunca seré ágil y liviana como una bailarina que por los rasguños de mis rodillas. Me incorporo, me coloco el pelo rebelde en su sitio y sacudo el polvo del vestido antes de caminar y chocarme contra algo.

—¡Ay, perdón! —digo en cuanto soy consciente de que es una persona. Una persona que huele a río salvaje y a perfume masculino y me funde todas las neuronas.

Edan sostiene a Bosque en brazos, la gata traicionera ya no tiene la bolsita en la boca y ronronea contra su cuello.

—¿Estás bien?

—¿Eh? Sí, sí, no es nada. —Me ha visto rebozarme contra la tierra, genial. Todo bien.

Reprime una sonrisa de modo que tuerce sus labios de una manera seductora. Parpadeo varias veces y trato de centrarme; maldita gata, ¿dónde ha metido la bolsita del hechizo?

—Iba a tu casa cuando me he encontrado con ella. —Sonríe a Bosque de forma tierna, trago saliva despacio y luego me muestra una bolsa que lleva colgando del brazo—. Los pasteles de calabaza estaban muy buenos, traigo el recipiente. Y mi abuela ha hecho galletas de canela en tu honor.

—¡Oh! Muchas gracias, qué amable. —Me ha salido una voz de pito muy poco natural—. ¿Se encuentra mejor?

—Sí, bueno, ella no para aunque le duela todo el cuerpo, ya sabes cómo es.

Intercambiamos un silencio raro, nos miramos sin saber qué decir a continuación. Yo empiezo a temblar; hace frío.

—Vera…

—¿Sí? —Casi me atraganto con la palabra de lo rápido que he contestado.

—Estás sangrando…

Bajo la mirada hacia mis rodillas, en la derecha hay una herida de donde nace un hilo de sangre que me alcanza el pie desnudo. Y entonces soy consciente de algo: llevo el pelo aleonado suelto y un vestido ceñido de lunitas. Me sube el bochorno denso y burbujeante a la cabeza.

—¡Oh! No pasa nada, estoy acostumbrada… Tengo un botiquín de primeros auxilios solo para mí en el salón de tanto que lo uso. —¿Puedo dejar de hablar? Para decir eso mejor callarse, ¿no?

—Pues vamos dentro, te vas a helar y… ¿no te duele?

—¡Qué va! —En realidad escuece bastante.

Edan deja a Bosque en el suelo y ella corre de nuevo hacia la casa. Yo aprieto los labios y entrelazo mis dedos a la espalda para caminar disimulando estar muy entretenida contemplando las flores y que no se dé cuenta de que pongo distancia con él para dejar de olerlo y sentir su energía magnética.

—Me encanta tu casa, es diferente a cualquiera que haya visto. Parece de cuento —dice, estudiando nuestro alrededor cuando entramos.

—Sí, bueno, mi familia no tiene gustos muy comunes —comento yendo tras él hacia el salón y metiéndome el pelo tras las orejas.

—Tu familia es interesante —opina mientras deja la bolsa con lo que trae en la mesita del té.

Lleva su chaqueta vaquera con forro de lana por dentro y unos vaqueros negros. Se vuelve hacia mí con la nariz un poco enrojecida por el frío y se despeina el pelo en un acto inconsciente. Yo me he quedado en el umbral con el pulso haciendo carreras en mis venas.

—¿Has escuchado algo de nosotras? —Odio sacar el tema, pero necesito saberlo.

Él me observa con gesto comprensivo, como si ya supiese que iba a preguntarle acerca de ello.

—Algo he oído —admite.

—¿Y no tienes miedo?

—¿A qué debo tener miedo exactamente? —La comisura de su boca se ha elevado un poco, como si la pregunta no le hubiese perturbado en absoluto.

—Pues… no sé, a que te eche un mal de ojo o te embruje.

Edan ríe de forma suave.

—Creo que ya es tarde para lo segundo —dice con los labios apretados para no reír.

Me sorprende tanto lo que dice que pierdo el apoyo del vano de la puerta y casi me voy de lado; disimulo carraspeando y yendo a por el botiquín en el mueble bajo el televisor.

—No bromees con eso en clase, algunos ya creen que es así —digo sin aliento.

—¿Creen que me has embrujado? —Y esa sonrisa torcida de nuevo. Me encojo de hombros mientras coloco el botiquín abierto en la mesa—. ¿Y cuánto te importa lo que piensen?

—No lo sé —respondo en un hilo de voz—. Supongo que más de lo que me gustaría.

Él asiente, pensativo.

—Pues yo creo que tu familia es encantadora —admite, irguiéndose para caminar hacia mí.

Aprieto la mandíbula para controlar mis emociones cuando se quita la chaqueta y la bufanda y lo coloca todo en una silla de la mesa grande. ¿Va a quedarse?

—Hum… ¿te apetece algo de beber? —se me ocurre decirle, nerviosa.

—Primero veamos tu herida. —Se agacha a mi altura y toma las gasas y el antiséptico que yo he sido incapaz de encontrar porque no puedo concentrarme en otra cosa que no sea su presencia.

—Está bien, solo es un rasguño. —Edan me roza la parte interna de la rodilla para revisar la herida, yo me aparto en un acto instintivo porque he sentido al milímetro el contacto de las yemas de sus dedos.

—Lo siento —murmura con gesto culpable—. Hum… ¿puedo tocarte?

En mi cerebro ocurre una reacción tan rara e intensa debido a su pregunta que aspiro entre dientes y aprieto las manos en un puño. No le respondo, no creo que sea capaz, pero me aproximo de nuevo con la pierna adelantada, él esboza una sonrisa débil y acerca la gasa impregnada a mi herida con toques suaves.

—Ya está —murmura.

—Voy a… limpiarme la sangre y… a preparar el té. —Huyo de la situación, preocupada por mi reacción exagerada y su actitud segura.

Ser consciente de que Edan de Alba aguarda en el salón mientras yo deambulo por la casa descalza, con el vestido ceñido y sola… Echo unas ramas de perejil al té aunque no le pegue para nada y recito el hechizo para ahuyentar el amor en voz baja con las cuerdas vocales temblando. Es ridículo lo perfecto que es sentado ahí en nuestro amplio sofá color crema con estampados florales, la luz se proyecta a borbotones sobre la estancia a través del amplio ventanal que hay tras el sofá, que abarca toda la pared con marcos blancos; el verdor de los árboles de afuera vuelve de un tono esmeralda los rayos vaporosos y los libros y los jarrones con flores que hay esparcidos por la mesa y las estanterías brillan. El lugar se me antoja todavía más bonito; siempre me ha encantado nuestra casa, pero con Edan dentro se vuelve asombrosa.

—Creo que tienes que irte —digo de repente aunque odie haberlo dicho.

—¿Por qué? ¿Estás bien? —Edan se incorpora con el ceño arrugado.

—Sí. Es solo que… no sé si esto es buena idea.

Se detiene y hace un mohín.

—Quieres que me vaya —musita, decepcionado.

Aprieto los dientes con fuerza.

—Sí. —Estoy parada en el umbral de la puerta con la bandeja del té en la mano y las extremidades tensas.

No entiende nada y es normal. Agacha la mirada mientras recoge su chaqueta y se la coloca.

—Bien. Siento haberte molestado.

Me aparto a un lado para dejarlo pasar y me muerdo la lengua para no decir nada que empeore las cosas. Entonces Edan sale y cierra tras de sí; yo aprieto la bandeja que tengo entre las manos, inspiro hondo por la nariz y regreso a la cocina tratando de domar mis emociones, que de repente se hacen demasiado fuertes y emito un sonido estrangulado muy raro a través de la garganta antes de soltar el té y que se vuelque en el banco de la cocina. No quiero llorar. No quiero llorar porque eso significaría que siento algo por él que no puedo sentir. No lo conozco, es… es un desconocido.

Al levantar la mirada, Bosque me observa con atención en el alféizar de la ventana y juraría que también se siente decepcionada.

14

Vera

Otoño de 2021

—Estás muy callada. —Chiara examina los ramos de *Agrimonia eupatoria* que cuelgan de la pared al lado de la lavanda y las flores secas del manzano silvestre.

Es una habitación de la casa dedicada solo a guardar flores, plantas y otros ingredientes valiosos. Del techo cuelgan sendas ristras de hojas secas atadas con cordeles al igual que de las paredes y de las estanterías, la sala es un estallido de colores, es como entrar a un jardín frondoso, pero con su vegetación pulcramente clasificada y cuidada.

—Podría quedarme a vivir aquí. —murmuro recogiendo pétalos secos de rosa que necesitaremos para nuestro ritual.

Chiara enarca una de sus cejas de un dorado tostado.

—Claro, donde sea que no haya personas —apunta con retintín—. En serio, ¿qué te pasa? Estás apagada.

—Olvidaba que eres una bruja y que estás viendo mi energía. —Salgo de la sala cuando tengo todas las flores necesarias y mi prima corre detrás de mí—. Deja de utilizar tus dotes intuitivas, ¿vale? Estoy bien.

Mi madre y mi tía Flor han preparado las cartas del tarot, las velas y los minerales en círculo frente a la chimenea encendida; en ese momento se nota todavía más la ausencia de Ágata, ella siempre le da un toque más mágico y milagroso a nuestros rituales.

—Vera, ¿y tu mural de manifestación? —pregunta mamá.

—No creía necesario traerlo, no ha cambiado nada.

—Cielo, sabes que siempre cambia algo, aunque sea sutil. Anda, tráelo —me pide la tía Flor.

Suspiro profundo y voy hacia las escaleras. Cada día veinte del mes, las mujeres Anies nos juntamos para repasar nuestro mural de manifestación; el mural consiste en una serie de imágenes que hemos escogido cada una para simbolizar nuestros sueños o deseos, aquello que queremos atraer. Porque donde enfocas tu atención, enfocas tu energía. En nuestros murales hay un deseo común: encontrar la manera de romper la maldición que mata a los amores de nuestra vida. Es un deseo que lleva años apareciendo en nuestras manifestaciones y seguimos sin descubrir nada.

—Yo he hecho varias conferencias este mes, ¡he manifestado a doscientas personas en cada sala! Ha sido mejor de lo esperado —comienza la tía Flor con entusiasmo.

—Yo he mejorado mi técnica de hipnosis en apenas una semana. La meditación de estos últimos días ha sido tan profunda que he encontrado un hueco de mi mente que desconocía —anuncia Chiara con una sonrisa luminosa.

—Me han llamado esta mañana para invitarme a mostrar mis obras en la galería Eros, ¡en Eros! Ya sabéis cuánto tiempo llevo deseando exponer allí —nos cuenta mi madre, feliz.

Esta misma mañana la he encontrado llorando en la cocina después de la llamada y me ha dado un susto de muerte, luego se ha empezado a reír como una lunática y me lo ha contagiado hasta que le he preguntado por qué nos reíamos. Ha cumplido otro sueño más.

—Estamos muy orgullosas de ti, mamá —le digo.

Las tres se quedan esperando a que hable, es mi turno. Carraspeo y bajo la mirada hacia mi mural.

—Yo… he conseguido no matar a Edan esta semana —se me ocurre decir.

Ninguna hace el amago de moverse o reaccionar hasta que Chiara se echa a reír de forma floja.

—Eres mi dramática favorita.

—No te rías, es serio —le respondo, molesta.

En mi mural hay un corazón donde escribí, literalmente: «No matar a nadie». También escribí: «Tener una amistad verdadera y fuerte», «No enamorarme», «Encontrar mi don, algo que se me dé bien». Parece bastante más complicado conseguir lo que han logrado ellas, sin embargo a mí se me está haciendo un mundo cada uno de mis deseos.

Meditamos juntas con el sonido del chisporroteo de la leña ardiendo y la música bajita que la tata siempre pone para los rituales dentro de casa. Luego, como de costumbre, nos tomamos una infusión y charlamos sentadas sobre cojines alrededor de la mesita del té, donde ayer debería haber dejado la bandeja frente a Edan y en vez de eso le pedí que se marchase. Todavía tengo en la retina su expresión dolida.

—Esta noche hay verbena en Belie —me susurra mi prima, casi encima de mí, provocando que salga de mi tortura mental.

—Vale…, ¿y?

—En tu mural has escrito que quieres hacer amigos, ¿cómo vas a hacerlo?

—Yendo a la verbena no —sentencio.

—Vera, no puedes estar escondiéndote siempre. Eres una mujer libre, puedes vestir como quieras y hacer lo que quieras, siempre nos van a juzgar, hagamos lo que hagamos, ¿por qué no hacer lo que nos dé la gana?

—En la ciudad es diferente, tus compañeros de clase no te odian.

—Hay de todo. Es verdad que las clases son más grandes, pero mi manera de ver la vida, *nuestra* manera, es diferente. La diferencia siempre llama la atención, y a aquellos a quienes les asusta, te rechazan. Pero no por eso me escondo.

—Eres más valiente…

—No, soy consciente de quién soy y de que me merezco mucho más de lo que la sociedad me ofrece. Vamos a esa verbena, prima, vistámonos como queramos y divirtámonos, no hacemos daño a nadie.

No sé si es que estoy más sensible de lo normal, pero sus palabras me afectan y termino accediendo sin saber ni lo que hago. Y, cuando subimos a mi dormitorio, admite que se había traído ropa para mí por si acaso.

—¿Me estás manipulando con tu hipnosis? Estoy accediendo a esto con demasiada facilidad... —refunfuño mientras me enfundo el mono negro que se adhiere a mi silueta—. ¿No tienes... otra cosa?

Porque ni en sueños le confieso a mi prima que guardo vestidos preciosos brujiles en un baúl secreto.

—Es sexi en su justa medida, estás perfecta —me dice mientras se pinta los labios.

—Creo que voy a entrar a por el gorro y la bufanda —exclamo cuando ambas salimos al jardín, vestidas y maquilladas.

Chiara me atrapa del brazo antes de que vuelva a poner un pie dentro.

—Esa chaqueta que llevas es calentita y te queda de maravilla, ¿en serio te vas a poner un gorro con lo precioso que se te ha quedado el pelo? Ojalá yo lo tuviese tan voluminoso y negro.

Pongo los ojos en blanco. En fin, ¿para qué señalar su pelo largo dorado de diosa del Olimpo? Sé que me halaga para que no me retracte.

Caminamos tomadas del brazo hacia los caminos que conducen a Belie. Tenemos que llevar linternas hasta que las farolas hagan su papel unos kilómetros más adelante, cuando el amplio camino bordeado de árboles dé paso a las casas. Estoy enamorada de la belleza del pueblo, de su intenso verdor frondoso salpicado de colores por sus flores variopintas, de sus lagos cristalinos y sus encantadoras casas con tejados desiguales y verjas de madera. Por eso estoy tan enfadada con sus habitantes y su empeño en rechazarnos, podría ser tan feliz aquí... Escucho el retumbar de la música haciendo eco en el cielo y me detengo.

—¿Y si nos tiran huevos?

Chiara me observa con las dos cejas alzadas.

—Les lanzo una maldición, más les vale que no.

—No estoy bromeando.

—Lo sé —dice tirando de mi brazo para caminar—. Nos mirarán, eso lo tenemos asumido, ¿no? No esperan que dos de las brujas de Belie se presenten en la verbena del pueblo. Pero resulta que somos dos adolescentes deseando divertirse, que les den a los morbosos.

—¿Por qué eres tan segura? —digo, desesperada.

—No lo soy, esto que ves es una buena coraza que he construido poco a poco. En realidad, estoy cagada —admite tan pancha—. Pero es emocionante y… la música que suena me encanta.

La contemplo con admiración sin añadir ninguna réplica más. Y el corazón me bombea cada vez más fuerte conforme el barullo constante que proviene de centenares de personas, un poco por debajo del sonido de la música, se hace cada vez más ensordecedor. Y allí estamos, en la gran plaza central de Belie donde sus habitantes bailan, ríen y beben de sus copas.

—¿Te apetece un chupito? —grita Chiara para que la oiga.

—Sí —digo con rotundidad, y me dispongo a recordarle que tengo diecisiete años y que nunca he bebido de nuestro brebaje secreto por eso mismo, pero Chiara me toma de la mano y, sin avisar, nos zambulle en la muchedumbre.

Noto las miradas.

Son punzantes, paralizantes. Trato de no levantar los ojos, observo con atención la melena dorada de mi prima, que va delante de mí, mientras avanzamos a trompicones hasta detenernos en la barra, que se encuentra en el interior de una caseta hecha de metal blanco.

—¡Dos chupitos de lo más dulce que tengas! —vocea Chiara al camarero.

—¿Tenéis dieciocho años?

—Pues claro —responde ella.

—A ver los carnets. —El camarero extiende la mano con gesto receloso.

Chiara se gira hacia mí con expresión torturada.

—Da igual… —murmuro.

—¿Y cómo brindamos por ser unas brujas rebeldes?

Estoy a punto de decirle que se pida uno para ella, que yo beberé un refresco, pero, por alguna razón, levanto la mirada hacia arriba y entonces localizo a Edan, con la mirada perdida y apoyado en una de las barandillas de las viviendas que bordean la plaza con sus alargados balcones comunes. Se me encoge el pecho de forma extraña y dolorosa. Está ahí, tan guapo e inalcanzable... Ese río salvaje que se escurre entre mis dedos. Dejo de respirar y me obligo a retirar la mirada pero no puedo. No puedo. «¿En qué piensas, Edan? ¿Me odias? O peor, ¿me has olvidado porque no soy en absoluto importante?».

—Necesito ese chupito —le ruego a mi prima.

Ella sonríe de forma maliciosa.

—Bien, sígueme el rollo. Dame tu carnet.

Se lo doy, expectante, y ella le enseña primero el suyo y luego el mío, y en cuanto se lo muestra, chasquea el dedo delante de sus ojos y coloca una mano en su nuca para acercarse a decirle algo al oído (no es raro, todos se acercan por el ruido).

—¿Ves? Aquí pone que Vera Anies nació en 2002 —le dice mi prima.

—Sí, es verdad —responde el camarero, hipnotizado.

—¿Nos pones ya esos chupitos?

—Claro. —Y coloca dos vasitos ante nosotras.

Yo la miro con la boca abierta.

—¡Eso ha sido alucinante! ¡¿Cómo lo has hecho?! —berreo, pletórica.

Ella se encoge de hombros, orgullosa y sonriente. Luego nos tomamos el líquido ámbar con sabor a frutas que me quema la laringe.

—Si mi madre se entera de que he tomado alcohol, nos quemarán en una pira.

—Se enterarán, son brujas. Pero arderé con gusto.

«Fuego abrasador. Arde en llamas». Levanto la mirada con disimulo y compruebo que Edan ya no se asoma en el balcón, lo busco inevitablemente con la mirada. El camarero aparece frente a nosotras de nuevo y nos pone otros dos chupitos.

—¿Le hemos pedido otro? A ver si le has estropeado el cerebro... —le susurro a Chiara.

—Esos amables chicos de ahí os invitan —nos cuenta.

Dos chicos de nuestra edad saludan desde el otro lado de la barra; no son de Belie a juzgar por su forma de vestir y sus gestos interesados.

—Vaya, tenemos admiradores —dice Chiara entre dientes antes de recoger su chupito y chocarlo contra el mío—. ¡Salud!

Terminamos bebiendo más chupitos gratis y un cubata que sabe a frutos rojos; de esa forma descubrimos que Belie atrae a turistas en fiestas y que esos turistas no saben que somos las brujas repudiadas del pueblo. Cuando Chiara me toma de la mano para arrastrarme hacia la multitud bailarina, me doy cuenta de que el alcohol amortigua la timidez y hace que los problemas importen un poco menos; por eso la sigo, zigzagueando, ya que de repente no sé caminar bien.

—Madre mía, Chiara, no sé andar. —Resulta que también se me traba la lengua.

Ella se parte de la risa por mi comentario.

—¿Qué te hace tanta gracia?

—Creo que deberías haber tomado menos chupitos. Yo ya he bebido otras veces... —Sin embargo, sus palabras también suenan arrastradas y poco fluidas.

—¿Me va a dar algo? La cabeza me da vueltas y me importa tres pimientos que los vecinos estén tramando tirarnos huevos.

Chiara vuelve a reírse escandalosamente.

—¡Me encanta escuchar eso! Ahora vamos a bailar, mi brujilla. —Chiara empieza a hacer movimientos suaves y estrambóticos con sus alargadas extremidades elegantes.

La miro tratando de mantenerme erguida, pero siento que me mezo suavemente hacia delante y hacia atrás con los pies bien firmes en la tierra. Chiara parece un hada del bosque con las hebras de su pelo resplandeciendo por encima de su cabeza a través de la luz de los focos del escenario. Yo trato de imitarla con menos gracia; no me acostumbro a tener mi pelo tan descubierto ante el público y debajo de la chaqueta el mono roza mi piel recordándome que llevo ropa sexi. ¿Es raro que me sienta extraña y a la vez superbién? Me descubro sonriendo y bailando con más ganas.

—¿No tienes calor? Hay demasiada gente y la calle está protegida del aire, voy a quitarme la chaqueta —anuncia ella, feliz—. ¿Me das la tuya? Voy a pedirle al amable camarero que nos la guarde.

Hago un ligero mohín ante su sugerencia, pero, para mi sorpresa, me descubro desabrochándome la chaqueta.

—No las pierdas o nos congelaremos de vuelta a casa.

—Tranqui. Tú no te muevas de aquí, ahora vuelvo.

—Pero… ¿me vas a dejar sola? —Mi prima no me ha oído porque se ha adentrado entre la multitud.

Si no estuviese ebria, me daría un ataque de pánico. Es cierto que me siento expuesta y quizás algo observada, pero el fluido viscoso que recorre mis venas es relajante e inhibe algunos aspectos de mí que, normalmente, concluyen en salir huyendo o escondiéndome. Estoy bailando sola, sí. Lo hago lento y muy suave, pero lo estoy haciendo. Y es estupendo.

—¿Es verdad que eres bruja? —me pregunta un chico de mi edad que de repente ha aparecido a mi lado con una lata de cerveza en la mano.

—Eso dicen —respondo sin dejar de bailar. No me reconozco; en algún punto de mi cerebro tras unas rejas está mi verdadera yo alucinando—. Pero no tengo ni idea de cómo hacer nada que se considere de bruja. Soy la oveja negra de la familia, ya sabes.

El chico sonríe con simpatía y bebe de su lata.

—¿Por qué dicen que sois brujas?

Me encojo de hombros.

—Bueno… a ver, preparamos pociones, brebajes y ungüentos. Las plantas del jardín perduran en flor todo el año milagrosamente, mi familia cura enfermedades, predice el futuro o practican hipnosis, nos encanta la naturaleza, bailar bajo la luz de la luna y nuestra gata Bosque es un espíritu de una de nuestras antepasadas brujas, o eso creemos, y… ¡ah! Y tenemos una maldición; no te enamores de mí o morirás.

El chico se queda paralizado unos segundos con ojos sorprendidos.

—Estás de broma, ¿no?

—*Nop* —digo alargando la «n» y añadiendo énfasis con un gesto de cabeza—. Y la mayoría de las personas que están aquí nos odia, aunque eso parezca darme bastante igual en estos momentos. Ahora que lo digo… puede que no me reconozcan, nunca enseño el pelo y… ¡Uuh! No me había dado cuenta de lo escotado que es este mono.

De repente soy consciente de que he dicho eso en voz alta y debería morirme de vergüenza. ¡¿Qué me pasa?! El chico me dice algo, pero no lo oigo, suena distorsionado a través de la música y el bullicio.

—Perdona, tengo que buscar a mi prima, tarda un montón. —En mi mente he dicho eso, pero en el fondo sé que mi boca no lo ha verbalizado en absoluto; más bien he sonado como una gangosa balbuceante.

Quiero avanzar, pero algo me lo impide, es el chico que se ha puesto en medio.

—Dis… culpa —farfullo—. ¿Has visto a mi prima?

Escucho risas detrás de mí; el chico interrogador no venía solo, está con su grupo de amigos que aguardaban a que el más valiente (o sea él) viniese a preguntar a la supuesta bruja.

—¿Por eso estáis tan buenas? ¿Porque sois brujas? —le oigo decir muy cerca de mí.

—¿Eso crees? A mi abuela le encantará el cumplido, dice que ya no se ve atractiva. ¡Bah! ¿Sabes las posturas tan complicadas que hace en yoga? Si yo hago eso me parto como una rosquilleta —balbuceo bastante, pero creo que se me entiende—. En serio, ¿dónde está Chiara? Ayúdame a buscarla.

—Vale —responde feliz.

Él se coloca delante porque yo soy incapaz de avanzar sin dar dos pasos hacia atrás después. Es muy frustrante no tener el maneje de mis extremidades ni el control del habla, pero es genial que me importe todo un pepino. Aunque empieza a importarme un poco más cuando veo que el chico me dirige lejos de la barra (donde se supone que está Chiara) y la afluencia de gente disminuye.

—No es por aquí.

—Quiero que me hagas un hechizo.

—Ya te he dicho que yo no sé, soy demasiado normal —protesto, intentando zafarme de él, pero es complicado con mis movimientos de tortuga imprecisos.

—Te estaba buscando. —¿Es mi prima? No ha sonado a Chiara. Conozco esa voz, la he confundido con la de Chiara porque me ha producido alivio y familiaridad, pero en realidad es una voz de chico—. Vera, ¿estás bien?

Y de repente el aire huele a río salvaje y a deseo que se mete en las entrañas.

—Edan de Alba, no bebas chupitos de tequila frutal, te lo recomiendo —farfullo, levantando la mirada borrosa con dificultad.

De pronto Edan me sostiene, no sé en qué momento ha ocurrido, pero tengo su cuello en la nariz y me sujeta con una mano bajo el codo y la otra en la espalda.

—Gracias por el consejo, ¿vamos a casa? Creo que será mejor que te acuestes.

—No encuentro a mi prima.

—Pues creo que no es buena idea que vuelvas entre la gente y tampoco veo seguro dejarte sola para ir a buscarla. Y tranquilo, ya puedes irte, está conmigo.

—Íbamos a…

—Me da igual, chaval. ¿No ves cómo va? Anda, pírate.

—Vale, no te pongas así…

Escucho alejarse al chico de las preguntas y yo cierro los ojos, recreándome en el olor de Edan.

—¿Y qué hacemos? —Levanto la cara para mirarlo. Madre mía, incluso ebria, con el juicio nublado, me impresiona lo preciosa que es su cara.

Dice algo, pero estoy demasiado embelesada observándolo para oírlo.

—Vera… —me llama la atención.

—Tienes los ojos grises —susurro, mirándolo de cerca. Seguramente sea incómodo o violento, pero tengo inhibidas esas zonas de mi cerebro—. ¿Conoces a alguna chica llamada Tori?

—¿Qué? No.

—¿Me odias?

—Claro que no. Vera, apenas puedes hablar o sostenerte por ti misma, tienes que irte a casa.

—¿No me odias? Fui muy antipática el otro día… Pero es por tu seguridad.

—No vamos a hablar de eso ahora —musita, parece dolido y eso me aprieta el estómago, lo que produce la primera náusea.

—Creo que quiero dormir, ¿puedo dormir?

—Aquí no…, Vera. —Me nombra porque acabo de apoyar la cara en su hombro y he invadido todo su espacio personal.

Esa no es la forma en la que yo me acerco a él en mis fantasías para nada.

—Me alegra que no me odies y que estés aquí conmigo después de lo borde que fui el otro día.

—No quiero que te pase nada malo…

¿Lo estoy abrazando? Lo abrazo, además con ganas. Dios, esto sienta demasiado bien… creo que exhalo un gemido de alivio, como si llevase décadas esperando a hacerlo. Y él, en vez de apartarme, deja caer sus brazos a mi alrededor y me devuelve el abrazo con suavidad. Creo que voy a estallar de amor. Mierda. Mierda, mierda… ¿Y si lo hago estallar a él?

—Hola. —¡Es la voz de Chiara! Quiero apartarme de Edan, pero mi cuerpo no responde, está demasiado a gustito ahí—. Vera, te he buscado por todas partes, se me ha ido el ciego de golpe por el susto.

—Un chico quería que le hiciese un hechizo… —Estoy bastante segura de que ninguno de los dos ha entendido lo que he dicho porque no he vocalizado en absoluto.

—Tenemos que llevarla a casa, ha bebido de más —le dice Edan.

—Ya veo… Menuda mala influencia soy —distingo su tono de culpabilidad.

Edan se desplaza hacia atrás para alejarse de mí y yo me vuelco sobre él a la vez. Eso no debería ocurrir porque necesito con todas mis fuerzas estar lejos de él, pero mi cuerpo no quiere.

—Vera, ¿puedes mantenerte erguida?

—Estar borracha es como soñar, es todo raro y borroso... —balbuceo.

—De acuerdo, ya veo que no.

—Espera, vuelvo a por las chaquetas en un momento —anuncia Chiara.

—Estás temblando —le digo.

—No, eres tú. Te castañean los dientes.

—¿Ah, sí? Uy, es verdad.

Edan vuelve a abrazarme por encima de los brazos y frota sus manos contra mi espalda para hacerme entrar en calor. No tiene ni idea de que su acto y sus manos y su aliento en mi mejilla derrumban todo cuanto he construido en mi interior acerca de no enamorarme.

—Eres como mi estufa humana —musito contra su cuello.

Edan suspira. Oh, Dios, estoy siendo vulnerable con él, un hueco de mi mente es consciente de ello, pero mi cuerpo no quiere hacer nada para ocultarlo.

—¡Ya estoy aquí! ¿Cómo lo hacemos? ¿La sostenemos yo de un lado y tú del otro? —Se acaba de ir ¿y ya ha vuelto? El tiempo se vuelve difuso cuando estás borracha, sin duda.

—¿Cuántos minutos hay hasta su casa?

—Cerca de media hora, un poco menos.

—Vera...

—¿Sí?

—¿Puedo tomarte en brazos?

—Hum... ¿No hay un autobús?

Él me mira con el ceño arrugado y luego mira a mi prima. Entonces se inclina y pasa una mano detrás de mi espalda y otra bajo mis rodillas para cargarme en volandas.

—¡Ay! Eres muy alto. —Noto las vibraciones de su pecho al reír.

—¿Vas a llevarla durante todo el camino? —Chiara avanza al lado de Edan.

—Cuando me canse, paramos un poco —soluciona.

No debería hacerlo, pero paso los brazos alrededor de su cuello y me apoyo en su pecho.

—Oye, ¿en qué momento me he puesto la chaqueta? —exclamo cuando me doy cuenta.

—Te la he puesto yo antes de que Edan te aupase —me cuenta Chiara—. Madre mía, nos hemos pasado. ¿Te encuentras bien? ¿Tienes malestar?

—Estoy mejor que nunca, gracias —digo con la lengua trabada contra el cuello de Edan—. ¿Por qué hueles tan bien?

—Oh, es… es una colonia —responde él.

—No es solo eso, viene de tu piel, es tu olor natural. *Tooodo* mi armario huele así por culpa de tu chaqueta, ¿sabes? Un día pensé en echarme una siesta dentro.

Hay un silencio tras mi comentario, lo cual me hace pensar que otra vez no he vocalizado; puede que mi yo del futuro lo agradezca.

El andar de Edan mece mi cuerpo y es muy relajante, la forma en que me ampara contra sí, su respiración… Si estuviese lúcida, jamás lo consentiría. Ahora, más que nunca, es cuando me horroriza la posibilidad de hacerle daño; cuando me visto de forma holgada y huyo de la gente trato de salvar a una persona imaginaria de mi maldición, pero ahora es real. Edan es muy real.

Y, de un instante a otro, abro los ojos y reconozco los adoquines del sinuoso camino que conduce a mi casa.

—¿Me he desmayado?

—Te has dormido —responde Edan, divertido.

—Creo… creo que deberías soltarme antes de que se te duerman los brazos y no puedas volver a usarlos nunca.

—He entendido la mitad de lo que has dicho, pero deduzco que quieres que te suelte. Me parece que vamos a ir a lo seguro; hay escaleras hasta tu dormitorio, ¿recuerdas?

Suelto un gemido hondo y vuelvo a colgarme de su cuello. Esto no debe ser bueno, además no llevo mi bolsita con el hechizo.

—Mañana me moriré de vergüenza, ¿verdad?

—Probablemente —responde Chiara mientras abre la puerta con la llave—. Con suerte habrás olvidado muchas cosas.

La casa está en penumbra cuando entramos. La tía Flor se ha quedado a dormir y estará con mi madre en su dormitorio. Siempre que se quedan duermen juntas, es una costumbre de hermanas que no han querido abandonar. De hecho, le encuentran múltiples beneficios; al parecer que dos brujas fraternales duerman juntas amplifica sus poderes y su intuición.

Edan me sube por las escaleras sin mayor esfuerzo y yo lo observo aprovechando la poca luz que hay.

—¿Por qué eres tan bueno conmigo? —musito, soñolienta.

Entramos a mi habitación y Chiara se adelanta para deshacer la ropa de mi cama antes de que él me deposite en ella.

—Ya me encargo yo, muchísimas gracias por todo, Edan. Has sido muy amable —le dice mi prima.

—Espero que tengáis un buen remedio para la resaca —añade él.

—Descuida, aquí donde la ves, es una experta en plantas y tés. Nos las apañaremos.

—Vale. —Edan se inclina un poco para mirarme desde su altura—. Nos vemos en clase. Adiós, Vera.

Y yo cierro los ojos mientras escucho cómo sus pasos se alejan.

15

Diego

Primavera de 1931

El corazón permanece engañado cuando alguien no asume una verdad que, con toda probabilidad, terminará doliendo.

Yo me vetaba, me negaba y me excusaba cada vez que Cris se desvestía delante de mí, me tocaba o me dedicaba más atención de la que era capaz de procesar. No existía la probabilidad de desearlo, ¿no? ¿Eso podía ser acaso? Que un chico amase a otro chico, no constaba que fuese posible.

Sin embargo, ¿qué me ocurría? ¿Qué hacía con mi frustración y la impaciencia que apenas sabía de dónde venía?

Aquella mañana levanté la cabeza de la almohada y, de nuevo, su cama estaba vacía. Había perdido la cuenta de las veces que me había quedado a dormir en su habitación. Me incorporé con un bostezo y miré a través de la ventana: Cris corría bordeando la propiedad. Salía a entrenar temprano cada mañana, lo que fortalecía sus músculos y terminaba de difuminar su complexión; ya apenas asomaba rastro del niño que había sido. Yo prefería dormir un poco más; poner distancia con él me ayudaba a entenderme (aunque, para qué engañarnos, estaba completamente perdido). Estar juntos todo el tiempo a veces me confundía, sobre todo porque aquellos días nuestras charlas siempre desembocaban en la Residencia de Estudiantes de Madrid. «Allí estudió el mismísimo

Lorca», me había dicho entusiasmado la primera vez. Deseaba comenzar el próximo curso allí; don Joaquín había sido quien le había comentado la idea, y yo sabía que él tenía muchas posibilidades de que lo admitiesen. Yo no era nadie a su lado; si lo admitían, él se iría y yo me quedaría.

—Esta noche tenemos invitados, Cristóbal. Viene Diana, ¿te acuerdas de ella? Jugabais mucho cuando erais niños. —Margarita, que presidía la mesa, parecía de buen humor aquel mediodía en la comida.

—Sí, me acuerdo. Le presentaré a Diego —respondió Cris, resuelto, y luego pinchó la verdura para metérsela a la boca.

—Diego no puede venir a todas partes, Cristóbal. —El tono hastiado habitual de su madre regresó enseguida.

—¿Por qué no?

—No quiero discutir, ¿estamos? Diego no vendrá, y punto.

Cris abrió la boca para replicar, pero yo puse una mano sobre su pierna bajo la mesa.

—No pasa nada, cenaré con mi madre esta noche —anuncié al tiempo que retiraba la mano.

Escuché a Cris bufar por lo bajo. Me gustaba (en realidad, me encantaba) que quisiera que fuese con él a todas partes. Ya no podía concebir la vida sin verlo ni un solo día. Cris se había convertido en mis hábitos, en mi confidente, en una extensión de mi cuerpo.

Pude ver a la tal Diana cuando cayó la tarde y el crepúsculo cubrió el terreno con su manto anaranjado y violeta. Un pinchazo agudo atravesó mi estómago cuando vi a Cris acercarse a ella en las escalinatas. Era preciosa y sus tirabuzones largos de color oscuro brillaban desde el *bungalow*. Una muchacha de dieciséis años, los mismos que tenía él, desarrollada y perfecta. Si había dudado alguna vez del odio que me profesaba Margarita, lo ratifiqué justo en ese instante; medidas drásticas para que su hijo se distrajese y dejase de holgazanear por ahí con el campesino analfabeto.

Cené en silencio con mi madre. Si me vio triste, no mencionó nada al respecto. Ya no había vuelto a advertirme nada acerca de mi relación con el hijo de don Joaquín, puede que ella hubiese asumido que no había nada que hacer.

Aquella noche me acosté con decenas de imágenes tortuosas en mi mente; miradas discretas en la mesa durante la cena entre Cris y la chica, roces casuales. Quizá él le enseñaría su dormitorio y ella le preguntaría quién dormía en el camastro de al lado y él le respondería: «No es nadie». No es nadie. Él se daría cuenta de que ella era preciosa y quizá la besaría como yo había imaginado cientos de veces en un hueco oculto y secreto de mi cabeza.

Era probable. Era muy probable, mucho más que todo con lo que había fantaseado todo ese tiempo. Cerré los ojos con fuerza, deseando dejar de sufrir por algo que no debía pertenecerme. Y los abrí de golpe al escuchar golpes agudos contra mi ventana, me levanté y divisé entre la penumbra de la noche a Cris, que lanzaba piedras contra el cristal.

—¿Qué haces aquí? Tu madre te va a matar —le dije en el tono de voz más bajo que pude.

—Es posible —respondió, despreocupado.

El alivio que me invadió desechó todas las imágenes dolorosas de mi cabeza. De un instante a otro, Cris brincó y escaló hasta mi ventana con destreza.

—¿Me dejas entrar o qué? —susurró al ver que no me apartaba de la ventana.

Lo hice a trompicones, atónito y desconcertado. ¿Quería entrar en mi habitación? Sería la primera vez que lo hacía, por eso, en cuanto plantó los pies dentro, empezó a horadarlo todo con curiosidad; mis libros, mis apuntes, mi escritorio (donde tantas veces había escrito sobre él), mi cama, la ropa de mi silla...

—Tu habitación huele a ti —me dijo.

—¿Ah, sí? ¿Y cómo huelo yo?

—No sé, a ti.

Lo observé mientras él contemplaba mi intimidad y no me sentí violento por ello, todo lo contrario. Quería que me conociese, que me viese; aunque lo que yo tenía no se pareciese en lo más mínimo a lo que él tenía.

—Mi madre ha sugerido a los invitados que se queden a dormir —me contó, distraído.

—Ah —logré decir, inmóvil.

Aguardé a que Cris volviese a hablar, en vez de ello se sentó en mi cama, todavía inspeccionando mi cuarto.

—¿Puedo quedarme a dormir contigo? —musitó al fin.

Y a mí se me fundió el cerebro.

—¿Q-quieres dormir… aquí?

—Eso es lo que te he preguntado, sí —respondió, divertido al ver mi reacción.

—Yo solo tengo esa cama. —Se la señalé con gesto culpable; debía ser igual de grande que el camastro que tenía en su habitación.

—¿Te da vergüenza dormir conmigo? —sonrió con picardía.

—Claro que no.

—Pues entonces no hay más que hablar. —Brincó con el trasero sobre mi cama y se deshizo de su jersey enseguida y después de sus pantalones.

Era surrealista tener a Cris desnudándose en mi cuarto. Le lancé una camisa vieja para que la usase como pijama y lo vi llevársela a la nariz antes de colocársela; se me subió el rubor a la cara tras su gesto y luego me senté a su lado mientras él se tumbaba. Le di la espalda para acomodarme en el colchón y nuestras piernas se encontraron, era imposible que no nos rozásemos.

—Cris…

—¿Qué? —Su aliento candente impactó en mi nuca.

—Tu madre me odiará más después de esto. Lo sabes, ¿verdad?

—Mi madre no te odia. Nadie puede odiarte, Diego —respondió él con voz cansada—. Y si lo hace, debe saber que eso solo la alejará de mí.

Dejé de respirar tras escucharlo.

—Es tu madre.

—Y tú eres mi mejor amigo, mi… —La piel de todo mi cuerpo reaccionó con violencia cuando Cris pasó su brazo por encima de mi cintura para abrazarme por debajo de la sábana.

No terminó la frase aunque deseaba con todas mis fuerzas que lo hiciese. Apreté los ojos y contuve un jadeo cuando se aproximó un poco y noté su pecho en la espalda y sus piernas acoplarse al arco de las mías. El corazón golpeaba tan fuerte mi caja torácica que sabía que él lo notaría.

—Buenas noches, chico de campo —bisbiseó, y casi pude sentir el roce de sus labios en el vello de mi nuca.

—Buenas noches, Cris.

* * *

Cuando desperté por la mañana, Cris no estaba a mi lado. Me levanté corriendo, me vestí en un santiamén y bajé al trote al jardín. En el momento en que casi alcancé las escalinatas, fue cuando oí los gritos de Margarita en el interior de la casa. Dudé de si acercarme; el corazón me aporreaba las costillas de puro terror. Sabía lo que pasaría, lo había sabido en cuanto Cris se había colado por mi ventana…

La figura alta e imponente de Margarita se hizo visible en el vestíbulo y su tez se arrugó en una mueca de ira en cuanto me vio allí parado como una escultura al final de las escaleras. Inhalé aire de golpe al verla venir y se detuvo en el primer peldaño.

—¡Mantén las distancias con Cristóbal, Diego! ¡Esto que está ocurriendo no lo voy a tolerar!, ¿entiendes? ¡Tú y tu madre os iréis de patitas a la calle como no respetes mi imposición! ¿Está claro?

La miré con los puños temblando y un escozor agresivo en las córneas.

—Te he hecho una pregunta, chico, ¡¿está claro?! —repitió elevando su voz autoritaria.

—Sí —dije en un hilo de voz quebrado.

Ella me atravesó con una mirada dura de advertencia y regresó sobre sus pasos al interior de la vivienda. Margarita nunca había verbalizado su repulsa hacia mí hasta ese día y el mensaje me quedó bastante claro.

Si hubiese sido yo el único perjudicado en todo aquello, habría ignorado sus amenazas, ni siquiera lo habría pensado. Pero no podía arriesgarme a que echase a mi madre; la artritis estaba empezando a pasarle factura y estaba cómoda allí, parecía que por fin era un poco feliz tras la marcha inexplicable de mi padre.

Gruñí de rabia e impotencia contra la almohada cuando subí de nuevo a mi habitación y evité una avalancha que se cernía contra mi garganta y mis ojos, pugnando por derramarse. Me dolían los pulmones de aguantar el llanto, pero no consentí derrumbarme. Evité estar en el *bungalow* ese sábado por si Cris venía a buscarme, y eché a correr por el bosque para descargar dolor. Acabé reventado, tirado en el suelo sobre las hojas, y luego, como si no hubiese tenido suficiente, empecé a trabajar en el jardín, con cuidado de mantenerme alejado de él.

Sabía que esa situación no se sostendría, que Cris me interceptaría antes o después, pero no estaba preparado para que me dijese que se había acabado. Y yo tampoco sería capaz de decirle que se alejase de mí.

—¿Piensas evitarme todo el tiempo? —Me giré de golpe hacia Cris cuando estaba entrando en el *bungalow*.

Ya casi entraba la noche y mi cuerpo estaba exhausto del ejercicio físico. Su ceño fruncido denotaba cierto reproche al mirarme.

—No puedo dejar que mi madre se quede sin trabajo y sin techo, Cris. No puedo —respondí, agotado.

—¿Crees que mi padre lo permitiría? ¿Que yo lo permitiría?

—No lo sé, lo único que sé es que tu madre ha sido muy clara con sus amenazas.

—Mi madre no va a separarnos, no puede. Ni ella ni nadie —dijo con una seguridad y determinación en la voz que me impactaron—. ¿Tú quieres alejarte de mí?

No se me pasó desapercibida la nota de ruego en su tono.

—No, claro que no. —El pecho me iba a reventar de un momento a otro.

—Me dan igual sus gritos, su enfado o sus advertencias. Si no te deja dormir en mi dormitorio, dormiré yo en el tuyo.

—Cris, yo… quiero esto, de verdad. Pero tendrás que asegurarte antes de que las amenazas de tu madre no se lleven a término, por favor.

—¿Confías en mí? —musitó y aproximó su mano para acariciar-
me el antebrazo.

Luego se apartó, como si no se atreviese a tocarme. «Tócame,
por favor, Cris. El día ha sido un maldito infierno intentando evi-
tarte».

—Con los ojos cerrados.

16

Ágata

Otoño de 2021

—Don Joaquín era un trozo de pan; ver a sus hijos felices lo hacía feliz. Por eso amaba la presencia de Diego, porque iluminaba la vida de Cristóbal —continúa Isabel con una voz cálida.

Las dos sostenemos tazas de té humeantes, la una frente a la otra, mientras me relata todo lo que puede recordar. Esta tarde he aprovechado para purificar la casa con palo santo ante su mirada fascinada mientras le explicaba los beneficios de la limpieza de energías.

—El hombre no era tonto; veía lo mismo que doña Margarita, pero don Joaquín era abierto de mente. Los artistas tienen esa fama, ¿no? Saben ver el mundo desde distintas perspectivas, pueden mirar más allá, hasta el confín del alma humana. Así como también sabía que su hijo era mejor escritor que él, que le daba diez vueltas porque había crecido libre y no quería quitarle eso. —Bebió un sorbo de su taza y suspiró con un leve ruido adorable—. Victoria amaba a su hermano y adoraba a Diego. Recuerdo que las dos hacíamos representaciones de teatro en las que ellos eran los protagonistas —se ríe—. Tori era más reservada que Cris pero no menos persuasiva. Y tenaz, eso sí, Victoria era muy tenaz y se ganaba a todo el mundo con su dulzura inocente. Sabía que no tenía los talentos de su hermano, pero no le importaba; deseaba toda la gloria para él. Ya de niña sabía que Cris no lo tendría fácil en su vida adulta, lo sabía perfectamente, por eso siempre tendía a protegerlo a pesar de ser la menor. Aquella noche en la que Cris durmió con Diego en el *bungalow*, ella le dijo a Margarita que su hermano había dormido con ella. No hace falta decir que su madre no se lo creyó, claro.

—Vaya, qué comportamiento más maduro para una niña de doce años —comento, ávida por saber más.

—Esa no fue la única vez que mintió por él, lo hacía a menudo para protegerlo. Margarita era muy estricta con los modales y con sus ideales acerca de lo que era correcto.

Las dos bebemos despacio, inmersas en el pasado.

—¡Oh! ¡Qué cabeza la mía! Te escribí para decirte que había encontrado en una caja unas cartas que intercambiaron en sus años de estudiantes en la Residencia y no te las he dado. —Isabel se incorpora con dificultad y yo me levanto con rapidez para ayudarla.

—No te preocupes, no me iría sin ellas —le aseguro con una sonrisa.

Pasamos a su dormitorio y me indica que la caja está bajo la cama, me agacho para recuperarla y la pongo sobre el colchón; hay al menos una decena de cartas ahí dentro.

—Yo no he sido capaz de leerlas, echo mucho de menos a Victoria —admite.

—Tienes que conocer a mi nieta Vera —le propongo con afecto—. Estoy segura de que te recordará a ella.

17

Vera

Otoño de 2021

Estoy entre unos brazos calientes, los dos desnudos, y respiro con una paz que relaja mis extremidades. No deseo estar en otro lugar. «Tori, mírame» me pide él, y me encuentro con sus ojos grises inundados de un amor que me deja sin aliento.

Sigo sin respirar cuando despierto. Intento relajarme aunque deseo salir corriendo como el día anterior; en vez de eso, me esfuerzo por comprender qué me pasa, por qué me despierto echando de menos a alguien que no conozco. Solo tienen que pasar unos minutos para que la sensación se diluya, pero al comienzo es tan agresivo que siento que me muero. Y de verdad me muero, porque empiezo a ser consciente de lo mucho que me duele la cabeza y las leves náuseas que anidan en mi garganta.

—Has roncado. —La voz de Chiara suena justo al lado de mi cara—. Y haces unos ruidos rarísimos, ¿estabas teniendo un sueño erótico?

Me sube un intenso calor a las orejas y me incorporo con un quejido profundo.

—Me están viniendo lapsus de ayer y no me gustan —murmuro con las extremidades entumecidas.

—Puede que me entusiasmase demasiado con tu primera salida nocturna y no te avisé de los riesgos.

—Me bebí esos chupitos yo solita, Chiara, no me amenazaste para que lo hiciese —replico y, al intentar levantarme, la cabeza me da vueltas—. Madre mía, dime que no hice demasiado el ridículo con Edan, por favor.

Chiara guarda silencio, de modo que entro en pánico y me vuelvo hacia ella, pero me sorprende encontrarme con su gesto serio.

—Creo que tenemos que hablar de ese chico.

—No me gusta cómo suena tu tono…

—Hablabas en serio cuando ayer dijiste en el ritual de manifestación que estabas intentando no matarlo.

La miro sin pestañear y sin saber cómo me tengo que sentir ante su descubrimiento, porque está claro que deja entrever algo.

—Sientes algo por él —afirma con convicción.

—No… Bueno, sí… —Me he puesto nerviosa. Me levanto y me venzo hacia un lado porque tengo el equilibrio atrofiado y decido ponerme de rodillas sobre el colchón—. Pero no pasa nada, lo tengo todo controlado.

Ella hace una mueca escéptica.

—¡Me conoces! Soy la más cauta de las dos, y lo sabes. Me he mantenido alejada de él durante semanas, pero parece tener predilección por los marginados. Solo es amable porque es buena persona.

—¿Estás segura?

—¡Pues claro! ¡¿Tú lo has visto?! Es… joder, es perfecto.

—No me gusta por dónde vas… Porque entonces tus análisis están sesgados por tu autoestima. Y tu percepción de ti misma siempre ha estado nublada por este pueblo que nos rechaza y tu obsesión por ser invisible.

—Mi obsesión por no matar a nadie, querrás decir —mascullo.

—Vera, te trajo en brazos todo el camino de vuelta a casa. No quiso despertarte porque estabas dormida y no descansó en media hora, nadie es tan amable.

—Eh… —Mi mente sufre un colapso raro; resulta que me vienen de golpe imágenes de ese momento y me sonrojo—. Creo que no estamos acostumbradas a que los demás sean amables con nosotras. Eso no quiere decir nada…

—¿Estás tan segura como para no hacer nada al respecto? Te puedo ayudar a hacer un hechizo.

La miro con vacilación.

—Creo que debería ser un hechizo para que yo deje de sentir cosas por él.

—Sabes que esa clase de magia es muy complicada. No podemos hacer que Edan deje de gustarte, pero sí podemos evitar que se acerque a ti, generar un halo a tu alrededor que le cause desinterés.

Golpeo el suelo con los dedos de los pies repetidamente; una parte de mí me grita que no lo haga, pero es una parte tan nueva y colmada de desazón que la ignoro.

—Hagámoslo.

Antes de que mamá y la tía Flor terminen de preparar las tortitas con sirope y arándanos (rutina de sábados para desayunar), Chiara y yo reunimos el sahumerio, los minerales, las hierbas y la hoja donde debo escribir: «Mi energía repele la tuya. No soy de tu interés». Tengo que guardarla cerca de mi corazón cuando vaya al instituto. El hechizo solo funcionará con la persona por la que yo sienta algo. Chiara y yo nos sentamos en el suelo de mi dormitorio con las manos tomadas y, bajo estas, se encuentra un cuenco donde están las plantas machacadas, los minerales, la vela encendida y el papel doblado. Decimos el hechizo en voz alta al unísono y la tristeza que siento de repente, sin previo aviso mientras recito el encantamiento, me estruja los órganos y tengo que levantarme deprisa en cuanto acabamos para ir a vomitar al baño.

* * *

El hechizo funciona demasiado bien. Tanto que, durante la semana, tengo la irracional tentación de quitarme el dichoso papel de debajo del sujetador y tirarlo a la basura. Edan sigue sentándose en la mesa de al lado, pero no nos dirigimos la palabra. Yo estoy demasiado avergonzada por la noche del viernes y a él le repele mi aura por el hechizo, o quizá fue consciente de que debía alejarse de mí de verdad tras mis confesiones y las miradas preocupadas de Chiara (es muy expresiva y sé que alucinaría con la atención poco común que me brindó Edan y mis evidentes sentimientos cuando dije que me echaría una siesta en el armario porque olía a él. No sabía que el puñetero alcohol es un elixir que te obliga a decir la verdad).

Cuando la tata regresó de su viaje, me pegué a ella como una lapa y la abracé durante diez minutos seguidos; estaba nostálgica, su ausencia había resultado demasiado notoria porque ella irradia una energía preciosa que ilumina la casa. Y he seguido así desde entonces, también porque ella y mamá se niegan a contarme la razón de ese viaje. «Lo sabrás cuando llegue el momento. Ya sabes que siempre hay una razón importante por la que una bruja guarda un secreto», me dijo Ágata.

—¡Hoy vamos a dar una clase diferente! —Nuestra tutora entra en clase con su característico aire jovial acompañada de una mujer algo mayor que ella—. Os presento a la doctora y psicóloga Daniela Escribano, en cuyas manos os dejaré durante las dos próximas horas.

La mujer, de un porte elegante y sonrisa radiante, nos saluda y se despide de nuestra tutora, que abandona el aula. Yo sigo escondida en mi sudadera enorme, con Edan a mi derecha, mi examiga (que no ha vuelto a hablarme) a la izquierda y el papelito del hechizo ardiéndome en la teta.

—Bien, la actividad que vamos a hacer hoy va a ser algo atípica, muy distinta a lo que estáis acostumbrados. A través de ella, vamos a ser conscientes de la humanidad que guarecemos dentro; de nuestros sentimientos y emociones que, lamentablemente, dejamos de lado muchas veces por el ritmo frenético de la vida y la vasta presión de la sociedad —comienza, paseándose entre las mesas con desenvoltura—. ¿Creéis que conocéis a la persona que tenéis al lado? Muchas veces estamos tan centrados en nuestros propios problemas, en el ego, que no nos damos cuenta de lo parecidos que somos, de que la vulnerabilidad nos une, porque ningún ser humano puede evadir el dolor, la tristeza o el amor.

»La mayoría de las veces los lazos que se crean con las personas que tenemos en nuestro entorno más cercano, como esta clase, por ejemplo, se basan en nuestros intereses y en la necesidad de pertenecer a un grupo. Pero pocas veces se desarrollan relaciones más fuertes porque solo nos dejamos conocer de forma superficial para mantenernos a salvo. ¿Desde cuándo los humanos escondemos quienes verdaderamente somos para protegernos? Si todos fuésemos más abiertos y vulnerables habría menos conflictos, menos *bullying*, más tolerancia; valoraríamos a las personas por lo que son y no por lo que aparentan ser. ¿No sería maravilloso pertenecer a un mundo así?

Escucho a la doctora con un creciente interés. Antes de empezar con el ejercicio del que habla, nos lanza unas cuantas preguntas que jamás nos han hecho: «¿Os sentís a gusto en esta clase? ¿Os sentís solos aunque estéis rodeados de gente? ¿Alguna vez habéis dejado de hacer algo que os gusta por temor a perder amistades o por quedar mejor?». Algunos de mis compañeros responden con relativa sinceridad. La doctora irradia una notoria energía que invita a ser cercano y a confiar en ella; por eso, al cabo de la décima pregunta, mis compañeros empiezan a sincerarse más y más.

Me es extraño ver la humanidad y la fragilidad de las personas que veo cada día, pero que son unos completos desconocidos que me apartan y me censuran. En media hora se genera un ambiente en el aula muy diferente a lo que estamos acostumbrados. Yo no he abierto la boca, Edan tampoco, pero me siento más cercana a toda esa gente que confiesa que tiene miedo, que está asustada por perder seres queridos, que desea encajar…

—Vera Anies… —Pego un respingo cuando oigo mi nombre en la afable voz de la doctora—. No estás cómoda exponiendo tus emociones en el aula, ¿verdad? —afirma con mirada afectuosa.

—Hum… lo mío es complicado. Da igual —musito.

—No, no da igual. Nunca da igual —responde con voz atiplada.

—De verdad, me encanta tu clase, pero prefiero quedarme al margen —insisto, inquieta.

Ella me mira con cierta comprensión que me hace sentir momentáneamente aliviada. ¿Sabrá algo de mí?

—Bien, ahora quiero que os coloquéis por parejas. Yo las asigno, no os molestéis en elegir a vuestros amigos más cercanos, no se vale. Vera, tú irás con él, poneos juntos en la mesa —señala a Edan y noto que me huye la sangre del cuerpo al tiempo que me giro hacia él; Edan me mira desde su sitio con gesto inexpresivo y comienza a recoger las cosas que tiene sobre la mesa.

Se levanta con parsimonia y acarrea su silla consigo para colocarla a un lado de mi pupitre, que de repente me parece minúsculo. Aparto mi libreta y mi estuche para guardarlo en la mochila con lentitud y así estar ocupada haciendo algo hasta que la doctora explique de qué narices va el ejercicio. Edan trae su olor y su energía rebosante de sensualidad a pocos centímetros de mí y… me va a dar algo. Siento vergüenza, culpa, pánico, deseo y… amor. Un amor intenso que no debería estar ahí.

—Vamos a conocernos un poco mejor. —No me gusta nada cómo empieza la cosa—. Comenzaremos haciendo pequeñas preguntas personales, voy a repartir estas hojas para que se las hagáis a vuestros compañeros. Recordad que hemos generado un ambiente de afecto y sanación; la otra persona no os juzgará, todo lo contrario. Aquí, ahora, reina la empatía y la conexión entre vosotros. Creedme que, al concluir la actividad, os sentiréis más libres y conectados emocionalmente a vuestros compañeros.

Eso no me gusta, no me gusta nada. Empiezo a morderme el labio y a mover la rodilla arriba y abajo con rapidez, un gesto inapreciable, pero que hace vibrar la mesa si no me aparto de la pata. Miro a Edan por el rabillo del ojo, que atiende a la doctora mordisqueando el extremo de un boli.

—Y el final es lo mejor, es un reto, pero es maravilloso: nos miraremos a los ojos durante un minuto, sin hablar —revela, y el boli de Edan se cae al suelo.

La doctora empieza a explicar experiencias de pacientes suyos que realizaron esta actividad, menciona los beneficios con entusiasmo mientras mi mente me sumerge en un estado de histeria que mi cuerpo no expresa. Luego reparte las hojas con las preguntas y nos invita a empezar. ¿Cómo saldré ilesa de ahí? No tengo ni puñetera idea.

—Eh… ¿quién empieza? —Edan rompe el silencio que ha durado una semana y tres días exactamente.

—Pues… me da igual —respondo, simulando estar muy entretenida leyendo las preguntas para no cruzarme con sus ojos.

—Vale. Empiezo yo si no te importa.

—Claro —trago con fuerza.

—Aquí dice que tenemos que presentarnos diciendo nuestro nombre y algo que nos haga muy felices. Bueno, ya sabes, me llamo Edan. —Levanto la mirada, porque seguir esquivándolo ya es incluso maleducado, de modo que nuestros ojos se encuentran—. Y me hace feliz… —Se queda pensativo, parece cavilar un poco con gesto serio antes de responder—: Ver a mi abuela feliz, leer un buen libro, disfrutar de una buena canción y comer.

—¿Comer?

—Sí, comer me hace feliz —responde—. ¿Y a ti?

—Eh, pues… —Me quedo en blanco por un instante porque me está mirando con atención y está más cerca de lo que estoy acostumbrada—. Estar con mi familia, nuestros… hábitos atípicos, las flores y mi cabaña.

—¿Cuál es la parte que menos te gusta de ti? ¿Y la que más? —Edan frunce el ceño al papel—. La que menos es que soy de ideas fijas. Cuando tengo un sueño o un deseo, por muy inalcanzable que sea, voy a por él aunque me dé cien veces contra un muro sólido.

—¿Eso es malo? Perseguir un sueño no me lo parece.

—Sí, a mí sí me lo parece. Soy cabezón como mi madre.

Su madre… La tata nunca me ha hablado de ella, solo de su padre, que se ha marchado de misión porque es militar. Me nace la urgencia de preguntarle, pero me aguanto las ganas.

—Y lo que más me gusta… Supongo que lo centrado que soy. Por ciertas cosas que me han pasado en la vida he crecido antes de lo que toca y eso me ha hecho fuerte.

En esta ocasión tengo que morderme la lengua, literalmente, para no preguntarle por ello. Edan me mira esperando algo, y yo parpadeo varias veces cuando caigo en que me toca responder.

—Las cosas que no me gustan de mí son... uf, muchas. Eh... No me gusta ser la rara dentro de mi familia y luego también fuera. Supongo que sabes a lo que me refiero. —No lo dejo hablar porque no quiero que nos extendamos en este tema—. Y lo que más... no lo sé. Mi habilidad de identificar las flores y sus beneficios.

—Vaya, eso último es genial. Vale... La siguiente: ¿acarreas algún dolor ahora mismo en el pecho? —El silencio se expande entre nosotros.

Edan suspira profundo y yo no estoy respirando.

—Sí —dice en un susurro—. Aunque no sabría ni por dónde empezar... ¿Nos saltamos esta parte?

—¿Se puede?

—No nos está escuchando...

—Y... contarme qué te duele no te ayudará, ¿verdad? —me atrevo a preguntar.

—No lo sé. —Frunce de nuevo el ceño y se lame el labio inferior—. Pero no me veo capaz de... No sé.

—Lo entiendo —digo enseguida—. Yo tampoco quiero responder esta pregunta. ¿Cuál es la siguiente?

—¿Qué es lo que más te gusta de la persona que tienes delante? —lee.

Dios, ¿no hay una tregua o algo? Edan me mira con cierta seriedad y deja caer la hoja sobre la mesa.

—Me gusta... tu pelo —dice, fijando la vista en la capucha que llevo puesta.

Y yo sonrío de forma involuntaria haciendo que él también sonría.

—Mi pelo es de lo mejor —respondo.

—Me gusta tu mirada limpia y tu gata.

Río al recordar a Bosque en sus brazos aquel día cuando me pegué un porrazo delante de él. Y no se me pasa desapercibido lo de mi mirada.

—No me gusta que escondas tu pelo y tu verdadera forma de vestir. Me gustaba el vestido del otro día y... el de la verbena.

Enrojezco de una forma que seguro que él puede ver. Siento las palpitaciones en los párpados.

—Me gusta… me gusta que seas tan amable y humano —digo yo, interrumpiendo su respuesta; es mejor que no siga—. Que me ayudes siempre aunque no lo merezca. Me gusta…

—¿Mi olor? —Esboza una sonrisa torcida tan jodidamente atractiva que su fuego se expande por mi vientre hacia abajo.

—Sí, hueles a río salvaje y a perfume —admito con las orejas ardiendo.

—¿Cómo huele un río salvaje? —ríe.

—No sé… a ti.

Edan me mira de una forma intensa que me hace retirar la vista de él. Madre mía…

—Me gusta que seas encantadora y no me gusta que te transformes y dejes de serlo de un día para otro —continúa a pesar de que es mi turno.

—No me trasformo —me defiendo.

—Has hecho como si no existiese estos días.

—Tú también me has ignorado a conciencia —digo, ofendida.

—Entonces, ¿esto era una batalla de a ver quién se rendía primero? —Está entre enfadado y divertido.

—No sé qué puñetas era.

—¿Te caigo bien o mal? No lo tengo claro. —Se cruza de brazos y los apoya en la mesa con aire molesto.

—Ya hablamos de esto…

—Y quedamos en ser amigos si mal no recuerdo.

—Me caes bien, pero es mejor que estés lejos de mí.

—¿Crees que no puedo tomar esa decisión solo? ¿O piensas que sabes mejor lo que me conviene?

—¿Esa pregunta también está en la hoja? Nos estamos saliendo de la ruta.

—No te interesa responder —replica.

—No lo entenderías.

—Prueba —me reta.

—¿Por qué quieres ser mi amigo? Soy esquiva, rara y mi fama de «persona a la que hay que evitar» es más que evidente. El resto de Belie lo sabe, seguro que te han contado la razón.

Edan va a hablar, pero se le adelanta la doctora, que eleva la voz para que la oigamos todos:

—Ahora quiero que dejéis las preguntas, independientemente de por dónde os hayáis quedado. Mirad a vuestro compañero o compañera a los ojos, sin hablar. Dejad que vuestro interior os guíe —nos pide.

Yo suspiro hondo tratando de domar mi pulso. Edan deja la hoja en la mesa y cierra unos instantes los ojos antes de abrirlos y levantar sus pupilas hacia los míos. Oh, madre mía, no puedo hacerlo. ¿Un minuto mirando a Edan a los ojos? ¿Quiere matarme? O peor, ¿que lo mate a él? Aprieto los puños y me concentro en no pensar demasiado, solo tengo que aguantarle la mirada sin que suponga un desastre. Edan está muy serio, todavía molesto por nuestra conversación, arruga un poco el ceño, pero su mirada gris es... profunda. Empiezo a preguntarme qué aspecto tiene mi cara, si le muestro demasiado o hago alguna mueca extraña. Poco a poco, su ceño se va alisando y yo aprieto con más fuerza mis puños. Edan me observa la cara, percibo cómo sus pupilas se mueven con levedad hacia mis cejas, mi nariz y... mi boca. Cuando vuelve a mis ojos, su mirada es más intensa. Yo reprimo un jadeo y aguanto la respiración. De repente tengo ganas de llorar porque su cara es..., joder, es perfecta. ¿Cómo puede existir una cara así? No es justo. Le brillan los ojos, sus labios se entreabren y eso provoca que me fije en ellos, en lo gruesos y sedosos que son; me obligo a apartar la mirada al instante para devolverla a sus ojos. Se ha dado cuenta y... Oh, Dios, me va a consumir la manera en que me mira. ¿Me lo estoy imaginando? Puede que delire, me siento mareada. Edan desvía la mirada hacia mis labios de nuevo y esta vez, aunque me lo quiera negar, he visto deseo en sus facciones. Es la sensación más sublime y aterradora que he vivido en mi vida. Nunca jamás nadie me ha mirado de esa forma. Atisbo los músculos de su mandíbula apretarse con la mirada fija en mi boca y sus párpados languidecen un poco. Está luchando, lo veo; hay una batalla en su mente. Se me escapa un jadeo entre dientes. Edan levanta la mirada lentamente hacia mis ojos y me observa con ¿tristeza? Luego, para mi sorpresa, se incorpora de repente y sale de clase en tres o cuatro zancadas. Estoy tan impactada por el cambio abrupto de la situación que no puedo moverme. Y, por el sonido de susurros a mi alrededor, sé que no soy la única sorprendida. Al parecer, ese maldito hechizo es indestructible.

18

Vera

Otoño de 2021

Para sanar el corazón herido

Necesitarás:
1 cucharada sopera de bálsamo de limón
1 cucharada de té de manzanilla seca
1 cucharada de té de lavanda seca
1 taza (250 ml) de agua

Cómo proceder:
Echa las hojas en el agua y remueve. Luego pon la mezcla en una cacerolita.
Hierve y deja cocinar a fuego lento durante 5 minutos.
Aguarda a que el té se temple y después cuélalo para retirar las hojas antes de bebértelo.

Edan no ha vuelto a clase hoy, de ahí mi té de bálsamo de limón; doble ración, de hecho. Lucía y las demás me han mirado mal toda la mañana, aunque no se han atrevido a preguntar. No es justo que me consuele ahora una nota anónima del chico poeta dedicándome palabras increíblemente preciosas y viscerales, no es ese momento vulnerable de mi vida, porque me acabo de tirar dos horas de reloj recorriéndome el bosque en busca de pistas que me llevasen hasta el autor cuando, en mi fuero interno (muy interno), no quería encontrar nada. Incluso se me ha ocurrido buscar en el grimorio algo que favoreciese mi búsqueda (sí, tenemos grimorio de pociones y hechizos, ¿qué bruja no lo tiene?).

* * *

Al día siguiente, Edan entra en clase cabizbajo. Verlo entrar me produce un doble latido rarísimo que hace que me hormigueen los dedos de las manos y, al llegar a su sitio a mi derecha, me saluda en habla queda. Yo le respondo en el mismo tono y esa es la primera y única palabra que nos dirigimos el uno al otro en toda la mañana. De modo que volvemos al silencio tortuoso… Genial.

—¡Vera! —Esa voz desgarrada me paraliza de camino al sendero que conduce a mi casa, justo después de que el autobús del instituto me haya dejado allí.

Me parece estar presenciando una ilusión cuando veo a Edan bajar de un salto de su bicicleta con el pelo revuelto por el viento y gesto angustiado; deja caer al suelo la mochila y se acerca con ambas manos extendidas a los lados de su cuerpo y la mirada puesta en la tierra como si estuviese meditando la mejor manera de verbalizar lo que bulle en su mente. Aguardo, muda.

—Sí, lo he escuchado todo acerca de ti y tu familia… —comienza, todavía sofocado por la carrera en bicicleta—. He oído decir que sois brujas, que hacéis conjuros, que tenéis una maldición, que sois peligrosas… Admito que soy un escéptico y al principio esas cosas me las tomé a broma. Sin embargo, empecé a tomármelo más en serio poco después, conforme veía que todos, incluso tú y tu familia, actuabais según las especulaciones. Y, sobre todo, después de la noche de la verbena, cuando me dijiste que era mejor que estuviese lejos de ti y luego tu prima me miró con preocupación durante el camino de vuelta a tu casa.

Asiento con la cabeza despacio, creo; no estoy segura de si he llevado a cabo la acción.

—Y ahora… ahora me gustaría responder a esa pregunta de la actividad de ayer, la de si acarreamos algo en el pecho que nos duela. —Hace una mueca que irradia fragilidad y la tensión de mis extremidades se derrite—. Mi madre murió hace dos años y medio de una enfermedad degenerativa, la vi apagarse poco a poco. Mi padre y yo cuidamos de ella hasta el final y luego… luego no hemos dejado de mudarnos. A mi padre lo destinan en diferentes lugares cada año, a veces ni siquiera estamos el año entero en un mismo lugar; nos cambiamos de ciudad, de instituto, de vida… y yo no soy capaz de hacer nuevos amigos. Los fui perdiendo antes, porque cuidar a mi madre solo me dejaba verlos en el instituto. Y el último año, cuando la vimos tan mal, decidí dejar de estudiar para cuidarla y disfrutar de ella hasta el final. Hace tiempo que siento que no soy un adolescente, sino un puto adulto que no sabe disfrutar de las bromas o ir a fiestas. Me escondo detrás de libros, haciendo las tareas y la contabilidad, preocupándome por mi padre y mi abuela… A veces me siento jodidamente solo. —Le cuesta decir la última frase, como si la sacase de sus vísceras con esfuerzo—. Y no hago nada para remediarlo, en realidad. En los institutos a los que he ido estos últimos años no he encontrado a nadie con quien congeniase y, si comenzaba a hacerlo, me preguntaba: «¿Para qué? El año que viene no estaré aquí». ¿Y sabes qué, Vera? Esa pregunta no me la hago contigo.

Parpadeo varias veces e inspiro por la boca; su confesión da vueltas en mi cerebro de forma caótica, como si no supiese cómo canalizarla.

—Me siento… bien contigo. No sé explicarlo, es solo una sensación y… Joder, después de todo este tiempo, esa sensación es lo mejor que me ha pasado, porque hasta el momento todo me daba igual. ¿Me entiendes? Quiero saberlo todo de ti y… estar en una sala juntos sin hablar o ver películas y comer palomitas. Me da igual. El caso es que me gustaría ser tu amigo, Vera, tu amigo de verdad; con promesas raras o lo que tú quieras.

Edan me mira, agotado por su monólogo, y yo aprieto la tela impermeable de mi chaqueta con fuerza antes de caminar hacia él.

—Siento muchísimo todo por lo que has tenido que pasar —digo con profunda sinceridad.

—Es una mierda, sí —responde, aguardando con gesto poco esperanzado.

—Tendrás que firmar el contrato por escrito.

—¿Qué?

—La promesa de solo ser amigos, tendrás que firmarla y yo también.

—Eh… vale, hecho —dice más animado.

—Y sé hacer un té que le sentará muy bien a ese dolor que me has descrito. Pásate por aquí a las cinco, te diré qué ingredientes usar y te daré algunos botes para que lo hagas también en tu casa.

—Me parece… un buen plan. —Edan esboza una sonrisa contenida que hace que se me encoja el pecho—. A las cinco entonces. Prepárame un buen bolígrafo para ese contrato.

Le sonrío mientras se aleja de espaldas hacia su bicicleta y recoge la mochila del suelo. Todavía contiene una sonrisa más amplia cuando se sube y me mira por última vez antes de empezar a pedalear.

Y, con el pensamiento de no saber dónde puñetas me he metido, agacho la mirada con intención de caminar hasta casa cuando me llama la atención un papelito blanco en el suelo; lo recojo sin respirar porque sé lo que es antes de desdoblarlo para leerlo: «Mi energía repele la tuya. No soy de tu interés». El hechizo se ha caído al suelo… ¡¿qué?! Se ha salido de debajo de mi sujetador, que está sumido en varias capas de ropa; camiseta interior, sudadera y chaqueta. Me desabrocho con nerviosismo y meto la mano en mi teta para comprobar que, en efecto, el papel no está ahí. Me quedo un rato paralizada en el sitio con el papel en la mano. Luego entro, lo lanzo a la chimenea encendida y me preparo un té para calmar los nervios.

* * *

—He invitado a Edan a tomar el té —digo de sopetón en mitad de la mesa, donde mi madre, la tata y yo comemos unos raviolis caseros de calabaza rellenos de queso con salsa blanca que están para chuparse los dedos.

Ágata y mi madre me miran y luego se miran entre ellas sin dejar de masticar.

—Bien, cariño, nos parece estupendo —responde mamá con dulzura.

—Seremos amigos. Puede que por eso me sienta tan... atraída por él, porque no me siento juzgada y podría hablar con él de cualquier cosa y él me ha dicho que se siente bien conmigo. —Lo he dicho todo a toda prisa como para creérmelo yo también.

—Es maravilloso, pequeña, me alegro de que estés satisfecha con la decisión que has tomado —opina mi abuela.

—Sí, es lo mejor. Creo que Edan es la amistad verdadera que siempre he querido manifestar. —Mastico con alegría los raviolis, están deliciosos y mis conclusiones, dichas en voz alta, suenan bastante coherentes—. Él también se siente solo, es una señal. Solo que el universo no me lo ha puesto fácil y he estado confundida.

—Tiene mucho sentido —asiente mi madre con énfasis, masticando de buen humor.

—¿Verdad? —exclamo, pletórica.

Tras la conversación con mi familia, mi mente parece funcionar de otra manera. Antes de que Edan venga a las cinco, yo ya estoy completamente convencida de que haré lo posible para que seamos buenos amigos. Esta es la manera correcta de tenerlo en mi vida, lo ha sido desde el principio.

Solo tengo que adaptar mis emociones intensas cada vez que lo veo, como ahora, que se aproxima con su bicicleta a través del sendero adoquinado y revisa las calabazas que todavía adornan el principio del paseo y el porche. Mi corazón revolucionado se debe a que estoy ansiosa por conocerlo más, a mi decisión de acogerlo en mi casa como a un amigo; es una sensación nueva y emocionante. Incluso me he vestido sin esconderme (bueno, al menos no llevo sudadera ni capucha).

—Hola —saluda Edan con las mejillas sonrosadas por el frío y una sonrisa deslumbrante cuando le abro la puerta.

—Hola —sonrío al tiempo que domo esa parte de mí que quiero enterrar para que todo esto sea posible.

Edan saluda primero a Ágata, que hace yoga en el salón, y luego a mi madre, que está en su estudio. Nosotros vamos a la cocina y, mientras él deja su chaqueta en el respaldo de la silla y recorre el lugar con la mirada, yo busco los ingredientes para el té. Entiendo por qué le genera tanto interés lo que hay a nuestro alrededor: es una cocina preciosa de aspecto rústico con jarrones en tonos pastel repletos de flores silvestres con muebles en color crema, un enorme ventanal que deja entrar el sol dorado a raudales y una mesa caoba con la tetera favorita de Ágata, un centro de flores frescas que yo misma he recogido del jardín y minerales repartidos sobre un plato de cerámica. Hay tarros con plantas secas, frutos y raíces y velas grandes decoradas.

—Belie en sí es como estar dentro de un cuento otoñal, pero tu casa es otro nivel —comenta, fascinado.

—En nuestra familia nos tomamos muy en serio nuestro estilo de vida —digo sorprendentemente cómoda mientras hiervo el agua y selecciono las hierbas necesarias—. Oh, por cierto, el contrato está bajo el plato de cerámica.

Prefiero no mirarlo para no ver su expresión, pero lo oigo desplazarse y alcanzar el papel.

—Edan de Alba y Vera Anies se comprometen a ser amigos en el sentido estricto de la palabra, apoyarse el uno al otro y estar en los momentos buenos y en los malos —lee con ánimo—. Y si se da el caso de que alguno de los dos empieza a sentir algo más profundo y diferente a la amistad en algún momento, debe apartarse del otro a la mayor brevedad posible. No es necesario comunicarlo si no se desea. Dado el caso, la otra parte sobreentenderá lo que ocurre y no hará nada al respecto. Ambos dejarán de ser amigos.

Llevo las tazas de té humeante a la mesa con unas galletas de canela.

—Está muy bien explicado —comenta, asintiendo con la cabeza hacia el contrato.

—Gracias —sonrío, sentándome a su lado.

Me convenzo de que mi tarea será dura al principio. Además de que nunca he tenido un amigo aparte de Chiara (que no sé si cuenta porque me quiere desde que somos bebés), no fijarme en lo magnético que es Edan desde un punto de vista romántico me costará, mi misión es verlo interesante de otra forma. También será difícil ignorar lo atractivo que es y su olor... pero puedo hacerlo. Y aquí sentados, donde nuestra conversación fluye natural, me parece muy posible. Es fácil estar con él, tiene una curiosidad sincera por nuestras costumbres y yo se las explico sin miedo a decir algo que no debo por si huye de mí. Edan quiere ser mi amigo y, de hecho, firma el contrato con gusto y brindamos con las tazas de té. En ese momento, Bosque entra en la cocina y salta a su regazo. No me acostumbro al apego espontáneo de nuestra gata hacia Edan; no le gustan los desconocidos y, cuando tenemos visitas de clientes, ella siempre se va al cuarto de la tata y no sale hasta que se van.

—Adoro a tu gata —dice él mientras la acaricia. Ella ronronea encantada.

—Pues parece que ella también te adora a ti —respondo y luego bebo de mi taza, más contenta de lo que esperaba con la situación.

Edan acaba de firmar la promesa de tirarnos horas enteras juntos. Me da un poco de vértigo, pero la perspectiva no puede gustarme más.

* * *

Creía que había llegado al punto de mi vida en el que podía soportar cualquier mirada y cuchicheo a mis espaldas (a fin de cuentas es algo con lo que he convivido desde niña), pero no podía imaginar cómo de insoportable se volvería todo cuando descubriesen que Edan quiere estar cerca de mí. Por supuesto, eso solo puede ser cosa de brujería, ¿por qué Edan querría ser el amigo de una apestada? No tiene ningún sentido.

Y esos han sido los mensajes que he recibido durante esta última semana en el instituto. Han ido directamente a Edan para intentar alejarlo de mí (yo no se lo he impedido, claro), han formado corros a su alrededor, Lucía se lo llevó una vez a la esquina del pasillo para hablar en privado y he estado encontrando notas acusándome de haberlo maldito o pidiéndome que lo dejase en paz. Debería haberlo imaginado; Edan es el chico nuevo interesante del que todos quieren ser amigos (o más que eso), no iba a salir indemne de esta.

—¿Qué estás haciendo, Vera? —Me encuentro de frente con Tania al salir de los lavabos.

He intentado hablar con ella durante estas semanas y solo he recibido evasivas. Hasta este momento que, por lo visto, ha decidido dejar de ignorarme para observarme con un gesto acusatorio.

—Hola, Tania —digo, tratando de sonreír—. Qué bien que vuelvas a verme, creía que me había vuelto invisible.

—Se suponía que pasabas de él, ¿no? —me interrumpe de forma airada—. Y ahora no te apartas de su lado, sabes que está mal.

—¡¿Está mal?! —exclamo.

Trato de calmarme, enterrar como sea el dolor que me supone ver que nunca he tenido una amiga, que todo era mentira.

—No te hagas la loca, Vera, sabes de lo que hablo. Todo el mundo en Belie lo sabe.

—¿Ah, sí? ¿Y qué es exactamente? Porque, que yo recuerde, tú y yo nunca hemos hablado del tema —respondo, agotada.

—No teníamos que hablar de ello, ninguna de las dos se sentía cómoda. No es cómodo hablar de una maldición que siempre acaba mal. Siempre, y lo sabes.

—Edan y yo solo somos amigos. Además, ¿por qué no se lo dices a él? Yo ya lo he intentado.

—¿Lo has intentado? —Parece sorprenderle mucho lo que digo. Enmudece unos instantes—. ¿Le has dicho lo que podría pasar y aun así...?

En realidad nunca le he dicho a Edan que puedo matarlo si me enamoro de él, no de forma explícita, al menos. Aunque debe saberlo,

¿no? Parece saberlo todo. La gente del pueblo no es famosa por ocultar chismes y menos si están relacionados con las brujas de Belie.

—Sí —respondo—. Así que ve y pídele que se aleje de mí, adviértele de todo. Aunque creo que ya se han encargado bastante bien de ello esta semana, puedes repetírselo por si acaso. Quizás a ti te escuche…

La esquivo para ir de nuevo a clase con los dientes apretados para aguantar el nudo enorme que se ha generado en mi garganta. Es bastante angustioso tener que lidiar con tanto rechazo y reproches, era más cómodo cuando hacían como si no existiera.

—¿Estás bien? —Edan aguarda en la puerta de clase y me ve llegar con la cara roja de enfado.

Aunque hayamos firmado ese contrato de amistad, no me acostumbro a tener su atención. Siento todo el tiempo que debo compensársELO, que debo ser más interesante. Camina a mi lado por los pasillos del instituto, almorzamos juntos, me pregunta dudas en clase o me pide un lápiz, aguarda a que recoja para salir conmigo… Y parece encantado con ello. Podría acostumbrarme si no tuviese el murmullo constante a mis espaldas o los intentos de mis compañeros de hacerle ver que no soy una buena compañía.

—Estoy bien —respondo con un suspiro.

Arruga un poco el ceño cuando cruzo delante de él y no me doy cuenta de que no me sigue. Cuando me siento en mi silla, él continúa parado cerca de la puerta mientras el resto de nuestros compañeros entra en clase.

—Escuchad… ¡Escuchad! ¡Quiero un poco de vuestra atención! —Eleva la voz por encima de la algarabía, colocándose en el lugar del profesor. Lo miro estupefacta; no necesita más para tener a todos pendientes de lo que dice—. Sé lo que habéis intentado hacer esta semana, creía que todo se calmaría un poco, pero… estoy cansado, la verdad. Quiero que lo tengáis claro: Vera es mi amiga. Y va a seguir siéndolo independientemente de vuestras opiniones. No me ha embrujado ni me ha maldecido ni nada por el estilo; tengo bastante criterio para elegir personas de calidad en mi vida y Vera sin duda es una de ellas. Así que dejad de incordiarme con vuestras advertencias o diciéndome quién es ella. Ninguno de vosotros la conoce, no tenéis ni puñetera idea de quién es. Así que, gracias, pero no necesito vuestros consejos y agradecería que la dejarais en paz. Dice mucho más de vosotros cómo os estáis comportando esta semana que de ella.

Cuando Edan se calla, se alza un silencio sepulcral en el aula.

—Gracias por escucharme, eso es todo —concluye, y luego camina hasta su sitio a mi lado con la mirada puesta en mí; está estudiando mi cara y la verdad es que no sé qué expresión tengo.

Estoy en *shock*. Conmovida, alucinada, fascinada.

Me toca el hombro antes de sentarse en su silla y recibo una descarga eléctrica. Esbozo una ligera sonrisa de agradecimiento y él me la responde.

Es increíble, pero la clase sigue silente, no se han levantado los típicos cuchicheos tras un acontecimiento jugoso. Las palabras de Edan los ha tomado desprevenidos.

—Gracias —digo con fervor cuando salimos de clase.

—No me las des, estaba deseando hacer eso desde hace mucho —dice mientras camina a mi lado hacia las escaleras.

—¿Sabes que tu popularidad descenderá en picado a partir de ahora, verdad?

—Creo que sabré vivir con ello. —Sonríe de oreja a oreja, de buen humor.

Y quiero entenderlo, pero me cuesta. Lo miro como si fuese un enigma andante; no lo comprendo en muchos sentidos, pero me gusta que esté de mi parte.

—Nos vemos esta tarde a las cinco —anuncia antes de que suba al autobús.

Ah, eso… También nos vemos fuera de clase; esta semana han sido todos los días a la misma hora. Hemos preparado pedidos con la tata (velas y adornos esotéricos que mi abuela describe con gusto cuando él pregunta su uso), hemos merendado hablando de las fiestas que hemos hecho en Samhain, le he enseñado las decenas de pinturas del estudio de mi madre… En realidad, lo que más hemos hecho ha sido hablar: él me ha hablado de su padre hermético y un poco gruñón pero muy buena persona, de los libros que más le gustan, de música, y me ha preguntado mucho. Yo le he hablado de nuestros rituales de luna llena, del grimorio de hechizos; le he hablado de flores... Cuando se hace la hora y tiene que marcharse, a los dos se nos ha pasado el tiempo volando.

Me pregunto cuánto tiempo durará.

19

Diego

Primavera de 1931

Desde la amenaza de Margarita, Cris y yo fuimos más prudentes en ser vistos por su madre. Creía que, a partir de ese suceso, nos veríamos mucho menos, pero no fue así en absoluto. Empezamos a dormir juntos de forma esporádica hasta que se convirtió en rutina; rara era la noche que no la pasábamos juntos. Y como su madre nos quería tener controlados, nos dejó hacerlo en su habitación para evitar que fuésemos a la mía. Cris nunca me lo contó, pero sabía que había tenido una discusión muy fuerte con su madre; podía notar la tensión entre ellos los pocos ratos que nos cruzábamos con ella. No me agradaba generar ese conflicto entre ellos, pero no podía alejarme de él.

Estaba a punto de ser vencido por el sueño cuando noté un peso sobre mis sábanas. Me encontraba en el camastro en la habitación de Cris y abrí los ojos en la penumbra para ver su silueta recortada contra la luz mortecina de la ventana; él se acostó a mi espalda sin decir nada y acopló su cuerpo a la forma del mío. Cerré los ojos de nuevo para domar mi felicidad, pues el corazón me bailaba en el pecho. Ninguno habló y, aunque pensé que quizá ya estaba dormido, susurré:

—Victoria me ha dicho que estás triste muchas veces.

Oí su suspiro, que chocó contra mi nuca desnuda.

—¿Eso te ha dicho? —musitó con languidez detrás de mí.

—¿Por qué? Es decir, lo tienes todo, ¿no? Muchos amigos, a tus padres y a tu hermana, una casa enorme... ¿Por qué estás triste?

Cris suspiró de nuevo y sentí cómo se movió. Yo hice lo propio, con cuidado para que no se separase de mí, y me giré para mirar hacia el techo. Cris sostenía su cabeza en su mano con el codo en la almohada.

—¿Escuchaste mi poema el primer día que viniste a la clase de mi padre?

—Sí. —¿Cómo olvidarlo?

—A veces puedes estar rodeado de gente, pero sentirte muy solo —susurró, sincero—. He estado mucho tiempo sin sentirme yo mismo, como si... como si interpretase un papel. Contigo no tengo que hacerlo.

Su confesión me sorprendió y lo miré a la cara, estaba muy cerca y las luces y las sombras resaltaban los ángulos hermosos de su rostro.

—Contigo soy yo mismo, sin miedo. —Esbozó una sonrisa leve al devolverme la mirada.

—Yo me siento igual... —admití.

Cris amplió su sonrisa y luego me revolvió el pelo. ¿Su corazón iba tan deprisa como el mío? Nunca habíamos hablado de sentimientos y aquello me estaba matando.

—Eso está muy bien, chico de campo. —Cris volvió a apoyar la cabeza en la almohada, a la altura de la mía—. En ese caso somos unos afortunados, ¿no crees?

Cerró los ojos tras decir eso y yo lo miré un poco más antes de cerrar los míos. Su aliento se colaba por mis fosas nasales, olía a jabón, a una especia deliciosa y un ligero toque cítrico por la naranja que se había comido de postre en la cena. Quería abrir los ojos otra vez para comprobar si él me miraba, pero no lo hice; en vez de eso, me dormí.

A la mañana siguiente lo encontré colocándose las zapatillas deportivas.

—¿A dónde vas? Son las seis de la madrugada —dije con voz ronca.

Sabía perfectamente a dónde iba, pero no quería que se fuese.

—A correr. ¿Te vienes?

¿Cómo iba a decirle que no? Todo lo que conllevaba estar a su lado me era imposible rechazarlo, aunque me cayese del sueño. A decir verdad, yo siempre me había levantado incluso antes de esa hora para ir al campo, pero me había acostumbrado a un horario más acomodado. Bufé y me incorporé bostezando.

—No seas perezoso. —Me lanzó un cojín a la cara que no vi venir.

—¡No soy perezoso! —Me defendí devolviéndole el cojín, que agarró al vuelo entre risas.

—¡Perezoso! —voceó para picarme, saliendo del dormitorio.

—¿Ah, sí? Ya verás…

Me vestí en un minuto y corrí tras él. Dimos vueltas alrededor de la enorme finca sin detener el ritmo, a ambos nos faltaba el aliento y estábamos rojos del esfuerzo, pero ninguno cedía para vencer al otro.

—¡Ríndete ya! —farfulló él entre jadeos mientras corría un poco por delante de mí.

—¿Estás cansado? —sonreí. Estaba a punto de tirar los pulmones por la boca, pero me gustaba la sensación de rivalidad simulada, de modo que apreté el paso y lo adelanté.

—¡Eh!

Quería reírme, pero me hubiesen fallado las fuerzas, así que me aguanté. Y de pronto noté un peso en la espalda y sus gruñidos en la oreja. Se me escapó la carcajada contenida y me revolví para intentar zafarme de su agarre, tropezamos de forma aparatosa y caímos los dos al suelo entre paroxismos de risa y jadeos ahogados.

Aquello se convirtió en otra rutina. Todas las mañanas salíamos temprano y nos retábamos, echábamos carreras saltando el cerco, pasando por la fuente y bordeábamos el lago artificial y el templo de estuco en ruinas. Las últimas veces incorporamos a la ruta escalar los árboles y tirar al suelo al otro en algún despiste. Él era sorprendentemente ágil y rápido, y yo acababa mordiendo las hojas la mayoría de las veces con sus risas estridentes y musicales sobre mí.

A la vuelta, asfixiados, a veces hablábamos o guardábamos silencio hasta nuestros respectivos cuartos de baño para deshacernos del sudor y la mugre. Solíamos hablar de poesía (a Cris le entusiasmaba) y, cuando no decíamos nada, también era muy agradable; los silencios con él eran reconfortantes.

* * *

El verano atravesó los campos y tiñó de una amplia gama de amarillos el jardín colmado de cipreses, laureles, naranjos y acacias. El calor se solapó a nuestros cuerpos y, aun así, Cris no dejó de venir a mi camastro cada noche para dormir juntos. Imaginaba que se preguntaría por qué nunca daba el paso de ir yo a su cama, pero me daba un pánico atroz que me rechazase, o peor, que supiese que ansiaba ese momento como si estuviese mal de la cabeza.

—Diego. —Giré la cabeza hacia él de golpe. Cuando me llamaba por mi nombre significaba que iba a hablarme de algo nuevo o importante—. Mis amigos me han dicho de ir a la verbena esta noche.

Noté una punzada de miedo, no sabía por qué. Estábamos tumbados en el césped al lado del lago artificial, Victoria e Isabel chillaban dentro del agua, jugando entre ellas.

—Vale —respondí con la vista fija en la nube algodonosa que se desplazaba con parsimonia en el cielo.

—Vienes conmigo, ¿verdad? Será divertido. —Cris giró el cuerpo hacia mí.

—No lo sé, ¿a tus amigos les parecerá bien?

—¡Pues claro! Algunos son los de las clases de poesía, les caes muy bien.

Sospeché que Cris lo decía para animarme, por eso no me lo creí del todo.

Estaba nervioso cuando me miré al espejo esa noche, recién duchado (por segunda vez ese día), afeitado, peinado, perfumado y con mis mejores galas, unos pantalones de lino y una camisa vieja; algún mechón rebelde me venía a la frente a pesar de haberme retirado el pelo hacia atrás.

Cris aguardaba a las puertas de la finca y soltó un silbido al verme.

—¡Vaya, vaya con el chico de campo! —exclamó, sonriente.

Enrojecí con fuerza y miré hacia mis pies porque, de repente, me daba mucha vergüenza mirarlo a la cara. Él vestía como en otras ocasiones; solía ir arreglado al colegio y a mí se me hacía difícil no observarlo todo el tiempo. Me preguntaba si era consciente de lo hermoso que era.

El cochero nos anunció que habíamos llegado treinta minutos después de salir de la casa de la Huerta de San Benjamín. La plaza de los Aljibes de la Alhambra estaba abarrotada de gente. Empezaron a sudarme las palmas de las manos antes de bajar del coche y contemplé en segundo plano cómo los amigos de Cris lo localizaban y se acercaban a él entre vítores y palmadas de camaradería; apenas repararon en mí hasta que él me puso una mano en el hombro y me presentó al resto. Sonreí y saludé, y luego los seguí hacia la muchedumbre.

—¿Fumas? —Una chica, cuyo nombre me había olvidado, me ofreció un cigarrillo.

—Gracias —accedí.

Miré de reojo a Cris, que pegaba una calada a su cigarro como si lo hiciese de forma habitual, y procuré hacer lo mismo, pero el humo me atravesó la tráquea por el lugar equivocado y empecé a toser. Por alguna razón, a la chica le hizo bastante gracia.

Mientras que yo prestaba atención a cada gesto que él hacía, Cris parecía estar en su salsa. No paraban de hablar del futuro, de esa Residencia de Estudiantes de Madrid; sus amigas se colgaban de su cuello para caminar y reían constantemente. Yo me fumé mi segundo cigarrillo sentado en una de las mesas cercanas a la verbena, donde Cris bailaba; había copas vacías en la mesa y, al lado, una de las chicas se sentaba en el regazo de uno de sus amigos y se carcajeaban por cualquier tontería.

—¡Vamos a bailar, Diego! —me sugirió la chica que me había ofrecido el cigarro.

—Luego —respondí, sonriente.

Ella se quejó mientras se sumergía en la multitud para bailar. Y yo observé a Cris: él pertenecía a este mundo; un lugar para exponer sus dotes sociales y carismáticas, donde todos lo adoraban, donde hablar de un futuro brillante...

Yo no pertenecía a ese mundo. En ese momento me di cuenta de que solo era el hijo de la criada y que mis privilegios se acabarían en cuanto Cris se marchara a brillar y yo me quedara con mi luz apagada. ¿Cuándo había dejado entrar a ese chico larguirucho entre mis huesos con esa intensidad? ¿Qué significaba lo que sentía en esos instantes cuando un dolor agudo me ardía en el estómago hacia el pecho? Pegué otra calada a mi cigarro con los codos apoyados en las rodillas. Cris bailaba con una chica; se movía con elegancia sin quererlo, sus movimientos eran atrayentes. ¿La besaría si ella se acercase? ¿Estaría deseándola en esos instantes? Me levanté y apagué el cigarro en el cenicero antes de caminar con vacilación hacia los bailarines.

—Vente conmigo, anda. Vayámonos de aquí —escuché que le decía la chica.

Él sonrió sin dejar de bailar y elevó sus ojos hacia mi cara. ¿Había diversión en su mirada? ¿Reto? No lo sabía descifrar.

—Cristóbal, ¿me has escuchado?

—Me apetece bailar —le respondió él, girando sobre sí mismo.

—Pues bailemos esta canción y luego nos vamos.

Él no dijo nada, siguió moviéndose frente a ella como si la música lo hubiese poseído. Tenía un ligero brillo en su frente y el pelo rubio cobrizo se le ondulaba por la humedad. Me pregunté cómo sabría su cuello en ese momento. La chica del cigarrillo interrumpió mis pensamientos tomándome de la mano para bailar.

—¡Diego, eres un palo! ¡Baila un poco, hombre! —me azuzó ella.

—No sé bailar —me excusé.

—No es tan difícil, chico de campo, solo tienes que menear las caderas un poco. —Cris reprodujo lo que decía; movió las caderas despacio mirándome y una sensación, que ya sentía familiar con él, me mordió en el sexo.

Le levanté las cejas, aparentando indiferencia.

—¿En el campo no hacéis bailes? —preguntó la chica del cigarrillo.

—Sí los hacen, pero no he ido a muchos.

—Bah, muermo —gruñó Cris, divertido.

Le fruncí el ceño.

—No tengo sentido del ritmo, eso es todo.

—Eso es todo —me imitó a modo de burla sin cesar su baile.

Tuve un impulso rarísimo que me obligué a contener con todas mis fuerzas: deseé agarrarlo de su camisa y atraerlo hacia mí, que su cuerpo colisionase contra el mío y que su respiración agitada atravesase mis dientes. Deseaba devorar sus labios de forma enfermiza y poco prudente. Lo deseé tanto que me aparté y regresé a la mesa sin despedirme.

—Ey, Diego, que no te siente mal, hombre. —La chica del cigarrillo vino detrás de mí—. Cada uno tiene sus habilidades, ¿no?

La escuché a medias, pues estaba sumergido en mi propio martirio.

Deseaba a Cristóbal Leiva. Lo deseaba tanto que me estrujaba las vísceras y me nublaba el juicio. Mierda, eso no estaba bien. Nada bien. Me encendí otro cigarrillo y me bebí el culo de un vaso de alguna bebida alcohólica que me supo a detergente ácido.

—¿Quieres dar una vuelta? —le pregunté a la chica.

—¡Claro!

La chica, Rosa se llamaba, fumó conmigo por las calles contiguas de la plaza. Hablamos de cosas intrascendentes como de los estudios o de lo que quería hacer cuando se graduase. Cuando quiso tomarme de la mano, la dejé, aunque me sentí un poco incómodo. ¿Era raro pensar en Cris en ese momento? Aunque en realidad no había dejado de hacerlo. ¿Se habría ido con la chica con la que bailaba? ¿Estaría besándola en esos instantes?

—¿En qué piensas? Pereces ausente —replicó Rosa, apretándome la mano que había olvidado que me sujetaba.

—En nada. —Le sonreí y le devolví el apretón; no sabía por qué narices me daba miedo que descubriese algo, ¿cómo iba a hacerlo?

Ella me devolvió la sonrisa y me cortó el paso para pegarse a mí. Oh, vaya.

—Tienes la piel morena y los ojos azules clarísimos, eres un chico muy guapo, te cansarás de oírlo, ¿no?

Sus palabras me sorprendieron tanto que la miré, escéptico.

—No lo soy, no al menos si me comparas con otros.

—¿Con quiénes?

—No lo sé —murmuré—. ¿Volvemos? Estoy cansado.

Ella no ocultó su decepción. Regresamos a la plaza en silencio y no volvió a intentar tomarme de la mano. Encontré a Cris sentado en la silla donde antes había estado yo; ni rastro de la chica con la que bailaba.

—El cochero llegará en diez minutos —anunció, serio.

—Vale —respondí, estudiando su cara.

No me miró, regresó la atención a sus amigos mientras fumaba y, cuando llegó el cochero, ambos nos despedimos y subimos al automóvil; no dijo nada durante el trayecto mientras miraba por la ventana, meditativo.

—Me lo he pasado bien, gracias por invitarme —rompí el silencio cuando estábamos a punto de llegar.

—Me alegro —dijo.

Cuando nos bajamos, ya en el interior de la finca, vimos la figura alta e imponente de Margarita al pie de las escaleras de la casa. Cris bufó y se restregó la cara con una mano mientras caminábamos.

—Es tarde —espetó su madre cuando Cris estuvo lo suficientemente cerca—. El cochero debería haberos recogido hace una hora.

—Yo le he pedido que viniese más tarde.

—¿Y a quién has pedido permiso? ¿Crees que puedes hacer lo que quieras en esta casa?

—Mamá, no me apetece discutir otra vez —dijo con voz agotada.

Tuve un relámpago de pena; Cris se merecía una madre menos autoritaria.

—¡En ese caso deja de desobedecerme! Diego, vete al *bungalow*, esta noche no duermes aquí —me ordenó, tajante.

—Entonces voy yo con él —contraatacó Cris con voz tranquila.

—¡Ni se te ocurra desafiarme!

—Ya hemos hablado de esto, mamá. Lo hablamos largo y tendido, ¿recuerdas? Estoy cansado, solo déjanos subir, asearnos y dormir, no pido más.

—Margarita… —Don Joaquín había salido al vano de la puerta con su batín e intentaba, de nuevo, poner paz—. Solo ha sido una hora más, son jóvenes pero lo suficientemente mayores como para permitirles salir un rato más, ¿no crees, querida? Dejémonos de disgustos por hoy.

Margarita rechinó los dientes y apretó los puños a los lados de sus piernas, no respondió a su marido y tampoco volvió a dirigirse a nosotros.

—Vamos —me dijo Cris, subiendo los escalones.

Miré mis pies al pasar al lado de Margarita, que se había quedado estática en su sitio, y seguí a Cris hasta el piso superior.

—No me gusta que os llevéis tan mal por mi culpa… —le dije mientras recogía mi pijama.

—¿Prefieres dormir en el *bungalow*? —Aprecié una nota molesta y de cierto temor en su voz, algo que me dejó noqueado.

—No, claro que no.

Nos aseamos por turnos y nos acostamos cada uno en su cama, como de costumbre. Pero pasó el rato y Cris no venía a mi lado.

—¿Estás enfadado por algo?

Cris tardó mucho en darme una respuesta, tanto que pensé que se había dormido.

—No estoy enfadado —susurró al fin.

—¿Y qué te pasa?

—Nada. Duérmete —me pidió.

El mutismo siguió pesando sobre mí los siguientes minutos. Me tragué el temor que me apretujaba las tripas y me incorporé. Divisé su silueta: vestía solo con un pantalón corto de pijama y tenía la sábana de verano hecha un ovillo a sus pies; estaba tumbado boca abajo y su contorno se recortaba con definición en contraste con la luz de la luna menguante. Cris ni siquiera tenía la cabeza girada en mi dirección. Tragué saliva y contuve el aliento antes de caminar los dos pasos que separaban nuestras camas y me senté con cuidado en la suya; esperé a que dijese algo, pero no fue así, de modo que terminé de tumbarme boca arriba y me quedé allí, quieto. Su cama era bastante más amplia que el camastro, así que allí no nos tocaríamos si no queríamos.

—Es muy guapa —musitó él al cabo de un rato.

—¿Qué?

—Rosa. Más de uno de los chicos de mi grupo ha estado colado por ella —dijo sin girarse.

No me lo podía creer.

—¿Te gusta? ¿Te ha molestado que me fuera con ella?

Cris se incorporó y me miró, pero no pude diferenciar su expresión porque la penumbra borraba su rostro.

—Diego, has sido tú el que te has ido con ella, no yo.

—¿Habrías querido ir tú?

Cris emitió un sonido ronco gutural y aplastó la cara contra la almohada.

—No, Diego, no quería irme con ella —habló con cansancio.

Guardamos silencio mientras trataba de procesar la situación.

—Solo hemos fumado y hablado de sus estudios. Necesitaba… caminar y despejarme —le conté, mirando hacia su cabello enmarañado.

—¿Y por qué necesitabas despejarte?

«Porque me muero por ti, Cristóbal, ¿a ti qué te parece?».

—No lo sé —respondí con voz muy baja.

Cris siguió mirándome, pero su cara continuaba oculta en las sombras; ambos apoyamos las cabezas en la almohada y no dijimos nada más.

—Mañana voy a darte una paliza en la ruta —dijo en un susurro más suave tras una larga pausa.

Esbocé una sonrisa de alivio.

—De eso ni hablar.

Cris emitió una leve carcajada breve, muy suave, casi como una caricia. Luego se movió un poco y pegué un respingo porque sus pies tocaron mis pies, los mantuvimos así, ninguno de los dos los apartó.

—Me gusta más tu cama —musitó en un tono vehemente que me encogió el estómago.

Sin decir nada, busqué su mano, entrelacé nuestros dedos y me incorporé, estirándolo hacia mí; Cris respondió de inmediato, se desplazó sobre el colchón y me siguió hasta el camastro, donde nos tumbamos, en esa ocasión pegados. Y de nuevo pude sentir su corazón en la espalda; me concentré en esa sensación hasta que nos quedamos dormidos.

20

Diego

Verano de 1931

Los coletazos de agosto chamuscaban las puntas de las hojas de los árboles y el césped bien cuidado del jardín y levantaba un clamor sordo en el pecho y una sensación de impaciencia inexplicable. A esas alturas, mi madre se había hecho muy amiga del ama de llaves y todas las tardes se sentaban a charlar animadamente cerca del corral; me alegraba ver que mamá fuese feliz a pesar de todo. Ella gestionaba el dolor a su manera y lo estaba haciendo muy bien. Le gustaba salir a hacer la compra, dirigir las tareas y hacer y deshacer como quería en su trabajo, pues don Joaquín le daba mucha libertad (se había ganado con creces su confianza). Parecía que ambos considerábamos aquel *bungalow* nuestro hogar y la casa de la Huerta de San Benjamín un terreno familiar donde desenvolvernos.

—Nunca te prohibiré nada —me dijo ella durante una de las pocas cenas que compartíamos en aquella época—. Ya eres un hombre, un hombre bueno y honrado. Pero eres mi hijo y te quiero, y por eso sufro por tu corazón. Hijo, ¿contemplarás la posibilidad de no pasar tanto tiempo con el hijo de don Joaquín?

Tuve miedo en esos instantes; lo tuve porque a mi madre le tembló un poco la voz, porque ella jamás se metía en lo que hacía o dejaba de hacer. Entonces recordé aquella primera conversación:

«Ten cuidado, Diego», me había dicho. Y en aquella ocasión no destilaba ni la mitad de temor que en ese momento. Quise preguntarle qué le preocupaba, pero lo sabía muy bien y no quería obligarla a decir más. Obtuvo silencio por mi parte. ¿Qué podía decirle? ¿Que no era capaz de alejarme de él? ¿Que estaba absurda y febrilmente enamorado del hijo de don Joaquín? Quizá ella ya lo supiese.

También por esa época, la repulsa nada fingida de Margarita se convirtió en algo más extraño y disimulado, como si estuviese aguardando algo...

* * *

—¿No estás cansado de que te gane siempre, chico de campo?

Cris corría ahogado como una gacela delante de mí y yo perseguía su estela con los músculos ardiendo y la garganta al rojo vivo de respirar el aire seco y sofocante cargado de polvo. El sol despiadado de Granada había bronceado su piel blanca y aclarado las puntas de su pelo y me había familiarizado con el olor de su sudor y de su jabón de afeitar; muchas veces mi piel olía a él, y también mi ropa. Adoraba sus manías, como revolverse el pelo o fruncir el ceño constantemente, dar tres vueltas al café con la cucharilla antes de bebérselo, dar un beso a su hermana en el cuello después de la cena (a ella siempre le hacía cosquillas) o mirarse en el espejo de la habitación antes de salir, apenas un vistazo para comprobar su aspecto.

Nunca me había fijado tanto en nadie. Y me consumía pensar que nunca me aburriría de memorizar cada detalle insignificante de él.

Sabía que pasaba algo, sentía que aquello no duraría mucho tiempo; era una intuición fuerte que soplaba mi nuca y me hacía sentir ansioso y triste.

—¡Hoy no, Leiva! —voceé, divertido mientras lo adelantaba.

Escuché sus quejas y reprimí la risa. Estábamos a punto de llegar al árbol que solíamos trepar; yo le había ganado algunas veces, pero él salía victorioso casi siempre. Salté como me había enseñado y me agarré fuerte a la primera rama que sobresalía. Sin embargo, cuando quise seguir escalando, noté sus brazos alrededor de mi cintura y todo su peso me echó hacia atrás. Solté un graznido y me arañé los dedos en la rama al soltarla de golpe. Ambos caímos a la tierra con torpeza y yo traté de zafarme revolcándolo, ya que seguía sujeto a mi espalda. Tenía que conseguir que no se levantase del suelo hasta contar hasta diez, entonces podría trepar y proclamarme vencedor. Él intentó salir de debajo de mí para trepar él, pero rodé sobre mí mismo y le sostuve el abdomen con el brazo. Cris gruñó y emitió sonidos roncos de esfuerzo.

—¡No vas a escurrirte esta vez! —Me puse a horcajadas sobre él (fue lo único que se me ocurrió, porque mi brazo no bastaba para retenerlo). Utilicé todo mi peso y le inmovilicé los hombros con las manos—. Un, dos, tres, cuatro…

Cris rio de forma floja intentando zarandearse debajo de mí, pero yo pesaba más.

—Siete, ocho… —A Cris se le ocurrió agarrarme de la camisa e intentar hacer un torniquete alrededor de mis piernas con las suyas; eso solo consiguió que me venciese hacia él y nuestros abdómenes se pegasen. Perdí el hilo de mis pensamientos y la respiración por unos instantes al tenerle tan pegado, podía sentir a la perfección cada curva de su cuerpo—. Nueve…

—Ahh —gimió él, levantando la cabeza con impotencia, pero lo que hizo fue dejar nuestras bocas tan cerca que saboreé su aliento.

—Diez —susurré sobre sus labios.

Cris dejó de hacer fuerza bajo mi peso, pero no dejó caer la cabeza. Vi cómo sus ojos se transformaban a pura seriedad. Los dos respiramos con agitación en la boca del otro; el corazón empezó a aporrearme el pecho con violencia.

—Te… he ganado —musité.

Él no esbozó su sonrisa maliciosa como de costumbre, su gesto era intenso, abrumador.

—Todavía no has trepado al árbol, Diego Vergara —dijo muy bajito y tan cerca que la piel de sus labios rozó con ligereza la piel de los míos.

Y yo me consumí por dentro y emití un suave gemido involuntario. Entonces lo noté; los dos llevábamos finos pantalones de deporte, ¿cómo no notarlo? Primero fue el fuerte dolor placentero de mi excitación (por el que tuve la repentina urgencia de separarme de él y que no lo notase), pero sentí mucho, muchísimo más, la suya, cómo crecía y empujaba mi abdomen. Él enrojeció, pero siguió sin dejar caer la cabeza a la tierra. Y entonces su respiración, ya alterada, empezó a volverse más irregular y jadeante. No lo pude evitar, ¿él lo deseaba? Juraría que lo hacía; yo lo deseaba más que nada en este mundo: exhalé y luego atrapé su labio inferior entre los míos. Me morí de miedo en ese instante, pero también moriría si no lo hacía. Así que lo besé despacio y después, cuando gimió y arrugó mi camisa entre sus dedos con fuerza, lo besé con más sed y él levantó todavía más su cabeza para apretar su boca contra la mía. Nos besamos mucho apenas sin movernos, conscientes de que nuestro deseo descontrolado palpitaba entre nuestras piernas; yo lo notaba perfectamente, él también. Gemimos en la boca del otro, Cris me despeinó el pelo con las manos para atraerme hacia sí. Y luego simplemente paramos.

Él salió de debajo de mí, yo lo dejé y nos miramos, uno sentado frente al otro con las respiraciones roncas y los labios hinchados tras el beso.

Parecíamos desubicados, como si no supiésemos qué acabábamos de hacer. Y luego, partiéndome en dos, dijo:

—Tengo que irme. —Y se levantó y empezó a correr lejos de mí.

Yo contemplé cómo se alejaba notando que una losa se cernía sobre mi pecho y me impedía tomar aire. Luego mi cuerpo se accionó y, con el doble de velocidad que otras veces, trepé al árbol haciéndome arañazos, hasta la copa.

Me quedé allí hasta que el sol se ocultó tras las montañas.

* * *

Sabía que la había cagado. Cris no volvería a acercarse a mí nunca más. ¿Me odiaría? Esa posibilidad me torturaba. Estaba tumbado en la cama de mi dormitorio, retorciéndome por haberlo perdido, cuando escuché golpes en mi ventana. Reconocía ese sonido; con un impulso, salté de la cama y me asomé. Cris aguardaba abajo con las manos en los bolsillos de sus pantalones azules. Capté la señal de que quería hablar conmigo a pesar de que no dijo nada; me tragué el pánico y bajé las escaleras aguantando el nudo que crecía en mi garganta.

—Cris...

Me acerqué a él despacio, temiendo algún gesto de rechazo.

—Me han admitido, Diego —dijo de repente con una nota apesadumbrada—. Me han admitido en la Residencia de Estudiantes de Madrid.

—Oh... —Me quedé quieto, asimilando lo que me decía.

—¿Sabes lo que significa eso, no? —Cris bajó la voz hasta que sonó queda y trascendente—. Me voy. La semana que viene.

—La semana que viene —repetí en un murmullo que se clavó en las paredes de mi garganta—. Lo sabías, ¿verdad? ¿Hace cuánto?

Él suspiró y se revolvió el pelo.

—El día que te invité a la verbena —confesó—. No he encontrado la ocasión para decírtelo.

—Ya... —Sentía que los cimientos de mi mundo se convertían en cenizas.

—Por eso no quiero que te encierres en tu cuarto. Me gustaría aprovechar lo que queda de verano. —Aquello me tomó por sorpresa.

—Vale —dije, rendido.

—Vale. —Cris esbozó una sonrisa de alivio.

Perseguí a Cristóbal a todas partes durante esa semana. Y, aunque no sacamos el tema del beso en ningún momento, lo noté más ansioso y atento conmigo, como si el hecho de que nuestro tiempo se agotase le resultase angustioso, como a mí.

Intentamos pasar juntos la mayor parte de las horas, comimos solos en el jardín, me leyó unos cuantos poemas que había escrito durante el verano, hicimos las rutas sin tanta competitividad, cenamos juntos y dormimos en mi camastro cada noche.

Aquella última luna fue la peor. Al día siguiente, Cris se iría y no sabía cuándo volveríamos a vernos.

No se acostó en su cama como de costumbre, en vez de eso, vino directamente a la mía y su brazo no cayó lánguido en mi cintura, sino que me apretó y hundió la cara en mi nuca. Sentí que se me partiría el pecho. Necesitaba tocarlo, rogarle que no me dejase, implorarle que me llevase con él, besarlo. Joder, quería besarlo tanto y tan fuerte que me dolían los labios, me escocían. Pero no quería actuar con impulsividad, me mataría si saliese de nuevo corriendo, así que lo único que hice fue apretar su brazo contra mí y llevar su mano a mi pecho. «Cris, ¿notas cómo late mi corazón? Me estoy muriendo de amor. Estoy enfermando y la luz se apagará cuando te vayas». Al cabo de unos minutos noté sus ligeras convulsiones; me extrañé, pero, antes de girarme, escuché sus gimoteos débiles y contenidos. Cerré los ojos con fuerza y la marea de dolor que trataba de contener embistió contra mi fuerza de voluntad con inquina. Giré sobre mí mismo despacio para encontrarme con Cris cara a cara, la luz de la ventana alumbraba con languidez sus ojos vidriosos, las lágrimas de sus pómulos y su nariz enrojecida. Yo acerqué despacio mi frente a la suya y la mantuve allí pegada, entonces él dejó que la tristeza fluyese; lloró en silencio, pero con más intensidad y yo entrelacé los dedos con los suyos y las lágrimas copiosas me ardieron en los ojos y empaparon la almohada. Lloramos juntos, con las manos y las piernas enlazadas, hasta que nos quedamos exhaustos.

A la mañana siguiente, Cristóbal no estaba. No estaba. Me incorporé de un salto brusco de la cama y me puse una camisa antes de bajar descalzo las escaleras a toda prisa.

—¡¿Cristóbal?! —Salí de su casa y horadé la parcela. Era insultante lo soleado y precioso que era el día cuando la oscuridad me estaba engullendo—. ¡Cristóbal!

—El señorito se ha marchado esta mañana temprano —me informó el ama de llaves, que pasaba detrás de mí con gesto apenado.

—No... —exhalé y luego bajé las escalinatas tan deprisa que casi me caí y atravesé el jardín a todo correr hasta la verja—. ¡Cristóbal!

Salí a los senderos, sin saber qué esperaba encontrar; quizá solo necesitaba acortar la distancia entre los dos. Solo necesitaba verlo por última vez, así que corrí y seguí corriendo hasta que me hice ampollas y cortes en los pies descalzos y mis músculos se lamentaron del sobreesfuerzo. Mis pulmones sonaban metálicos cuando me detuve en mitad de la nada y descubrí que llevaba puesta su camisa. Él habría tomado la mía. Me apreté muy fuerte los ojos con las palmas de las manos y lloré sin temor a que alguien me escuchase.

21

Vera

Otoño de 2021

—¿Estás seguro de esto?

—Completamente —responde Edan caminando detrás de mí por el bosque de fresnos.

—No puedes echarte atrás en el último momento.

—Un poco de confianza, ¿no?

—No estoy acostumbrada a hacer esto sin mi familia. De hecho, puede que resulte un completo desastre. —Me tropiezo por quinta vez con una rama saliente del suelo y noto la mano de Edan alrededor de mi brazo para sujetarme.

—Ya me lo has mencionado y sigo estando aquí.

Nuestro paseo concluye en el lago de la Suerte, donde dejo la mochila con todo lo que necesitamos.

Acabamos de cenar en casa junto a mi madre y la tata. Es la segunda vez que Edan se queda a cenar porque el tiempo transcurre con demasiada rapidez cuando estamos juntos. Yo solo he ido una vez a casa de su abuela para hacer los deberes y ver un par de películas (*La guerra de los mundos* y *El club de los poetas muertos*; la primera fue recomendación suya; la segunda, mía. Ambas nos encantaron), y tomamos la decisión de que mi casa es mejor lugar de encuentro porque nos topamos con miradas de desaprobación por las calles de Belie y porque, después de mi visita, los vecinos increparon a Begoña para que dejase de recibirme y me prohibiese ver a su nieto. Edan me lo contó con furia e indignación y yo no me sorprendí en absoluto.

—Hay una anécdota interesante tuya y mía en este lago, ¿te acuerdas? —comenta Edan, divertido.

Carraspeo y enrojezco mientras me acuclillo para sacar el contenido de la mochila.

—Cómo olvidarlo; estaba desnuda y empapada. Me morí de vergüenza —murmuro.

Edan ríe entre dientes y se acuclilla frente a mí.

—Contigo todo es diferente, por eso me gustas. —Ese tipo de cosas adorables y sinceras que dice de vez en cuando no ayudan en absoluto a no traspasar la línea que no quiero cruzar con él.

—Bueno, ¿empezamos?

—Estoy impaciente —dice entusiasmado.

—No sé cómo me has convencido para hacer esto…

—¿Porque te gusta verme feliz?

Emito un gruñidito y le paso el bloc de notas y un bolígrafo, luego coloco algunos minerales en un cuenco, plantas secas y algunas velas.

—Bien, a ver… Para este hechizo se necesita papel y boli, la luna nueva y un sueño —empiezo, bastante insegura con mis habilidades.

—Parece que lo tenemos todo, ¿no? —Edan está exultante.

—El resto de las cosas son solo para añadirle energía al ritual, son opcionales. De acuerdo… voy a leer el grimorio, atento. Paso uno: cuando haya caído la noche, escribe un breve hechizo con rima para un sueño que anheles manifestar en el mundo.

—¿Con rima?

—Sí, eso parece…

—Bien —dice, sonriente.

—Paso dos: imagina que tu sueño se hace realidad. Siente cómo será su manifestación. Paso tres: canta tu hechizo, empezando lenta y suavemente. Las palabras pueden sonar extrañas y quizá te sientas tímida, pero a medida que vayas cantando, tu confianza aumentará… Vale, esta parte no pienso hacerla.

—¿Por qué? Hay que hacerlo todo, Vera. Si hay que cantar, se canta.

—Tú no quieres escucharme cantar —le aseguro.

—¿Crees que yo canto mejor? Va, continúa, ¿qué hay que hacer después?

Tomo aire despacio y sigo leyendo.

—Paso cuatro: canta más alto, más rápido, más fuerte. Canta con todo el corazón abierto de la niña que fuiste, la niña que sabía que todo era posible y que la magia era real.

Levanto la mirada hacia él con una ceja arqueada, él me contempla expectante.

—Eh... vale, ¿dónde me he quedado? Aquí, paso cinco: canta hasta que sientas que tu energía llega al máximo; entonces canta más despacio, silenciosamente, hasta que el hechizo desaparezca en la noche, en los reinos del Espíritu y del potencial infinito. Por último, agáchate y toca la Madre Tierra, que da vida al Espíritu y a los sueños. Dale las gracias y también a la luna nueva.

—De acuerdo, me ha quedado claro. ¿Empezamos?

—Edan, no quiero morir de vergüenza por segunda vez en este lago —replico.

—Que yo sepa los dos vamos a hacer este hechizo, ¿no? Además solo estoy yo aquí, nadie más nos ve.

Cuando Edan me incluye de esa forma en su vida, siento que mi cuerpo me traiciona y las mariposas aletean sin permiso.

—Vale, pero rimar no es lo mío.

—¿Y qué es lo tuyo? —dice mientras empieza a garabatear en el bloc.

—Buena pregunta... —murmuro.

—¿Quién inventó este hechizo?

—Probablemente mi abuela y, si lo apunta en el grimorio, es que es poderoso y a ella o a otra bruja le ha funcionado.

—¿Otra bruja? ¿Hay más brujas?

Suspiro, feliz de que el momento de cantar se retrase.

—Según ella sí, aunque yo no conozco a ninguna. Ágata nos ha contado alguna vez que hay otras familias de brujas y que incluso existen aquelarres que utilizan la magia oscura. Le he preguntado varias veces acerca de ello, pero no se extiende mucho; mi abuela puede ser muy hermética cuando quiere.

—Vaya, y mis ganas de hacer este hechizo no hacen más que crecer —admite, contento.

Yo bufo y me muerdo el labio ante mi papel en blanco.

—Pareces tener muy claro tu sueño —le digo, observándolo.

Apoya el bloc en sus rodillas; sus piernas son demasiado largas, así que tiene que ponerse en una posición un poco incómoda para poder escribir y algunos mechones se le vienen a la frente. Sigo quedándome embelesada mirándolo; de verdad que he intentado que eso no ocurra, pero no puedo evitarlo. He decidido que, como amiga, también puedo contemplar lo atractivo que es. No pasa nada.

—¿Tú no? —musita, levantando su mirada gris.

Un fogonazo de los sueños vívidos que se adueñan de mí algunas mañanas me viene a la mente y debo parpadear fuerte para deshacerme de la sensación inexplicable de añoranza.

—No lo sé…

—Puedo leerte el mío si quieres. De todas formas voy a cantarlo a todo pulmón en unos minutos —se ofrece.

—¿Ya lo tienes?

—Un momento. —Hace un tachón breve y luego escribe de nuevo—. Sí, lo tengo.

—¿Cómo es posible que te sea tan fácil?

—Años de práctica soñando con lo mismo, brujita.

Parpadeo por mi nuevo mote; ha sonado cariñoso, íntimo. Me ha gustado y a la vez no debería haberme gustado.

Edan carraspea para empezar a leer:

A la luna nueva quiero pedir
un sueño que necesito vivir:
un hogar en el que ser feliz,
que no sea pasajero ni deje cicatriz;
que la vida me dé tregua, oportunidades;
que sea sorprendente y convierta en realidades
anhelos que ayer carecían de probabilidades.

Lo contemplo con admiración y con ese cariño nuevo y creciente que me hincha el pecho muy a menudo estos días.

—No vale que tú hayas escrito eso tan rápido y que yo tenga la mente atrofiada —me quejo.

—En realidad es algo ambiguo, pero lo voy a dejar así. ¿Te ayudo? ¿Cuál es tu sueño?

—Pues... que en Belie no me odien tanto, por ejemplo. Encontrar mi don, tal vez —digo para el cuello de mi camisa—. Sentir que soy buena en algo.

—Vale. —Edan se incorpora para sentarse a mi lado.

Siempre que está demasiado cerca, que siento su calor atravesar mi ropa y su aliento en la mejilla, como ahora, repito un mantra mental semejante a un hechizo rápido para desechar sensaciones que no quiero experimentar. Sorprendentemente, funciona.

Edan me ayuda a encontrar las palabras necesarias para escribir mi canción; tiene una habilidad asombrosa que me hace sentirme un poco tonta. Cuando terminamos, me mira con una sonrisa contenida porque sabe que ha llegado el momento.

—Bien, ¿empiezas tú, no? Pareces más dispuesto.

Él amplía su sonrisa en una mueca maliciosa y se incorpora de mi lado. No sé cómo puede actuar con tanta seguridad en todo; tenemos la misma edad y parece que tenga diez años más que yo.

—No está permitido reírse, ¿vale? Esto es serio. —Me señala con su dedo.

—Yo no me reiré, estoy acostumbrada a ver a Ágata haciendo todo tipo de cosas extravagantes. Bueno, a ella y a todas, porque siempre la seguimos.

—De acuerdo. —Edan carraspea y comienza a entonar su canción en una melodía inventada.

Es un poco irritante que en él no quede en absoluto ridículo. Lo observo aumentar la rapidez y la entonación de su voz un poco alucinada con lo mucho que le pega el escenario esotérico. Sin dejar de cantar, me ofrece su mano. Yo inspiro hondo por la nariz y se la doy; me levanta sin esfuerzo y empieza a rodearme con un ligero balanceo de los hombros. Reprimo una risita, no porque la situación me dé gracia, sino porque me sorprendo sintiéndome excitada. Empiezo a cantar bajito mi canción y me descubro añadiéndole el tono de *Savage Daughter*, una canción popular en nuestra familia. A Edan parece gustarle porque deja de cantar y me escucha. Ay no. O, en realidad,... ¿qué más da? Es mi mejor amigo, no me juzgará. Canto más alto y muevo con ligereza las caderas mientras miro a la luna, él baila despacio a mi lado para animarme; sonrío y me vengo arriba, la emoción empieza a llenarme el pecho y canto más alto al tiempo que me desplazo como sé, con movimientos suaves pero simbólicos. Mi familia y yo bailamos muchas veces así alrededor de un fuego con el sonido de los tambores, bailar así sirve para muchas cosas espirituales. Edan me sigue, intenta imitarme y de nuevo canta su canción, esta vez con mi melodía. De repente estamos saltando, la adrenalina nos recorre las venas y soltamos gritos de vez en cuando.

Con la motivación, hago el saludo a la magia que muchas veces hacemos al acabar un ritual: me llevo los dedos a los labios para besarlos, luego los pongo en mi corazón y después los alzo hacia el cielo con la palma expuesta hacia arriba para ofrecerle mis respetos.

—¿Qué acabas de hacer? —me pregunta, interesado.

—Es el saludo a la magia, simboliza admiración y respeto. Para mí también es un gesto de rebelión —le explico, sofocada.

—¿Rebelión?

—Es por algo que ocurrió en Belie hace justo cuatro años, poco antes de Navidad. En nuestra familia nos encanta esta época y en el centro del pueblo montan un precioso mercadito navideño, que cada año es más grande y que podrás ver en unos días. Pues bien, se nos ocurrió ir a verlo a pesar de que sabíamos que no éramos bien recibidas. Al principio, cuando llegamos, solo se apartaban de nosotras y nos dirigían miradas de desprecio. Había mucha gente, no solo de Belie, sino de fuera también. Y cuando llegamos al centro de la plaza y mi abuela decidió comprar conos de frutos secos garrapiñados, la dependienta no quiso atenderla. La mujer se puso histérica y aquello se hizo una bola de hostilidad que nosotras no entendimos. Empezaron a abuchearnos sin motivo y a gritarnos que nos fuésemos, incluso algunos nos tiraron piedras. Fue horrible. Mi madre nos abrazó a Chiara y a mí y nos resguardó detrás de ella. Entonces Ágata hizo el saludo a la magia. —Lo reproduzco de nuevo para que Edan lo vea bien—. Y luego todas las demás lo hicimos también; imponiendo nuestro derecho a estar allí. Las cinco hicimos el gesto y los habitantes del pueblo se callaron de inmediato. En ese momento, ilusa de mí, creí que era por algo bueno, pero más tarde entendí que solo nos tenían miedo; creían que los estábamos maldiciendo o algo. Ágata dijo unas palabras de paz mientras nosotras manteníamos la mano arriba, nadie dijo ni una palabra. Y luego nos fuimos.

Edan, que me observa sin parpadear, chasquea la lengua y suspira con pesadez.

—Siento que hayas tenido que lidiar con tanto rechazo desde pequeña. No puedo comprender muchas de las actitudes de este pueblo.

Me encojo de hombros al tiempo que me dejo caer en el suelo. Él me imita, todavía con el ceño arrugado por mi historia.

—¿Qué te ha parecido nuestro hechizo? —le digo, cambiando de tema.

—Ha sido... liberador —dice, y sonríe.

Estoy de acuerdo; no sabía que sería algo tan especial.

—Oye, Vera, ¿y si para cambiar las cosas, te vistes como más te apetezca para ir a clase? Sin cubrirte el pelo y esa ropa que te viene enorme.

Lo observo tratando de procesar el instante mágico que hemos vivido y la sinceridad de su propuesta.

—¿Para qué? Fuiste testigo de lo que pasó la última vez que lo intenté.

—¿De qué tienes miedo? No vayas con miedo, Vera, el miedo es contagioso. Deja que los demás te vean; no pueden odiarte si te ven.

Me quedo un poco noqueada tras su última frase.

—No sé...

—Lo digo en serio. Si eres tú misma, si ven la auténtica tú, Belie no puede odiarte. Además estaré contigo, no tienes que hacerlo sola.

De repente me siento tan afortunada y agradecida que me sorprendo conteniendo las ganas de llorar.

—Deja que lo piense, ¿vale?

—Claro —musita, sonriendo.

Estar con Edan es muy fácil. Todo le entusiasma y no vacila en dar un paso tras otro. Es curioso, muchísimo, y no para de preguntar: «¿Cómo supisteis que erais brujas?», «¿Alguna vez habéis curado una enfermedad grave?», «¿Podéis encontrar a cualquier persona en cualquier parte del mundo?», «¿Es incómodo hacer la compra en Belie?»...

Ir al centro de Belie siempre ha sido incómodo, por eso hacemos la mayor parte de las cosas en casa: cultivamos hortalizas y frutas, hacemos nuestro propio jabón (el jabón que mejor huele del mundo) y mamá aprovecha cuando va a la ciudad a algo relacionado con su trabajo de artista para traer ropa y los materiales que la tata necesita y que no se encuentran en el pueblo. Y, cuando no es ella, la tía Flor y Chiara nos compran algo por internet. La suerte que tenemos es que Ágata y mamá saben preservar el jardín y el huerto con sus hechizos y tenemos comida fuera de temporada, así como plantas y flores. Pero también necesitamos ir al supermercado, así que lo hacemos los jueves a una hora estipulada y vamos de dos en dos por turnos. A esa hora el supermercado suele estar vacío a excepción de los dependientes, que no nos dirigen la palabra y solo ejecutan su trabajo con la mayor rapidez posible. Me gustaría decir que nos hemos acostumbrado a ello, pero no es cierto; es difícil acostumbrarse a ser las apestadas del pueblo.

—La próxima vez, si quieres, iré contigo a comprar —me dice Edan, confiado.

Ese tipo de cosas me hacen observarlo como si fuese de una especie diferente. Es imposible que exista una persona tan maravillosa y que esa persona desee compartir su tiempo conmigo; a veces nos miro y me pregunto cómo he acabado aquí, con él. Y a veces la sensación de conocerlo desde hace tiempo, como si hiciese años que somos amigos, es tan intensa que confundo la realidad.

* * *

Ese día por la mañana, me recojo el pelo en una coleta y me coloco la capucha antes de bajar rápido las escaleras. No he podido cumplir del todo mi palabra porque llevo una sudadera enorme, pero visto unos *leggins* calentitos y un jersey de lo más normal; imagino que eso debe valer para empezar. Mastico los cereales mientras mamá se toma su café leyendo un libro (que le he recomendado yo) en la mesa y veo a la tata a través de la ventana recogiendo algunos tomates, pepinos y lechugas del huerto, que está en el lateral derecho más alejado de la casa.

—¿Quieres ver en qué estoy trabajando ahora? —me pregunta mi madre, cerrando el libro.

—Pues claro. —Me meto la última cucharada colmada a la boca y dejo el bol vacío en la pila antes de salir trotando tras ella.

Entramos a su luminoso estudio y me lleva hacia uno de los múltiples caballetes altos que hay al final de la sala. Casi me atraganto con los cereales al distinguir el retrato inacabado de Edan. Mi madre tiene una mirada única para plasmar a las personas, me impresiona apreciar la vida que proyectan sus ojos grises.

—¿No dices nada?

—Creo que me he quedado sin palabras...

—Me apetecía mucho dibujarlo. Ya sabes que me encanta retratar a todas las personas nuevas que entran en nuestra vida, que no son demasiadas, por desgracia —dice al final en tono amargo.

—Es increíble, no sé cómo lo haces; ni siquiera lo tienes delante...

—Entonces, ¿te gusta? Tengo muchos otros proyectos y tardaré bastante en acabarlo, pero puedes regalárselo cuando termine.

—Eso sería genial, mamá.

De repente cruzamos miradas extrañadas al oír un motor poco familiar acercándose.

—Alguien te espera ahí fuera, Vera —la entonación socarrona de Ágata al entrar en casa me hace ponerme en tensión.

—¿Quién? —Pero ya he agarrado la mochila y estoy corriendo hacia el exterior; veo su silueta en el camino.

Edan se está quitando el casco mientras baja de una moto antigua.

—¡La vida me regala oportunidades, brujita! —dice al tiempo que ambos acortamos la distancia entre los dos—. El hechizo funciona de maravilla, ¡y solo han pasado unos días!

—¿Tu deseo era una moto? —digo, inspeccionándola.

—¿Por qué no? Libertad, adrenalina… Me lleva a donde quiera, y a ti también —concluye con una sonrisa radiante.

—¿A mí? —Casi me atraganto con mi saliva—. Si no sé mantenerme erguida sobre mis propias piernas, ¿cómo quieres que lo haga sobre una moto?

—Pues te sujetas a mí —soluciona, feliz—. ¿Sabes que era de mi padre de cuando vivía con mi abuela? Anoche estuve hasta la madrugada arreglándola en el garaje.

—¿Sabes arreglar trastos?

Edan expulsa una carcajada musical.

—Me gusta la mecánica y se puede decir que soy un manitas —admite—. Ahora sí, en cuanto a temas legales… es otro asunto. ¿Te atreves a venirte conmigo al instituto?

Lo observo con cierto temor y luego vuelvo a revisar la moto. En ese momento advierto el tono amarillo chillón del autobús deteniéndose en la parada habitual, antes de llegar al sendero que conduce a mi casa.

—Mentiría si dijese que soy valiente y que no gritaré en ningún momento —confieso con la boca pequeña.

Él ríe de nuevo con esa cadencia agradable.

—Siempre puedes optar por el autobús, llegarás antes a clase, eso seguro.

—No, gracias.

Edan vuelve a reír y yo lo miro por el rabillo del ojo con una sensación burbujeante en la tripa.

—Toma, tu casco de acompañante. —Me lo cede y observo cómo se coloca él el suyo con habilidad.

Se me hace muy raro subirme tras él; no sé qué hacer con las manos ni dónde colocar los pies.

—La moto es lenta, brujita, pero si no te agarras durarás poco encima de ella. —Edan levanta los brazos para invitarme a rodear su cintura.

Yo enrojezco y paso los brazos alrededor de su cuerpo, despacio. Ay, madre... Aprieto los ojos para concentrarme en otra cosa, lo que sea. Cuando el motor se enciende, pego un respingo y noto las vibraciones de su torso contra mis brazos, se está riendo de mí. Genial. Y luego lo agarro con más fuerza por instinto soltando un gritito irrisorio cuando arranca y nos encaminamos hacia los caminos.

Sonrío casi de forma involuntaria al notar el viento invernal de Belie en la cara. Las montañas y la vegetación abundan a nuestros flancos hasta que se abre paso el pueblo y luego, cuando atravesamos las casas, a las afueras, se alza el instituto. Amo este pueblo, su belleza es sobrecogedora, ojalá pudiese sentirme parte de él.

Tengo las extremidades agarrotadas cuando bajo de la moto una vez que Edan aparca. Me quito el casco y no puedo evitar contemplar mi alrededor; el autobús escolar se ha ido hace poco y la mayoría de los estudiantes ya están en el interior del edificio aunque queden unos minutos para que empiecen las clases. Es una gozada llegar a esas horas, cuando la afluencia de gente no es tan frenética. No sé de qué manera lo hago, pero se me cruzan las botas al intentar dar un paso al frente y me balanceo hacia delante hasta que noto un brazo férreo contra el pecho; el bochorno me va a hacer estallar el cráneo.

—Gracias —digo con la boca pequeña al tiempo que lo miro de reojo; está sonriendo, sus labios forman una curva torcida e hipnótica.

Empiezo a caminar con las manos metidas en los bolsillos, encogida dentro de mi enorme chaqueta (con la capucha, por supuesto).

—¿No me dices nada del viaje? —pregunta divertido mientras camina a mi lado.

—Me gusta tu moto —admito.

—Lo sabía —dice, triunfal.

Y ahí están, en la misma puerta, como si hubiesen aparecido ahí de repente: Lucía y su cuadrilla nos miran con gesto atónito y malhumorado. Intento no mirarlas cuando Edan y yo subimos los escalones de la entrada y pasamos al edificio.

La realidad es que me siento abrumadoramente bien.

22

Vera

Invierno de 2021

Me siento en nuestro lugar habitual del almuerzo, en las mesas del comedor comunitario del instituto, y desenvuelvo mi sándwich mientras espero a Edan. Los jueves a última hora nos toca en clases separadas.

—Hola, Vera.

Levanto la mirada hacia Víctor, que se acaba de sentar en la silla de al lado, algo tan desconcertante que tengo que parpadear para creerlo. Víctor es compañero mío de clase desde el colegio y no me ha dirigido la palabra ni una sola vez en su vida.

—He desconectado en clase, ¿Olivia ha mandado deberes?

—Sí —respondo, quieta, mirando a nuestro alrededor por si quiere gastarme una broma pesada o algo raro.

—Ya sabes cómo son estos, ninguno de mis amigos se ha enterado. Estábamos de palique y me jodería suspender también este trimestre —me explica; su voz parece sincera y amable.

Estoy tan impactada que me remuevo en la silla, incómoda. Luego busco mi agenda en la mochila.

—El ejercicio cuatro y cinco de la página ciento treinta y seis —le enumero.

—¡Ah! Muchas gracias. —Saca sus apuntes para escribir lo que le he dicho.

No lo entiendo, podría haberle preguntado a cualquiera. ¿Por qué me dirige la palabra ahora? ¿Tiene que ver con mi cambio de vestuario? Hoy me he envalentonado y ahora mismo llevo el pelo suelto descubierto, unos vaqueros y un jersey azul claro, bastante ceñido para mi gusto.

—Y... Vera. —Víctor se rasca la cabeza con nerviosismo—. Lamento mi actitud desde... desde siempre. Lo que dijo Edan la semana pasada es verdad: no te conocemos. Además, yo nunca he creído en todas esas cosas fantasiosas... Si... si necesitas cualquier cosa, quiero que sepas que puedes contar conmigo, ¿vale?

Esta puede que sea la situación más surrealista que he vivido después de la aparición de Edan (bueno, de las múltiples apariciones de Edan en mi vida).

—Vale, gracias —digo; sé que él nota mi gesto atónito.

—De nada —me sonríe y sigue haciéndolo mientras se levanta.

En ese momento me doy cuenta de la presencia de Edan, que contempla la escena de pie desde la mesa de enfrente. Cuando su mirada se cruza con la mía, noto que relaja el ceño y me observa con cierta diversión.

—Adiós —exclama Víctor.

—Adiós —murmuro.

Luego Edan se acerca en tres zancadas y dirige una expresión socarrona hacia Víctor, que ya no nos mira, y se sienta justo en la silla contraria a la que él estaba, a mi izquierda.

—Parece ser que Víctor ya no te odia, ¿no?

—No entiendo nada.

—¿No? Parece mentira que lo digas tú. Magia, brujita. Y que no estás sumergida bajo una capucha, eso puede tener bastante mérito. —Edan mete los dedos entre mi pelo para revolvérmelo.

Yo siento un escalofrío y me aparto simulando que me molesta que me despeine.

* * *

Vamos y venimos todos los días en su moto, él me deja en casa y se marcha a la suya hasta que se hacen las cinco de la tarde, cuando regresa para hacer los deberes, ver una película, ayudar a la tata con los pedidos, recoger plantas, pasear por el bosque y hablar, hablar sin parar. Yo le hablo de las propiedades de las plantas mientras me ayuda a pegarlas en mi libro, donde apunto hechizos que se me ocurren y recetas de tés. Él me habla de que en el garaje ha encontrado una radio y un tocadiscos viejos que puede reparar, hablamos de música y la escuchamos para conocer nuestros gustos.

No le hablo de las cartas del chico poeta, que siguen llegando cada pocos días a mi cabaña. «Siento las palabras sordas en mi garganta, palabras que luchan por salir, pero que son esclavas. Siento un abismo que te aleja de mí, que tengo el pecho en carne viva porque desconoces mi existencia». Mi necesidad de saber quién es crece cada vez más aunque quiera negármelo. Edan podría ayudarme a encontrarlo, pero me da demasiada vergüenza hablarle de él y, sencillamente, no quiero que sepa nada.

Esta noche Edan se queda un ratito más después de la cena. Es la segunda vez que se queda esa semana a pesar de que dice que no le gusta dejar sola a su abuela; pero se nos pasa tan rápido la tarde que sentimos que nos queda mucho por hacer cuando se hacen las nueve.

—¿Nunca habéis pensado en iros de Belie? —me pregunta mientras revisa los lomos de los múltiples libros de mi habitación.

Yo me encuentro acostada boca arriba en mi cama mientras muevo el pie al ritmo de una versión actual de *Wicked Game* que suena de fondo.

—Sí —suspiro con pesar—. Pero este es nuestro hogar. Mi abuela se vino a vivir aquí con su madre a los ocho años, creció aquí. Mi madre, mi tía… también se criaron aquí, como yo. Este lugar tiene nuestras historias escritas en sus paredes.

Edan suspira también y se aproxima a mí con pausa para sentarse en la cama a la altura de mis caderas.

—Siento que la gente no sepa ver lo extraordinarias que sois.

—Siempre noto una presión agradable en el pecho cuando Edan dice algo así.

—Esto es un pueblo, mira lo que le pasa a tu abuela por tener relación con nosotras y el vacío que te han hecho a ti. Tienen las mentes cerradas, en muchos sentidos.

Edan se tumba a mi lado, es la primera vez que hace algo parecido y no puedo evitar que mi pulso vaya por su cuenta y se vuelva loco.

Ambos estamos acostados boca arriba con los cuerpos juntos y las cabezas a la misma altura. Su típico olor crea un campo alrededor de mí.

—Edan...

—¿Sí?

—Gracias por no salir espantado. Me gusta esto —confieso en un tono bajo y profundo.

Él enmudece unos instantes.

—A mí también, brujita.

Edan se queda un rato más aunque ya no hablemos, y resulta que me ha entrado sueño, porque abro los ojos un poco grogui cuando él se incorpora con cuidado.

—No te levantes —me pide en un susurro cerca de la oreja y luego posa sus labios blandos en mi sien, lo suficiente para que note su calor y su respiración en el pelo.

Después se marcha y sus labios se quedan en mi piel hasta que me duermo.

* * *

Estoy regresando de la cabaña con una colección nueva de plantas en las manos congeladas. Esta mañana de domingo el sol calienta la piel de una manera tan agradable en contraste con los cuatro grados que marca el termómetro que me he quedado más rato del que acostumbro antes del almuerzo, en el que Ágata y yo preparamos tostadas con el pan casero recién hecho, un queso fresco también hecho por nosotras y aceite de oliva.

Se me embala el corazón de felicidad cuando diferencio a Begoña cruzar el porche, quizá Edan vaya delante de ella, ¡qué sorpresa! Creía que no lo vería hoy. Aprieto el paso con los dientes helándoseme con cada zancada, pero menguo el ritmo cuando advierto el gesto serio de Begoña antes de entrar. No tengo la intuición de bruja de mi familia, pero en ese momento siento que algo va mal. Avanzo más despacio cuando la puerta se cierra tras ella y algo me dice que no es buen momento para entrar. Sin embargo, en vez de volverme al bosque, me encaramo bajo la ventana del salón que a esas horas se mantiene un poco abierta. «La ventilación es necesaria para que la energía fluya y se renueve. La energía estancada es igual que un alma sin libertad».

—¿Vera no está? —oigo decir a Bego con un deje de voz que denota incomodidad.

Es raro escuchar a esa adorable mujer en ese tono.

—Está en la cabaña, ¿ocurre algo? —responde la tata.

Bego chista y se aproxima al sofá, por lo tanto la escucho mejor cuando dice:

—Lo que quiero decirte no es fácil, Ágata, pero no me queda otro remedio. Ojalá fuese de otra forma… Sabes lo que quiero yo a Vera, con locura, es como mi nieta.

Mi abuela se mantiene callada cuando su amiga hace una pausa, supongo que sabe muy bien qué dirá Bego a continuación.

—Edan y ella están juntos muchas horas últimamente. Mi nieto se tira todo el tiempo aquí y al día siguiente parece impaciente de volver a venir a estar con ella. Hablé con su padre hace dos días; a Edan le cuesta hacer amigos y mi hijo se alegró mucho cuando le conté sobre su amistad con Vera. Pero entonces me dijo: «Está en la edad de enamorarse», y a mí se me cayó el alma al suelo.

—Bego, son amigos —interviene Ágata esta vez—. Hacen las cosas que hacen los buenos amigos, yo los veo.

—¿Puedes asegurarme que no se enamorarán? Tienen diecisiete años y los dos son atractivos. Estoy diciendo cosas evidentes y quizá crueles, pero sabes tan bien como yo que es verdad.

—Mi nieta le hizo firmar un contrato a Edan.

—¿Un contrato?

—Sí, lo guarda por aquí… —Oigo a la tata buscar en los cajones mientras contengo las lágrimas con esfuerzo pegada al alféizar de la ventana—. Mira, aquí está. Si empiezan a sentir algo más fuerte, se separarán. Démosles un voto de confianza, Bego.

La abuela de Edan lee en silencio mientras yo aprieto los ojos con fuerza y contengo el aliento.

—Ágata… —Bego suspira con pesar—. Esto es un detalle muy bonito, muy característico de Vera. Pero, entiéndeme, no puedo dejarlo en manos de dos niños que se están descubriendo. Sabes que mis temores no son infundados, lo sabes mejor que nadie. Y también sabes que odio esta situación. Por Dios, nos conocemos desde hace más de cuarenta años… Pero no puedo ignorar lo que está pasando: a Edan le brillan los ojos cuando habla de ella. Necesito poner a mi nieto a salvo, lo siento.

—Lo sé y te entiendo, Bego, de verdad que sí. Puedo… puedo vigilarlos. Evitaré que estén solos.

—Ágata, no me lo pongas más difícil, te lo ruego. Siento que traiciono a mi nieto y a Vera al separarlos, pero no tenemos otra alternativa. —A Bego le tiembla la voz al final—. Me duele el corazón ahora mismo, mi nieto se merece ser feliz, igual que Vera. Pero las dos sabemos cómo podría acabar. El amor no se puede controlar, te he escuchado decir eso alguna vez, ¿verdad?

Y yo derramo las lágrimas contenidas.

—Está bien, Bego. —La tata se rinde; sabe que los argumentos de su vieja amiga son incuestionables—. Hablaré con ella.

—Yo lo haré con Edan. Estoy segura de que Vera lo entenderá, quizá mi nieto no tanto, por eso es ella quien tiene que poner distancias en el instituto. Yo impediré que Edan venga a vuestra casa.

—Suena… bastante radical.

—¿Se te ocurre otra forma? Me encantaría saberla. —Ágata guarda silencio; no, no hay otra forma—. Lamento muchísimo esta situación, sabéis que sois parte de mi familia y que siempre he estado de vuestro lado. Pero hablamos de la vida de mi nieto.

—Lo sé —musita la tata con tristeza.

Se hace un silencio extraño y yo me obligo a moverme porque la conversación está concluyendo. Cuando me incorporo con sigilo y empiezo a caminar, me doy cuenta de que el llanto se ha acoplado entre mis costillas y suelto un gemido asfixiado antes de que las lágrimas copiosas me emborronen la vista.

Aguardo agazapada, tratando de llorar en silencio sin mucho éxito. Al poco rato oigo a Bego salir de casa y espero el tiempo suficiente en la esquina del porche para asegurarme de que se ha ido. La tata sale al frío de la mañana con un chal envolviéndole el cuerpo y mira al paisaje.

—Lo siento mucho, pequeña —dice.

Por supuesto, mi abuela sabe que he escuchado la conversación. Me incorporo de mi escondite y camino cabizbaja para subir los escalones del porche que me conducen a ella. La tata extiende los brazos hacia mí y yo me hundo en ellos como si fuese una niña. No dice nada, ninguna de las dos lo hace. Mamá nos ve entrar en casa y por su expresión parece que también lo sabe todo, en otro momento el hecho de que no pueda esconderles nada me desesperaría, pero en ese no. Mi madre me acaricia la cabeza y las tres nos vamos al sofá; me arropan, preparan chocolate caliente y ponemos *Gilmore Girls*, pero me retiro a mi habitación sin acabarme mi taza y me hago un ovillo en la cama.

* * *

Siento el crudo golpe de realidad cuando el sonido de la vieja moto de Edan no irrumpe en la tranquilidad de mi fugaz desayuno la mañana siguiente. Volver a subir al autobús escolar es más duro de lo que creía. Pero lo peor llega en el momento en que suena el timbre y su pupitre continúa vacío cuando el profesor entra en clase y cierra la puerta tras de sí. Aprieto los ojos unos instantes para intentar calmar mi caos de pensamientos feroces, pero no puedo detenerlos: Bego le ha contado a Edan que puedo matarlo si me enamoro de él. Ya sabe la razón de por qué lo obligué a firmar ese contrato; puede que ya lo hubiese oído en el pueblo, pero las habladurías son muy diferentes a las palabras preocupadas de su abuela. Ella le ha confirmado que es cierto, le habrá contado cómo murieron mi tío y mi padre. Bego sabe mucho de nosotras (ella y Ágata son íntimas amigas desde hace años), se puede respaldar en mucha información para demostrar que la maldición es real. ¿Qué pensará de mí ahora? Puede que tenga miedo. Y del miedo al rechazo hay una línea muy fina. Me ignorará como el resto o quizá esté pensando en irse de Belie para no estar cerca de mí.

No se lo reprocharía, en absoluto.

Me aprieto los ojos con las palmas de las manos para evitar que las lágrimas me dejen en evidencia y, en cuanto acaba la última clase, Lucía y su séquito se colocan en mi camino cuando recojo la mochila del respaldo de mi silla.

—¿Qué le has hecho a Edan? —pregunta con enfado.

Intento esquivarlas, pero me cierran el paso.

—Lucía, dejadme pasar —suspiro con pesadez.

—¿Por qué no ha venido al instituto? ¿Está enfermo? —exige saber.

—No lo sé.

—¿Cómo que no lo sabes? ¿No sois tan amigos? —Su voz envenenada de desdén me estruja las entrañas.

Trato de esquivarlas de nuevo yendo hacia la mesa vacía de Edan para rodearla e ir hacia la salida.

—Como le haya pasado algo malo por tu culpa…

—¿Qué? ¿Vais a venir con antorchas a mi casa para quemarme? Por mucho que lo deseéis, el asesinato es ilegal en este siglo.

Me hago un hueco entre ellas y aprieto el paso para salir cuanto antes de allí.

* * *

Aunque me castañeen los dientes y no sienta los dedos, mi cabaña es el lugar en el que necesito estar ahora mismo. A pesar de que mamá y la tata siempre tienen remedios para todo y adoro estar con ellas, nunca había sentido un dolor semejante, es… voraz. Me daña por dentro poco a poco hasta que es insoportable y lloro y luego me detengo y así sucesivamente. La soledad es lo que me relaja más, el pulular del viento, las hojas, la naturaleza.

Lo echo muchísimo de menos. Es una sensación aplastante que se incrementa cuando empiezo a imaginar qué pensará de mí; sabe que ha estado en peligro y que no he sido del todo franca con él.

Aspiro entre dientes y me quedo rígida cuando escucho el crujir de las hojas bajo unas pisadas acercándose a la cabaña. Lo primero que pienso es en el chico poeta; normalmente, al salir de clase no suelo estar en la cabaña sino comiendo en casa. ¿Puede que aproveche esta hora para venir? Pero entonces lo oigo:

—¿Vera?

Todavía aguardo muy quieta por si sufro alucinaciones, pero entonces alguien empuja un poco la puerta y asoma la cabeza.

—Hola —musita en tono precavido.

Edan está allí y yo no soy capaz de reaccionar, como si me hubiese quedado congelada por fin.

—¿Quieres que me vaya?

Su pregunta provoca que el aire entre a mis pulmones de golpe y parpadee.

—¿Por qué has venido?

—Porque quería verte —responde con sinceridad—. Lo sé, sé lo que estás pensando, ¿vale? Y no, mi abuela no sabe que estoy aquí y tu familia tampoco.

No puedo procesar aquello, creía que Edan no me dirigiría la palabra nunca más, que huiría de mí. Y aquí está.

—¿Tu abuela te ha contado por qué no quiere que me veas? —Edan asiente con la cabeza despacio al tiempo que adopta un gesto cauto—. ¿Y… le crees?

—Sí, supongo que sí.

—¿No tienes miedo? Quizá deberías hacerle caso…

—¿Debería? —Edan no espera a que lo deje entrar; termina de abrir la puerta y cierra tras de sí para cobijarnos del viento invernal y sentarse en un puf frente a mí para mirarme a los ojos—. Vera, solo si tú me lo pides me iré. Ni la maldición, ni mi abuela ni la tuya; solo me alejaré de ti si tú me lo pides. ¿Quieres que me vaya?

Lo que dice me deja sin aliento. Lo contemplo, de nuevo tratando de entenderlo, de comprender por qué actúa de esa forma tan poco obvia. Me descoloca por completo y al mismo tiempo un calor inmensamente agradable crece en mi pecho.

—No quiero hacerte daño… —Mi voz sale afónica y quebrada.

—Firmamos un contrato, ¿recuerdas? Yo no pienso romper ninguna cláusula y sé que tú tampoco.

—No, claro que no.

—¿Entonces? Vera, ¿quieres que me vaya? —repite de nuevo.

—No —respondo al fin.

Él esboza una sonrisa amplia y sentida que alcanza a sus ojos preciosos.

—Genial. No hay nada más emocionante que una amistad en secreto.

Y la felicidad regresa a mi organismo de nuevo.

23

Ágata

Invierno de 2021

Le pregunto de nuevo al péndulo, ¿qué debo hacer?

Sé que Edan se ha escabullido al bosque con mi nieta. Siempre sé lo que sucede a los alrededores de mi casa, sus paredes me hablan, sus árboles, el susurro del viento, la energía que fluye a través de sus esquinas.

¿Qué debo hacer, querido péndulo? ¿Voy allí y los separo o los dejo tranquilos? Hay una respuesta clara. Mi intuición me lo dice, el péndulo me lo dice, todo en mí sabe, desde que ese muchacho llegó a Belie, que Vera y él tendrían una conexión especial. ¿Las consecuencias pueden ser fatales? Sí, sin duda. Por eso me siento inquieta y culpable, por eso le he preguntado al péndulo más veces de las necesarias. Edan está en peligro, a Bego no le falta razón, yo lo sé desde el principio. Pero también sé que, desde la llegada de Edan, las respuestas han llegado más deprisa una detrás de otra: cada vez estoy más cerca de saber la razón de por qué se originó la maldición. Vera cumplió la edad blanca, Edan apareció en el pueblo y estoy a punto de saber cómo erradicarla. No es casualidad, mi intuición nunca falla.

—Mamá. —Mariela se asoma a mi dormitorio, su cabello negro abultado está alborotado, un peinado habitual en esta familia—. ¿Qué hacemos?

Ella también sabe que están juntos, por supuesto. Suspiro profundo y envuelvo el péndulo en un puño.

—Seguir nuestra intuición —respondo, aunque he sonado menos convencida de lo que pretendía.

—Si le pasa algo al chico… no lo superará. Se ha pasado su vida entera escondiéndose para evitarlo.

Vuelvo a tomar una buena bocanada de aire y acerco el péndulo al corazón.

—Los protegeremos desde aquí, como bien sabemos. Lo haremos hasta que veamos que no se puede alargar más. Estamos tan cerca…

—Ojalá pudiésemos contárselo.

—¿El qué? ¿Que es la reencarnación de Victoria Leiva? Sabes que eso podría interferir en nuestra búsqueda. Podría desvincularse por completo de Victoria si es consciente de que todavía guarece algo de ella en su interior, ya hemos hablado de esto, cariño.

—Lo sé, solo que odio esconderle cosas.

—Y yo, pero cuando llegue el momento Vera entenderá por qué lo hemos hecho.

Ella asiente, de acuerdo.

—Mañana continuaré con la historia. Debe ser ella quien se dé cuenta, Mariela, debe sentir esa historia familiar como si le relatase recuerdos de la juventud. Cuando eso ocurra, quizá estaremos muy cerca de conocer la verdad y por fin saber qué hacer.

—No hemos podido evitar que mueran los amores de nuestra vida, pero quizá sí podamos lograr que los de ella y Chiara vivan —musita mi hija con esperanza y con esa pizca de pesadumbre que siempre nos acompaña al hablar de la maldición.

24

Diego

Otoño de 1931

Carta desde la Residencia de Estudiantes de Madrid, 1931

Querido Diego:

No va a ser fácil hacerte llegar esta carta sin que mi madre la intercepte, lo sé, pero voy a intentarlo porque necesito que sepas lo increíble que es este lugar y lo mucho que encajarías en él.

Tenemos habitaciones compartidas y las clases son emocionantes, pero lo mejor es que todo es muy diferente al colegio en Granada. Nos pasamos inventando historietas, escribiendo poesía y cantando la mayor parte del tiempo. Hay juerga a todas horas, ¡mis compañeros te caerían tan bien!

Sin embargo me pasa algo a menudo y es que, cuando siento que por fin puedo disfrutar al máximo, tu recuerdo me viene a la mente y la tristeza me encoje hasta que me siento minúsculo. Estoy habituado a ti, Diego Vergara, y tu ausencia es como si me faltase un miembro del cuerpo. No logro ser feliz en este ambiente que tanto he soñado.

Lamento mucho no haberte despertado el día que me fui. No podía, Diego, no podía despedirme de ti.

«Hay almas a las que uno tiene ganas de asomarse, como a una ventana llena de sol». Muchas veces me imagino tu ventana del *bungalow*. Cada vez que veo un guijarro al caminar tengo el impulso de agacharme a recogerlo para lanzarlo a tu cristal y que te asomes con tu pelo revuelto y me digas que ya bajas.

Por favor, replantéate mandar tu solicitud a la Resi. Por favor, por favor, ven conmigo. Ven conmigo, Diego.

Atentamente,
Cristóbal

25

Vera

Invierno de 2021

El solsticio de invierno, que este año cae el veintiuno de diciembre, es de mis épocas favoritas del año. La magia, de por sí muy presente en nuestra casa, se multiplica ese día y aprovechamos para hacer rituales diferentes. Es la noche más larga del año y se celebra el regreso del sol, que a partir del solsticio llegará con más fuerza, porque es el preludio de la primavera.

Me encanta el aroma del brebaje que prepara mamá en Yule, con clavo, rodajas de naranja secas, ramitas de canela, azúcar moreno y un chorrito de ron. La casa huele a un abrazo caliente todos los días hasta que se acaban las Navidades; es un olor que me lleva a la infancia, a cuando papá vivía, a cuando creía que desarrollaría alguna habilidad de bruja como ellas y me entrenaba a diario para ello.

Bajo las escaleras de buen humor; el solsticio no empieza hasta mañana, pero lo preparamos todo el día antes, de modo que la tata acarrea cajas llenas de adornos hechos por nosotras y mamá ya está preparando el brebaje; música pagana suena a través de los altavoces en el salón y ambas bailotean de aquí para allá. Ayudo a mi abuela con las cajas y las llevo hasta el árbol de pino, que crece en nuestro jardín (los sembramos a propósito con ese fin) y que ahora adorna una esquina del salón. La tata entrelaza flores de invierno en mi pelo mientras yo coloco las guirnaldas de rodajas de limones y naranjas secas. Todo transcurre con calma y la ilusión derivada de la época. Si saben algo de la visita que me ha hecho Edan este mediodía en la cabaña, no me han dicho nada. Pero sé que es tontería esconderles algo; nunca he podido engañarlas, es algo que he asumido. ¿Se me hace raro que no me reprendan? Mucho. ¿Voy a preguntarles al respecto? Por supuesto que no. Sé que a Ágata le estará costando ignorar los deseos de Bego y agradezco que sea así, aunque me inquieta desconocer las razones de por qué hacen como si no supiesen nada.

Miro a través de la ventana, el sol está a punto de ponerse. Esbozo una sonrisa al tiempo que cierro un ojo para colocar el dedo índice entremedio del sol y las montañas. Hace unas horas, cuando Edan ha aparecido por sorpresa en mi cabaña, al despedirnos me ha hecho colocarme delante de él, extender el brazo y guiñar un ojo hacia el cielo con el dedo índice al ras del horizonte: «Mira, brujita, cuando el dedo quepa justo entre el sol y el horizonte, quedarán quince minutos para que volvamos a vernos aquí, cuando la luz ya se esté apagando». Su voz no ha dejado de sonar en mi cabeza desde entonces.

—¡En un rato vuelvo! —anuncio recogiendo la chaqueta del perchero de la entradita.

—¿Te vas? Pero si estamos a mitad de colocar esto —replica la tata con varios adornos en las manos.

—Deja algo para que lo ponga yo luego, tata. Además, sabéis que a la tía Flor y a Chiara también les gusta participar en la decoración de la casa —me excuso, abriendo la puerta.

—¡Pero si no llegan hasta las once! Flor me ha avisado de que se retrasan porque Chiara tiene una sesión tarde —informa mi madre desde la cocina.

Flor y Chiara se quedan en casa durante todas las Navidades. En realidad celebramos el periodo álgido del solsticio de invierno, cuando las noches se van acortando poco a poco hasta que por fin la luz dura más tiempo que la oscuridad, pero hemos fusionado nuestro modo de vida con la Navidad porque nos encanta juntarnos, decorar, hacer rituales diarios, comer cosas ricas, hacernos regalos y ver películas de la época. Siempre he adorado Yule, todas lo hacemos, pero este año hay un problema: tengo que inventarme buenas excusas para escaparme a la cabaña con Edan. Porque en estos días siempre tenemos planes increíbles y no suelo ir al bosque.

Ser amiga de Edan en secreto va a hacer que nuestra relación sea algo diferente a lo que era. Vamos a tener que estar a solas en un espacio pequeño y creo que todo será más intenso porque se concentrará en un periodo de tiempo más reducido.

Sea como sea, troto hacia la ventana de la sala de las flores clasificadas (esa en la que me tiraría horas) y reprimo una mueca traviesa cuando recojo la bolsa con galletas, un termo de té caliente y bollitos de canela que he sacado hace un rato a escondidas. Luego corro hacia el bosque de fresnos con el vaho haciendo formas intrincadas al exhalar por la boca con la emoción de volver a verlo. Aprieto el paso cuando lo distingo apoyado en la pequeña fachada de madera de la cabaña con las manos en los bolsillos, un gorro azul que le realza su mirada plateada y su pose elegante pero casual, muy característica del tipo de chico que arranca suspiros. ¿Entiendo que mis compañeros de instituto me odiasen más por arrebatárselo? Sí, y me fastidia que eso se haya acabado.

—Hola, brujita. —El sol se ha escondido, pero su cara refulge como si siguiese brillando ahí arriba y se reflejase en su rostro.

El aliento se me queda en la garganta; soy humana, ¿vale? A veces (muy a menudo) tengo que recordarme que no es un problema que Edan sea tan atractivo.

—Hola —sonrío con ganas y las mejillas heladas.

Él abre la puerta y ambos entramos deseando huir del aire gélido del anochecer; apenas son las seis de la tarde, pero la temperatura en Belie rozará los dos grados bajo cero. Edan se frota las manos repetidamente mientras yo cierro la puerta y él busca la pequeña estufa de gas que colocamos en mitad de la cabaña. Las nubes que emergen de nuestras bocas chocan cuando nos sentamos el uno frente al otro y emitimos leves gemidos de gusto cuando el calor de la pequeña pero potente llama azul alcanza nuestras manos y mejillas.

—No me va a gustar fingir que no me interesas en el instituto —empieza él, encogido.

—Lo sé, pero ya sabes que cualquier chisme llegará a oídos de tu abuela enseguida.

—Hago esto solo por no disgustarla —dice con el ceño arrugado mientras saco el termo de la bolsa—. Sé que sufre de verdad por mí y siempre he tenido el instinto de cuidarla. Pero esto... no creo que sea consciente de lo que me va a costar y de lo importante que eres ahora en mi vida.

Sus palabras me dejan impactada por unos instantes; no había dicho nada parecido hasta ahora y, sin embargo, le sale natural, como si fuese obvio. Un fuego diferente y vivo me atraviesa y domo mis emociones, respirando hondo.

—Tú también eres importante para mí —confieso, tensando los músculos por alguna razón que achaco a mi hábito de protegerme.

Edan sonríe con toda la cara; adoro las arruguitas que le salen en las mejillas y en los ojos.

—Ahora preocupémonos por las vacaciones, solo quedan un par de días de clase y se pasarán volando, seguro —digo, procurando centrarme—. Mi familia... No sé hasta cuándo fingirán que se creen mis ganas de morir congelada en la cabaña; saben que adoro estar aquí, pero no en Navidades.

—Eso es un problema... —gruñe.

—Sí, lo es. Pero se me ocurrirá algo... —No le he nombrado que jamás he podido engañar a ninguna de las cuatro mujeres que estarán conmigo estos días y que probablemente lo sepan todo—. ¿Té?

—Sí, por favor.

Nos calentamos las manos en las pequeñas tazas que guardo en la cabaña y dejamos de tiritar al cabo de un rato gracias al calor de la estufa y nuestros cuerpos; la cabaña está muy bien construida y resguarda bien la temperatura.

De alguna forma nuestra conversación desemboca en la desastrosa búsqueda de encontrar algo que se me dé bien, tema que siempre me pone de mal humor.

—Estoy rodeada de talento, ¡imagínate vivir así! Ellas son hábiles, intuitivas, tienen dones increíbles… Chiara convenció a un camarero de que soy mayor de edad enseñándole mi carnet, ¡lo hipnotizó con un chasquido! Todas ellas leen el tarot, adivinan tu futuro sin fallos, curan, manifiestan cosas increíbles… ¿Y yo? Lo he intentado toda mi vida, y nada. De pequeña me tiraba horas leyendo sobre hechizos o la energía de los minerales, leía el grimorio y practicaba hasta quedarme dormida, pero nunca he sido como ellas.

—Eres muy dura contigo —me reprende Edan tras masticar un bollito de canela—. No hay nada de malo en seguir buscando quién eres, quizá te sorprendas.

Enarco las dos cejas y doy otro sorbito a mi té.

—No pongas esa cara, a ver, ya sabes lo que no se te da bien, ¿no? No lees el futuro ni curas, tampoco te gusta cantar…

—No es que no me guste, es que podría hacer llorar a alguien.

—Exagerada, yo te oí, ¿recuerdas? Y tu voz es agradable.

—¿Me tomas el pelo?

—Bueno, no te recomendaría que te apuntases a un coro. —Una sonrisa socarrona asoma a su boca, un gesto arrebatador al que no me acostumbro—. ¿Y dibujar? He visto que dibujas flores en el cuaderno donde apuntas las plantas que recogemos.

—Fatal, las flores son fáciles de dibujar porque las toco con los dedos y puedo saber su textura, cuánto miden; las tengo en las manos.

—¿Tienes que tocar algo para poder dibujarlo?

—Hum… supongo que sí.

—¡Pues dibuja mi cara!

Me echo a reír de forma floja y ahogada; no puede hablar en serio.

—Edan, estoy segura de que ese no es mi don. Es uno de los muchos que tiene mi madre, ella se llevó todo el arte.

—¿Por qué no lo probamos? Puedes tocar mi cara e ir dibujando. —Edan se incorpora para buscar mi cuaderno y mis lápices.

Suspiro con resignación.

—Al menos nos echaremos unas risas —murmuro.

Edan acerca el puf a mí y se sienta muy cerca, abre el grueso y gastado cuaderno por el final, donde quedan más hojas blancas, y me lo cede.

—A ver cómo tienes las manos. —Toma ambas manos con las suyas para comprobar su temperatura y, al darle el visto bueno, las eleva hacia su rostro y me las coloca allí.

En ese momento el corazón se me dispara de una forma rara; tengo que acariciarle la cara a Edan. Toda... la... cara. Él me lo está pidiendo. «No pasa nada, Vera, no pasa nada».

—¿No vas a reírte del resultado, verdad?

—Es una norma; los amigos se ríen juntos, no unos de los otros. —Parece divertirle este momento.

—Es una buena norma —digo mientras empiezo a rozar las yemas de los dedos por su frente y sus sienes—. No sé si esto va a funcionar, no eres una flor.

—¿Me tengo que sentir ofendido? —dice con gesto pícaro.

«Madre mía, Vera, céntrate, por favor».

—Quizá cuando veas cómo te he dibujado. —Toco el vello suave del nacimiento de su cabello y extiendo los dedos para entrelazarlos en su cabello ondulado.

Edan me mira mientras tanto, su gesto es de expectación en el momento en que decido empezar el boceto; me detengo antes de rayar el papel y regreso las manos a su cara.

—¿Por qué accedo a tus propuestas? —protesto, descendiendo las manos por sus pómulos.

—Si dejaras de quejarte y te concentrases quizá saldría algo que no te esperas. No puedes rendirte antes de empezar.

Refunfuño por lo bajo mientras elevo las yemas hacia el puente de su nariz y luego sigo la línea del óvalo de su rostro. Es suave y agradable, intento que no me afecte, como un paso más de nuestra amistad, pero admito que tengo que concentrarme más de lo normal.

Intento dibujar la forma de su cara y su pelo.

—No mires —le ordeno cuando percibo el movimiento de su cabeza hacia abajo.

—Vale, vale —ríe entre dientes—. Luego me toca a mí, también quiero probar.

Edan cierra los ojos cuando paso los dedos por sus párpados, me estremezco por lo sedosos que son y el repentino calor intenso de mi pecho, que viene sin avisar. «No pasa nada». Luego deslizo las yemas hacia sus orejas y las toco. Edan inclina un poco el cuello hacia la derecha.

—Me haces cosquillas —dice con el aliento cortado.

—Si no me dejas tocarlas te dibujaré dos garbanzos a los lados —lo amenazo de buen humor.

Pruebo a dibujar de nuevo, hago las cuencas de los ojos, el inicio del cuello…

—No puedes dibujarme el cuello, no lo has tocado.

—¿Has mirado el dibujo? —replico, indignada.

—Se me ha ido la vista. —Aprieta los labios para no reír.

—¡No vuelvas a mirar! —Le tapo los ojos con las manos y Edan deja escapar su risa musical.

—¡Vale! Vale, no vuelvo a mirar —promete.

Yo le dedico una mirada penetrante de suspicacia.

—Bien. —Llevo los dedos a su cuello y los deslizo hacia abajo, pasando por su nuez y llegando a su clavícula, justo donde empieza el jersey y después vuelvo a subir y abarco la medida de su anchura; está caliente y su olor me llega más intenso, se queda en mis dedos. Para cuando voy a dibujar estoy conteniendo el aliento. «Respira, Vera, joder».

—¿Ahora sí que te parece bien que dibuje el cuello?

—Claro. —Elevo la mirada hacia sus ojos cuando noto que le falta el aire—. ¿Qué? Tengo muchas cosquillas y estoy aguantando como un guardián de castillo, podrías ser un poco menos delicada.

—¿Quieres que te apriete? —Emito risitas flojas—. ¿O ya no te parece tan bueno este plan?

—A ver si tú aguantas, lista. Me toca —decide, orgulloso.

—¡Pero no he acabado!

—Luego sigues, es mi turno de torturarte.

—Lamento decirte que yo no tengo cosquillas.

—Eso ya se verá, dame el lápiz.

—Me das miedo…

—Haces bien en tenerlo, ¿lista?

—¿No?

—No puedes huir de mí, este espacio es pequeño.

—No pienso huir, no soy una cobarde —digo conteniendo la risa.

—Está bien, pues procura no mover un músculo.

—¿Me vas a sacar un ojo con el lápiz si me muevo?

—No me hago responsable de mis actos.

Río con ganas y él trata de aguantar la risa frunciendo los labios con fuerza. Luego Edan acerca sus dedos a mi cara y me quedo quieta. Sus yemas comienzan por mi frente y descienden por los lados de mi cara hacia la mandíbula. «Mierda, esto no es buena idea para nada». Trato de respirar con normalidad porque él sabrá si retengo el aliento, está demasiado cerca como para no notarlo. Edan sube hacia mis orejas y atraviesa mi pelo, roza mis lóbulos y me tenso; no son cosquillas, es una avalancha incontrolable de calor que viaja por mi nuca y desciende hacia mi vientre. «Ay, no, no… ¿Por qué nos complicamos tanto? ¿No se le podría haber ocurrido jugar a las cartas?». Gracias a los cielos, Edan se detiene para dibujar. Ninguno de los dos dice nada; tomo aire disimuladamente y mis costillas se expanden. Sus ojos grises se cruzan con los míos y veo un relámpago de consternación antes de que parpadee y regrese los dedos a mis mejillas.

—No sé si es más fácil dibujar así, tengo mis dudas —dice.

—Ya te lo he dicho, no somos flores —musito.

Edan esboza otra sonrisa despiadada, de esas que curvan sus labios carnosos hacia un lado y realzan los ángulos seductores de su hermosa cara.

—Habla por ti. —Y entonces baja hacia mi cuello y yo encojo los hombros por instinto.

—¿Cosquillas? —Su voz suena satisfecha.

—No, solo que no estoy acostumbrada a que me toquen.

Edan detiene sus caricias y su gesto de repente es serio, le dura muy poco, trata de disimularlo y traga saliva. Luego continúa y recorre la piel bajo mis orejas y aprieta un poco más, se me eriza la piel de la espalda y tengo el instinto de tomarle las muñecas para que pare o si no... no sé hasta qué punto mi mantra mental servirá, pero si lo detengo me delataré y pondré en peligro nuestra amistad.

—Eres dura, brujita. —Su voz levemente ronca no ayuda.

Tengo calor. Estamos a dos grados bajo cero y tengo un calor espantoso.

De repente nuestro alrededor ruge y notamos un vendaval colarse por las grietas de la madera con un soplido espeluznante.

—Va a llover —anuncio, aliviada.

—Joder... ¿El agua se cuela aquí?

—Hay una o dos goteras. Tranquilo, hay cubos y las tengo perfectamente localizadas. —Me incorporo de mi asiento para ir a buscar los cubos con más rapidez de la necesaria.

Las gotas empiezan a golpetear el tejado de la cabaña, primero poco a poco y luego se engancha hasta convertirse en un ruido atronador.

—Los árboles que tenemos alrededor aplacan bastante la lluvia, no calará —le digo, elevando un poco la voz.

—Has estado muchas veces aquí cuando llueve, ¿eh? —deduce él desde su asiento.

—Me gusta la soledad y el olor a lluvia —admito mientras regreso a mi sitio sin prisa.

Edan me sonríe de esa forma bonita que me deja ver con claridad lo bien que le caigo. Siempre se me apretuja un poco el estómago; no estoy acostumbrada a esas miradas y mucho menos con esos ojos.

—Y tú eres carismático y sociable. —Me siento con parsimonia, de nuevo cerca de él—. Por eso a menudo me pregunto qué tengo de interesante para ti.

¿Qué narices estoy haciendo? En serio, para evitar un momento incómodo me meto de lleno en otro.

—¿Y yo? ¿Qué tengo yo de interesante para que me dejes venir a tu cabaña? —Edan me reta con la mirada.

—Estás de broma, ¿no?

Él arquea una ceja.

—Espero que no te bases en las opiniones de los demás sobre mí. En el instituto no saben nada de mi vida, no como tú.

Trago saliva ante la verdad de sus palabras y me siento momentáneamente privilegiada.

—Pero... tú podrías salir con los demás; ya sabes, ir al cine, ir a sus garitos y las cosas de adolescentes que hagan en Belie. Tienes opciones.

—Exacto, y te elijo a ti. —De repente parece molesto—. Me alucina lo poco consciente que eres de lo fascinante que es estar contigo, Vera. No quiero cines ni garitos llenos de risas por tonterías o conversaciones vacías. Soy yo mismo contigo, siempre aprendo algo diferente y... ¡joder! ¿No lo notas? Es como si nos conociésemos de toda la maldita vida.

Me impacta tanto lo que dice que no puedo ocultar mi sorpresa. Se me ha puesto toda la piel de gallina.

—Sí... —coincido—. Gracias por lo de fascinante.

Edan sonríe con ganas de nuevo.

—Deja de subestimarte, brujita, por favor —musita.

Y debo sostenerme el pecho porque es rebelde y enloquece aunque mi cabeza le grite que se controle si no quiere incumplir ese dichoso contrato.

26

Diego

Otoño de 1931

Los días en la casa de la Huerta de San Benjamín se hacían más largos y pesados sin la presencia de Cris, como si el sol se hubiese apagado sobre ese terreno, como si se hubiese llevado la luz con él. «Ven conmigo, ven conmigo, Diego», me pedía en todas sus misivas, pero ¿cómo iban a admitirme a mí en la Residencia de Estudiantes de Madrid? No tenía ninguna posibilidad.

Durante esos días me dio por escribir un diario. Escribía mucho, muchísimo, quizá más de lo que se considera cuerdo, acerca de cómo lo conocí y lo que me hacía sentir.

—Mis padres discuten mucho últimamente y es imposible que no me entere de su tema de discusión: Cristóbal está mandando cartas a mi padre pidiéndole que te ayude a entrar a la Residencia de Estudiantes. —Estaba con Victoria en el jardín tras darme una buena ducha. Ese mes, sin duda, fue el que más trabajé; le había rogado a don Joaquín que me diese más labores en la finca (además de jardinero) y al fin había cedido a mi petición de abandonar el colegio y me había encomendado acompañar cada mañana al agricultor, Tomás, un hombre bonachón pero estricto en su trabajo, justo lo que necesitaba—. Y mi madre lo desaprueba, ya lo sabes. Mi padre le dice que mi hermano es infeliz, pero a ella parece darle igual.

Escuchaba a la pequeña Victoria mientras masticaba una manzana, mi primera comida de la mañana, con el estómago apretado y una presión rara en las córneas, que últimamente siempre estaba ahí, como la tristeza. Ella me contaba con confianza lo que les oía decir: «Ya se le pasará, ¡es un capricho de críos!». «Ya no son unos críos, Margarita, son hombres que saben lo que se hacen». «Por eso mismo no podemos dejar que el hijo de la criada vaya con Cristóbal a todas partes como cuando eran niños, la gente hablará, no está bien visto, nuestro hijo sufrirá».

Mi amistad con la hermana de Cris se afianzó durante esos meses; su sincera alegría al verme y su insaciable vitalidad me animaban cada día, a pesar de que las cartas de Cris dejaron de llegar al poco tiempo.

—¿Hoy tampoco nada? —le pregunté a Victoria; hacía dos meses que Cris se había ido.

Ella me contempló con gesto compasivo y me abrazó.

—No te inquietes, es muy probable que mi madre tenga algo que ver con esta falta repentina de cartas. —Victoria verbalizó mis pensamientos, eso era lo que quería creer.

Pero en realidad no podía descartar la posibilidad de que mi recuerdo se difuminase en su memoria. Él siempre decía lo increíble que era la escuela de Madrid y estar allí debía resultarle muy estimulante; había afianzado relaciones con otros compañeros tan inteligentes como él y a veces salían juntos con algunas chicas de la residencia de señoritas. Nuestras rutas y pasatiempos debían parecerle juegos de críos en comparación a lo que estaba viviendo. Y, sin embargo, yo salía cada mañana a recorrer los mismos senderos que habíamos cruzado corriendo a todo pulmón e imaginaba que Cris iba detrás de mí, apretando el paso para ganarme. Saltaba las mismas piedras, el cerco, ponía al límite mis músculos y trepaba nuestro árbol, que ya no me parecía nada difícil de escalar, y me quedaba sentado en la gruesa rama que me dejaba contemplar la casa de la Huerta de San Benjamín hasta que la piel se me enfriaba. Luego regresaba con calambres en las extremidades, pero el dolor era incentivo para emplear más energía; sabía que eso me agotaría y me dejaría exhausto en la cama para no pensar en él, en lo que estaría haciendo, en lo interesante y ocupada que era su vida.

—Feliz cumpleaños, mi niño. —Mi madre me dio un beso en la cabeza y colocó ante mí una tarta de tamaño pequeño que ella misma había hecho—. Te estás quedando muy flaco, haz feliz a tu madre y cómete una buena porción de tarta, que es tu favorita.

Abracé a mi madre y, de alguna manera, sentí su cuerpo reconfortante, como si me amparase y desease protegerme porque sabía que no lo estaba pasando bien esos meses. Dejé que su abrazo durase más y sentí unas repentinas ganas de llorar tan abrumadoras que apreté la cara en su pecho.

—Shh, mi niño —musitó, acariciándome el pelo—. Mi niño que ya es un hombre.

La falta de noticias de Cris me hacía enloquecer.

De verdad, temía por mi juicio. Ni siquiera la dolorosa partida inexplicable de mi padre me había provocado tanto desasosiego. De alguna forma estaba seguro de que Cris me había olvidado, y no era justo porque cada maldito rincón de aquella finca me obligaba a recordarlo a cada instante; yo no tenía la opción de sacarlo de mi cabeza aunque lo desease. La noche anterior a mi cumpleaños soñé que Cris estaba enredado a otros cuerpos desnudos en una cama, sentí su deseo hacia esos desconocidos como una daga cortándome la piel; los veía besarse y gemir desde fuera y yo no era nada para él, ni siquiera me veía, él no quería verme y estaba allí mismo.

No podía seguir encerrado en mi habitación del *bungalow* esa noche. Estaba furioso, conmigo por no poder controlar mis sentimientos, esa sensación de agonía constante; con él por haberme robado el corazón y los órganos y la luz, y con Margarita por su fría e impenetrable crueldad. Sentía su mirada de desprecio las escasas ocasiones que nos habíamos cruzado en los jardines, pero también podía ver su brillo triunfal, esa satisfacción por saber que su hijo estaba bien lejos de mí y lo seguiría estando.

Me froté los ojos con insistencia y salí corriendo hacia los senderos: Cristóbal había cumplido los diecisiete hacía pocos meses; ¿cómo lo habría celebrado? Yo le había escrito una carta, por supuesto; como todas las semanas, se la entregaba a Victoria (ella tenía su técnica para hacerle llegar la correspondencia sin pasar por su madre) con la esperanza de que él las leyese, pero no sabía si lo hacía. Nunca recibía respuesta. Aquella noche estallé; no me reconocía mientras atravesaba la verja de la finca. Había por menos dos horas andando hasta la ciudad, pero la luz todavía duraría hasta que alcanzase alguna zona de alumbrado artificial. Buscaba que otras voces llenasen mi cabeza y ahogasen el recuerdo viciado de Cris, ese beso en el bosque, el tacto de su cuerpo en mi espalda en la cama, el sonido de las piedrecitas que lanzaba a mi ventana, que esperaba cada mañana al despertar como si estuviese mal de la cabeza.

Entré al primer bar que encontré con el juicio nublado por la necesidad urgente de aliviar el dolor que ya formaba parte de mi ser. Fui directo a la barra y pedí un *whisky*, que me quemó la garganta y el esófago de una manera muy desagradable, pero pedí otro. Y luego otro. Las risas, el griterío y la música de fondo palpitaban en mis sienes mientras el alcohol recorría con lentitud mis venas y las adormecía.

Mi padre había vuelto borracho en alguna ocasión las últimas veces que lo vimos; justo en ese momento comprendí que debía dolerle algo que no nos dijo ni a mi madre ni a mí. Él, al contrario que mi madre, siempre había sido comunicativo, y sabía, incluso habiéndose marchado, que nos había querido mucho. Pero el dolor lo había hecho marcharse. Supongo que lo prefirió a convertirse en un borracho que solo nos causaría problemas; daría lo que fuese por saber cuál era el dolor de mi padre.

Yo tampoco quería convertirme en un alma en pena, solo necesitaba… salir de mi cabeza.

—¿Estás bebiendo solo? Eso es un poco triste para alguien tan joven, ¿no crees?

Estaba con unos amigos que fumaban y reían a su lado sin parar de hablar.

Me limité a encogerme de hombros, ni siquiera la veía bien, tenía la vista algo nublada por los efectos del *whisky*. Sin embargo ella se acercó y se apoyó en la barra, a mi lado.

—¿De dónde eres? No te había visto por aquí.

Su evidente interés me producía indiferencia, podía percibir su perfume dulzón y tenía un cabello negro muy denso bajo un sombrero a juego con su vestimenta.

—No suelo hacer esto a menudo. —Se me trabó la lengua y sentí un mareo punzante en la cabeza.

Y, aun así, bebí los dos últimos tragos amargos de mi bebida ámbar. La quemazón rasposa ya no era tan desagradable como al principio, de hecho apenas la sentía.

—No sé por qué no me sorprende. —Se rio antes de dar un sorbo a su bebida—. Soy Julia, ¿tú cómo te llamas?

—Diego. —La miré a la cara por primera vez con los ojos moviéndose a su antojo; ya no tenía el maneje completo de mis acciones, era una sensación extraña y reconfortante al mismo tiempo.

—Encantada, Diego. —Julia sonrió con sus labios pintados de rojo, pero no fue eso lo que me llamó la atención de ella.

—Tus ojos… se parecen mucho a los suyos —dije, anonadado, enfocándome en su mirada verde oliva; incluso la forma de sus pestañas, las cejas y el pliegue de sus párpados me recordaban a Cris.

—¿A los ojos de quién? —Julia parecía divertida, no tenía ni idea de que mi estómago se estaba retorciendo por la añoranza y que estaba a punto de cometer una estupidez.

Alcé la mano y acaricié su mejilla con cuidado. Su mirada se trabó con la mía y se volvió más intensa, esa imagen me catapultó al instante en que Cris me miraba desde debajo de mi cuerpo instantes antes de besarnos en el bosque. Necesitaba volver a sentir aquello, era una necesidad alarmante y desgarradora.

No recordaba los minutos de después. Me dejé arrastrar por Julia; de repente estábamos en la calle, su perfume dulzón estaba en mi lengua y su pintalabios se extendía por su barbilla. Acabamos en una casa, no sé cómo, recordaba vagamente un coche en el que sentí leves náuseas y luego Julia me quitaba la ropa con gestos impacientes en un pasillo. De repente estaba desnudo bajo su cuerpo y el placer me erizaba el vello, solo podía pensar en él. ¿Era Cris quien lamía mi cuello? Debía serlo. Era él quien se movía sobre mí descargando miles de gemidos de mi garganta. Luego me quedé inconsciente y, cuando desperté, ella dormía sobre mí. La aparté con el máximo cuidado a pesar de que seguía muy borracho y corrí al retrete a vomitar.

Regresé a la casa de la Huerta de San Benjamín con la luz anaranjada abriéndose paso con pereza tras las montañas y, en vez de tirarme en la cama al llegar, me duché con agua fría y acompañé a Tomás al huerto.

Sé que Victoria me vio llegar, sé que vería los rastros de carmín en mi cara y mi aspecto desaliñado, pero nunca mencionó nada. Y en el fondo supliqué que se lo contase a su hermano.

27

Vera

Invierno de 2021

En nuestra casa flotan decenas de aromas que nos estrujan a todas el estómago de anticipación e ilusión: albahaca sagrada, acebo, muérdago, cedro, canela, amarilis e incienso de olíbano y abedul. Hay flores de Pascua, piñas, velas, troncos laminados con runas a modo de guirnaldas y coronas repartidas por cada estancia; nosotras correteamos con nuestros vestidos de Yule recopilando lo necesario para el hechizo de la mañana. Me encantan nuestros vestidos del solsticio de invierno; son rojos de vuelo con manga larga que arrastran en el suelo y se adaptan a nuestros cuerpos, es una tradición que tenemos desde antes de que tuviese memoria.

Ágata y yo recogemos el té de nébeda, de tusilago y consuelda seca de la sala de las plantas mientras mamá y la tía Flor preparan el salón para el ritual y calientan el agua a fuego lento. La leña crepita en la chimenea decorada con flores de invierno mientras Chiara prepara sobre la manta extendida en el suelo velas de color azul y un frasquito de aceite esencial de sándalo.

De fondo suena música pagana y Bosque se restriega por nuestras piernas desnudas bajo la sedosa tela roja, tan encantada como nosotras de estar todas juntas en nuestro máximo esplendor.

Nada más despertar, en Yule, hacemos el hechizo de sanación con nébeda. Sanar, en todos los aspectos, es sagrado para nosotras;

hay dolor que a veces no percibimos, hay acontecimientos que nos han ocurrido durante el año que quizá nos han afectado y se han quedado anclados en el corazón y, como siempre, está la maldición, que nos acompaña siempre y es un ente que devora nuestro ánimo y esperanza.

—Tallad vuestro nombre en la vela. —Ágata repite los pasos a seguir a pesar de que ya nos lo sabemos de memoria.

Estamos sentadas en círculo sobre la manta y Bosque se ha enroscado en mi regazo. La acaricio con amor después de besarla en todas las partes de su cuerpecito peludo; adoro su peso cálido sobre mis piernas, siempre me aporta paz. También tallo su nombre en otra vela, porque Bosque es parte de nuestro aquelarre.

—Ahora mezclad la nébeda, el tusilago y la consuelda seca con el aceite de sándalo.

Todas vertemos los ingredientes en nuestros cuencos de resina y lapislázuli y los mezclamos bien. Nos miramos entre nosotras con sonrisas en la cara; el rojo les sienta de maravilla, están preciosas.

—Frotad la mezcla sobre la vela en sentido descendente, de arriba abajo. Este movimiento atrae lo que estamos pidiendo. ¿Preparadas?

Nos miramos y asentimos con la cabeza para empezar a la vez a recitar:

—Tráeme sanación, tráeme fuerza, llamo a la magia divina con este suspiro —repetimos las cinco al unísono hasta tres veces.

Luego las encendemos y nos levantamos para colocarlas todas juntas sobre el mueble al lado del pino decorado, su lugar habitual. Tendrán que estar encendidas hasta consumirse por completo. Luego hacemos el saludo a la magia en sincronía: nos besamos los dedos, los llevamos al corazón y alzamos la mano hacia el cielo. Y entonces empezamos a dar brinquitos y a bailotear; como de costumbre, el salón se llena de risas y leves chillidos y Bosque se ve envuelta por nubes vaporosas de color rojo.

—¿Cuándo seguiremos con la historia de Diego y Cris? No me gusta cómo se quedó la última vez —replica Chiara mientras nos dirigimos a la cocina a por el desayuno.

—En Nochebuena —anuncia Ágata de buen humor; su extenso cabello color plata contrasta con el vestido y la hace parecer todavía más joven de lo que ya parece normalmente.

—Cris también está enamorado de Diego, es obvio —comento a Chiara, en la cocina, olisqueando los gofres.

—Es que necesito que estén juntos, pobre Diego. —Ella roba un arándano del plato y los mastica con gesto apenado.

—Me temo que esto no es una novela de ficción, chicas, es la cruda realidad —dice mi madre con platos de fruta cortada en las manos.

Lo cierto es que no me saco esa historia de la cabeza ni la incertidumbre de por qué es tan importante. Son esta clase de cosas las que me producen todavía más frustración por no tener los dones que poseen ellas; si fuese intuitiva o supiese hacer algún hechizo para averiguar la verdad… Ellas siempre tienen un buen motivo para ocultarme información, por eso no les pregunto al respecto, pero no deja de producirme inquietud.

Esta tarde, después del penúltimo día de instituto, Edan y yo solo tenemos una hora para estar juntos porque luego haremos el ritual más importante del solsticio, en el bosque; es un hechizo bastante exótico y llamativo.

—Me encantaría veros —dice Edan, frotándose las manos cerca del calentador.

Tiene las mejillas y la nariz rojas y ese gorro azul que resalta sus ojos. No le cuento que antes de que él llegase, había una nota del chico poeta en la puerta y se me ha embalado el corazón. Una, porque no quiero que Edan lo vea y, dos, porque esas notas siempre me estrujan por dentro.

—Te sorprenderías —aseguro; ya voy vestida con mi ropa normal aunque sigo con los labios pintados. Solo nos ponemos el vestido de Yule para los rituales, luego nos los quitamos.

—¿Hay alguna forma de espiaros sin que se enteren? —Su sonrisa ladeada aparece en su preciosa cara y tengo que parpadear para deshacerme de la reacción involuntaria que siempre me produce.

—No —respondo sin ninguna duda—. Yo no me enteraría, pero ellas sí. En alguna ocasión hemos tenido algún curioso; la gente de Belie no suele acercarse por esta época, creo que notan la energía de la magia que desprende estos días nuestra casa y, como nos tienen miedo, nos evitan. Pero ha habido algún turista fisgón; se esconden en los setos aprovechando la oscuridad de la noche y ellas lo detectan, aunque no los espantan, pueden quedarse mientras se mantengan al margen. No hacemos nada malo.

—Y si me quedo a veros, ¿sabrían que soy yo?

—No lo sé. —Me encojo de hombros—. Si vienes después de las siete y te vas antes de que acabe el ritual, no habrá peligro de que te encuentres con ellas. Sabrán que tenemos espectadores, pero no van a decirte nada.

—Vale... —Parece inquieto de repente, aunque mantiene esa sonrisa que hace que no pueda parar de mirarle la cara.

—Ven, te diré dónde tienes que ponerte para tener perfecta visión de nosotras sin que te podamos ver.

Salimos del confortable calor de la cabaña y Edan me sigue, manteniéndose cerca de mí; lo ha convertido en un hábito para poder agarrarme cuando me tropiezo (algo que ocurre más a menudo de lo que soporta mi orgullo, aunque parece que él lo ha normalizado). Y, para reforzar mi reputación, cuando llegamos a la linde que delimita el bosque con el claro que precede al lago, mi pie se enreda con unas raíces secas y vuelco hacia delante; es sorprendentemente rápido, no me explico cómo puede evitar que me vaya de morros al suelo en cada ocasión, sus brazos presionan mi cintura y, como la caída iba a ser aparatosa, me sostiene con su cuerpo inclinado hacia el mío y su cara, que está detrás de mí, queda pegada a mi mejilla. Oigo su risa suave.

—¿Estás bien?

El bochorno se me sube a la cara y temo que su mejilla fría note cómo ardo.

—Sí —exhalo, todavía enredada a él—. Gracias. No sé cómo lo haces.

—Práctica. —Es la primera vez que bromea con mi torpeza, pero continúa pegado a mí y no puedo sentirme ofendida.

—Yo tengo práctica andando por el bosque y no dirás que puedo dar dos pasos sin que mis pies se encuentren con algún obstáculo insalvable —gruño.

Edan ríe de nuevo y hace algo que me retuerce el estómago; restriega su cara y su pelo contra mi cuello con cariño antes de soltarme. No debería afectarme tanto, ha sido un gesto inocente de amistad.

—Eh, mira, ahí. —Camino de nuevo midiendo bien mis pasos y le indico el escondite perfecto, tras unos matorrales densos y resguardado por los árboles a una distancia prudente—. Nosotras nos colocamos a pocos metros del agua, así tenemos los cuatro elementos: tierra, aire, fuego (hacemos una fogata) y agua.

Edan se agacha en su futuro escondite para valorar su comodidad.

—Vas a morirte de frío ahí quieto. —Caigo en la cuenta.

—Valdrá la pena —dice muy seguro.

Lo miro con ese calor agradable que sus comentarios me producen muchas veces.

—¿Sabes? Estoy tan acostumbrada a que nos rechacen y nos teman que me sigue impresionando tu fascinación por nuestro modo de vida —le confieso—. Es… es un alivio no ser bichos raros para todo el mundo.

Edan me sonríe de forma que su cara es todavía más bonita, me dan ganas de levantar la mano y acariciarlo, pero me contengo.

Al cabo de un rato, dejo a Edan en la cabaña mientras corro hacia casa; aguardará allí el corto periodo de tiempo que nos cueste volver a ponernos el vestido y cargar lo necesario para el ritual y luego se esconderá en el lugar que le he enseñado.

—¡Vera! Has tardado mucho, ¿qué hacías? —Chiara me regaña con el vestido desabrochado por la espalda en mi habitación.

—No me he dado cuenta de la hora, estoy haciendo nuevas combinaciones de recetas de plantas en mi libro. —¿Notará mi mentira? Tengo dudas de si mi prima ha desarrollado la habilidad implacable de Ágata y mi madre de saberlo todo.

—Tú y tus flores. Porfa, abróchame la cremallera.

Hago lo que me pide y luego empiezo a desnudarme a estirones con rapidez y recojo mi vestido extendido en la cama. Ambas bajamos las escaleras oliendo a esencia dulce; una mezcla de canela, calabaza y manzana que nos alucina porque, aunque suene demasiado empalagoso, no lo es. De hecho, podría rebozarme en ese olor el resto de mi vida.

Salimos al exterior siendo conscientes de que pasaremos frío hasta comenzar el ritual, pero nunca nos colocamos abrigo encima de los vestidos, solo procuramos dejar nuestras densas melenas sueltas para que nos protejan el cuello y las orejas. Chiara me toma de la mano, mi madre y la tía Flor también se agarran y yo busco la mano de la tata para apretar el paso hacia el bosque de fresnos, ¿notarán que Edan está allí? Ojalá pudiese saberlo. Nuestros pasos se vuelven más rápidos cuando atravesamos los árboles y se alzan risitas y el bullicio de las hojas friccionando con el bajo de los vestidos y las pisadas. Nadie tiene que recordarnos que por el camino hay que recoger ramas secas lo suficientemente gruesas para que se consuman despacio y duren hasta que concluya el ritual. En cuanto llegamos a la porción de tierra que precede al lago, amontonamos la leña que hemos recopilado y entre todas encendemos una fogata que ilumina el lugar, además de la luna que se mantiene baja en el horizonte. Las mujeres Anies nos descalzamos cuando el calor del fuego aplaca un poco el frío adherido a nuestras pieles y colocamos los cinco cojines que hemos traído para sentarnos alrededor.

Yo trato de no mirar hacia la zona del bosque donde sé que se esconde Edan, me siento más nerviosa que de costumbre.

—Feliz Yule, mis brujitas —comienza Ágata, emocionada. Todas nos sentimos igual, no importa que lo hagamos cada año, es uno de los hechizos que más nos entusiasma—. Hoy celebramos la vida, hoy la luz comienza a reinar sobre la oscuridad, hoy nuestra casa, nuestra tierra y nuestros corazones rebosan magia ancestral.

Nosotras exclamamos leves sonidos de aprobación y nos miramos con grandes sonrisas en las caras, que resplandecen con el brillo de las llamas.

—Hoy agradecemos que seguimos juntas, que nuestra magia se hace cada vez más fuerte, que somos y vibramos amor con cada poro de nuestro ser. —Me encanta esa parte, todas miramos a la tata con adoración—. Este año tampoco hemos averiguado la razón de la maldición, pero estamos más cerca que nunca. Lo estamos logrando, mis brujitas, solo tenemos que seguir creyendo en nosotras, en nuestro poder. No hay nada que no podamos conseguir: lo que creemos lo creamos.

—Lo que creemos lo creamos —repetimos a la vez con ímpetu.

—Hoy nos fundimos con la energía poderosa del universo, que nos escucha y nos guía para alcanzar nuestros propósitos. Hoy bailamos en la noche más larga, dejamos que la energía de la luna, la tierra, el agua, el fuego y el aire influya en nuestros movimientos para cargarnos de poder.

La tía Flor se gira para tomar su tambor chamánico ceremonial y las demás nos ponemos de pie y retiramos los cojines.

—Estamos listas para invocar a nuestros guías espirituales —recitamos las cinco al unísono.

Luego Flor empieza a golpear el tambor, que se mimetiza con el susurrado sonido de la naturaleza, y nosotras empezamos a balancear nuestros cuerpos con los pies desnudos bien anclados a la tierra. Edan está muy presente en mi cabeza, la emoción se multiplica en mi estómago, ¿qué estará pensando? La tía Flor empieza a cantar con su voz potente y preciosa *Savage Daughter*, siempre se me eriza la piel en ese momento. Y entonces nosotras ampliamos el arco de nuestros movimientos y nos movemos alrededor de la fogata en sincronía. Todas nos tomamos tan en serio ese ritual que ninguna ríe; la danza es sagrada, nuestro baile es libre, suave, etéreo. Es en ese momento cuando me siento más parte de ellas, cuando noto la sangre de las brujas de Belie correr por mis venas, cuando la magia se hace muy real y todo parece posible. Me empleo a fondo, como siempre, pero en esta ocasión siendo consciente de que un par de ojos grises nos observan desde las sombras, el par de ojos más hermosos que conozco. Noto una presión en el pecho al sentir el amor fluir por mi cuerpo al bailar, lo quiero muchísimo, pero no me preocupa, es mi amigo, mi mejor amigo, algo que siempre soñé tener. La tela de nuestros vestidos flota con el aire alrededor del fuego, me siento tan bonita y ligera como ellas, puede que por primera vez desde que hacemos el ritual del solsticio. La tía Flor agudiza el tono al cantar el «uhh» de la canción y su voz poderosa y espectacular hace eco en el claro; la piel se me eriza hasta doler y doy vueltas sobre mí misma elevando los brazos hacia el cielo, sintiendo mi pelo y la sedosidad de la falda del vestido entre mis piernas. Entonces nos unimos a ella; las cinco cantamos y Flor hace el coro por encima de nuestro cántico. Buah, es increíble, la adrenalina, la magia, la energía... Me llena por completo. Soltamos leves aullidos y nos sincronizamos muy bien para que la melodía suene tan empoderada como deseamos.

Cuando acaba, todas nos miramos con los ojos resplandecientes y no dejamos que esa emoción se diluya, sino que corremos a sentarnos alrededor del fuego. Entonces mi madre coloca el gran cuenco de madera de fresno lo más centrado posible, al lado de la fogata, tomamos una hoja de laurel cada una y un bolígrafo ritualizado (Ágata los ha cargado de energía de minerales antes) y escribimos aquello que más deseamos manifestar. No puedo evitar mirar hacia el espacio donde estará Edan, si es que sigue allí, y aprieto el boli entre los dedos.

—Recordad escribir en presente y positivo, como si ya estuviese sucediendo y, cuando lo tengáis, colocadlo en la palma de vuestra mano y exponedlo a la naturaleza —dice Ágata.

Yo escribo con cuidado: «Edan está en mi vida año tras año y ya no existe la maldición».

Las cinco colocamos el laurel escrito en las manos y, cuando comprobamos que todas hemos acabado, entonces recitamos en voz alta:

—¡El universo conspira a nuestro favor; hecho está! —Nuestras voces suenan enérgicas.

Luego todas nos incorporamos para dejar la hoja de laurel en el cuenco y encendemos nuestras velas de té para colocarlas alrededor de este, por último tomamos una pizca de canela con los dedos y espolvoreamos un poco sobre las hojas.

Las pequeñas velas deben consumirse por completo y nosotras nos disponemos a incrementar la energía que vibra a través de nosotras continuando con nuestra danza. La tía Flor canta *The Witch's Daughter* mientras retomamos el baile.

En ese momento comprendo por qué me gusta tanto esta época; hacemos hechizos y rituales muy a menudo, pero no me siento igual. El solsticio de invierno es un nuevo comienzo, es otra etapa en la que puedo ser quien quiera ser. Aquí me siento más parte de ellas que nunca, soy una bruja aunque no posea sus habilidades. Me gusta sentirme así, ojalá la sensación me durase siempre.

Nuestra exótica danza concluye a la tercera canción, luego, algo exhaustas, nos tomamos de las manos en círculo y cerramos los ojos para meditar. Para cuando acabamos, el punzante frío de la noche nos tiene tiritando y apagamos la fogata con el agua del lago con cuidado de no apagar nuestras velas, que se quedarán allí en un lugar seguro donde las pequeñas llamas no puedan causar daños y enterramos nuestras hojas de laurel en medio del círculo. Es cuando, todas levantadas, realizamos el saludo a la magia y damos por concluido el rito.

—Quiero ir a la cabaña antes de regresar —les informo cuando empezamos a retirarnos.

—¿Para qué? —exclama Chiara entre el castañeo de dientes.

—Ehh… quiero recoger mi libro de las flores para enseñároslo —me invento.

—¿Por fin vas a enseñarme ese libro? —Ágata se alegra de la noticia.

Hago un mohín; mi madre y ella saben que recopilo plantas, las clasifico y dejo volar mi imaginación combinándolas para diferentes usos, pero nunca se lo he enseñado porque sé que no sirve de nada en comparación con sus conocimientos botánicos.

—¿Te acompaño? —propone mi prima.

—No, ve a casa a calentarte, yo iré corriendo —soluciono.

Respiro hondo de puro alivio cuando accede y las cuatro se adentran entre los árboles en sentido contrario al que iré yo. Simulo que aprieto el paso para que oigan mis pisadas y, cuando están lo suficientemente alejadas, me desvío hacia el escondite de Edan. Pero no está allí; siento un relámpago de desilusión cuando recuerdo que le he pedido que se marche antes de que acabase el ritual por si acaso. Así que se ha ido. Exclamo un bufido de tristeza y me arremango la falda del vestido para correr a la cabaña: tengo que llevar el libro para que mi mentira sea coherente.

Voy pensando en lo difícil que será vernos estos días con la cantidad de planes que ha propuesto mi familia; mis excusas para escabullirme no van a sonar creíbles. No sé cómo decirle a Edan que, finalmente, no vamos a poder vernos hasta después de Navidades; odio que la añoranza ya me esté apretujando el estómago. Ojalá no fuese tan complicado. Estoy a punto de alcanzar la cabaña cuando se me escapa de la mano un trozo de tela del vestido y en una de las zancadas lo piso, la falda cede y voy a pegarme el golpe de mi vida, pero de repente estoy entre los brazos férreos de alguien que huele tan condenadamente bien que se me van los ojos de la sorpresa y el placer.

—Al final voy a tener que preocuparme por tu integridad cuando esté lejos de ti. —Su voz ligeramente ronca suena contra mi pelo.

—¿Eres un vampiro? Me estoy planteando con seriedad esa teoría —replico, abochornada mientras me repongo.

—¿Lo dices por mi palidez o porque temes que te muerda? —Su broma hace que deje de sentir el aire gélido del bosque.

No temo que me muerda, en absoluto. De hecho… «Mierda, deja de pensar eso». Pero la sensación de deseo se incrementa cuando noto la abrumadora calidez de su chaqueta sobre mí; se la acaba de quitar para ponérmela por encima con un abrazo incluido.

—Lo que habéis hecho allí ha sido… de otro mundo. No podía parar de miraros. —Empieza a decir en un tono vehemente, con su calor y su olor envolviéndome—. Era como presenciar algo mágico, no sé… como si estuviese dentro de una película. ¿Y dices que no sabes cuál es tu don? Bailar, brujita, eres hipnótica.

Cierro los ojos para domar la marabunta de emociones prohibidas que me atacan. Trago saliva despacio y repaso mi mantra mental varias veces.

—¿Vera?

—¿Sí?

—¿Estás bien?

Mientras siga abrazado a mí con su chaqueta y su aliento en la oreja no voy a estar bien.

—Ha sido muy intenso —digo tratando de moverme bajo la presión de sus brazos—. No te quites tu chaqueta por mí, te vas a helar.

—Estoy bien —asegura, apretujándome para que no pueda quitármela—. Por cierto, estás preciosa.

Exhalo por la boca y vuelvo a cerrar los ojos. Mierda, tengo que detener esto, para él está siendo inocente y genuino, pero no sé qué me está pasando a mí.

—Gracias por dejarme que os espíe, ha sido lo más sublime que he visto en mi vida. Es fácil creer en cosas imposibles al veros —susurra con una honestidad dulce, con un deje de cariño que me estruja las vísceras.

—No vamos a poder vernos más estas Navidades —digo de repente, deseando huir de mis propias emociones.

—¿Qué? ¿Por qué? —Afloja el agarre por la confusión y yo aprovecho para alejarme un poco de él.

—Son días especiales para mi familia; Chiara, Flor, Ágata y mi madre no dejan de proponer planes que encajamos en la agenda porque no quieren perderse nada: películas, recetas nuevas para hacer entre todas, hechizos, velas, sahumerios, recursos mágicos para el nuevo año, preparar regalos… La verdad es que no sabría qué inventar para decirles que me vengo a la cabaña y Chiara quizá quiera acompañarme —le explico con un nudo en la garganta—. No quiero poner en riesgo nuestro secreto.

Edan me contempla con tristeza pero con comprensión.

—Entonces…, ¿nos despedimos hasta cuándo?

—No digas que es una despedida —respondo con urgencia, algo que nos sorprende un poco a ambos—. Solo… una pausa.

—Vale.

Me acerco a él de nuevo mientras me quito la chaqueta para cedérsela. Él adopta expresión disgustada y me la quita para volver a colocármela.

—No me la puedo llevar, Edan…

—Lo sé —musita.

—¿Bego y tú pasaréis la Nochebuena solos?

Edan suspira hondo y se recoloca el gorro sobre la cabeza con la palma de la mano.

—Va a ser raro sin mi padre, es la primera vez que él no está.

A la mierda, mando mi prudencia al traste y le rodeo la cintura como necesito y apoyo la cabeza en el hueco de su cuello.

—Lo siento mucho —susurro.

—Ojalá pudiésemos estar juntos, sería diferente. —Edan apoya los labios en el nacimiento de mi pelo.

—¿Y si se lo propones a tu abuela? Si le dices que echas de menos a tu padre, cosa que es verdad, quizá sea compasiva. Por una noche no vas a estar en peligro, es una cena y ya está.

—Esa es una gran idea, brujita. —Su voz suena más animada.

Yo lo aprieto más, él me besa la frente, estrujándome contra él. Viviría en ese abrazo para siempre, me da igual el frío que hace que ya no sienta los dedos de los pies o que mi familia esté pensando que no se tarda tanto en recoger un libro.

Al final me vendrá bien tomar distancia de él, mi mente debe aclararse. Sin duda eso no es lo que debería sentir una mejor amiga, ¿verdad?

28

Vera

Invierno de 2021

En la noche de Yule, una bruja debe mantenerse limpia y purificada tras el ritual, antes de la cena. Y no es cualquier baño: es una bañera colmada de flores y hierbas, con los minerales (principalmente cuarzo y selenita) colocados en espiral sobre la madera que descansa por encima del agua, rodeada de velas. Gotas de esencia de jazmín y sándalo, jabón casero hecho a base de extracto de azahar, canela y vainilla. Chiara y yo estamos metidas en el agua caliente bajo un manto de flores y pétalos flotantes con la luz de una lámpara-mineral. Ágata ya se ha dado su baño y mi madre y la tía Flor están en el otro cuarto de aseo haciendo lo mismo.

—¡Ah, adoro el solsticio de invierno! —gime Chiara con un suspiro de placer.

Yo emito un sonidito conforme.

—Es una gozada estar sumergida en agua tan caliente después del frío que hemos pasado.

—Te he visto más suelta que otros años, creo que tu actitud ha sumado confianza en todas nosotras. Ha sido el ritual de Yule más poderoso que hemos hecho, sin duda.

Abro los ojos para mirar a mi prima con sorpresa, nuestras piernas se enredan bajo el agua, tengo sus pies a la altura de las caderas.

—¿De verdad?

—Seguro que lo has notado —dice sin abrir sus ojos—. Ha sido brutal.

Una ola de satisfacción me llena el pecho. Siempre he querido aportar algo bueno a las mujeres Anies; aunque, la verdad, no sé qué he hecho diferente aparte de pensar en Edan... ¿Será eso? ¿He influido de forma positiva en mi familia por pensar en él?

La cena de Yule es un festín, como siempre. Llevamos días cocinando para que en la mesa, pulcramente decorada con temática pagana y natural, haya pasteles, hojaldres, dulces... Y el brebaje secreto de la tata, ese que yo no puedo beber. Está todo tan delicioso que acabamos llenísimas y solo podemos dejarnos caer en los sofás para ver una película.

* * *

Al día siguiente, por fin nos dan las vacaciones de Navidad en el instituto. Ha habido el típico almuerzo en las mesas de clase, las felicitaciones navideñas que yo nunca recibo, abrazos de despedida... Edan y yo nos hemos ignorado a conciencia. Los demás, que al parecer están muy contentos de que Edan pase de mí, lo han abrazado y le han regalado postales. En una ocasión he sentido un roce en el costado y al girarme me he topado con su nuca, luego he mirado hacia el bolsillo abierto de mi chaqueta y he sacado un papelito que rezaba: «Nos vemos bajo las escaleras, ¿me ves salir de clase? Ven conmigo». En efecto, Edan ha tenido que quitarse de encima a un par de compañeros para salir y me he esperado un poco para perseguirlo. Se me ha posado un nudo de emoción y nervios mientras bajaba al trote los escalones y lo he buscado con la mirada. De repente, he sentido un tirón en el brazo; Edan me ha agarrado de la muñeca para arrástrame con él bajo las escaleras, mi cuerpo ha colisionado con el suyo y me ha rodeado en un abrazo enérgico que me ha provocado leves risitas espasmódicas.

—Feliz Navidad, brujita, te voy a echar muchísimo de menos...

—Feliz Navidad, Edan —respondo con la boca aplastada contra su cuello.

Le devuelvo el abrazo como necesito, inspiro hondo y me llevo su aroma a río salvaje y perfume masculino. Quizá hemos estado abrazados más tiempo de lo que se considera que dura un abrazo de felicitación, pero ninguno de los dos hemos tenido intención de separarnos hasta que ha sonado la campana que daba por finalizadas las clases.

* * *

Por la tarde preparamos velas de soja navideñas con los aromas que más nos gustan mientras Chiara nos relata una de sus sesiones de hipnosis regresiva con una paciente (es increíble que, a sus diecinueve, esté trabajando en un gabinete gracias a su don. Fue una manifestación traída al plano real, su sueño, y allí alucinan con ella, como es normal). Las consultas son confidenciales, pero nosotras no nos escondemos nada (ejem, excepto los múltiples misterios de la tata y los míos recientes) y además nos sirven como aprendizaje.

Llevo desde ayer inquieta por si recibimos noticias de la abuela de Edan, pero, de momento, nada. Imagino que esto significa que no vendrán a cenar con nosotros en Nochebuena…

Llevamos mascarillas caseras en la cara (son de las mezclas secretas y exclusivas de Ágata, cuya elasticidad y escasez de arrugas a sus sesenta y cuatro se deben, en parte, a ellas) y estamos haciéndonos la manicura en el salón cuando pego un respingo por el repentino sonido del teléfono.

—¡Ya voy yo! —anuncia la tata con las uñas recién pintadas. Me tenso mientras la veo descolgar—. ¡Ah, hola, Bego…!

Aspiro entre dientes y retengo el aire.

—Estamos bien, gracias, ¿y vosotros? Oh, sí, me imagino… Es una suerte que lo tengas ahí contigo. —No se me pasa desapercibida la mirada de reojo que Ágata me echa—. Sí, debe ser duro para él este año, pobre…

El hecho de que mi abuela y Bego estén hablando de Edan me acelera el corazón, ¿eso es normal?

—¡Por supuesto! ¡Faltaría más, Begoña! Estaremos encantadas de teneros aquí con nosotras, ya sabes que siempre estás más que invitada a esta casa y la familia se junta en Navidad, ¿no? ¡Os esperamos entonces! No traigas mucha comida, que nos conocemos...

La felicidad empieza a nublarme los bordes de los ojos. Edan lo ha conseguido.

—Bueno. —Ágata suspira hondo con una palmada nada más colgar—. Bego y Edan vienen a cenar mañana.

De repente todas me miran a mí; el rubor me sube intenso a la cara. Son las brujas de Belie, ¿qué esperaba?

* * *

Son casi las seis de la tarde, es veinticuatro de diciembre y la casa huele de nuevo a mezclas especiadas que vienen de la cocina, a las velas que hicimos ayer y a nuestro perfume casero (cada uno lleva el suyo). Una de las tradiciones que más me gustan de nosotras es que tenemos vestidos para toda clase de celebraciones: en esta ocasión el blanco es el color principal, pero llevamos bordados dorados y negros de lunas, estrellas, hojas y flores. El vestido también es de manga larga y vuela hasta nuestros pies; esta vez nos hemos recogido un poco el pelo con un lazo y llevamos enormes pendientes hechos a mano con flores y resina (también nos los hicimos ayer).

Miro a través de la ventana y coloco el dedo índice entre el sol y el horizonte, como él me indicó, y esbozo una sonrisa; quedan exactamente quince minutos para que se ponga el sol y él entre por esa puerta, ¿por qué estoy tan nerviosa? Me he hecho la bolsita para protegerme de las emociones intensas y pensamientos que no debo tener, la he metido bien en mi sujetador, el corsé del vestido no dejará que nada se mueva de ahí. También me he espolvoreado el elixir que me regaló la tata en mi cumpleaños (la edad blanca) y llevo el collar-amuleto en forma de luna menguante.

—¡Ya llegan! —canturrea Chiara trotando por el descansillo.

¿Cómo puede saberlo si yo estoy mirando por la ventana y no los veo? Pero ahí aparecen por el sendero; Bego va tomada del brazo de su nieto y el contraste de alturas resulta cómico: él, con su imponente metro noventa y, ella, que apenas alcanzará el metro cincuenta. De repente me siento tan ansiosa como aquella primera vez, cuando la tata los invitó a tomar el té y me engatusó para que ayudase a Edan a adaptarse a Belie. Parece que hayan pasado siglos desde aquello y, sin embargo... Edan me sigue causando demasiadas emociones (a pesar de todos mis hechizos y protecciones). De nuevo, es Ágata quien les abre y yo tengo la tentación de esconderme en la cocina.

—¡Bienvenidos! ¡Cómo me alegra veros! Pasad, pasad, hace un frío de mil demonios —los recibe la tata con franca felicidad.

—¡Oh, qué bien huele aquí! ¿He llegado tarde para ayudar en la cocina? —Bego suena tan tierna como siempre, algo que deshace un poco el nudo de mi estómago.

—¡Feliz Nochebuena, Bego! Tranquila, tú nunca llegas tarde a nada, estamos preparando la salsa, ¿le das tu toque especial? —Mamá le recoge la chaqueta—. Edan, ponte cómodo, cielo.

—Gracias, Mariela. —Su voz.

Joder, hace solo dos días que no lo veo. ¿Puede que sea la situación lo que me hace estar así de rara?

Él no me ha visto todavía, yo lo observo desde el vano de la cocina; se quita el gorro azul y luego se revuelve el pelo castaño con los dedos antes de deshacerse de la chaqueta. No sé si es porque hace días que no lo veo sin jersey o abrigo o porque lleva una camisa oscura que favorece su figura, pero me remueve todo por dentro. Es condenadamente guapo. Es como una tortura sexi. Joder, parpadeo varias veces y me meto hacia la cocina para pasearme.

—¿Qué haces?

—¡Ah!

Chiara me contempla con una nota socarrona desde la puerta.

—¿Te estabas comiendo con la mirada a Edan o solo me lo ha parecido?

—Te lo ha parecido —replico, molesta por que me haya pescado.

Ella asiente con la cabeza sin borrar su expresión pícara.

—Es mi amigo... y ni siquiera eso porque, ya sabes, Bego habló con la tata.

—Lo sé —musita.

—¿Lo sabes? Claro que lo sabes. —Me entra una risita histérica—. La única que no se entera de nada soy yo.

—Va a ir bien —dice viniendo hacia mí. Me frota los brazos con su gesto cálido—. Y, madre mía, estás guapísima, eres la diosa a la que le rezo.

Enarco una ceja; ella parece un ángel tallado por un escultor que hubiera empleado toda su vida en crearla y, sin embargo, siempre tiene cumplidos para mí.

—Deja esa cara de pánico y disfruta de esta noche.

Bego entra a la cocina junto a Ágata, Flor y mi madre.

—Vera, cariño. —La abuela de Edan extiende los brazos hacia mí, su rostro no esconde la pena y la añoranza.

—Feliz Nochebuena, Bego. —La abrazo y noto su suspiro de pesar contra mi pecho.

—Lo lamento… muchísimo —susurra en mitad del abrazo.

Cierro los ojos despacio. «Por favor, que no diga nada más». Cuando los abro me encuentro con la mirada de Edan, que aguarda apoyado en el marco de la puerta. Mi estúpido pulso se embala.

—Hola, Vera —me saluda, formal, con voz profunda.

Madre mía…

—Edan. —Sonrío y me tiembla un poco la comisura del labio.

Él sonríe de vuelta, bajando la mirada a sus pies para esconder nuestra complicidad.

—¿Quién se encarga de ir a por leña mientras nosotras adobamos esta carne y preparamos los montaditos? —pregunta Ágata con un humor excelente.

—Yo voy —me ofrezco, deseando salir de la cocina.

—¿Te acompaño? —Su voz precavida no pasa desapercibida.

—¡Claro! Así haréis menos viajes. Id, id —nos apremia su abuela.

Oigo sus pasos detrás de mí cuando me acerco al perchero; primero recojo su chaqueta y luego busco la mía.

—Gracias —dice, tomándola de mi mano extendida hacia él.

—De nada —sonrío de nuevo, esta vez de forma involuntaria, y luego abro la puerta para salir.

Edan se coloca a mi altura cuando bajamos las escaleras del porche y giramos hacia el lateral de la casa, donde amontonamos la leña cortada. Nos dirigimos miradas de soslayo, él se muerde el labio en mitad de una sonrisa confidente y unas mariposillas pululan en mi vientre de pronto. Me palpo la teta para cerciorarme de que noto la bolsita con el hechizo, ¿por qué diablos no funciona?

—Lo has conseguido —musito al tiempo que me agacho para recoger la carreta.

Él se acerca y toma el mango sobre mi mano, abarcándola con suavidad.

—No ha sido fácil —susurra cerca de mí, su chaqueta roza la mía.

Me trago un gemido, pero ¿qué demonios...?

—¿Solo ha accedido a lo de la cena, no? Seguimos sin poder ser amigos. —Retiro la mano de debajo de la suya con cuidado para que no note cómo me siento y me inclino a por los leños.

—Me temo que vamos a seguir viéndonos a escondidas mucho tiempo, brujita. —Su voz ronca y susurrada choca contra mi mejilla cuando se agacha a mi lado para recoger más troncos.

Exclamo un sonido de disgusto, aunque los dos sabíamos la respuesta.

—Por cierto... ¡Guau! —exclama, contemplándome de arriba abajo.

Enrojezco de tal forma que me hormiguean las puntas de las orejas.

—No hables muy alto, galán —sonrío, golpeándolo con el codo en el brazo—. Me gusta esa camisa.

—¿Ah, sí? —Me resulta irresistible que sus mejillas se enciendan y baje la mirada con cierta timidez.

Agarro cuatro troncos y los dejo caer a la carreta con más fuerza de la necesaria y luego me concentro en arrastrarla para no pensar.

—Tenemos bastante así, ¿verdad? —dice, viniendo detrás de mí.

—Sí, luego saldremos otra vez.

Colaboramos en la cocina y ponemos la mesa en el salón, como nosotras bien sabemos, decorada con velas y motivos vegetales. Bosque no deja de refregarse con las piernas de Edan allí donde va, se convierte en su peluda y adorable sombra y, lo peor es que él es entrañable y humano y la acaricia mientras le dice cosas cariñosas de vez en cuando.

—Admito que es arrollador —opina mi prima mientras colocamos los cubiertos; estamos mirando de reojo cómo le quita la cazuela de las manos a su abuela porque pesa—. Entiendo tu agonía cuando decías que temías matarlo.

La miro con los ojos muy abiertos; me impresiona que Chiara me diga eso.

—Y se nota vuestro magnetismo, tened cuidado —dice en voz baja.

—¿Nuestro… magnetismo? —Mi voz sale poco modulada.

—Tenéis química, es algo que cualquiera podría notar. Pero, además, nosotras somos brujas, ¿recuerdas? Él no deja de mirarte y tú disimulas bastante mal…

—Chiara… —digo en un hilo de voz torturado—. ¿Crees que la tata y mi madre lo saben?

—¿El qué exactamente? —Se hace la interesante mientras coloca las servilletas.

—Ya sabes el qué —refunfuño.

—Sí —admite adoptando un mohín culpable—. No es nuevo que es imposible esconderles algo.

—¿Y por qué no me dicen nada?

Ella se encoge de hombros.

—Esa parte no me la sé. Pero no te vas a arriesgar a preguntarles, ¿verdad?

—¿Cómo podéis saberlo? No lo entiendo, ¿por qué a mí se me escapan todas esas cosas?

—Es una… sensación. Puedo percibir que os habéis seguido viendo por vuestra energía. Nadie me ha dicho nada, al menos no de forma verbal —resuelve; siempre tiene cuidado de hablarme de sus dones porque sabe que yo no los tengo—. ¿Estás segura de lo que estás haciendo? Sabes que siempre te apoyo en todo y si… si necesitas ayuda o lo que sea…

—Es mi amigo —la corto enseguida, sirviendo el ponche en los vasitos—. Solo eso. Y los dos queremos seguir siéndolo.

—Está bien —musita, sonriendo con cariño.

Nos sentamos los siete a la mesa cuando está todo listo. Y no sé cómo ocurre: Chiara iba a ponerse a mi lado, pero se levanta con la excusa de que ha olvidado algo y luego se sienta en otra parte, la tata también y dejan un único asiento libre a mi lado. Edan retira la silla y se sienta a mi derecha.

—¡Qué aproveche! —vocea Ágata.

¿Lo han hecho aposta? ¿Eso es que aprueban lo que estamos haciendo o debería preocuparme?

La rodilla de Edan toca la mía mientras comemos; a veces se coloca la servilleta de tela en el regazo y me roza la mano. Se me enciende el cuerpo entero. Él lo hace como un gesto de complicidad, pero yo lo recibo con mucha más intensidad de la deseada. ¿Es eso lo que ocurre? Me están poniendo a prueba para averiguar mis verdaderos sentimientos hacia Edan. O puede que esté paranoica, eso también.

Y lo cierto es que no quiero que pare. Se siente demasiado bien cuando busca mi contacto mientras parece atento a la conversación.

—Sí, esta noche también tenemos planes brujiles —responde la tata cuando Bego le pregunta si solemos hacer nuestros rituales también en Nochebuena—. Hay tres noches mágicas en estas fechas; Yule, Nochebuena y Nochevieja. La cantidad de energía de alta vibración que se concentra en estas fechas es maravillosa. ¿No notáis que la gente cree un poco más en la magia en Navidad? También pueden percibirlo, y eso que no todo el mundo está entrenado ni practica como nosotras.

—¡Es verdad! Qué curioso —coincide Bego.

—También influye que miles de mentes estén en la vibración alta, con las emociones a flor de piel, ya sabéis. La mente es muy poderosa —opina la tía Flor tras masticar su último bocado de tarta.

—¿Os apuntáis al ritual de esta noche? Será divertido —propone Chiara.

—Uy, no sé. —La abuela de Edan se limpia la boca con una sonrisa complacida—. Solo os entorpecería, nunca he hecho este tipo de cosas.

—¡Bobadas! No hace falta ser una experta. Solo se necesita un poco de coraje y creer en lo que se hace.

—Al fin y al cabo, somos las hijas de las brujas que no pudieron quemar —dice Chiara con un gesto teatral al incorporarse de sus sitio para empezar a recoger.

Acabamos rápido entre todos, aunque Ágata ha desaparecido hace un rato. Se me corta el aliento cuando la veo con mi libro de plantas abierto entre las manos, está tan concentrada que no me oye entrar en el salón.

—Tata… —Me da demasiada vergüenza que lea mis desvaríos; en ese libro juego a que soy una bruja de verdad—. ¿Preparamos el ritual? ¿Dónde lo haremos?

Parpadea y me mira, luego regresa la vista al libro sin responderme. Me muerdo la cara interna de la mejilla.

—¿Por qué no me habías enseñado esto antes? —Su voz es de ¿asombro?

—Tata, son tonterías… es algo que me gusta hacer y ya está.

—¿Tonterías, dices? Estas recetas y ungüentos tienen mucho potencial, Vera. Hay combinaciones que nunca se me habrían ocurrido y pueden resultar muy eficaces. Todavía no sé por qué no lo miramos cuando lo trajiste el otro día…

Se me funde alguna conexión neuronal, porque no soy capaz de procesar lo que dice.

—¿Qué estás diciendo? —exclamo, incrédula.

Ágata arquea una ceja y me mira como si fuese a echarme una regañina por mi poca fe en mí misma.

—Te digo que aquí hay material muy bueno… Solo tenemos que probarlo.

—¿Hablas en serio? —replico, esperando a que se eche a reír y me diga que está de broma.

—De hecho, haremos este ahora mismo —decide, contenta, señalando una página con ímpetu.

—¡¿Qué?!

—¿Qué pasa? —Mi madre entra en el salón junto a Flor y la siguen Chiara y Edan.

—Vamos a hacer un ritual diferente este año de la mano de Vera —decide, pletórica.

A mí me está dando un ataque de pánico.

—¿Quieres decir que Vera ha preparado el hechizo? —quiere asegurarse mi madre.

—Eso mismo estoy diciendo.

—Tata, no. No es día de experimentos, hagámoslo como siempre y ya probaremos...

—Creo que no eres consciente de tus habilidades porque te censuras constantemente, pequeña. Y eso me entristece porque quiere decir que nos hemos perdido años de tu potencial. —Ágata se ha puesto seria—. En estas páginas hay brebajes, mezclas herbales y pasos a seguir de un nivel avanzado y ni siquiera sabías lo que hacías, te has dejado llevar por tu intuición, por tu pasión por la naturaleza. Y, sin embargo, te avergüenzas de tu don.

—¿Mi... don? —murmuro, impactada.

—Una bruja debe confiar en sí misma, en su energía femenina y ancestral para llevar a cabo sus poderes. Hemos hablado muchas veces de esto, Vera Anies: te escondes, te rendiste hace tiempo... Pero tu verdadero ser se ha manifestado, aquí. —Agita mi libro, desgastado por el tiempo y la cantidad de veces que lo uso.

—Creía que... Yo no me he basado en nada para escribirlo, solo he usado la imaginación. —Me siento tan descolocada que por un instante me olvido de que nos están mirando.

—¿De dónde crees que salieron los primeros hechizos? Sí es cierto que se han ido perfeccionando con la práctica, para eso estamos. —La tata me acaricia el pelo, veo orgullo en su mirada y se me encoge el estómago—. Por eso vamos a hacer uno esta misma noche.

—¡Qué ganas! —prorrumpe Chiara, emocionada.

—Bien, os enumero las cosas que tenemos que reunir para el ritual. Vera, encárgate tú de recopilar las plantas, Bego y yo iremos a por los accesorios de cocina. Flor, Mariela, Chiara vosotras de los minerales y las velas; nos reunimos aquí, en el salón, ¿de acuerdo? Atentas: una pequeña campanilla, un cuenco, una cucharada de harina de maíz, otra de raíz en polvo de don Juan el Conquistador, otra de hidrastis seco y de acedera seca. También hacen falta treinta mililitros de aceite esencial de albahaca y otros treinta de pachulí. Papel y bolígrafo negro, velas blancas, un cabello de quien haga el ritual y citrina y cristales de cuarzo transparente.

No me puedo creer que todos se hayan movilizado para reunir cosas que yo escribí hace tiempo. De un momento a otro, Edan es el único que queda en el salón aparte de mí, que estoy en *shock*. Él me mira con una sonrisa apretada.

—Al parecer ya has encontrado aquello que se te da bien, ¿eh?
—Me viene a la mente el hechizo que hicimos juntos.

Se me escapa una sonrisa y me muerdo el labio.

—Es… surrealista.

—Anda, vamos a por las plantas, que yo también estoy deseando hacer esto.

—¿Y si… y si sale mal? —Empiezo a andar hacia la habitación donde almacenamos las plantas clasificadas—. Nunca he probado si mis inventos funcionan.

Oigo su exclamación de sorpresa cuando enciendo la luz y sonrío de satisfacción.

—Nadie había visto este sitio antes, solo nosotras. Considérate el primer forastero en descubrir uno de los rincones más preciados de una bruja —le digo mientras me agacho para abrir el armarito que hay en la isla de en medio para tomar algunos tarros.

—Es impresionante…

Está viendo ristras de flores y plantas colgadas de las paredes y el techo, hojas de recetas y ungüentos, algunas tan viejas que son de tonos ocres y tienen desgastadas las esquinas. También hay recipientes de todos los tamaños y colores puestos en armonía para que queden estéticos.

—No me extraña que este sea tu don, se te ilumina la cara en este sitio.

Cruzamos la mirada; él me observa de una forma bonita que, al parecer, no soy capaz de gestionar. Creía que había logrado avances, pero encerrarnos en la cabaña a escondidas no ha sido una buena idea, siento que he retrocedido.

Recuerdo muy bien el ritual que ha elegido Ágata, ¿estará de acuerdo con cómo sellar el hechizo? Lo escribí muy motivada en su momento y concluimos así algunos rituales, pero hoy están Edan y Bego.

Nos sentamos en círculo, como es habitual. Bego lo hace en una silla en vez de en el suelo como el resto. La práctica es sencilla, mezclar los ingredientes, frotar nuestra vela con ellos, colocar el cabello sobre esta, meditar sobre nuestro deseo, verlo cumplido, dibujar una runa para ponerla bajo la vela.

—Bien, ahora iremos al lago —anuncia la tata sin vacilar.

—¿Al lago? ¿A qué? —exclama Bego.

—A sellar nuestro hechizo, querida amiga. —Ay, madre, sí que quiere hacerlo.

Mi familia se levanta entusiasmada. Edan las contempla con gesto divertido mientras se incorpora y luego las mira salir a la calle sin ponerse nada de abrigo; vacila ante el perchero.

—Tómala —le aconsejo entre risas leves, señalando la chaqueta.

—¿Vosotras no os abrigáis?

En ese momento ve a Ágata acarrear varias toallas que luego reparte a todas. Se detiene ante él:

—¿Vas a querer sellar el ritual, Edan?

Él parpadea, confuso.

—No puedes hablar en serio, ¿vais a bañaros en el lago? —Bego se lleva las manos a la cabeza—. ¡Acabaréis con una pulmonía!

—Por supuesto que no, Begoña, nunca pillamos resfriados durante un ritual —responde convencida.

Ella la mira boquiabierta mientras Ágata sale a la calle únicamente con su vestido blanco con bordados florales; yo echo un último vistazo hacia esos ojos curiosos que resplandecen de expectación y luego la sigo. Edan me ha hecho caso y se ha puesto la chaqueta, su abuela también se coloca la suya y, como siempre, mi familia ríe y suelta algún aullido a la luna durante el paseo por el bosque. Tenemos que aminorar el paso para adaptarnos a Bego y me empiezan a castañear los dientes cuando alcanzamos la linde del bosque.

—¡Mis queridas brujitas! ¡Es hora de sellar el hechizo! —vocea la tata al tiempo que extiende los brazos hacia nosotras.

La tía Flor le toma la mano derecha, mamá la izquierda, Chiara se la da a su madre y yo a la mía, formamos una hilera frente al lago. Me giro hacia Edan, que parece vacilar un poco.

—No pasa nada, no tenéis que hacerlo —les digo.

—¡Y tanto que no! —profiere Bego.

—Si me resfrío tendrás que cuidarme, abuela, ¿no te quejas de que siempre te cuido yo? —le dice Edan con humor.

—Ay, cielos. —No detiene a su nieto cuando la suelta del brazo para acercarse a mí—. ¿Estáis seguras de que no hay otra manera?

—¡Esta es la mejor manera, querida! El corazón, la adrenalina, la energía de cada poro de nuestro organismo se activa en su máximo esplendor.

—¡Es un buen subidón! —coincide Chiara.

Edan alza su mano hacia mí y enreda sus dedos a los míos; debo reprimir un gemido de ¿alivio? Es una combinación rara de anhelo y calor.

—Ahora tienes que decir con nosotras: «Y con este baño sagrado cerramos el hechizo y atraemos las fuerzas del universo a nuestro favor. Hecho está».

Él asiente con la cabeza, noto sus temblores a través de la mano.

—Pero… ¿nos bañamos vestidos? —susurra para que solo le oiga yo.

—Sí —respondo, divertida.

Me suelta para quitarse la chaqueta y los zapatos, que nosotras ya hemos dejado a un lado de nuestros pies, y cuando acaba, encogido y tiritando, vuelve a darme la mano.

—¿Comenzamos? —decreta Ágata.

—Tres, dos, uno... —le indico por lo bajo—. ¡Y con este baño sagrado cerramos el hechizo y atraemos la fuerza del universo a nuestro favor. Hecho está!

Cuando nuestras voces se apagan, nos lanzamos hacia el lago sin pensarlo. Oigo su exclamación honda cuando el agua cubre nuestros pies y todas expulsamos gritos y jadeos al adentrarnos hasta las caderas. Risas nerviosas y aullidos hacen eco contra el cielo despejado. Miro a Edan, que está muy cerca de mí, como si buscase calor humano, y deja escapar una risa ahogada, sus ojos me buscan y le sonrío mucho entre espasmos; el agua gélida duele en la piel. Sus dedos buscan los míos cuando nos atrevemos a sumergirnos hasta el cuello, primero solo es un roce, luego los enreda y agarra fuerte antes de soltarme, sé que ha sido un gesto secreto de complicidad, pero yo lo habría sostenido y no lo habría soltado nunca.

—Dios, estoy congelado —balbucea entre tiritonas, ya tiene los labios morados.

—Solo es un chapuzón, vamos ya para afuera —farfullo también, moviendo los pies ateridos con menos prisa de la que me gustaría.

Mis brujitas salen también a la misma vez que nosotros y chillamos mientras nos envolvemos con las toallas con urgencia y abrazamos nuestros cuerpos.

—¡Estáis como regaderas! —profiere Bego, preocupada.

Ellas se ríen de forma espasmódica y luego nos apresuramos a regresar.

—¿Os apetece una reunión para seguir con la historia cerca del fuego con una infusión calentita? —pregunta la tata mientras caminamos (esta vez con dificultad por culpa de la falda mojada del vestido) a través del bosque de fresnos.

A todas nos parece una idea excelente.

Resulta que, como mi ropa es dos tallas más grande que yo y a menudo son prendas deportivas, puedo dejarle algo a Edan hasta que su ropa se seque. Mi madre llega a esa conclusión por el camino y, cuando atravesamos la puerta de casa, voy directamente a las escaleras y él me sigue, de modo que a nadie le da tiempo a replicar. Cuando estamos en mi cuarto, nos damos cuenta de que estamos solos. Chiara se queda en la habitación del fondo del pasillo en Navidades y la oímos caminar a paso apresurado hacia allí.

—Oh, joder, no había pasado tanto frío en mi vida —ríe de forma floja Edan, frotándose las manos con energía.

Dejo caer la toalla al suelo para abrir el armario y buscarle algo que le sirva; ambos seguimos temblando mucho. No puedo centrarme con tanta tela congelada encima, la falda se ha puesto rígida y me roza las piernas todo el rato.

—¿Te importa desabrocharme? —le pido dando saltitos.

Él, que todavía tiene los labios morados, se coloca detrás de mí para bajarme la cremallera de la espalda. Somos amigos, ¿no? Y ya me ha visto desnuda, necesito quitarme ese vestido que hará que entre en hipotermia. Así que me deshago de las mangas y despego la tela de la piel de mi cintura y mis caderas.

—Oh, madre mía, qué gusto —exclamo. ¿Puede que se me haya ido la pinza? No llevo sujetador. Mierda. Echo un rápido vistazo hacia Edan, que ha bajado la mirada a sus pies—. ¿Te gusta más el rojo o el azul marino? Esas son las sudaderas más grandes que tengo.

—Cualquiera me va bien —dice con un hilo de voz.

Tomo la azul y se la cedo, él sigue sin levantar la vista, todavía tiembla y, aunque me urge cubrirme, le busco unos pantalones antes para que pueda quitarse la ropa mojada. Edan se aleja de mí cuando le encuentro los pantalones de chándal más grandes que tengo y, en vez de marcharse para cambiarse en el baño, como esperaba, empieza a desnudarse cerca de la ventana. Puede que se me hayan frito las neuronas por congelación, porque me quedo inmóvil. Edan se deshace de su camisa botón a botón y su piel húmeda del pecho brilla en un tono perla bajo la luz de la luna, es dolorosamente hermoso. La forma de sus costillas, la cintura, el abdomen… Y luego procede a desabrocharse el cinturón y los botones de los pantalones. Aprieto los puños, mi cerebro me grita que aparte la vista y me busque algo que ponerme, pero estoy bloqueada, ¡¿por qué puñetas mi cuerpo no obedece a mi cerebro?! Edan alza la mirada, desnudo, y ocurre algo demasiado extraño y palpable, ambos nos miramos sin mover un músculo. El aire que colma los metros que nos separan se torna candente, ralentizado. Nos observamos deliberadamente, mi pecho empieza a subir y bajar con rapidez, él puede verlo muy bien ya que nada cubre mi piel excepto las bragas. Percibo cómo él cierra los puños con fuerza a sus lados y su mandíbula se tensa al tiempo que su mirada gris se vuelve más profunda, la vulnerabilidad deja paso a algo más indómito, rozando el hambre. Contengo un jadeo. Se me pasa la estúpida idea de ir allí y abrazarlo; se vuelve una necesidad fiera. Aunque quizá no me habría asustado de mis pensamientos si esa necesidad se hubiese saciado con un simple abrazo… Quiero besarlo. Besarlo hasta saborear el río salvaje y tocarlo y…

—Vera… —musita de forma ronca.

—¿Sí? —digo con rapidez.

Edan cierra los ojos con indolencia unos segundos antes de abrirlos y suspirar profundo. Su mirada cambia cuando regresa a mí.

—Me gusta esta confianza, no sabía en qué nivel de mejores amigos estábamos. —Sonríe y recoge los pantalones del escritorio, se quita la ropa interior cubriéndose con la prenda y consigo apartar la mirada; se ha roto el instante de parálisis extraña y ya soy dueña de mis actos—. Me parece justo que me hayas visto desnudo, estabas en desventaja.

Ahora es cuando mi cuerpo reacciona normal; noto el familiar bochorno subirme a las orejas mientras me coloco mi sujetador negro y la sudadera gris.

—Sí, bueno, te sigo ganando en cuanto a exhibicionista —respondo en el mismo tono jocoso que él, o al menos lo intento.

Edan ríe de forma musical. Yo me escondo un poco tras la puerta abierta del armario para deshacerme de las bragas mojadas, cambiarlas por otras y enfundarme unos pantalones mientras mis pensamientos caóticos se entremezclan a una velocidad que me va a volver loca.

—Es una gozada ponerse ropa seca después de quitarse el cartón congelado que llevábamos encima. —La voz de Edan suena más y más cerca—. Y huelo a ti. Hueles demasiado bien, brujita.

Madre mía, ¿tengo que preocuparme? Sí, sin duda, lo que me pasa no es algo que se ajuste a la descripción de amistad.

—¿Bajamos? Me apetece mucho esa infusión caliente.

Huyo de él y espero que no se dé cuenta. Viene detrás de mí cuando troto por las escaleras; Bego y la tata nos esperan ya frente al fuego. Ágata levanta la mirada y, cuando sus ojos avellana se cruzan con los míos, sé con certeza que lo sabe todo.

29

Diego

Otoño de 1931

Estaba teniendo una pesadilla cuando desperté con los zarandeos de mi madre.

—Diego, mi niño, haz tus maletas. Don Joaquín te espera a las siete en la entrada —me dijo ella con su voz de resignación.

Me incorporé de golpe y la miré, confuso. En ese momento no pude preguntarle si ella también había preparado su equipaje, me levanté con torpeza y recogí mis pocas pertenencias, me duché, me vestí y bajé. Así que por fin había llegado el día en que Margarita se había salido con la suya; nos echaban de la casa de la Huerta de San Benjamín, así sin más.

Caminé pisando la gravilla con más fuerza de la acostumbrada por la ira contenida y aguardé frente a la enorme y robusta verja sosteniendo mi petate. Solo tenía tres pertenencias más que a mi llegada: el libro que Cris me había regalado, la camisa que me había dejado el día que se había ido y mi diario, en el que escribía compulsivamente deseando sacar las palabras de mi cabeza.

Don Joaquín se acercó con su característico andar bohemio y su pajarita roja bien planchada y centrada en el cuello de su impoluta camisa con una expresión insondable en el rostro.

—Vamos, chico.

—Un momento, ¿y mi madre? —Había salido con tanta furia del *bungalow* que no me había fijado que ella no me seguía.

—Tu madre se queda, muchacho. Solo vienes tú —se limitó a decirme sin variar su gesto indescifrable mientras abría la verja.

En ese momento vi a mi madre acercarse con su caminar resuelto pero pausado en nuestra dirección, se aproximó a mí con gesto silencioso y me abrazó; fue un abrazo sentido que casi hizo que se me saltasen las lágrimas, pero la tensión impidió que la emoción fuese a más. Un coche aguardaba mi llegada. Al menos solo me echaban a mí, eso me aliviaba un poco, aunque para mi madre aquello sería demasiado doloroso.

—Si he hecho algo mal, señor... —Me detuve cuando vi que caminaba delante de mí, descolocándome por completo.

¿Venía conmigo en el coche? ¿A santo de qué? Eché un último vistazo a mi madre para despedirme y luego, con la cabeza gacha, subí en los asientos traseros junto a él, tan desconcertado que no dije nada en un buen rato. Me limité a mirar el paisaje por la ventana y a echarle un vistazo de soslayo a don Joaquín, que parecía enfrascado en su cabeza.

—Si me permite preguntarle, señor, ¿de qué conoce a mi padre? —Rompí el silencio, haciendo que él parpadease y regresase al presente.

—Forjamos amistad en la mili —respondió sin presión—. Teníamos ideales muy parecidos a pesar de venir de mundos muy diferentes. Tu padre es un buen hombre, quizá no haya tomado las mejores decisiones, pero no le guardes rencor, muchacho.

—No lo hago —admití—. Sé que se marchó porque algo le dolía en el pecho, lo supe hace poco.

Don Joaquín me observó con interés.

—¿Cómo lo supiste?

Me encogí de hombros y regresé la mirada al paisaje. Don Joaquín Leiva se guardaba mucha información acerca de mi padre, lo intuía, pero no quise preguntar más.

—Lo supe y ya está, supongo que es como se saben las cosas importantes. —No acabé la frase, pero pensé: «Viviéndolas uno mismo en su propia piel».

—Tienes unos pensamientos maduros para tu edad, Diego. Te pareces más a él de lo que creía. —La voz de don Joaquín sonó más suave en esa ocasión, denotando sin querer una pizca de cariño.

No me molesté en preguntarle a dónde íbamos; estaba claro que a mi antigua casa de campo no, porque habíamos dejado atrás la decadente zona rural de Granada. El automóvil se detuvo frente a la estación de trenes. Don Joaquín también llevaba una maleta, me descoloqué mucho cuando vi al cochero cedérsela y luego bajar la mía.

—¿Vamos a subir al tren los dos? —fue la primera pregunta que pude verbalizar de las decenas que bullían en mi cabeza.

—No solo soy maestro; tengo una fábrica de textil y algunas obligaciones me llaman, chico. Y este es un buen momento para reunirme con mis socios —me explicó alegremente mientras entrábamos en la estación.

Aunque estaba eufórico por subir al tren por primera vez y nervioso por no conocer nuestro destino, antes de darme cuenta me había dormido con la cara pegada al cristal. No descansaba mucho últimamente y, en cuanto la luz hacía acto de presencia en los campos, me ponía en marcha para trabajar sin descanso, solo parando para comer o ir al aseo; necesitaba agotar mi cuerpo y mi mente para que, al final del día, estuviese tan exhausto que desfalleciese sobre la cama. Y eso se resumía a cuatro horas de sueño a lo sumo.

Por eso me desubiqué al levantar la cabeza, algo grogui, y ver que nos habíamos adentrado en otra ciudad. ¿Cuántas horas había dormido? Sin duda, el traqueteo del tren relajaba mi estado de alerta.

—Eres muy discreto y educado, cualquiera me habría preguntado ya varias veces por nuestro destino —dijo don Joaquín en el asiento de enfrente.

—¿Me habría contestado? —repliqué con voz afectada por el sueño.

—Probablemente no, pero temo que malentiendas mis motivos —respondió de buen humor.

—No tengo ni la menor idea de cuáles son sus motivos, señor.

—Tienes demasiado espíritu de sacrificio. Estos meses he temido por tu salud: nadie aguanta tantas jornadas de trabajo sin descanso, eres fuerte y tenaz, eso sin duda —Sus halagos me tomaron desprevenido, nunca sabía cómo encajarlos, tampoco es que hubiese recibido muchos—. Me apené cuando decidiste dejar de estudiar para trabajar con Tomás en el campo. La verdad es que le has sido de mucha ayuda y que en poco tiempo superaste el ritmo del resto de jornaleros, pero en las clases de poesía pude ver tu potencial y con nuestra breve conversación al comienzo del viaje solo me has confirmado la capacidad de ética e inteligencia que te empeñas en guardarte.

Enmudecí. No sabía que don Joaquín me hubiese observado. Su tono y el significado de sus palabras destilaban cierto halo de protección, como el de un padre hacia su hijo, y no pude evitar sentirme conmovido.

El tren se detuvo por enésima vez tras un largo periodo de tiempo en el que Joaquín y yo habíamos comido algo de picoteo que llevaba en su bolsa. Nos levantamos con las extremidades entumecidas y seguí sus pasos desenvueltos sin dejar de mirar sus zapatos; había demasiada gente allí y yo no estaba acostumbrado a ese ritmo frenético de personas apresuradas. Volvimos a subirnos de nuevo a otro coche que menguó la velocidad al cabo de unos pocos minutos y se detuvo al borde de una acera. Me incliné un poco hacia delante para poder ver a través de su ventanilla; teníamos al lado un modesto edificio de ladrillos anaranjados con dos torres a ambos lados, con unos balcones en la planta superior sostenidos por robustas columnas.

—Me temo que no he podido recuperar las cartas que mi hijo te ha estado enviando; mi mujer puede ser muy astuta y tiene buenos contactos. Pero yo también, como comprobarás. —Don Joaquín sonrió y se recolocó su pajarita—. Así que no ha podido interceptar las que me enviaba a mí y en todas ellas me rogaba que te trajese con él, y eso es lo que he hecho. Él es un hijo excelente, yo solo puedo corresponderle como su padre que soy.

Se me nublaron los bordes de los ojos por la impresión.

—No ha sido fácil que te admitiesen a mitad de curso, muchacho. Espero de ti grandes cosas, no me defraudes, ¿de acuerdo?

Me costó asimilar lo que decía, no era capaz de moverme o hablar. Él sonrió de forma más amplia y puso una mano sobre mi hombro.

—Tu madre estará bien, chico. Ya he hablado con ella. Te mereces estar aquí, los campos ya cuentan con muchas manos de cabezas desprovistas de ingenio, no te necesitan allí.

—Don Joaquín, no sé qué decir...

—Ve, ve, ¿a qué esperas? Están en mitad de las clases. Pregunta en la secretaría a dónde tienes que ir, ¡vamos!

Salí deprisa sin opción a réplica. El cochero ya había bajado mi maleta al suelo y aguardaba a que la recogiese para volver a la cabina del automóvil. Don Joaquín se despidió con un gesto noble de la cabeza y los observé alejarse con las piernas temblando.

Rígido, me encaminé a la entrada con el gesto demasiado asustado como para que nadie lo notase. El encargado de la recepción comprobó mi registro en la Residencia de Estudiantes, me dejó guardar mi equipaje allí hasta que se acabase el horario lectivo y luego me acompañó con suma amabilidad. Subí las escaleras tras él con el corazón reventándome el pecho y leí los números de las puertas hasta que se detuvo frente a una, a la que llamó con dos suaves golpes de nudillo.

—Don Alberto, disculpe la interrupción. Tengo aquí al nuevo estudiante, pupilo de don Joaquín Leiva —me presentó.

El tipo me hizo pasar y de pronto era visible para decenas de miradas. Vi a Cris incorporarse como un resorte de su silla en cuanto me vio y se quedó inmóvil con su mirada impactada puesta en mí. Verlo de nuevo me desarmó por dentro. Solo él había saltado de su sitio por la sorpresa, el resto continuaba sentado, aunque no vi a nadie más porque él ocupaba todo mi campo de visión.

—¡Oh, sí! Diego Vergara, ¿no es así? Entre y busque su asiento —me ordenó el profesor de Historia de la Lengua Castellana.

Obedecí con la mirada agachada hasta el primer pupitre vacío, a la izquierda en la penúltima fila, bastante alejado de él. Lo busqué antes de sentarme y encontré sus ojos verdes atravesándome; tenía los bordes enrojecidos y un brillo cristalino en las córneas, ambos nos sentamos a la vez con lentitud. Esa era suficiente señal para deshacerme del dolor que me había causado su falta de noticias los últimos meses. Por fin podía tomar oxígeno con los pulmones llenos: Cristóbal Leiva estaba en la misma sala que yo, respiraba mi mismo aire. Contuve la emoción en la garganta, un nudo doloroso y reconfortante.

Desde esa perspectiva solo tenía visión de su perfil, y no del todo, porque un compañero estaba en medio del trayecto. Cris se giró y me buscó de nuevo; en esta ocasión, al mirarnos, esbozó una sonrisa sentida y yo se la devolví con ganas. Me asustó la fuerte sensación de que estaba donde debía estar; a donde él fuese, esa sería mi casa.

—Te puedo prestar mis apuntes, si quieres —se ofreció el chico de mi izquierda cuando el profesor dio por finalizada la clase.

De repente tenía un círculo de compañeros alrededor de mí haciéndome preguntas o diciéndome sus nombres.

—No lo atosiguéis. —Su voz sonó por encima de las demás y luego apareció haciéndose hueco.

El corazón se me desbocó al tenerlo delante, separado de mí por el pupitre.

—Estás aquí... —musitó repasándome con los ojos como si no lo pudiese creer todavía—. ¡Estás aquí!

Sorteó la mesa y yo hice lo mismo con una urgencia que no era capaz de esconder, nuestros cuerpos chocaron y nos abrazamos con energía.

—¡No me lo puedo creer! ¿Cómo...? ¿Mi padre te ha traído? ¡Sabía que él venía a Madrid por trabajo, pero no que te traería con él!

—Sí, ha sido él.

—Me dijo que vendría a hacerme una visita después de sus reuniones. Ya me encargaré de que sepa que es el mejor padre del mundo...

Cris me apartó de él demasiado pronto con las dos manos en mis hombros para volver a estudiarme. El júbilo me rebosaba de los ojos y las manos, no sabía ni qué hacer con ellas aunque lo único que necesitaba era tocarlo. ¿Cómo era posible que estuviese más atractivo? Parecía incluso más hombre.

—Salva, ya te dije lo que ocurriría si venía Diego, ¿no? Vas a tener que trasladarte de habitación —anunció Cris sin dejar de mirarme.

—¡No fastidies, creía que era broma!

—Yo nunca bromeo si se trata de Diego, amigo.

Aquello me abrumó. ¿Me priorizaba por encima de sus amigos de Madrid? Me iba a estallar el pecho de felicidad.

Cris me enseñó la residencia con entusiasmo con un par de amigos suyos pisándonos los talones y exclamando información de manera entusiasta acerca de las salas en las que nos deteníamos tras las explicaciones de Cris.

—Te va a encantar esto, hay juerga todos los días, podemos tocar el piano en el salón y tomamos el té en las habitaciones; como Lorca, «la desesperación del té». Aquí todo el mundo escribe, toca, produce o interpreta obras de teatro, ¡te va a encantar, Diego!

Acabamos el *tour* en la planta de los dormitorios y solo él y yo pasamos a su habitación.

—Esa es la cama de Salva, que a partir de ahora es tuya —me informó, satisfecho.

—¿Estás seguro de que no le molesta? No quiero empezar cayéndole mal por robarle su dormitorio.

—¡Para nada! Estaba avisado. Sí es cierto que ninguno tenía mucha fe en que vinieses, ¡pero aquí estás! Todavía tengo que pellizcarme.

Cris me empujó con el costado y luego colocó la cabeza en mi pecho. Se me salió el corazón por la garganta cuando me abrazó con ímpetu y logró tirarme a su cama, ambos caímos sobre el colchón, que chirrió bajo nuestros cuerpos. Me deshice con dificultad del *shock* que me provocó que su cuerpo estuviese sobre el mío, que esa confianza que teníamos en la finca no se hubiese perdido. Cris presionó las manos contra mis brazos para inmovilizarme y, cuando logré recuperar la movilidad, forcejeé con él soltando leves risas que se mezclaron con las suyas.

—La última vez me ganaste, no me olvido. —Su voz áspera y profunda hizo que mi cuerpo se tensase bajo el suyo; en su frase estaba implícito el beso que nos dimos después de nuestro último forcejeo—. Tendremos que inventar una nueva ruta alrededor de la Resi para la revancha.

—Eso está hecho —dije sin aliento.

Cris me miró con intensidad desde arriba.

—Te he echado mucho de menos, chico de campo —musitó.

Sé que sintió cómo mi cuerpo reaccionaba a su comentario, el dolor y el alivio que proyectaba debían ser evidentes para él.

Ambos pegamos un respingo cuando llamaron cinco veces a la puerta tan fuerte que me extrañó que no la echasen abajo.

—¡Leiva! ¡¡Eh, Leiva!! —voceaban desde el otro lado de la puerta.

Cris gruñó lo suficientemente alto como para que lo escuchasen fuera y se levantó de encima de mí a regañadientes para abrir la puerta.

—¡Vamos a celebrar la llegada de tu amigo de Graná! —propuso un chico alto y corpulento que parecía tener confianza con Cris—. ¡Ey, qué mejor excusa para ir a Toledo este fin de semana de fiesta!

El grupo de estudiantes que estaban tras el chico vitorearon. Cris rio, complacido y luego echó un vistazo hacia mí.

—¿Qué, chico de campo, te apetece conocer cómo nos divertimos en la Resi?

30

Vera

Invierno de 2022

He intentado ser lo más cauta posible para poner distancia entre Edan y yo sin que se dé cuenta de que es intencionado. Necesito estar alejada de él para poner orden a mis ideas, para meditar, escucharme y reconducir mis sentimientos; lo que sea necesario para no echarlo todo a perder.

Resulta bastante fácil, es la única ventaja que le veo a nuestra reputación: Edan debe tener una buena coartada para su abuela, no puede salir todas las tardes de su casa sin que nadie lo vea en el pueblo. Si Bego pregunta, estamos perdidos. Así que accede a salir con nuestros compañeros de clase alguna tarde y su abuela creerá que va con ellos cuando en realidad se escabulle a mi cabaña. Es una idea que, en principio, no le agradó, pero tras un tiempo le ha tomado el gusto, algo que se nota mucho (muchísimo) en clase. Además de que debemos ignorarnos, ahora se lleva mejor con algunos compañeros gracias a las tardes que pasa con ellos en el cine o en sus garitos. Y eso también incluye a Lucía, por supuesto. No es agradable verlo compartir risas o mensajes en clave que solo ellos conocen por algo que ocurrió la tarde anterior y que luego se siente a mi izquierda y solo me mire una décima de segundo. Era más soportable cuando no tenía complicidad con los demás. Sé que es un pensamiento egoísta, pero duele.

Las tardes que nos vemos en la cabaña, me lo cuenta todo con detalle: las tonterías que sueltan por minuto, la vez que los echaron del cine porque Matías y Rubén no paraban de reírse, la vez que probó un cigarrillo y cómo el resto se rio porque casi se ahoga entre toses... «Me restriegan que ellos fuman desde los catorce, como si eso fuese lo más genial del mundo. Menudos idiotas», dice; pero en sus ojos se refleja el afecto que ya les tiene. El sábado anterior salió con ellos de noche y me contó que bebieron y bailaron. Unos celos puntiagudos me apretujaron el estómago cuando me dijo, con suma inocencia, que Lucía, un poco pedo, se pegó a él para bailar y tuvo que acompañarla fuera a que se airease porque le entraron ganas de vomitar. Yo lo escucho en cada ocasión; me alegro de veras de que haya hecho amigos y se sienta bien, pero no sabía que me haría tanto daño ser consciente de que nunca formaré parte de eso.

Mi humor empeora y me pongo irascible las tardes que sé que él está por ahí con ellos. Odio sentirme así, me hace pensar en si soy mala persona. Debería alegrarme de poder tener espacio para pensar en lo que siento por él. Recuerdo bien cuando Edan me contó que le costaba hacer amigos; es muy bueno que los tenga. Pero no puedo controlar mis emociones. Recurro a hechizos y amuletos como apoyo:

Hechizo de viento para disipar la confusión e invocar la claridad y la paz interior:

Necesitarás:
Un día ventoso.

Cómo proceder:

1. Sal a la calle donde el viento sople con fuerza.

2. Siente el viento en la piel, siente cómo la ropa tira y se agita con tu cuerpo, siente cómo tu pelo se levanta y se despeina.

3. Invita al viento a trabajar contigo.

4. Pídele que despeje tu mente, que haga volar tu confusión y tu caos mental.

5. Respira profundamente.

6. Siente cómo el viento entra en tu cuerpo, en tu mente, en tu espíritu.

7. Mira a tu alrededor: las nubes se mueven por encima, los árboles se balancean, los pájaros vuelan. Tu vista, tu mente y tu pensamiento son claros como el aire.

8. Dale las gracias al viento.

9. Tu hechizo está lanzado.

10. Actúa de acuerdo: vuelve a casa y escribe lo que sabes que es verdad.

Lo que sé que es verdad:

- Siento algo mucho más fuerte por Edan de lo que desearía.
- Mi yo racional sabe que estoy rompiendo la cláusula más importante de mi contrato y debería ponerle fin a nuestra amistad.
- El solo hecho de pensar en perderlo me genera tanto dolor que me sumo en una espiral de angustia y una batalla mental constante.
- No soy tan tenaz como pensaba que sería si llegaba el momento de tomar una decisión difícil. La única idea ridícula que se me ocurre es espaciar nuestros encuentros.
- Una parte retorcida de mí, y no sé qué porcentaje representa esa parte, desea de forma masoquista que se enamore de otra chica. Quizá sería el punto de inflexión que necesito para que nuestra amistad tome otro rumbo.
- Odio estar maldita. Odio que Belie me odie y que no exista ni la remota posibilidad de estar con Edan en algún lugar de adolescentes normal.

—No te pierdes nada interesante —me dice Edan en la cabaña.

Estamos a principios de marzo, el frío despiadado empieza a darnos un poco de tregua. Ha sido un mes de heladas, las superficies han sido sumamente peligrosas para mí y más de una caída, ya fuese aterrizando con el trasero o con las rodillas (siempre que Edan no ha estado cerca, por supuesto) me ha llenado algunas partes del cuerpo de moratones.

—No es necesario que me digas lo poco que te diviertes con ellos, sé encajarlo, ya lo sabes —le digo con una sonrisa mientras nos sirvo té del termo.

—No estoy diciendo eso, me divierto, pero una sola conversación contigo le da diez vueltas a las múltiples que he tenido con ellos. Me doy cuenta del grado de madurez en el que estamos, y no quiero ser un presuntuoso, pero... es la verdad. Contigo puedo hablar de cosas importantes, con ellos... cotilleos, alcohol, ligues y poco más.

Me guardo lo mucho que me satisface lo que dice. Sin embargo, recuerdo algo que me amarga el delicioso sabor del té.

—¿Irás mañana a casa de Lucía a hacer el trabajo?

La profesora de Castellano ha mandado un proyecto por parejas esta mañana y a Lucía le ha faltado el tiempo para levantarse de su asiento y hostigar a Edan con una confianza y felicidad que hace pocos meses no tenía con él. Cuando ha accedido a ser su compañero de trabajo, me he repetido mentalmente que es algo bueno, pero, joder, el daño que hace.

—Sí —dice mientras mira su taza humeante—. No estaré más de una hora, también tenemos que estudiar para dos exámenes. ¿Estás segura de que no quieres que te ayude con el trabajo?

—Muy segura, estoy acostumbrada a hacer los trabajos grupales sola. —Esa frase ha sonado a que me compadezco de mí misma. No quiero dar esa imagen—. Lo prefiero, me es más fácil hacer las cosas a mi manera.

Edan me mira a los ojos con esa expresión que me retuerce el estómago; últimamente me mira así muchas veces, con pena. No aguanto que él me vea de esa forma, creía que ya lo teníamos superado.

—No tienen ni idea de lo que se pierden al apartarte —dice con vehemencia, como si le enfadase—. Muchas veces los observo y me dan ganas de largarme. Pensar en lo hipócritas que son...

—Nos temen...

—Os juzgan. La ignorancia conduce al miedo, y el miedo daña a personas que no lo merecen en absoluto. Creen que lo saben todo y no tienen ni la menor idea de nada.

—No es algo que deba preocuparte, Edan. —Me sirvo un poco más de té y le ofrezco.

—Si no me preocupo por mi mejor amiga, ¿por quién entonces?

* * *

Mi madre nos da la noticia esa misma noche en la cena: la han invitado a un evento en una prestigiosa academia de arte en Barcelona, está pletórica.

—Hace tiempo que no te vienes conmigo, Vera, ¿me acompañas? Será genial, hay servicio de habitaciones en el hotel de lujo con gastos pagados, haremos una fiesta de pijamas madre e hija y ¡podrás verme en mi ambiente!

Su entusiasmo se me contagia rápido. En realidad, me apetece mucho irme con ella. Siempre es refrescante salir de Belie y hace mucho que no lo hago. El vuelo sale en dos días, son los mismos que Edan no vendrá a la cabaña, de modo que no puedo avisarle en persona.

Esa misma mañana, antes de salir hacia el aeropuerto, corro hasta la cabaña para dejarle una nota pegada a la puerta:

Edan:

Me he ido con mi madre a Barcelona a uno de sus eventos de pintura, me apetecía mucho irme con ella y apoyarla en su sueño. Lamento no haber podido decírtelo en persona. Son cinco días, regreso el jueves por la noche (sí, me voy a saltar clases, es por una buena causa). ¿Nos vemos el viernes cuando el sol se ponga? Te echaré de menos.

Vera

Nos alejamos de Belie a gran velocidad con la mano de mamá sujetada a la mía en los asientos del avión y una ola de alivio y tristeza me atenazan. Mi madre sabe que me pasa algo, me trata con más calma que de costumbre, pero no me preguntará hasta que yo no decida abrirme; es una norma de la casa.

La gente de Barcelona es tan diferente a la de Belie… Nos reciben en el despampanante hotel con una amabilidad que roza la veneración; es tan raro que me siento incómoda. Después de instalarnos y arreglarnos para ir al evento, un taxi nos recoge y nos lleva a la misma puerta de la academia de arte. Adoro la desenvoltura de mi madre en este lugar, su vestido perlado color rosa palo deja una pierna suya descubierta con una elegante raja que cae desde el muslo y camina con sus zapatos finísimos de aguja como si flotase por las resplandecientes baldosas. Aquí nadie conoce las supersticiones de Belie, nadie la juzga ni la mira mal o por encima del hombro; la admiran, la respetan, la adoran. Y yo solo puedo sonreír y observarla con orgullo desde un segundo plano porque ella es la protagonista aunque se empeñe en presentarme a todo el mundo como si yo fuese sumamente importante. Por supuesto, las preguntas acerca de si también pinto o hago algo de arte suceden a la presentación. «Ella es la artista en casa, yo me limito a emocionarme con sus cuadros», respondo. A la gente le parecen simpáticos mis comentarios, halagan a mi madre, la persiguen porque quieren ser como ella o tener alguno de sus cuadros. Decido que me gusta la gente bohemia de Barcelona.

Regresamos al hotel entre risas; resulta que más de diez compradores han pujado por tres de sus cuadros y las cantidades de dinero que ofrecen son una auténtica locura. El resto de los días nos dedicamos a salir a comer a restaurantes caros por Barcelona, me siento algo violenta porque nunca hemos ido a esa clase de sitios, pero todo lo paga la academia. Hacemos turismo por la preciosa ciudad y nos pateamos sus calles hasta que nos duelen los pies. También vamos de compras: libros esotéricos, una bola de cristal nueva, cera de soja para hacer velas para la tienda de Ágata, esencias, preparados para sahumerios, piedras… Y compramos ropa. A ella se le va la pinza y me elige un montón de prendas que hace unos meses jamás me habría puesto para salir a la calle, pero ahora me visto como una chica normal y eso la hace muy feliz. Al final no nos queda más remedio que comprar otra maleta para meter todo eso para la vuelta en el avión.

Cuando llegamos a casa el jueves por la noche, ambas estamos agotadas. Las dos hemos echado mucho de menos a la tata y la abrazamos con efusividad cuando nos recibe. También tomo en brazos a Bosque, que maúlla preguntando dónde habíamos estado como si nos reprochase habernos ido sin ella.

Apenas echo un vistazo a la maleta abierta colmada hasta arriba y me tiro en la cama, exhausta, ni siquiera me he quitado la ropa que llevo puesta cuando me quedo sobada sin querer. Parece que ha transcurrido una milésima de segundo en el momento que abro los ojos; no sé qué hora es, pero la luz de la luna todavía entra por mi ventana, ¿algo me ha despertado? Juraría que… Se me sale un pulmón por la boca cuando escucho un ruido extraño en la ventana. Bosque, que me doy cuenta de que duerme a los pies de mi cama, ni se inmuta. La miro, incrédula, y luego me levanto con sigilo para averiguar qué produce ese ruido; me tapo la boca para ahogar un grito cuando distingo una sombra nítida en el alféizar de la ventana, lo siguiente que aprecio con claridad es una mano contra el cristal.

—¿Edan? —susurro.

Corro a abrir la ventana con el corazón aporreándome las costillas.

—Hola, brujita, ¿me dejas entrar? —Su voz suena afectada por el esfuerzo de mantenerse encaramado a la fachada.

—¡Ay, madre! —exclamo, temiendo por su integridad.

Lo sujeto del brazo para ayudarle a terminar de subir y colarse en mi dormitorio. Enseguida voy hacia mi puerta entornada y la cierro. Miro a mi gata, que ha levantado un poco la cabecita, pero sigue sin inmutarse en absoluto.

—¿Te has vuelto loco? ¿Qué haces trepando por mi ventana a las… cuatro de la madrugada? —digo, mirando la hora en la mesita.

—Tú también piensas que soy un impaciente, ¿verdad? Venía rumiándolo por el camino y luego me he planteado si era realmente buena idea cuando casi me mato al alcanzar tu ventana, pero ahora, delante de ti, me parece una idea jodidamente buena.

Me doy cuenta de que la falda nueva se me ha subido a casi a las caderas y se me ve el sujetador. No me da tiempo a recolocarme la ropa antes de que Edan se acerque y me peine la zona derecha de la melena con los dedos y meta un mechón tras la oreja.

—Te he echado de menos —musita mirándome a los ojos.

Estallan un montón de mariposas confusas en mis entrañas. Luego solo se me ocurre alzar los brazos y rodear su cuello para abrazarlo despacio; él suelta un suspiro de descanso cuando me aprieta contra sí, algo que me produce una felicidad demasiado intensa para considerarse normal.

Bosque ronronea con gusto desde la cama.

—¿Quién entiende a esta gata? A veces tan nerviosa y ni ha movido un pelo cuando yo casi me muero del susto.

—Bosque sabía que era yo —susurra Edan, yendo hacia ella para acariciarla.

La gata se estira y ronronea de nuevo con tanto placer que me deja alucinada. Y lo peor es que la teoría de Edan encaja. Bueno, al fin y al cabo, se supone que Bosque es el espíritu de una bruja.

—Voy a… ponerme el pijama —anuncio de camino a mi armario.

—Ya me he fijado en que vas vestida, ¿te proponías venir a verme también? —dice mientras despliega todos sus mimos hacia mi gata.

Aprieto los dientes al censurar un fugaz pensamiento: deseo que esas manos me toquen a mí. Mi habitación ya huele a él y su cara es ofensivamente perfecta con la luz mortecina de la noche.

Me quito la ropa tras la puerta del armario y casi me la pego al intentar quitarme la falda deprisa por la pierna izquierda.

—Vera, me gustas sin ninguna parte de tu cuerpo rota —me riñe Edan—. ¿Voy para allá? La desnudez no es una barrera para nosotros, ya lo sabes.

Su tono susurrado suena jocoso. Sonrío desde el otro lado de la puerta mientras me pongo el pijama.

—Estoy bien, gracias —digo, saliendo de mi escondite.

—Qué sexi —contiene la risa al revisar mi afelpado pijama lila de estampados florales.

—Cállate —le espeto, plantando la mano en su frente para empujarlo.

Él ríe por lo bajo y me sigue el juego, porque me agarra una pierna con los dos brazos y me levanta para tirarme a la cama. He contenido un gritito de puro milagro.

—¡Edan! Estate quieto —le ordeno con voz afónica sin poder reprimir la sonrisa; mi madre o la tata nos podrían oír en cualquier momento.

Pero Edan no me ha soltado la pierna y me mira con desafío desde mis caderas.

—No has dicho que me has echado de menos. —Su sonrisa torcida y su mirada penetrante hacen que trague saliva.

—Es que no lo he hecho. No he pensado en ti ni un segundo. —Si gira el cuello y ve la camiseta que reza «SOY UN MÁQUINA» (ya que repara trastos con una facilidad pasmosa) y una libreta preciosa que le compré para que escribiese sus proyectos, todo en la cima de la maleta abierta, mi mentira se irá al traste.

Edan adopta expresión indignada.

—No te soltaré la pierna hasta que lo admitas —promete.

—Eso no es un problema, puedo dormirme así perfectamente —digo, acomodándome sobre el colchón.

—Bien, tú lo has querido… —Me agarra más fuerte de la pierna y se inclina para subirme la camiseta por el vientre con movimientos de su cabeza y morderme la piel.

Me zarandeo y me tapo la boca para asfixiar sonidos que se me escapan; no me hace daño, en absoluto. Una ola de placer envuelto en llamas de fuego asciende y desciende por mi cuerpo.

—Edan, para. —Quiero gritar, pero no puedo.

—Ya sabes cuándo pararé, brujita. —Y vuelve a morderme el abdomen. Yo me encojo y le agarro de la cabeza para apartarlo—. Ahora resulta que sí tienes cosquillas, ¿eh?

Madre mía… me falta el aire. Mierda. Creía que había progresado durante el viaje, me había prometido que sería más prudente. Pero el deseo me devora por dentro, es un ente ajeno a mí que no es bien recibido, pero le da igual.

—¿Te rindes ya? —dice, y luego roza sus dientes contra mi carne de nuevo, en esta ocasión podrá sentir cómo se me eriza la piel.

Paso los dedos entre su pelo y empujo con las palmas de las manos su frente para apartarlo de mí al tiempo que serpenteo hacia abajo, forcejeando con los brazos que me aprietan la pierna. Él suelta leves gemidos de esfuerzo mezclados con risas contenidas. Entonces se me ocurre usar la fuerza de mi peso, giro obligándolo a quedarse debajo, ahora mi rodilla se apoya en el colchón a la altura de sus costillas y la otra pierna, la que él no me ha soltado, la tengo estirada a su otro costado, casi lo aplasto con mi cuerpo, su cara está contra mi diafragma. Doblo las rodillas (o lo intento) para inclinarme a su altura; Edan me mira con la cara roja del esfuerzo y ojos divertidos desde abajo.

—Sigues atrapada —farfulla, y usa su pelo para restregarlo contra mi cuello.

Me suelta sin previo aviso de la pierna, que ya me sostenía de forma aparatosa, y la sustituye por mi cintura con una rapidez sorprendente. Edan aplasta mi cuerpo contra el suyo y ríe de forma ahogada debajo de mí.

—¡Shh! —trato de decir sin aire. Mi organismo está tan enloquecido que no coordina—. Está bien, chantajista, te he echado de menos.

—¿Cómo dices? No lo he oído bien, no ha sonado nada convincente —musita.

Con las manos apoyadas a ambos lados de su cabeza, soy muy consciente de la postura de nuestros cuerpos, mi pijama suave deja que sienta todas y cada una de las texturas y movimientos de sus extremidades. Tiene que soltarme, es urgente.

—Te he echado de menos, Edan de Alba —digo, esta vez con seriedad, añadiendo verdad a mis palabras—. Probablemente más que tú a mí.

Su sonrisa se desvanece y traga saliva; adoro cuando me deja ver su vulnerabilidad.

—No tienes ni idea, brujita —susurra con voz rasgada.

Luego me deja libre y, sin embargo, no me muevo, «¡muévete de una maldita vez!». Edan me ha atrapado con sus ojos, y ahí está esa sensación ralentizada y candente de nuevo, la misma que cuando nos quedamos desnudos o cuando la psicóloga que vino a clase nos hizo hacer esa prueba de mirarnos. Pierdo la capacidad de razonar, se me desenchufa algo en el cerebro.

—¿Puedo quedarme un rato hasta que te duermas? —susurra, haciéndome parpadear.

—Sí —digo sin pensar, quitándome de encima de su cuerpo.

Bosque sigue en el mismo lugar, no se ha movido un ápice, enroscada y dormitando con una calma envidiable. Edan aparta el edredón para que nos metamos dentro, se acaba de quitar las zapatillas, va a acostarse en mi cama… Ay, madre. Me tumbo y él termina de arroparme antes de acercarse a mí. Me viene a la mente la imagen de Cris y Diego cuando duermen juntos, porque Edan me abraza la cintura y noto su frente en los omóplatos. Contengo el aliento y recito mi mantra mental como si se me hubiese ido la olla.

—Buenas noches, brujita.

—Edan…

—¿Sí?

—Me alegra que hayas trepado por mi ventana —digo en habla queda.

31

Vera

Invierno de 2022

«Tori, eres mi vida. Mi vida, ¿lo entiendes?», me dice Andrés mientras su cuerpo, tan hermoso que las lágrimas empapan mis sienes, se mueve sobre mí, arrancándome gemidos. Quiero besar la cicatriz de media estrella de su pelvis, la hendidura de su clavícula... Lo deseo. Lo deseo tanto que estallo en un orgasmo de un placer poderoso e intenso que él culmina con la lengua en mi boca; su sabor me enloquece y chillo contra sus labios. «Tienes los ojos del color de las nubes cuando amenazan con descargar tormenta. Eres... eres una tormenta en mi pecho», le digo, todavía convulsionando por el placer. Andrés me besa con más pasión. «Seré las tormentas que tú desees».

Despierto con un gemido hondo, incorporándome de golpe. La añoranza me aprieta el pecho, apenas puedo tomar aire.

—¿Vera?

Me giro con sorpresa hacia la persona acostada a mi lado, el pecho deja de dolerme de forma infernal y un alivio extraño y confuso me embarga.

—¿Andrés?

—¿Qué? —exclama, desubicado.

Su expresión me basta para que el sueño se disipe de mi mente obnubilada y parpadeo varias veces para deshacerme de la confusión. Edan me observa con curiosidad, está despeinado, con las mejillas rojas, cálidas y sedosas y… Llaman con dos golpes a la puerta.

—¿Vera? —Es Ágata.

Nuestros ojos se abren tanto que se nos van a salir de las órbitas. Joder. ¡Joder! ¡Es de día! El sol todavía es tímido tras las montañas, pero está amaneciendo y ¡Edan se ha quedado dormido! Nos levantamos de un salto de la cama y él se coloca las zapatillas con una rapidez vertiginosa. Bosque nos mira desde su sitio con cierta sorpresa por nuestra actitud.

—¿Qué? —contesto intentando sonar adormecida.

—¿Va todo bien?

—Sí, ¿por qué?

Edan se dispone a abrir la ventana, yo le hago señas exageradas con los brazos para que se aparte de ahí. ¿Quiere matarse? ¡No puede bajar tan deprisa sin caerse! Él se encoge de hombros, nervioso. Entonces vemos cómo la manivela de la puerta se mueve y Edan se desplaza con suma velocidad y se coloca tras la puerta cuando Ágata la abre. Me ve ahí plantada como un pasmarote y ella me observa con una ceja canosa levantada.

—Buenos días, pequeña. —Su entonación y su gesto de la cara no me gustan nada de nada.

Mierda.

—Hola, tata —saludo simulando inocencia.

En ese momento nuestra gata sale dando pasitos perezosos hacia Ágata, se restriega con mis piernas y luego contra las suyas antes de irse por las escaleras. Gata inteligente.

—Edan, puedes salir de detrás de la puerta, no voy a comerte. En esta casa no damos sermones, ya lo sabes, pero Mariela y yo os esperamos en el salón. Espero que os apetezca un poco de té y cruasanes de mantequilla —anuncia y luego cierra la puerta tras de sí.

Edan sigue inmóvil con la espalda pegada a la pared y yo no muevo un músculo. Nos miramos con gestos asustados, rozando lo cómico.

—¿Tu abuela acaba… de invitarme a desayunar? —Su voz emerge aguda y poco modulada.

—Eso parece.

—¿Cómo… cómo ha sabido que…?

—Son brujas, ¿recuerdas?

Él asiente con la cabeza y se restriega las manos por la cara y el pelo, ya despeinado de antes. Miro el reloj, que marca las siete de la mañana. Solo queda media hora para que me vaya al instituto, de modo que ya sabían que Edan estaba en mi habitación desde… ¿lo han sabido toda la noche?

—¿Bajamos entonces? —pregunta, inquieto.

Es adorable, joder.

—Creo que no tenemos otra opción. —Me peino un poco la melena rebelde con los dedos y camino hacia la puerta—. Tranquilo, mi familia es… espiritual. He recibido alguna regañina en alguna ocasión, pero el mal temperamento no es algo que las caracterice, no al menos entre nosotras.

—Eso último no me consuela. —Traga saliva cuando salimos al pasillo.

Reprimo una sonrisa y bajo primero las escaleras; él me sigue de cerca, callado. Mamá y la tata están sentadas en los sofás sirviéndose té con la chimenea crepitando. El amanecer torna el cielo de tonos anaranjados y contrasta con nuestro sofá con motivos florales. Algunos adornos del solsticio de invierno todavía cuelgan de aquí y de allá (y algunas cruces de Brigid por la celebración de Imbolc el pasado uno de febrero) y suena una música con el sonido de un río y pájaros. Es una estampa pintoresca, muy típica de nosotras, que espero que relaje a Edan un poco.

—Pasad, pasad —dice mamá con voz dulce mientras sostiene su taza de té cerca de la barbilla.

Edan viene detrás de mí y se sienta segundos después que yo en el sillón de al lado.

Flota un silencio incómodo (solo para nosotros dos) mientras ellas terminan de servir el desayuno y nos acercan un plato a cada uno en la mesita con un par de cruasanes y una taza humeante. La tata da un sorbito a su té antes de mirarnos a los dos con esa expresión que conozco bien de antes de una charla importante.

—Los dos estáis al tanto de la maldición, no vamos a reprocharos que ya lo sabéis y que habéis estado viéndoos igualmente —dice mi abuela con suavidad—. Sois conscientes de los riesgos, ¿cierto? Sé que Vera sí. ¿Edan?

—Sí, lo soy —responde él, más sereno que ahí arriba hace un momento.

—Bien. —La tata toma otro sorbo de su taza con calma—. Mi obligación como amiga es informar a Bego de esto.

Percibo cómo Edan se tensa a mi lado, yo las miro a ambas con súplica.

—Sin embargo, mi obligación como abuela es apoyar, proteger y velar por la felicidad de mi nieta. Estoy en una tesitura difícil porque, como ya sabéis, esto es muy serio y peligroso. —La sedosidad de su voz se endurece un poco en la última frase—. Ahora, os voy a hacer la pregunta más importante: ¿estáis seguros de cuáles son vuestros sentimientos?

El pecho se me apretuja y siento una repentina náusea que trago con dificultad.

—Estoy completamente seguro, somos amigos —responde Edan con convicción—. Con Vera me siento yo mismo, hacía mucho que no me sentía en mi piel y… es una mierda tener que renunciar a una amistad así por miedo.

Mamá y la tata asienten con gestos en dirección a Edan y toman otro sorbo de sus tés.

—Yo ya os lo dije en su momento, es… —Miro mi plato con el desayuno. Nunca les miento y tampoco lo intento porque ellas cazan todo al vuelo—. Somos amigos, siempre he querido tener un mejor amigo.

Es lo único que se me ocurre decir, y desde ese momento sé que mis palabras son más dirigidas a Edan que a ellas. No importa lo que hubiese dicho, de todas formas habrían sabido la verdad.

Ellas suspiran y dan vueltas al té con las cucharitas doradas mientras cavilan.

—No vamos a prohibiros que os veáis, no es nuestra filosofía. Tampoco es agradable esconder a Bego algo tan importante, pero dejaremos en vuestras manos la decisión de hacer lo correcto —dice mi madre esta vez—. Confiamos en vuestro juicio porque os conocemos y sabemos que sois dos jóvenes razonables e inteligentes.

Oigo un suspiro hondo por parte de Edan.

—Muchísimas gracias, a las dos —responde, aliviado.

Yo tomo mi taza todavía caliente para hacer algo con las manos y no tener que mirarlas a ellas o a Edan en ese momento en el que el caos se desata en mi interior.

—Desayunad, todavía no habéis tocado los cruasanes —nos recuerda la tata.

Parece que la charla ha concluido. Ha sido demasiado breve, demasiado fácil. A los pocos minutos ellas se van a hacer sus quehaceres mientras Edan y yo terminamos nuestro desayuno y luego él se marcha para ir a recoger su mochila en casa de su abuela, que todavía duerme. «Nunca se levanta de la cama antes de que yo me vaya al instituto», me asegura él antes de despedirse. Yo esquivo a mis brujas y subo al cuarto de aseo para ducharme deprisa y es cuando recuerdo de golpe la forma en que me he despertado esa mañana. ¡¿He llamado a Edan Andrés?! ¿Es así como se llama el chico que echo de menos cuando despierto, el de los ojos grises? Me froto con más fuerza de la acostumbrada. Sea como fuere, esto es un punto de inflexión, uno que estaba retrasando lo máximo posible intentando arreglarlo por mí misma. Sé que voy a tener que volver a sentarme con ellas para hablar sin Edan presente y, cuando eso ocurra, me derrumbaré y vomitaré todo lo que he estado conteniendo en mi corazón.

* * *

«¿Estás bien?». Edan se ha arriesgado a pasarme una nota en clase de Historia esta mañana. Algunos compañeros de las filas de atrás se habrán dado cuenta, espero que no sea un problema. Puede que no haya ocultado mi ansiedad como pensaba, ya que se ha fijado en mi mala cara. «¿Quién es Andrés?». Me ha pasado una segunda nota al cabo del rato y le he respondido con un disimulado encogimiento de hombros. «Hablamos luego», he intentado decirle con gestos.

Adoro el tintineo de las campanillas de viento que cuelgan en los árboles que bordean el jardín y el porche de nuestra casa, pero en este momento, cuando estoy cruzando el sendero que conduce hacia la puerta, ese sonido solo es el presagio de un cambio. Y no sé qué clase de cambio será. Lo que más me extraña al abrir con mi llave es encontrar a la tía Flor y a Chiara en el salón reunidas con mamá y Ágata. Aplaco como puedo el pánico y camino hacia ellas con cautela.

—Ha llegado el momento de hablar de varios temas, el universo nos empuja una y otra vez a esto, así que ¿por qué resistirse? —dice la tata, y parece un poco... ¿nerviosa? ¿Algo pone a Ágata nerviosa? Madre mía...—. Siéntate, pequeña. Vamos a encender algunas velas e inciensos, pásame el encendedor antes de acomodarte.

Hago lo que me pide sin quitarme la chaqueta ni la mochila. Incluso yo noto el ambiente diferente; el motivo de la reunión no se trata solo de mí.

—Bien, Chiara, cielo, ¿puedes volver a repetir el motivo de vuestra visita para que Vera también esté al tanto?

Chiara mira a la tata y luego a mí con ligera confusión, parpadea y luego cuadra los hombros antes de hablar:

—Hum... —Se remueve, incómoda. Frunzo el ceño—. Quería estar segura de si la maldición perjudica a cualquiera, independientemente del género que sea.

—¿Y por qué tienes esa duda? —instiga la tata.

—Porque creo... creo que siento algo fuerte por una chica. No puedo... no soy capaz de alejarme de ella.

Miro a mi prima con los ojos redondos. Aquello me encuentra con la guardia tan baja que se me derriten todos los nervios de golpe, pero trato de ocultar mi sorpresa para que no se sienta juzgada.

—Está bien, ¿tienes alguna relación con ella? ¿Es posible que sea correspondido?

Mi prima se encoge por la culpa.

—Sí, es posible. Está en mi gabinete, empezamos a salir a tomar cafés y... apenas me di cuenta. He roto mi norma más sagrada de solo acostarme una vez con la misma persona.

La tata asiente mientras enciende una vela. La tía Flor y mamá están de pie sahumando el salón y colocando los inciensos en diferentes esquinas.

—¿Crees que podrías llegar a estar enamorada de ella? —pregunta la tata mientras mamá y Flor regresan a sus asientos.

—Sí. —Se le rompe un poco la voz y se tapa los ojos con una mano.

Siento el impulso de ir allí y abrazarla, pero estoy inmóvil, todavía llevo la mochila en la espalda.

—De acuerdo, antes de compartir las posibles soluciones, ha llegado el momento de contaros toda la verdad y responder a todas vuestras preguntas; estáis preparadas. He esperado a que llegase este momento, espero que entendáis, como ya os he explicado algunas veces, que siempre existe un periodo clave para desvelar información.

Miro a la tata sin dar crédito a lo que está diciendo. El calor de la situación y la chimenea me obligan a quitarme por fin el abrigo y la mochila con gestos torpes.

—Antes de empezar, ya sabéis; respiramos hondo tres veces de forma consciente y la carta de la templanza la pasamos por el pecho —dice Flor, cediéndole la carta del tarot a la tata.

Ellas empiezan con las respiraciones y yo trato de relajarme para imitarlas.

—Querida Chiara, la maldición afecta a toda persona de la que te enamores, también si es mujer. Lo sé por experiencia. —Aquello que dice nos provoca una aspiración sibilante a ambas—. Yo amé a una mujer, todavía la amo. Pasé pocos años a su lado, fraguamos nuestro romance secreto bajo este mismo techo, jamás he sentido nada semejante. Ana me completaba, me hacía sentir un deseo ardiente que hasta el momento no sabía que existía. Ella era... mi hogar. Y murió de una enfermedad extraña y repentina un día cálido de verano de mil novecientos setenta y ocho.

Tanto mi prima como yo la miramos impactadas. Mamá y la tía Flor lo sabían, a juzgar por sus expresiones calmadas.

—Y sé que os lo estaréis preguntando: no, no me enamoré de vuestros abuelos. Cuando me recuperé de la muerte de Ana, supe que quería formar una familia. Tenía claro que deseaba dos hijos, de modo que me acosté con dos hombres diferentes a los que solo vi una vez. Primero el padre de Flor y, un año más tarde, el padre de Mariela. No volví a tener contacto con ellos nunca más, ni siquiera saben que tienen hijas. Puede sonar horrible, pero fue lo mejor por su seguridad.

—¿Nuestros abuelos... están vivos? —exclamo con la piel de gallina.

—Es muy posible, pequeña —responde con tanta tranquilidad que incluso resulta ofensivo—. Pero ni siquiera puedo recordar sus nombres; apenas los conocía y solo estuve con ellos una noche. Espero que me perdonéis como vuestras madres lo hicieron en su momento. Ellas no intentaron buscar a sus padres, vosotras sois libres de elegir.

Me va a arder el cerebro de intentar procesar toda esa información que impacta directamente en mi pecho abierto.

—¿Cómo habéis podido guardaros esta información durante tanto tiempo? —replica Chiara, dolida—. Quizá... quizá me habría alejado de Abril a tiempo si hubiese sabido tu historia.

—Te habrías enamorado de ella igual, cariño —responde la tata sin amago de duda—. En el fondo lo sabes. Sé que has venido aquí para encontrar consuelo, para escuchar algo que aplaque tu angustia, pero dentro de ti tienes las respuestas. Sabías que te diría que da igual si es mujer; la maldición no discrimina, es implacable.

—¿Y cuándo lo hace? —pregunto con urgencia, tensa—. ¿No hay manera de saber en qué momento se manifiesta la maldición? Mi padre murió cuando yo tenía cinco años y el padre de Chiara apenas la conoció.

Las tres, mamá, Flor y la tata, niegan con la cabeza.

—Lo único que sabemos es que la muerte puede llegar en cualquier momento, pero no actúa siguiendo un patrón. Es impredecible.

Chiara y yo enmudecemos mientras asimilamos todo con un mar de emociones en nuestro interior.

—Si me alejo de Abril, aunque esté enamorada, ¿puedo salvarla? —pregunta mi prima.

—Sí, suponemos que sí.

—¿Suponéis?

—Ninguna de nosotras, ni siquiera mi madre, logró alejarse de la persona que amaba. Siempre terminamos regresando, da igual lo mucho que intentemos distanciarnos —explica Ágata con pesar.

—En una ocasión pude alejarme de alguien —empieza mi madre—. Fue hace unos años, en la galería de arte en la que trabajaba. Empecé a sentir algo intenso por mi compañero de trabajo y… me despedí de la galería y bloqueé su número. Lo más conveniente es alejarse cuanto antes, antes de que sepas que es demasiado tarde.

Miro a mi familia con un terrible dolor de estómago.

—Y también ha llegado el momento de que sepáis algo que a menudo, desde niñas, me habéis estado preguntando: ¿existen más brujas además de nosotras? —inquiere Ágata—. En aquel entonces, cuando era joven, ya sabía cómo afectaba la maldición: mi intuición no me ha fallado nunca; así que temía por la vida de Ana todos los días y, desesperada, recurrí al aquelarre Vulgaris.

»Es la primera vez que vosotras lo oís nombrar, pero toda bruja los conoce, porque son los brujos que rigen las leyes y controlan todas las prácticas ocultas que se realizan. Su dinastía está repartida por distintas partes del mundo; se podría decir que son la monarquía de las brujas. La forman una familia de brujos muy poderosos y respetados, a menudo temidos. Jamás me han gustado sus formas cuestionables y tradicionales de controlar las prácticas mágicas; sin embargo, recurrí a ellos porque eran mi última opción. Accedieron a ayudarme con la maldición y descubrieron que se trataba de un hechizo de brujería oscura lanzado hacía décadas pero no fueron capaces de revertirlo. Ana murió a los pocos días. Y entonces vi la ocasión perfecta para desvincularme de los Vulgaris. Sabía que había otros aquelarres de brujas independizadas y yo quería formar una familia, de modo que, tras la muerte de Ana, recurrí a sus leyes: no habían podido ayudarme y estaba maldita con una magia que se escapaba de sus conocimientos, así que me concedieron la independencia. Nosotras formamos un aquelarre independiente.

Chiara y yo miramos a Ágata con las bocas abiertas.

—¿Por qué no nos habías contado esto antes? —pregunto, impactada.

—Ya lo sabéis, pequeña, siempre hay un momento clave para que conozcáis cierta información. No puedo explicarlo con palabras, cuando llega la hora, se sabe. La magia actúa de forma sabia, mis brujitas.

—Si tenéis más preguntas, es el momento de hacerlas —nos recuerda mi madre con cariño.

—¿Hay algo más que nos hayáis ocultado durante años? —replica Chiara con resignación.

—Os acabo de contar todo lo que me guardaba —admite Ágata.

—¿Y qué me decís de la historia de Diego y Cris? —inquiero—. ¿Por qué es tan importante? ¿Por qué empezaste a contarla en mi edad blanca?

Ágata, Flor y mi madre se miran entre ellas y tratan de reprimir gestos de sus facciones, pero logro percibir ese muro tras el cual me ocultan información.

—Todavía no podemos hablarte de esa parte, pequeña —responde la tata con cierta culpabilidad—. Créenos, lo sabrás pronto, todas estamos deseando que lo sepas. Solo puedo decirte que, en este caso, depende de ti. Yo seguiré relatando la historia en nuestros rituales.

—¿Depende de mí? ¿Cómo va a depender de mí? —exclamo, frustrada—. ¡Yo no soy como vosotras! No tengo la intuición ni la capacidad de averiguar lo que significa nada.

274

—De nuevo, te subestimas —responde la tata con ligero enfado—. Hemos estado haciendo recetas de tu libro, ese que has escrito tú solita, y hemos tenido muy buenos resultados. Las flores duran el doble de tiempo frescas aunque estén arrancadas, el hechizo de protección es más fuerte que nunca alrededor de nuestra casa y los dolores de jaqueca de la tía Flor no han regresado desde que toma tu preparado de hierbas. Escucha tu intuición, escucha tu cuerpo, Vera. Deja de autosabotearte.

Su creciente enfado me hace enmudecer; Ágata no saca su mal genio así como así.

—La tata tiene razón, cariño. Escúchate, déjate llevar y, si crees que hay algo fuera de lo común, un cosquilleo que te quiere mostrar algo que no entiendes, no lo ignores o le restes importancia. Somos brujas, los pequeños detalles son clave —dice mi madre.

Y, de alguna forma, aunque no entiendo lo que dice, me nace hablar en voz alta:

—A menudo tengo sueños muy vívidos en los que despierto añorando a alguien que no conozco. —Lo digo casi sin pensar y siento un alivio extraño.

Todas me miran con la sorpresa surcándole los ojos.

—¿A quién, pequeña? —No se me pasa desapercibido su tono cauto y... ¿esperanzado?

—Andrés —musito, recordando cómo he llamado a Edan esta mañana. Tratan de ocultarlo, pero veo sus gestos: saben algo que yo no sé—. ¿Sabéis quién es? ¿Y Tori?

Ágata agacha la mirada primero y luego echa un vistazo a sus hijas.

—Ahí está, pequeña, el poder que dices que no tienes —me dice la tata con voz afectada—. No podemos decirte nada, Vera. Si lo hacemos, pondremos en peligro tu propio ritmo. Debes averiguarlo por ti misma, es sumamente importante que sea así.

—¿Por qué? —mi pregunta no es una réplica; averiguar que esos sueños son mucho más trascendentes de lo que imaginaba enciende algo nuevo en mi interior.

—Porque así lo dicta la magia.

Concluimos proponiendo distintas soluciones para salvar a Abril de la maldición. Chiara tendrá que cambiar de trabajo y vetarla de su vida, en general. La abrazo cuando se echa a llorar, consciente de que no la verá nunca más o, de lo contrario, la matará.

Y eso me hace pensar que no es la única que debe actuar.

32

Diego

Otoño de 1931

Por lo visto, Federico García Lorca y su cuadrilla tenían la costumbre de ir de vez en cuando a Toledo para montarse juergas durante su estancia en la Residencia. Cris y los demás estaban muy al tanto de los pasos que siguió el poeta, un referente a seguir para gran parte de los estudiantes de la escuela de Madrid, y por eso, aquella tarde de viernes, Salva, Rafa y Pedro entraron cantando a todo pulmón, gritando y berreando a nuestro dormitorio mientras nos arreglábamos para salir.

Cris me había prestado una de sus camisas y me sentía bien con ella puesta. Mientras me miraba al espejo dijo: «Eres el primero al que le dejo mis cosas. Y no se las dejaré a nadie más». Ponerme su ropa, como aquella vez cuando me había dejado su bañador favorito, activaba mi deseo, era como si mi piel supiese que esa tela lo había rozado antes. Hacía dos días que había llegado y apenas habíamos podido charlar de nuestras cosas. Los chicos de la Resi (como se llamaban normalmente entre ellos) eran culos inquietos, demasiado imaginativos, alegres y libres, y acaparaban con toda la atención de Cris hasta la noche; de hecho, nuestra habitación era el lugar predilecto de reuniones, donde tomábamos té y hablábamos de poesía, de teatro y de música. No me resultaba difícil sentirme cómodo en aquel ambiente a pesar de mis dudas y mi característica personalidad introvertida.

Nos reunimos un grupo de nueve chicos y vino otro grupo de chicas de la Residencia de Señoritas. Menudo jolgorio montaban; en cuanto pisamos las calles de Toledo, todos sus habitantes se enteraron bien de que estábamos allí. Yo no dejaba de escuchar sus conversaciones y reír, me apetecía mucho reír. Trataba de estar lo más cerca posible de Cris en todo momento; la felicidad me inundaba cuando comprobaba que él estaba haciendo lo mismo, porque me buscaba entre el resto de las cabezas cuando me perdía de vista por unos segundos. Fumamos, bebimos y bailamos de taberna en taberna. Una de las chicas, preciosa, con los ojos muy azules, me tomó del brazo y no me soltó en un buen rato. Quizá esperaba a que yo le dijese algo, a que la cortejase; no parecía darse cuenta de que mis ojos se enredaban continuamente con el cabello de Cris, con su cuello, con sus manos, sus ojos o sus labios. Después de unas copas no estaba seguro de si era muy discreto. Estaba tan enamorado, lo deseaba tanto, que era un dolor físico, pero, a diferencia del dolor que sentía en Granada, Cristóbal estaba ante mí y ese daño se volvía placentero y asfixiante. Él era, como siempre, carismático; la gente se sentía atraída por su verborragia, le pedían que recitase poemas propios y él, después de algunas súplicas, aceptaba y se le tintaban las mejillas de un rosa jugoso mientras el resto lo escuchaba con admiración. Lo seguiría adonde él fuese, aunque desease arrancarme la piel a tiras cuando lo viese marcharse con una chica. Y aquello estaba a punto de ocurrir; ella, Mari Carmen, era una joven atractiva que llevaba tras él toda la noche y coqueteaban en la esquina de una de las angostas calles de la plaza por la que paseábamos. Lo vi venir hacia mí y me preparé mentalmente para responderle con suma naturalidad cuando dijese: «Me voy con ella, no os vayáis sin mí».

—Chico de campo, ¿nos retiramos? Estoy baldado. —Parpadeé varias veces ante su propuesta y no pude contener una amplia sonrisa delatora.

—Sí, estaba pensando en irme, me has leído la mente.

Cris me sonrió con las mejillas encendidas por las copas. Estaba tan guapo que era insoportable.

Los demás se quejaron cuando nos despedimos y siguieron increpándonos a voces cuando fuimos distanciándonos del grupo, nosotros nos reímos mientras acelerábamos el paso por si acaso a alguno se le ocurría venir a por nosotros para convencernos de que nos quedásemos.

Habían reservado hospedaje en la Posada de la Sangre, un lugar algo viejo, insalubre y sin agua corriente, pero suficiente para dormir. Nos dirigíamos hacia allí por las calles antiguas de Toledo, por fin solos. Cris y yo intercambiábamos miradas cómplices con sonrisas de anticipación mientras, con nuestros pasos, algo inestables por los efectos del alcohol (aunque yo solo había bebido dos copas), abarcábamos lo ancho de las angostas calles.

—Diego Vergara... —decía Cris mientras jugaba a caminar por los adoquines en línea recta—. Estoy muy feliz de que estés aquí.

—Yo también —dije con las manos metidas en los bolsillos de los pantalones.

Cris me dedicó una sonrisa torcida tan sexi que perdí el hilo de mis pensamientos. Luego, todavía aturdido, me sorprendió lo rápido que se acercó a mí; de repente su cuerpo se pegaba al mío y tenía la espalda contra la pared y él me acorralaba con ambas manos a los lados de mi cabeza.

—Te he echado tanto de menos que el tiempo hasta ahora me parece extraño, como si lo hubiese vivido fuera de mi cuerpo, ¿es eso normal? Lo he estado pensando durante todo este tiempo, me he preocupado incluso.

Lo miré asombrado, tanto por su actitud como por lo que había dicho, y traté de relajar mi corazón enloquecido. Las dos noches anteriores habíamos dormido juntos, por descontado, pero no habíamos hablado, simplemente nos habíamos abrazado como si asumiéramos despacio que volvíamos a estar juntos.

—Es una sensación familiar, sí —respondí, mirándole los labios sin querer.

Él se dio cuenta y deslizó su mirada hacia mi boca también. Dios, me iba a reventar el pecho.

—Mi padre me ha contado que te matabas en el campo, que no descansabas y temía por tu salud. —Cris frunció el ceño y luego acercó un poco su cuerpo al mío—. ¿Añorabas tu casa?

—Mi casa eres tú —respondí sin pensar.

Cris parpadeó, sorprendido. Luego me dejó ver su vulnerabilidad, entreabrió los labios y el borde de sus ojos se enrojeció. En ese momento me entró un retortijón de culpabilidad: ¿qué más le habría contado don Joaquín de las cosas que había hecho en la finca?, ¿le habría contado Victoria algo de cuando me había visto llegar con carmín esparcido por mi boca?

—Tengo que contarte algo. —Necesitaba hacerlo.

—Uy, qué serio —bromeó.

—Tu falta de noticias… me volvió loco. No sabía nada de ti, de si… de si me habías olvidado.

—¿Cómo te voy a…?

—Espera. —Coloqué las manos en su pecho para alejarlo un poco. Él también arrugó el gesto y apartó las manos de la pared—. Cada esquina de aquella casa me recordaba que no estabas. Y en mi cumpleaños, de repente, todo se volvió asfixiante y me fui. Necesitaba… salir.

Cris estaba serio por fin. Yo tragué saliva y continué:

—Apenas recuerdo nada de su cara a excepción de sus ojos. Se llamaba Julia. —Bajé la mirada espoleado por la vergüenza—. Bebí… un montón y apenas tengo ligeras imágenes de lo que pasó.

—Hiciste el amor con Julia —adivinó con un susurro.

—¿Sabes? Me siento un completo cretino. La bebida no me excusa, vi sus ojos y… joder, eran iguales que los tuyos. De repente me besaba y yo me dejé arrastrar. Ella merecía algo mejor.

Tenía la vista fija en los adoquines que separaban nuestros pies de modo que no veía la expresión de su cara.

—Diego… —Sus cálidos dedos presionaron mi barbilla para elevarme el rostro—. ¿Me estás diciendo que hiciste el amor con esa chica pensando en mí?

Boqueé como un estúpido ante su mirada ardiente.

—Eh... —No había pensado en que mi confesión era doble. Le estaba relatando un hecho que me carcomía por la culpa y, al mismo tiempo, le estaba diciendo que lo deseaba.

—Admito que no sé si me siento halagado o celoso. Quizá es una combinación de todo, es agradable y a la vez... ay. —Se lleva una mano al pecho simulando dolor—. ¿Sabes por qué, chico de campo? Porque he imaginado miles de veces estar en el lugar de Julia y nunca he sido tan valiente como ella.

Lo miré inmóvil cuando por dentro mi organismo sufría un estallido de emociones implacables.

Cris se acercó despacio obligándome a pegarme de nuevo en la pared, sus manos acabaron de nuevo a ambos lados de mi cabeza y sus ojos verde oliva penetraron los míos de una forma que iba a consumirme entero.

—No sé qué has hecho conmigo, Diego, pero ya no soy capaz de desear otra cosa. No soy capaz de pensar en nada más —dijo con voz ronca y afectada por un deje de fragilidad y pasión que iba a acabar conmigo.

—Entonces no lo hagas —susurré contra su boca de forma afónica por la emoción, se estaba acercando tanto que ya podía respirarlo.

Cris esbozó una sonrisa torcida que duró apenas un parpadeo.

—Admito que me da miedo lo que siento —musitó de forma trémula contra mis labios.

—Y a mí —susurré, apretando la tela de mi camisa (la suya) entre mis dedos.

—Siento haber salido corriendo la última vez; fue por pura cobardía, lo juro. Porque cuando te besé, cuando... estabas sobre mí, mi deseo se desbordó y lo que sentí fue tan fuerte que me acobardé. Juro que quería devorarte la boca, Diego, juro que deseé hacerte mío, frotarme contra tu sexo, saborearlo, sentirte de todas las formas posibles. Jamás he sentido nada parecido. Pierdo por completo el juicio si estás cerca.

Mi cabeza empezó a dar vueltas por sus palabras y el fuego que destilaban. No podía creer que todo eso estuviese saliendo por su boca cuando unos días atrás, en la finca, me estaba autodestruyendo en mi propio infierno pensando que solo sería un recuerdo para él.

—Estás temblando… —Adhirió su cuerpo al mío para aplacar mis temblores incontrolables.

Estaba al borde del llanto y tragué saliva compulsivamente para no derramarme sobre él.

—Lo siento —me disculpé, fue lo único que se me ocurrió decir.

Cristóbal me miró con una intensidad paralizante.

—¿Qué sientes, chico de campo? —dijo agarrándome de la cara—. ¿Sientes haberme subyugado por completo? ¿O sientes que sea un cobarde y todavía no te haya besado?

No podía aguantarlo más, las lágrimas saltaron a mis mejillas al tiempo que salvé el escaso espacio que separaba nuestras bocas para besarlo como ansiaba. Cris emitió un gemido gutural y me agarró de la camisa para apretarme contra él, su lengua acarició mi lengua con pura necesidad y agonía, aplastó su cuerpo contra el mío y sentí su sexo excitado. Se me fueron los ojos del placer y jadeé como un desquiciado contra su boca, anhelando más y más.

Nos detuvimos de golpe al escuchar risas estridentes en las calles contiguas. Nos miramos con el susto reflejado en los ojos; no podíamos exponernos tanto.

—Vamos. —Cris buscó mi mano y la enredé a sus dedos con ganas cuando él tiró de mí para caminar.

Una risa nerviosa se escapaba de nosotros mientras dábamos zancadas de un lado a otro de los estrechos callejones sin soltarnos las manos. Saludamos a un par de viandantes que parecían tan contentos como nosotros y, al cruzar una nueva esquina y vernos solos, Cris me agarró del cuello de la camisa y me atrajo hacia él para besarme de nuevo. Y otra vez ese estallido en mi organismo, el pulso enloquecido de felicidad y deseo. Dios, él no podía imaginarse que mi vida se concentraba en esos instantes. Después, anhelando mucho más, debíamos parar y seguir caminando o trotando, de vez en cuando escuchábamos música amortiguada o algarabía procedente de alguna taberna. Cris volvió a acorralarme en la siguiente esquina, con una sonrisa inquieta, para aplastar su boca y su cuerpo contra el mío. Yo le devolvía el beso con desesperación cada vez y lo sostenía fuerte de la ropa para atraerlo hacia mí.

—Diego, como sigas besándome así no llegaremos a la posada. —Su voz sonó ardiente y falta de aire.

—No sé hacerlo de otra forma —admití, sosteniéndolo contra mí.

Cris rio de forma floja entre mi boca, mordiendo mi labio inferior y lamiéndolo después. Gemí más alto de lo que esperaba. Y al mirarlo a los ojos vi reflejada la tortura de tener que contenerse. Fui yo en esa ocasión el que buscó su mano y me alejé de él para avanzar, él emitió un gruñido que me hizo reír.

Intenté preguntarle por el camino acerca de alguna estructura arquitectónica que me llamaba la atención para distraernos a ambos. Cristóbal me explicaba con gusto lo que sabía, algunos nombres de iglesias y conventos, las calles por las que había pasado antes con sus amigos de la Resi... Llegamos a la Posada de la Sangre, donde nos atendió una mujer amable que pegaba caladas generosas a su pipa por cada palabra que nos decía y acudimos a nuestra habitación. Era tan decadente como imaginábamos, pero no pudimos borrar nuestra sonrisa al cerrar la puerta tras nosotros. Nos sonreíamos como dos tontos con las mejillas encendidas; el corazón me latía tan fuerte que lo escuchaba.

—Chico de campo, hoy no me voy a conformar con dormir cerca de ti —me dijo en voz baja. Pasó las yemas de los dedos por la base de mi cuello mientras hablaba—. Me he reprimido mucho durante mucho tiempo. Me he reprendido, me he culpado, me he martirizado pensando: «¿Está bien esto que siento?». Y lo cierto es que siempre me ha dado igual si está bien o no. La pura verdad, Diego, es que, cuando te vi aparecer en clase hace dos días, sentí una felicidad que jamás había sentido, solo quería que el resto de la Residencia desapareciese y me dejasen tocarte, abrazarte, besarte, besarte...

Jadeé y silencié sus palabras apretando la boca contra la suya. Cris gimió sin reprimirse entre mi boca y me apretó contra él. Su lengua buscó mi lengua y luego, loco de amor, empecé a desabotonarle la camisa. A él le encantó mi arrebato y me ayudó, sacándosela por la cabeza a estirones para regresar a mi boca con ansiedad. Nos desnudamos con cierta torpeza por la impaciencia. Se me cortó el aire al sentir su sexo desnudo apretarse contra el mío, los dos gemimos y nos frotamos el uno contra el otro. Dios, iba a perder la cabeza, lo juro. Tenía ganas de llorar al mismo tiempo que deseaba memorizar ese instante despacio, pero no podía hacer nada despacio porque lo quería todo de él inmediatamente. Cris buscó mi placer duro y lo abarcó en su mano mientras dejaba un reguero de besos y saliva por mi barbilla, mi cuello, mi clavícula... Gemí hondo cuando empezó a mover la mano entorno a mi sexo mientras se frotaba contra mí y emitía suaves sonidos tan eróticos que perdí la cabeza. Me acuclillé ante él, lo único que había deseado en toda mi vida, su piel, sus dedos, su pelo, su sexo, que ahora estaba entre mis labios y él gemía mordiéndose los dedos para no gritar mientras me recreaba y lo apretaba de las nalgas para acercarlo del todo a mí y hacerlo mío, completamente y de nadie más. Cómo había soñado con escuchar esos ruidos que ahora salían de su boca, pronunciando mi nombre. Cris perdió el equilibrio y topó con la espalda en la pared cuando decidí ir más rápido e intercambiar la boca con la mano y luego al revés con tantas ganas que podía sentir su placer contra mi lengua. Y deseaba más y más, quería que estallase de placer. Pero él tenía otros planes porque me sostuvo de la cabeza y se agachó para devorarme la boca, húmeda y enrojecida.

—Cris... —jadeé entre sus labios frenéticos.

—Diego —gimió, lamiendo la nuez de mi garganta mientras presionaba su cuerpo sobre el mío y frotaba su sexo mojado contra el mío.

—Cris... —Mi voz se rompió en esa ocasión, mis ojos ardieron por la llegada de las lágrimas—. Estoy... estoy enamorado de ti. Creo que desde... desde que me estrechaste la mano el día que llegué a la casa de la Huerta de San Benjamín. Me enamoré de ti aunque yo no quería ni sabía que podía hacerlo.

Cris me miró a los ojos y vi cómo se le enrojecían y una sonrisa le iluminaba su cara preciosa.

—Bien, chico de campo. —Volvió a frotar sin piedad nuestros sexos duros y buscó el mío con la mano—. Me alegra oír eso porque… quiero que seas solo mío. Porque me muero de celos cuando veo que alguien más te desea. —Me lamió el pecho y luego el ombligo bajo mis temblores impacientes y mis jadeos—. Diego, te has convertido en el aire que llena mis pulmones, hace mucho, quizás antes de que me diese cuenta. No sé si «enamorado» abarca todo… todo lo que siento. Eres lo único real que tengo, lo único que me hace sentirme yo mismo.

Puede que se me hubiese detenido el corazón ante su confesión, pero inmediatamente Cris abarcó mi sexo con su boca y empezó a succionar y a lamerme con tanta intensidad que me retorcí por un placer puro y agónico que se mezclaba en mi cerebro junto a sus palabras. Los sonidos que emití se escapaban de mí sin permiso y a Cris le encantaban, porque aumentaba la energía de sus succiones haciendo que vibrase y gimiese contra la palma de mi mano de forma descontrolada.

—Necesito que te corras para mí como he soñado tantas veces, Diego —me suplicó, cambiando la boca por la mano sin piedad—. Y quiero ser el único.

—Eres el único, siempre lo has sido… —dije entre gemidos con tal sentimiento que Cris no pudo evitar regresar a mi boca mientras sus dedos seguían consumiéndome.

El beso se volvió todavía más salvaje. Su olor, sus fluidos… Todo estaba en mi lengua y en mis fosas nasales, y ya no quería respirar otra cosa que no fuera a él. Lo busqué con ansiedad y tomé su sexo con ganas y ambos nos movimos al compás y gemimos contra la boca del otro; tanto, tan fuerte y con tanto fuego que ambos estallamos de placer al mismo tiempo, gritamos en la cumbre amortiguando el sonido contra los labios del otro y nuestros fluidos calientes dibujaron los signos del amor y la locura sobre nuestras pieles.

Nos miramos a los ojos, conscientes de lo que habíamos hecho, felices. Cris sonrió y me besó una, dos y tres veces en los labios entre risas suaves.

—Quiero hacer esto todo el tiempo —admití.

—Ni siquiera nos hemos fijado en que hay una cama —rio, tan guapo y despeinado que necesitaba besarlo como un loco otra vez, pero no quería actuar de forma desproporcionada—. Y resulta que no hay agua corriente.

—Es verdad, ¿cómo...?

Antes de acabar la frase, Cris se incorporó de encima de mí; me explayé con detenimiento en sus curvas, sus piernas largas, su espalda lisa, sus nalgas redondas... Agarró una toalla del armario y regresó a mí, no lo pensó mucho, me limpió sus fluidos y los míos con ella, con tal cuidado y afecto que lo observé inmóvil.

—Al menos tendrán servicio de lavandería, ¿no? —dijo, divertido. Luego se limpió él, el gesto me pareció dolorosamente erótico—. Eres hermoso... —musitó, tragando saliva—. Mira estos abdominales, de verdad te mataste en el campo pensando en mí, ¿eh?

El fuego bajo mi piel crecía y crecía de forma agónica. Dios, debía contenerme para no ser un impaciente.

—Sí —confesé sin miedo—. Era mejor eso y acabar el día exhausto que pensar en ti y en las bocas que estarías besando.

Cristóbal parpadeó con indolencia y luego, lento, se colocó a horcajadas sobre mí. No, jamás me acostumbraría a eso.

—¿Me imaginabas y te excitabas, chico de campo? —Su voz sugerente me incendió y mi sexo volvió a presionar su piel.

—Te... te he imaginado muchas veces.

—Bien —susurró y luego me tomó la cara con ambas manos para devorarme los labios.

Su sexo volvió a frotarse con el mío y me di cuenta de que no era el único insaciable. Volvimos a hacer el amor y no sería la última vez aquella noche que, de un momento a otro, se convirtió en amanecer y ninguno había pegado ojo ni un instante.

33

Vera

Invierno de 2022

Está a punto de entrar la primavera y la naturaleza alrededor de nuestra casa se despliega con toda su belleza declarando las ganas de desperezarse y de sentir el calor del sol.

No corro como de costumbre hacia la cabaña, me he dejado la chaqueta en el perchero porque marcan dieciséis grados y busco plantas, que ya están floreciendo, para añadirlas a nuestros tarros faltos de provisiones. La nota que aletea colgada de la puerta me produce ese familiar vuelco en el corazón que nunca puedo evitar. El chico poeta nunca desiste.

> ¿Si hubiese un lugar donde pudieses ir con una sola persona? ¿A dónde irías? ¿Con quién? Yo lo tengo claro, puedes hacerte una idea después de todas mis cartas, ¿verdad?
>
> Firmado: El chico poeta

Contemplo la nota con la mirada perdida durante un rato quizá más largo de lo que me parece. Y luego horado mi alrededor con los ojos, entre los árboles, y siento la congoja aplastarme. «Da igual quién seas, chico poeta, yo nunca te veré». Ofuscada, entro en la cabaña para tomar el bolígrafo y escribir detrás de la nota:

Por favor, seas quien seas, deja de escribirme. Sentir algo por mí te matará, y no lo digo en sentido figurado. Aléjate de mí, *estás* a tiempo, no pienses en revelarme tu identidad en ninguna circunstancia. Le mandas cartas a la persona equivocada, no sabes cuánto lo siento.

Firmado: Vera

Escribo con enfado por mi cruda realidad y luego guardo la nota en el bolsillo de mis pantalones al oír unos pasos fuera. Edan sortea los últimos árboles con ese andar hipnótico suyo y me duele el estómago. Él trae su gesto calmado, esa cara tan bonita con las luces verdes que proyectan las hojas de los fresnos y yo... Yo no quería que llegase ese momento jamás. He sido ridícula intentando convencerme de que solo era mi amigo. Cuando nuestras miradas se cruzan y él sonríe, se me desatan las entrañas y pienso en mil maneras de tocarlo.

—Hola, brujita —dice con su voz profunda y musical. Me sostengo el pecho, que se va a partir. Él arruga el ceño—. ¿Va todo bien? ¿Te han dicho algo más tu abuela y tu madre cuando me he ido esta mañana?

No quiero contarle nada acerca de mi prima, sé que recurrir a eso sería confesarle de manera indirecta mis sentimientos y no estoy segura de querer hacerlo. Mi cabeza es un nido de ideas desde la conversación con mi familia y todas son dolorosas. Lo único que tengo claro es que la última persona en el mundo que querría que dejase de respirar es Edan y, si seguimos viéndonos, ese miedo se hará realidad. Además de que la culpa no me dejaría existir, no querría seguir respirando en un mundo en el que Edan tampoco lo hiciese. ¿Por qué? «Porque estás enamorada, estúpida». Quiero darme cabezazos por haber sido así de inconsciente y haberme negado algo que ya era prácticamente evidente desde el principio. Mi desesperación por mantenerlo en mi vida lo ha puesto en peligro. Él ha cumplido su parte del trato, yo me lo salté incluso mientras lo formulaba.

—No, ellas..., ya sabes, me dejan ir a mi aire. —Algo que tampoco deberían haber hecho. Han confiado demasiado en mí.

—Bueno, eso está bien, ¿no? ¿Por qué no pareces muy contenta?

Salgo de la cabaña antes de que le dé tiempo a entrar, ya hemos estado demasiado cerca todo este tiempo.

—No lo sé, no tengo un buen día —me limito a decir, paseándome sobre las hojas alrededor de él.

Lleva una chaqueta fina de cuero negro que le sienta de escándalo y algunos mechones se le enredan a las pestañas largas. Me enfada que cada milímetro de su cuerpo sea perfecto, que huela tan bien y que esté empeñado en estar cerca de mí; esto ha sido una prueba del universo por mi edad blanca y he fracasado estrepitosamente.

—¿Tiene que ver con ese Andrés que has nombrado esta mañana? —Hay una ligera nota divertida en su tono.

—No conozco a nadie llamado Andrés —admito, recogiendo una flor que me sorprende que haya nacido aquí fuera de su periodo de floración. Es una violeta de agua. Siempre me he identificado con esas plantas porque se relacionan con los que prefieren estar a solas junto a un libro—. Estaba soñando y puede que haya hablado medio dormida.

—Juraría que me has llamado a mí así, ha sido como si me reconocieses —dice, revisando la flor que acabo de recoger.

Me encojo de hombros y simulo que no sé de qué habla cuando yo también soy consciente de eso. Pero ¿qué le voy a decir? «Es que resulta que te he confundido con un chico con el que estaba haciendo el amor en sueños y que echo de menos a veces cuando despierto, pero luego se me pasa. Nada, algo normal».

—Pues no lo sé, no suelo despertarme contigo a mi lado, Edan, mi cerebro habrá sufrido un cortocircuito.

Él ríe entre dientes y me ayuda a recoger otro par de violetas de agua que crecen cerca de los árboles. Yo enrojezco porque no sé qué pensará de mí. Ay, Dios, ¿habré dicho algo más mientras dormía?

—No sé qué te pasa, brujita, pero no me gusta verte triste. —Camina detrás de mí porque soy tonta y me nace huir de él cuando en realidad deseo huir de mi realidad y de lo que tengo que decirle—. Yo confieso que me calma que tu familia sepa que estoy aquí, me hace sentir menos un raptor que se aprovecha de los encantos de su nieta y su hija a sus espaldas.

Pongo los ojos en blanco, pero se me escapa una sonrisa.

—Y ahí está esa sonrisa. —Su voz suena sedosa y alegre. Mierda, he sido más cabezona de lo que creía, me muero por él, maldita sea—. Oye, hace un sol increíble, ¿nos bañamos? ¿No dijo tu prima que es un chute de adrenalina?

—¿Hablas en serio? —Edan se detiene para adoptar un gesto serio. Yo lo miro con una ceja arqueada—. No hace calor...

—Ya, es que en Nochebuena hacía treinta grados en Belie y el baño fue una idea cojonuda.

Reprimo una sonrisa. ¿El baño primero y la charla trascendente después? Ni siquiera sé lo que le voy a decir para despedirme de él.

—Vamos, brujita, ¿le tienes miedo al lago en marzo? ¿Solo te bañas cuando estás en peligro de perder una pierna por congelación? —dice mientras camina de espaldas y se quita la chaqueta con movimientos de hombros—. Te retaría a una carrera hasta el agua, pero sufro por tu integridad.

—¡Eh! —Le golpeo el hombro, ofendida—. Puedo correr sin caerme.

Que no tropezarme, eso lo haré seguro. Edan hace un mohín escéptico.

—Prefiero no tentar a la suerte...

Arrugo los labios; lo cierto es que me molesta que él piense que soy torpe, que es verdad, eso es innegable, pero... ay, hace daño. Y antes de tomar conciencia de que voy a cometer una estupidez, ya estoy corriendo a través de los árboles.

—¡Eh, eh! ¡Espera! —Su voz asustada detrás de mí me hace reír y aprieto el paso cuando compruebo que se acerca a gran velocidad.

Y es en ese momento cuando a mi cerebro le da por imaginarse escenarios tortuosos. Esta misma mañana Lucía ha abrazado a Edan al acabar las clases; no ha sido un simple abrazo, no como otras veces cuando ella se ha acercado deseosa de atención. Lucía lo ha abrazado con sentimiento y él le ha colocado una mano en la cabeza cuando ella ha apoyado la cara en su pecho. Ha sido un gesto íntimo, solo de ellos dos, colmado de algo tangible que ha venido hacia mí para quitarme el aire que respiraba. Han bastado unas cuantas tardes para generar una química evidente entre ellos... y yo ya no estaré en medio de eso. Aunque sería absurdo competir con ella, nadie en Belie podría proyectar esa sensualidad y seguridad en sí misma como ella lo hace. Es fácil imaginarlos juntos, es tan fácil que una sensación impotente y dolorosa me hace arrancarme el jersey que llevo puesto mientras corro y lucho por contener las lágrimas. Edan está a punto de alcanzarme cuando me desabotono los pantalones y doy gracias a que sean anchos y se deslicen por mis piernas con facilidad mientras me deshago a puntapiés de las zapatillas. Lo escucho a centímetros de mí cuando me zambullo en el lago sin mirar atrás. Necesito que mis lágrimas se diluyan con el agua, por eso de repente tengo el cuerpo entero sumergido y nado hacia el fondo. Mi instinto necesita huir, es una sensación absurda pero urgente. No quiero enfrentarme a eso. No quiero.

—¡Eh! —Lo escucho venir hacia mí—. ¡Eres rápida!

Supongo que lo soy cuando necesito escapar.

Decido girarme hacia él; el sol reluciente se proyecta en su cuerpo desnudo. El agua le alcanza las caderas y tiene el pelo mojado revuelto; sus ojos grises parecen plata líquida. No pasa nada por mirarlo de más por última vez, memorizaré su cuerpo ahora, la curva de su nuez, su abdomen marcado, sus hombros anchos, las curvas, pliegues y llanuras de su piel. Me fijo en que tiene una cicatriz a la altura del corazón, como un leve surco del tamaño de una canica, deseo saber cómo es al tacto, anhelo cada uno de los rincones que observo. Y ese deseo se vuelve ponzoña en mi lengua.

—Me he alegrado cuando... cuando os he visto a ti y a Lucía esta mañana —comienzo, sin saber muy bien qué estoy haciendo.

El plan es alejarlo de mí, ¿no?

Edan adopta un gesto confuso.

—¿Nos has visto cómo?

—Recuerdo cuando me dijiste que te costaba tener complicidad con alguien... —Sonrío, simulando que me creo lo que digo—. Al final con ella no ha sido tan difícil. También me alegro por Lucía, lleva enamorada de ti desde que llegaste a Belie.

—¿De qué te alegras exactamente? —Su voz suena a réplica.

—Pues… está claro, ¿no? —Miro hacia mis pies sumergidos a través del agua trasparente—. Más de la mitad del instituto ha estado colado por ella, pero no ha salido con muchos chicos. Es evidente que es preciosa.

Edan me observa desconcertado. Yo camino despacio lejos de él jugando con el agua entre mis dedos, luchando por mantener la sonrisa.

—También me alegra que no vayas a estar encerrado conmigo aquí. Te mereces comerte el mundo ahí fuera como ella pretende hacer en cuanto acabe el curso. Ya sabes, es extrovertida, todo el mundo sabe lo que quiere.

—Vera, no sé qué intentas, pero no sigas por ahí —habla en tono bajo y contenido.

—No intento nada…

—Oh, claro que sí —repone, molesto.

—Edan, nada va a cambiar, seguiremos viéndonos a escondidas, ¿hasta cuándo? Te irás de Belie, yo me quedaré, es un hecho. Tú te mereces…

—Deja de decir lo que merezco —susurra con una expresión martirizada.

—Tenemos que ser realistas, esto se acabará.

—Tienes muy claro que lo hará, ¿no? ¿Cuánto tiempo llevas urdiendo esto? Es para saber cuánto llevo haciendo el imbécil.

—Admite que una vida al lado de ella sería más fácil: no tiene una mala reputación a sus espaldas ni la gente la rehúye. Es guapa, popular, los viajes y la escritura serán mucho más fáciles a su lado…

—¿Te parece que a mí me gusta lo fácil? Vaya, sí que me conoces bien, Vera.

—Oh, venga, Edan, sabes que lo que digo es coherente. Sentís cosas el uno por el otro.

—¡Sí! ¡Es cierto! Lo admito —prorrumpe, restregándose la cara con una mano con frustración—. La deseo, la deseo desde la primera vez que la vi. ¿Y esos labios que tiene? He imaginado miles de veces besarlos hasta dejar de sentir la boca. ¿Qué me dices de su cuerpo? He fantaseado con saber cómo huele, cómo sabe, con seguir sus curvas con las yemas de los dedos hasta que me suplique que no pare… que no pare.

—Déjalo —musito sin aliento, apretando los puños bajo el agua.

—No, no, espera, tienes razón, joder, es preciosa. Esta misma noche se lo confieso, le digo que la deseo tanto que ha sido una puta tortura contenerme, no sé cómo lo he conseguido hasta ahora. De hecho, ¿por qué no? Voy a decírselo ya, voy a su casa y se lo digo. —Edan hace el amago de salir del lago, ofuscado.

De repente me veo salvando la distancia entre él y yo y lo estoy agarrando del brazo para detenerlo. Mierda. Edan mira primero mi mano y luego eleva sus ojos a mi cara.

—¡Estamos hablando! —digo, roja.

—Creía que ya habíamos acabado —protesta en habla queda.

—¡Pues… no!

Edan se muerde el labio para soltarlo después cerrando los ojos con indolencia.

—Claro que no… Tú y yo no hemos acabado, Vera. —Edan me sostiene de la cara con ambas manos mojadas y su aliento cálido impacta contra mi boca antes de que sus labios se estrellen contra los míos y los deslice con tanta angustia que el corazón se me detiene.

Jamás podría haber hecho otra cosa; dejo escapar un sonido desequilibrado y le devuelvo el beso mientras mi mundo se autodestruye, todas mis convicciones, mis miedos, las palabras de mi familia… Edan las consume una por una con su fuego abrasador. Mi pecho se desborda por fin y la marea de deseo y amor brutal me arrolla con tanta fuerza que ni siquiera lucho.

Edan me atrae contra sí de la nuca y de la cintura, aprieta sus dedos contra mi piel mientras gime entre mi boca, su lengua busca mi lengua con desesperación y yo bebo de ella como si hubiese estado muerta de sed todo este tiempo. Enredo los dedos en su pelo húmedo y deslizo la mano como he deseado miles de veces por su espalda, sus costillas… percibo en las yemas de los dedos su piel erizada ante mi tacto. Emito un gorgoteo febril, el llanto está acoplado en mi diafragma, apenas noto cómo salen las lágrimas. Edan abarca mi cabeza con ambas manos de nuevo para separarse de mi boca y mirarme a los ojos; veo el temor atravesar su mirada gris y también veo sus lágrimas. Nos miramos asustados, pero ambos sabemos que el miedo es por si alguno de los dos decide detener esa locura.

—Edan… —exclamo entre un sollozo.

—Vera, lo siento muchísimo —susurra con la voz quebrada.

Luego me besa con labios blandos y esponjosos en la comisura de la boca, en la mejilla, en el párpado empapado, en la sien, en la frente… mientras se me escapa un gimoteo y aprieto mi cuerpo al suyo, sintiendo los huesos de su pelvis contra mi abdomen y su sexo excitado. Me mareo por la ola de deseo violento que me atenaza. Lo siento todo al detalle porque él solo viste con los bóxeres mojados y yo apenas noto mi ropa interior. Edan busca mis labios y yo boqueo y lo atraigo hacia mí. Los dedos de mis pies se levantan del suelo cuando me presiona contra su cuerpo para besarme; sus labios cálidos se funden entre los míos y sabe a río salvaje, sabe a vida, sabe al tipo de feromona deliciosa y adictiva que hasta el momento solo he podido percibir y anhelar en la distancia. El llanto se intensifica, me deja sin aire y debo obligarme a parar. Él me suelta cuando yo me aparto, confundida, asustada… ¿Qué estamos haciendo? Tengo que controlar mis emociones para detener las lágrimas.

—Edan, esto… dijimos que no podía pasar —hablo con dificultad.

Él se lleva las manos a los ojos enrojecidos, percibo los espasmos que reciben su pecho y sus hombros del llanto contenido.

—Lo sé… —farfulla.

—Esta misma mañana hemos recibido una advertencia de mi familia y ahora… hacemos esto. Dios, Edan… —Me meto los dedos entre el pelo y aprieto los ojos, la garganta me arde.

Él me mira con gesto torturado, la fragilidad surca su hermosa cara. Sabe lo que pasará a partir de ahora, no puede frenarlo. Y su evidente dolor me consume... ¿Cuándo ha pasado esto que veo ante mis ojos? La forma en la que me ha besado, tan desesperada, tan ansiosa. No puedo procesarlo, mi cerebro es un hervidero de pensamientos caóticos. Lo ha escondido bien, lo ha hecho para seguir viéndome, como he hecho yo. ¿Desde cuándo?

—Vera... —me nombra con súplica, su tono atormentado hiende en mi pecho.

No puedo con ello. No soy dueña de lo que hago ni de lo que deseo, de repente camino hacia él y lo sostengo con ambas manos de la mandíbula para besarlo entre un sonido trastornado que emerge de lo más hondo de mí. Edan emite un gemido gutural profundo ante mi decisión y me aprieta de nuevo contra su cuerpo húmedo, los dos temblamos porque se nos ha enfriado la piel y porque estamos asustados y es más intenso lo que sentimos que nuestra capacidad de razonar.

Edan me besa la oreja, el pelo y luego me abraza con fuerza, me estrecha contra su pecho con ansiedad y hunde la cara en mi pelo mojado. Yo lo aprieto con la misma energía y noto su corazón dar tumbos tan agresivos como el mío contra nuestras pieles desnudas. Ese abrazo termina de romperme; a través de sus espasmos, los sonidos ahogados que emite contra mi cabello, percibo todo lo que siente por mí, lo puedo percibir todo. Y mi amor se vuelve un ente que me devora las entrañas y lo calcina todo a su paso, ya no lo controlo, ya no soy dueña de nada. Nos estrechamos tan fuerte que respiramos con dificultad, Edan jadea contra mi cuello.

—No quiero perderte —solloza con un susurro entre mi pelo.

Aprieto los párpados tanto que veo puntitos de luz.

—Ni yo a ti, Edan, no quiero perderte de ninguna forma —hablo con dificultad contra su pecho—. Pero si tengo que elegir de qué manera perderte... tu vida está por encima de todo.

Edan tiembla con más agresividad entorno a mi cuerpo. Nos abrazamos de esa manera por un rato más, incluso se nos entumecen las extremidades. Nos miramos a los ojos cuando nos soltamos y el frío nos invade; salimos del lago sin decir nada y sin separarnos mucho. Nos tomamos de la mano y, cuando llegamos a la orilla, Edan emite un sonido metálico y se coloca ante mí para juntar nuestras frentes.

—Has dicho muchas veces que no eres como ellas... ¿Y si... y si no te afecta la maldición igual? Es posible, ¿verdad? —El ruego en su voz, su vulnerabilidad, la evidente adoración que emplea en tocarme la cara y el cuello con los dedos sin despegar nuestras frentes... Dios, no parece real.

Trato de reponerme tras lo que ha dicho, abarco su bonita cara con las manos.

—No vamos a arriesgarnos a averiguarlo —musito con cuidado.

Edan se muerde el labio mientras cierra los ojos, un gesto de dolor que me traspasa. Sabía que sería horrible despedirme de él, pero no llegaba a imaginar cuánto.

—Vera no... no puedo. —Se le rompe la voz y desliza los dedos largos entre mi pelo para tomarme de nuevo entre sus grandes manos, siento sus temblores y sé que no son de frío—. No puedo ni quiero alejarme de ti.

Se me escapa un sollozo desde el pecho y me inclino para buscar su boca, él respira con ahogo y me estrecha contra sí para devolverme el beso con impaciencia.

—No tendría que haber dejado que esto pasase, he sido una egoísta —susurro entre sus labios.

—No podrías haberlo evitado. —Él esboza una sonrisa triste—. Te perseguí hasta que me dejaste entrar, ¿recuerdas? Y te prometo que he intentado alejarme de ti, brujita, en varias ocasiones, pero estoy perdido desde el principio. Me perdí en cuanto te vi esconderte de mí en la cocina la primera vez que te vi o el primer día de instituto cuando te resbalaste en la cuesta y pensé: «Joder, es adorable». Para cuando te vi desnuda en el lago en Halloween, ya no tenía nada que hacer, me dio un maldito vuelco el corazón al verte ahí de repente en el agua contra la luz de la luna. Me pareciste irreal... Nunca había visto nada tan hermoso. Y parecías triste. Lo único que deseaba en el mundo era arrancarte esa tristeza y tocarte... tocarte.

Edan presiona las yemas de sus dedos por mi cuello, mi pecho, mi ombligo, y yo jadeo. No creo que sea consciente de lo que ha generado en mi interior su confesión. Se me nublan los sentidos, todo desaparece, incluida mi cordura, todo excepto él. Me lanzo hacia su boca, esta vez sin prudencia, Edan me recibe con un sonido desequilibrado y me levanta del suelo agarrándome de las nalgas, nuestras lenguas bailan juntas, lo saboreo, absorbo su esencia para grabarla a fuego en mi paladar. El beso se vuelve salvaje, perdemos el control.

—Necesito... —gimo, obnubilada—. Necesito sentirte, Edan.

Él respira con ahogo ante mis palabras y me ve llevar las manos a la espalda para desabrocharme el sujetador; lo dejo caer sin dejar de mirarlo a los ojos. Su mirada repasa mis pechos y entreabre los labios hinchados y jugosos mostrando fragilidad y fuego. Le tiemblan las manos al titubear cuando las alza para tocarme, yo me acerco y le sostengo las muñecas para que sus manos presionen mis pechos, él gime al tiempo que cierra los ojos lentamente al sentirme. Madre mía, no puedo; vuelvo a ponerme de puntillas para alcanzar sus labios y Edan emite un ronco sonido gutural cuando me froto contra su sexo duro bajo los bóxeres. Entonces muerde mi labio inferior y luego me lame el cuello entre sonidos asfixiados mientras acaricia mis pezones erizados y luego desciende apretando mi piel a su paso hasta mis bragas; contengo el aliento en la garganta con dificultad y tiemblo cuando decide agacharse para deslizar mi última prenda interior hasta mis pies sin apartar la mirada de mis ojos. Roza mis tobillos, mis rodillas, mis caderas, cuando asciende y me observa, completamente desnuda. Yo llevo los dedos con impaciencia a la goma de sus calzoncillos.

—Espera... —musita—. Solo quiero memorizarte un poco más.

Lo dice con tal devoción que las lágrimas saltan de mis ojos. En serio, ¿cuándo ha pasado eso? No logro asimilar tanto.

Luego viene hacia mí y me sostiene con dulzura para besarme lento, yo me dejo llevar, me abandono a él. Sus labios blandos se deslizan despacio entre los míos, con tal sentimiento que hace que me flojeen las extremidades. Empezamos a hacerlo todo lento, las caricias, los besos, yo me aprieto contra él con un sentimiento de urgencia, froto nuestros sexos y él gime alto antes de que yo arrastre la última prenda que nos separa hacia sus caderas. Sus dedos se deslizan por mi monte de venus y me buscan entre los muslos, ahogo un grito contra su boca hambrienta cuando me estimula el clítoris despacio y yo abarco su sexo entre mi mano, emito un sonido febril desde las entrañas, anhelando más. Nos miramos a los ojos, locos de deseo y un amor indómito que no había podido apreciar antes porque he estado ciega por conveniencia. Edan es el que decide romper la magia de los gestos lentos y aplasta sus labios contra los míos con ferocidad, aumentando la velocidad de sus dedos en mi sexo, buscando la humedad más adentro. Gimo sin poder controlarme y lo toco como deseo, haciendo que él se retuerza de placer y... Dios, me encanta, me encanta tenerlo en mi mano, la sedosidad y dureza de su sexo.

—Vera... —pronuncia con adoración entre mi boca.

Madre mía, me muero.

—Edan —gimo, porque su dedo me penetra y me arranca espasmos de un placer delicioso y doloroso al mismo tiempo.

—Odio tener que apartarme de ti ahora, pero... —Esboza una sonrisa torcida nerviosa—. De las últimas cosas que le prometí a mi madre antes de que muriese fue que siempre llevaría un preservativo en el bolsillo. Entonces repliqué abochornado, ahora agradezco muchísimo su preocupación.

Sonrío con las mejillas encendidas y luego me toma de la mano para que busquemos las prendas que antes hemos tirado por el suelo. Encuentra sus pantalones y saca un cuadradito metálico del bolsillo trasero. Su mirada vergonzosa al repasar mi rostro me enciende y vuelvo a estrellar nuestras bocas con urgencia al tiempo que le arrebato el preservativo de la mano y lo abro con el pulso tembloroso; nunca he hecho nada parecido, pero lo llevo a su sexo y él me ayuda a ponérselo mientras nos besamos sin parar. Edan emite un gruñido ronco al tomarme en sus brazos, me sostiene de las nalgas y yo abarco sus caderas con las piernas. Siento su sexo en la entrada del mío, el deseo me va a hacer estallar el bajo vientre y el corazón. Pero...

—Espera... —jadeo mirándolo a los ojos—. ¿Y si la maldición se consolida así?

—¿Qué?

—¿Y si... si la maldición ya no tiene vuelta atrás si encarnamos lo que sentimos? Es como si lo hiciésemos real.

—Vera, si paras ahora me matas de verdad... —ruega.

—No digas eso ni en broma —le riño.

—Tú míranos, brujita, te tengo en mis brazos completamente desnuda. Tienes los labios rojos por culpa de mis besos y te brillan los ojos de deseo. No sabía que me deseases... y todo lo que me estás demostrando ahora me está volviendo loco. ¿Sabes cuánto he soñado con esto? Si esto es un... adiós. —Traga saliva y le cuesta recomponerse—. Si vas a alejarte de mí mañana, necesito que esto suceda, si tú también lo quieres...

—Sí —digo con paroxismos de llanto leve—. Yo tampoco quiero parar, Edan, pero...

Él me aprieta contra sí, camina un poco conmigo a cuestas con la mirada trabada en la mía.

—Solo quiero sentirte del todo. Quiero conocerte de todas las maneras que pueda, memorizar tu olor y tu piel y así poder quedarme con eso, puede que sea más difícil después, pero...

No lo dejo acabar, silencio sus labios con los míos sin prudencia, él emite un sonido erótico ante mi gesto, ya que no solo le estoy besando con ansia sino que serpenteo sobre él lento, deseando sentir todas las zonas de su cuerpo.

—Pero, Vera... —susurra contra mis labios—. Vas a tener que alejarme de ti porque yo no voy a ser capaz, ya lo he intentado y he fracasado. El aire es más respirable cuando estás cerca, brujita, todo duele menos, soy más feliz...

Las lágrimas le saltan de los ojos y se le rompe la voz, quiere decir más cosas, pero no puede, apoya la frente en mi barbilla y siento cómo su cuerpo vibra por los espasmos del llanto retenido.

Yo abro la boca para aspirar con ahogo por culpa del dolor. Nos abrazamos con fuerza, aprieto los brazos alrededor de sus hombros y las piernas en su cintura, noto su calor y el latir acelerado de su corazón. Edan besa mi hombro, luego mi cuello y mi oreja entre gimoteos suaves. Y yo me muevo, impaciente, para buscar su sexo duro, me froto contra él y Edan gime hondo en mi oreja; madre mía, ese sonido acaba de provocar que pierda la cabeza. Desligo las piernas de su cintura aunque él no parece muy de acuerdo en soltarme, lamo sus labios al tiempo que lo empujo del pecho; Edan capta mi orden y se agacha, yo hago lo propio acompañando su movimiento; ahora está sentado en la tierra, yo estoy a horcajadas sobre él y nos miramos con intensidad a los ojos porque yo tengo su sexo en la entrada del mío y estoy presionando lentamente. Los dos emitimos jadeos y gemimos contra la boca del otro cuando lo hago entrar hasta el final. Nos quedamos allí unos instantes, procesando las sensaciones y luego… luego salgo despacio y vuelvo a hacerlo entrar. Edan se retuerce bajo mi cuerpo, lleva sus dedos a mis pezones, emito un grito ahogado de placer, la piel se me eriza y muevo las caderas un poco más deprisa. Él inclina la cabeza para besarme el cuello y lamer mis pechos, yo miro hacia arriba para soportar las miles de emociones que me consumen, veo el cielo azul a través de las copas de los árboles y me parece más bello que nunca. Y sé que recordar este instante me desgarrará, porque yo querría vivir aquí, con él dentro de mí, con sus dedos en mis caderas y su lengua en mi piel… Me muevo más deprisa y él gime más alto, enreda sus labios a los míos y le respondo con hambre. Descargas violentas de placer azotan mi cuerpo; madre mía… la sensación de amor puro y deseo me es inmensamente familiar por los sueños que he estado teniendo. Es demasiado intenso, nunca tendría suficiente. Edan besa mis lágrimas y luego me toma fuerte de la cintura para moverme con facilidad, se queda sobre mí y me penetra primero despacio y luego más deprisa con su mirada gris enredada a la mía.

—No quiero que acabe, Vera —susurra con voz ronca, con esa devoción sincera.

Sé que está a punto de llegar a su extremo de placer cuando me dice eso.

—Yo tampoco —gimo.

Apoya la frente en mi cuello y me abraza fuerte sin cesar el vaivén de sus caderas, yo le agarro de la espalda; no podemos evitarlo, incluso siento los espasmos de placer desde su sexo en el interior del mío. Edan gime profundo y yo lo acompaño con un orgasmo casi simultáneo, nos abrazamos fuerte hasta que la poderosa sensación acaba y nos deja exhaustos. Nos miramos a los ojos, veo un amor tan salvaje en él que se me retuerce el estómago. ¿Habría salido huyendo si Edan me hubiese dejado ver eso antes? Probablemente no. Y esa certeza me enfada. Él posa sus labios calientes sobre los míos y se incorpora de encima de mí sin alejarse del todo. Es en ese momento cuando repaso con detenimiento su perfecta anatomía, cuando lo veo:

—Esa cicatriz... ¿cómo te la has hecho? —Mi voz suena alarmada.

Y no es para menos, Edan tiene una cicatriz en forma de media estrella en la pelvis, una exactamente igual a la del chico con el que he estado teniendo esos sueños tan vívidos.

—No es una cicatriz, es una marca de nacimiento —me explica, observándome con curiosidad por mi actitud envarada.

Me incorporo y estudio esa zona de su piel con un punzante mareo. No entiendo nada, ¿significa algo eso? ¿Debería saberlo?

—Vera..., ¿me cuentas lo que ocurre en tu cabeza?

Alzo la mirada hacia su rostro y trato de aplacar mi gesto atónito.

—He... he soñado con esta cicatriz —confieso a medias.

No puedo olvidarme de que nos vamos a despedir y que dejar esa incógnita al aire no servirá de nada.

—¿Has soñado con... con esto? —Señala esa parte erótica justo encima de su sexo y me pongo roja.

—Lo he visto antes, sí.

—Nunca he estado tan desnudo delante de ti, brujita —dice seguro, pero con voz cautelosa.

—Lo sé… —Me encojo de hombros, descolocada.

—¿Puede tener que ver con… una premonición o algo así? —dice, muy interesado.

—No lo sé…

Me acaricia el cuello y me aparta los mechones de los hombros mientras me observa con el ceño ligeramente fruncido. Nos miramos el uno al otro como si pudiésemos encontrar la respuesta en nuestros rostros.

—Prométeme que, si lo averiguas, me llamarás para contármelo. —Traga saliva y me abraza porque estoy empezando a tiritar de frío aunque su cuerpo desnudo siga pegado al mío.

—Te lo prometo —digo de corazón.

Nos levantamos, sucios de tierra y hojas, y nos vestimos.

Deberíamos irnos a casa y alejarnos cuanto antes ahora que sabemos que el amor es irreversible. Sin embargo, nos abrazamos y caminamos hacia la cabaña para tumbarnos allí, pegados, mirándonos hasta que la noche solo deja sombras y apenas podemos percibir nuestros rasgos. Pero entonces los seguimos con las yemas de los dedos, como hicimos aquella vez con la excusa de dibujarnos; siempre quisimos tocarnos, desde el principio, y el miedo me atenaza porque no sé desde cuándo la cuenta atrás de Edan ha comenzado, si ahora ya no hay retroceso. Él ahoga mis pensamientos con un beso voraz, lento, encarna el significado de su nombre y me hace arder, quiero decirle que tenemos que irnos, pero no me sale la voz. Edan me toca, sus dedos se cuelan bajo mi ropa y pierdo de nuevo la capacidad de razonar. Mi refugio se llena de gemidos y besos, de sollozos sueltos y jadeos. Perdemos la ropa otra vez, nos tocamos, nos acariciamos y nos lamemos. Sus lágrimas se mezclan con las mías.

—¿A dónde te irás? —musita Edan con la voz quebrada.

Le he contado cuál es el protocolo si descubrimos que nos hemos enamorado: tenemos que alejarnos de esa persona físicamente, desaparecer para ella.

—No lo sé… —gimoteo.

—¿Me lo dirás cuando lo sepas? —ruega.

—No, Edan —digo en un hilo de voz torturado.

Él hunde la cabeza en mi pecho y deja que las lágrimas rieguen mis pechos desnudos. Acabamos de darnos más orgasmos, el sexo me palpita, siento que mi piel es más suya que mía, he acariciado tantas veces como he deseado el surco del tamaño de una canica de su pecho (que también es una marca de nacimiento) y la media estrella de su pelvis, esa que me hace pensar que tengo mucho que investigar acerca de esos sueños. Ninguno quiere despedirse, pero es necesario; caminamos más lento de lo que deberíamos por el bosquecillo de fresnos en penumbra, todavía abrazados. Cuando llegamos a mi casa, Edan me atrae hacia sí con fuerza y me besa la frente.

—Vera… —Me sostiene de la cara con ambas manos, que huelen a mí—. Vais a encontrar la manera de romper esa jodida maldición, ¿vale? Lo sé. Voy a esperarte, te esperaré porque un día volverás a mí para decirme que eres libre y puedes quererme sin peligro. Sois brujas, sois increíbles, sé que lo haréis. Y tú volverás a mi lado.

El llanto se intensifica tanto que me impide respirar. Solo lo abrazo, lo abrazo fuerte sin decir nada. Nos quedamos así tanto rato que apenas vemos la tenue luz del porche encenderse. Edan me suelta despacio y yo me giro hacia la tata, que aguarda en el vano de la puerta con ese gesto dulce y apenado que demuestra que, una vez más, lo sabe todo.

—Lo siento muchísimo. —La voz de Edan se rompe.

—Lo sé —responde ella con su voz sabia.

Edan desliza su mano por la mía y me suelta antes de dar un paso atrás; siento que el frío se vuelve insoportable.

—Espera… —Me pongo de puntillas para alcanzar sus labios y apretarlos contra los míos con ansiedad.

Edan emite un sonido gutural y me devuelve el beso lento y dulce. Luego contiene las lágrimas y se aleja hacia su moto aparcada a un lado del camino. Cuando arranca el motor, se gira hacia nosotras y hace el saludo a la magia; se besa los labios, los lleva a su corazón y alza el brazo con la palma hacia arriba. Brota de mí un sonido estrangulado antes de que desaparezca camino adentro.

No soy capaz de moverme, veo alejarse la luz del faro de la moto hasta que se vuelve un puntito. Son mamá y la tata las que vienen a por mí con una manta, me envuelven en ella y me hacen pasar a casa junto a ellas.

—Déjalo salir, pequeña, déjalo salir. —Con las palabras de Ágata me doy cuenta de que estoy llorando con agonía sin extraer ni un sonido y de repente suelto un sollozo roto y lo dejo salir todo.

34

Vera

Invierno de 2022

El trámite de cambio de instituto y de vida, en general, no se resuelve de un día para otro. La tía Flor y Chiara me acogerán en su casa en la ciudad temporalmente hasta que mamá y yo encontremos un lugar en el que vivir. No solo me desgarra el dolor de no volver a ver a Edan, sino que tengo que despedirme de Belie y de vivir con la tata.

Bosque ha estado maullando de tristeza alrededor de nuestras piernas durante estos últimos tres días que hemos estado recogiendo, gestionando y haciendo rituales para amortiguar el dolor y afrontar un cambio tan drástico. Además he notado que Ágata y mamá se sienten casi igual de perdidas que yo ante la situación; es muy raro verlas moverse de forma errática o dudar ante ciertas decisiones.

En estos tres días no he salido de casa, de hecho ni he pisado el porche. Casi todas mis cosas están empacadas en maletas y el vacío de mi habitación es sinónimo del vacío que habita dentro de mí. Es tan raro e irreal que el tiempo trascurre más lento, como si hiciese años que me despedí de Edan.

Me he disculpado con ellas tantas veces que he perdido la cuenta; no solo he desoído sus consejos, sino que he provocado que debamos vivir separadas. Ellas siempre responden con demasiada comprensión: «Has intentado ocultarte toda tu vida, pequeña, pero cuando ha llegado la hora, te has enamorado porque nunca podrías haberlo evitado», me dice Ágata en una ocasión.

Estoy sentada en mi cama desnuda de sábanas con la mirada perdida; tengo la cara y los labios resecos de tanto llorar, no me quedan lágrimas. El sonido del timbre me hace pegar un respingo y salgo hacia las escaleras tan rápido que me mareo. Ver a Lucía al otro lado de la puerta cuando mamá abre me descoloca tanto que apenas reacciono hasta que distingo que está llorando.

—¡¿Qué le has hecho?! ¡¡Deshaz lo que le has hecho!! —vocifera, fuera de sí.

Noto un latigazo en el pecho y bajo rápido las escaleras, el pánico me envuelve cuando aprecio el estado de sufrimiento de Lucía.

—¿Qué ha pasado? ¡¿Le ha pasado algo a Edan?! —Conforme formulo la pregunta el miedo es tan inmenso que me entran ganas de vomitar.

—¡¡Como si te extrañase!! ¡Ya sabías lo que pasaría! ¡Lo sabías de sobra!

La sensación de terror es tal que se me nublan los ojos por los bordes y pierdo la imagen de Lucía por unos instantes. Noto los brazos de mamá sujetarme y luego habla:

—¿Qué es lo que ha pasado?

—Edan y su abuela han caído gravemente enfermos. Mis padres han tenido que llevarlos al hospital a los dos.

—Oh, madre mía. Tendrían que habernos avisado, habría ido a ayudar… —Escucho de fondo la voz de Ágata.

—¡¿Vosotras?! ¡Vosotras sois las causantes de todo! ¡Largaos de una vez de Belie, solo hacéis daño! —nos grita con ira y luego se gira para alejarse dando zancadas entre sollozos.

Se me doblan las rodillas y no puedo sostenerme; mamá me aprieta la cintura, pero no consigue evitar que caiga al suelo, solo aplaca el golpe. La tata está a mi lado en segundos también y ambas me abrazan, las tres con las rodillas en el suelo. No puedo respirar, el llanto se ha atascado en mi diafragma y no logro inhalar aire.

—Tengo que ir a ver qué les pasa, la maldición no afecta también a las abuelas, Vera. Esto debe ser otra cosa, cariño. Debo ir a ver qué puedo hacer.

Quiero levantarme cuando lo hace la tata, pero no soy capaz de moverme, las extremidades no me responden. Ágata se coloca la chaqueta deprisa y nos dice algo que no logro escuchar, luego se va y oigo el motor del coche en la distancia.

No sé cuándo hemos llegado al salón, pero mamá está sentada a mi lado en el sofá y Bosque se enrosca a mi otro lado. La mano de mi madre frota mi espalda en un gesto cálido de consuelo, pero sabe que no puede decir nada que aplaque mi angustia.

—Voy a prepararte un té de Estrella de Belén —murmura ella con cariño antes de levantarse.

Ese té lo usamos tras una mala noticia o un suceso traumático y, en otra ocasión, me lo hubiese tomado con gusto, pero siento que no lo merezco: no merezco encontrarme mejor. Mi mente solo puede imaginar cientos de maneras en las que Edan deja de respirar y yo no concibo estar aquí quieta tomando té mientras tanto. Nuestra gata se me queda mirando con pena, como si se compadeciese de mí, cuando voy al recibidor para salir a la calle. Y entonces corro. No sé ni siquiera a dónde voy ni qué estoy haciendo, pero me adentro en el bosque tan rápido que los árboles se vuelven borrones a mis lados y sigo corriendo mientras se escapan sonidos estrangulados desde dentro, el llanto me destroza el pecho y la garganta. El dolor por el sobreesfuerzo de mis articulaciones es reconfortante. Entonces me tropiezo con agresividad y caigo rodando hasta topar con el tronco de un fresno; el aire se ausenta de mis pulmones unos segundos hasta que entra de golpe por mi boca. Y me quedo allí tirada. «Debí alejarme de ti en cuanto te vi el día del té en mi casa». «Debí insistir más a la tutora para que me cambiase de clase». «Debí rechazar tu oferta de ser amigos». Mi cabeza es un hervidero de tortura. Y me sumerjo sin resistirme a ello, porque he sido yo quien ha dejado que pasase esto.

No puedo saber cuánto tiempo ha trascurrido cuando abro los ojos, tiritando, aterida y gimoteando; escucho el eco de la voz de mi madre en el bosque. Me incorporo de golpe con los ojos muy abiertos; la oscuridad lo ha engullido todo, pero de todas formas corro de regreso. Oigo de nuevo a mi madre llamarme y aprieto el paso, lo cierto es que me he alejado bastante, nunca me había adentrado tanto.

—¡Vera! —dice al apreciar mi sombra en la linde del bosque—. Me has asustado…

Se recompone al ver cómo me aproximo a ella, de nuevo con gesto culpable.

—¿Estás bien? —me pregunta, tocándome la cara y los brazos como si así pudiese encontrar los daños.

—Estoy bien —digo en un hilo de voz—. ¿Sabes algo de la tata?

Ella asiente con la cabeza.

—Ha llamado, está al teléfono…

Salgo corriendo en cuanto la escucho decir eso y entro en casa en busca del fijo, mi madre entra poco después que yo.

—¿Tata? —exclamo con el auricular en la oreja.

—Hola, pequeña. —La voz calmada de Ágata no apacigua mis nervios, ella siempre habla así, da igual si nos va a contar una buena o una mala noticia.

—¿Qué ha pasado? ¿Edan está bien? —casi grito del miedo que tengo.

Ella suspira hondo.

—Al parecer se han intoxicado. A Bego le gusta recoger flores y plantas del bosque para hacer infusiones, la avisé de que era peligroso, pero no me ha hecho caso. Es probable que haya usado alguna planta venenosa para cocinar, están intentando averiguar qué es para poder contrarrestar los efectos, pero… es una intoxicación severa, cielo.

Me llevo la mano a la boca.

—Bego ha salido peor parada, su salud es muy delicada, ya lo sabes. Edan es fuerte, seguro que se recuperará. Estoy aquí, pequeña, voy a hacer lo que esté en mi mano para cuidarlos.

—¿Has podido verlo? ¿Has visto a Edan?

—No me han dejado, cariño, pero ya me conoces, siempre me salgo con la mía, ¿no? Ahora lo que debes hacer es dejar de pensar en que tienes la culpa de algo, ¿me entiendes? No tienes nada que ver con esto, la maldición no actúa así.

—Tata… —Niego con la cabeza cerrando los ojos con fuerza—. No es una casualidad. Puedes intentar convencerme, pero yo he mandado a Edan al hospital.

35

Ágata

Invierno de 2022

Nunca es fácil lidiar con el rechazo, las miradas de odio o no ser bien recibida en ningún lado. Llevo toda mi vida afrontando esa clase de situaciones y, no, por supuesto que una no se acostumbra a la desagradable sensación que se posa bajo la lengua y en el estómago.

—Vete de aquí, ni se te ocurra acercarte a ellos. —Es lo primero que me ha dicho Belén, la madre de Lucía, cuando he entrado al hospital.

No me he movido de aquí, claro está. Si me hubiese marchado de todos los lugares de donde me han echado, no habría hueco para mí en cien kilómetros a la redonda.

He averiguado lo que les ha ocurrido gracias a la amabilidad de la enfermera y me he quedado esperando en un lugar donde no incomodo a nadie con mi presencia. Conozco cada planta y flor que crece en Belie y los antídotos de las especies venenosas; he intentado decírselo a la enfermera, pero no me ha escuchado. Como siempre, es muy frustrante intentar ayudar fuera de las paredes de nuestra casa.

—No tenéis bastante con haberlos mandado al hospital, que ahora tienes que estar aquí… ¿Haciendo qué? —Belén me está hablando de nuevo. Yo suspiro con resignación; si quiero ayudar, no me queda más remedio que aguantar—. Sabías lo que pasaría. Mucho ha tardado Bego en enfermar..., pero ¿y el muchacho? Son personas buenas e inocentes, pudrís cada cosa que tocáis.

Cuadro los hombros y la observo con calma. No puedo olvidar que sus palabras están emponzoñadas por las muertes de mis yernos, dos chicos nacidos en Belie. Belén estuvo muy unida a Héctor, el marido de Mariela, antes de que ellos se enamorasen.

—He venido a intentar ayudar, Belén. Sabes que no somos malas personas y quiero con todo mi corazón a mi amiga y a su nieto.

—¡Ja! —despotrica por lo bajo, indignada—. Si quisieseis a alguien os alejaríais de ellos. Mira cómo han acabado... Y más os vale que no mueran, porque ya no vamos a aguantar más muertes por vuestra culpa.

—¿Me estás amenazando, Belén?

—Os estoy avisando. El pueblo está consternado por la noticia, todos lo esperábamos... Pero ya no vamos a quedarnos de brazos cruzados.

Belén gira sobre sus talones y se aleja a zancadas, tal y como lo ha hecho su hija antes cuando le ha gritado a Vera; dos calcomanías afectadas por la misma dolencia: un amor no correspondido, el despecho y el odio. Belén siempre estuvo enamorada de Héctor así como Lucía de Edan. Pero no saben que nunca habrían podido hacer nada, ni aunque mi hija y mi nieta se hubiesen ocultado o huido de ellos, las almas gemelas siempre terminan encontrándose.

—¿Ágata Anies? —La médica pregunta en el pasillo donde solo estoy yo y una pareja de ancianos sentados a unos metros de mí.

—Soy yo.

—Eres el contacto más cercano de Begoña —anuncia, acercándose a mí—. Le hemos hecho pruebas y le hemos administrado medicamentos para contrarrestar los efectos tóxicos de lo que ha ingerido, pero por desgracia hay demasiada cantidad en su cuerpo y no está respondiendo bien al tratamiento. Me temo que su cuerpo ya no aguantará mucho más.

Recibo la noticia como una losa pesada en mi corazón. La imagen de la médica se vuelve borrosa ante mis ojos encharcados.

—Puedes pasar a estar con ella si lo deseas.

—¿Y el chico?

—Edan es joven y fuerte, estamos muy atentos a su progreso.

Nadie me ve acompañar a la médica a la habitación de Bego y doy las gracias por ello. Mi mejor amiga está postrada en la cama, intubada y pálida, y le tomo la mano en cuanto llego a su altura. Reviso las manchas de su piel, su tono macilento, tirando a amarillo, luego me tomo la confianza de abrirle la boca para verle la lengua; efectivamente, sé qué planta han ingerido.

—Doctora... —Le describo las marcas que veo, los síntomas y el nombre de la planta que han tomado y también, con mi voz más firme y profesional, le recomiendo lo que deberían administrarle.

Para mi grata sorpresa, la médica me escucha, parece que se le iluminan un poco los ojos ante mi idea y llama a la enfermera para darle la nueva orden.

El hospital está a las afueras de Belie, reciben pacientes de muchos pueblos cercanos y no tienen por qué conocer las plantas autóctonas de la zona ni que yo soy una bruja.

Hago un hechizo de protección y sanación sobre el colchón cuando me dejan a solas con ella. Siempre llevo un maletín de emergencia con hierbas, piedras y demás objetos útiles, pero sé, aunque le hayan administrado el tratamiento nuevo, que Bego se está apagando. Noto su energía, puedo percibir su aura.

—Bego, mi querida amiga —le hablo tomándole de la mano con energía—. Gracias por tanto, por tu dulzura, por esa luz que dejas por donde vas. Eres de las personas más maravillosas que he tenido el honor de conocer y agradezco a la vida por haberte traído a mí. No te preocupes por Edan, me aseguraré de que esté bien, te lo prometo.

Begoña deja de luchar unos minutos más tarde. Y dejo de notar su energía en la habitación; su ausencia me provoca un escalofrío y mis lágrimas empapan su jersey.

Los médicos y las enfermeras me hacen salir cuando entra en parada, puede que intenten reanimarla, pero no saben que su alma ya no está en su cuerpo. Salgo al pasillo con lágrimas silenciosas surcando mi cara y busco la habitación donde tienen al chico. No pido permiso a nadie para entrar, pero espero que no intenten echarme al ser el contacto más cercano de su abuela.

Edan está dormido en su cama, intubado como Bego, pero con un tono más saludable. Es un joven apuesto, aun enfermo y con los párpados tintados de púrpura. Tiene un aura fuerte, una presencia que colma la habitación. Esbozo una sonrisa con cariño hacia el muchacho y me siento en el sillón a su lado.

Edan se pondrá bien.

* * *

He dejado que la médica le diese la noticia al chico cuando ha despertado al cabo de un par de horas. Antes de entrar, la joven doctora me ha dado las gracias por haberle servido de ayuda, Edan ha mejorado notablemente gracias a mi consejo.

Puede que Belén y su marido se hayan ido del hospital tras enterarse de la muerte de Bego y de que Edan se recuperará. No se han cruzado conmigo de nuevo, quizás hayan pensado que me había marchado antes que ellos. La noticia se extenderá como la pólvora en Belie, lo sé, y nunca había recibido una amenaza tan clara como la de Belén, así que no estoy segura de lo que ocurrirá.

Debo darme prisa porque el chico recibirá visitas de amistades pronto y para entonces yo ya no debería estar aquí.

Edan posa sus ojos despejados en mí cuando entro a la sala; ya no va intubado y está inclinado con las almohadas en la espalda.

—Lo siento muchísimo —le digo desde el alma.

—Lo sé. —Esboza una sonrisa que delata una madurez impropia de su edad.

Estas mismas frases fueron las últimas que intercambiamos hace tres días, cuando se despidió de mi nieta.

—Esto no es culpa de Vera —se apresura a decir adoptando un gesto serio. Asiento y me detengo cuando llego frente a él—. Sé que se estará castigando. No la dejes, por favor.

—Me temo que el espíritu salvaje de mi nieta es difícil de gobernar —le sonrío con dulzura.

Edan toma aire con algo de ahogo, su pecho sube de forma errática.

—La echo de menos —musita.

Asiento con la cabeza de nuevo.

—No hay nada que pueda decirte para aplacar tu dolor, chico, solo que haré lo que esté en mi mano para descubrir, de una vez por todas, por qué nos pasa esto —le prometo.

Él baja la mirada hacia sus manos y lo veo librar una batalla interna.

—¿Cuándo se irá?

—Mañana por la mañana viene mi hija Flor a por ella.

El chico cierra los ojos para asimilar la información.

—He hablado con mi padre por teléfono, llegará mañana. No sé qué será de mí, no puedo quedarme en Belie sin un tutor legal. Lo más seguro es que me vaya con él después de despedirnos de mi abuela. Vera no tiene por qué irse y desorganizar toda su vida.

Aprieto los dientes ante esa realidad.

—La decisión está tomada, es mejor así, créeme.

Para Vera será menos duro no estar en los lugares donde se enamoró de Edan. Además no sé cómo responderán los vecinos a la muerte de la única amiga de las brujas de Belie. Estará más segura lejos.

—Dile… dile a Vera que la quiero. —Se le quiebra la voz y traga saliva con esfuerzo para reponerse—. Dile que me da igual el tiempo que pase, que la esperaré. Y que ella no podría haber hecho nada para evitarlo, que me enamoré de ella incluso cuando se escondía de mí.

—Se lo diré —prometo, conmovida.

Él asiente con dos lágrimas acariciando sus mejillas.

—Te deseo una vida feliz, Edan, tanto como mereces —le digo de corazón.

Él me devuelve el apretón de mano cuando la estrecho con la suya y siento todo el dolor que guarda dentro. Y luego me despido de él, habiéndole dejado una piedra bajo la almohada para protegerlo y dar algo de tregua a su corazón malherido.

36

Vera

Invierno de 2022

He dormido con mi madre en su habitación, aunque casi no he pegado ojo en toda la noche. Por eso me he despertado sola en la cama por la mañana y la voz de la tía Flor en el recibidor se ha sustituido por la de Chiara preguntando por mí. He aguardado a que mi prima viniese a abrazarme; se ha acostado a mi lado en la cama y me ha envuelto con brazos y piernas y se ha quedado ahí callada un buen rato.

—Quiero que me hagas olvidarlo... —digo con voz ronca. Chiara levanta la cabeza de mi pecho y me mira como si no terminase de comprender lo que le pido—. ¿Puedes hacerlo? Con tu hipnosis, ¿puedes borrar su recuerdo?

—¿Quieres olvidarlo? —replica, sorprendida.

—Quiero que esté a salvo —respondo con rotundidad—. Esta noche cada vez que me despertaba pensaba en escabullirme e ir a verlo, he pensado decenas de formas de cómo llegar hasta el hospital. No dejaré de hacerlo, Chiara, no voy a dejar de pensar en cómo regresar con él aunque sepa que soy la causante del daño. Ágata nos lo dijo, nos es muy difícil alejarnos cuando nos enamoramos. Y yo solo puedo pensar en que ahora está solo, Bego ha muerto y no sabe qué será de su vida... Estar lejos de él ahora es como si me arrancasen la piel a tiras. —Me echo a llorar de forma visceral. Chiara me abraza y sisea cerca de mi oreja con cariño.

—¿Estás segura de lo que quieres, Vera? Esta clase de sesiones son largas y duras, rebuscar un recuerdo para que aflore es más fácil, pero ocultarlo... No sé si se podrá revertir ni lo que costará.

—¿Lo puedes intentar? —digo entre llantos.

—Puedo intentarlo, claro, por ti lo que sea —dice mientras me acaricia y limpia mis lágrimas con las palmas de las manos.

—Cuando encontremos la forma de acabar con la maldición, entonces puedes devolverlo a mi memoria. Él habrá rehecho su vida, pero ya no estará en peligro por mi culpa aunque siga enamorada de él.

Chiara me contempla con tristeza y niega con la cabeza.

—¿Te lo has pensado bien? Estoy segura de que no quieres...

—No he dejado de pensarlo —la interrumpo—. No quiero un final inevitable para Edan. Quiero que viva y viaje y escriba y siga arreglando todo lo que se encuentra roto, porque eso es lo que él hace. Necesito la certeza de que estará a salvo. Y si lo olvido dejaré de estar enamorada, dejaré de intentar ir con él... Y por lo tanto él vivirá.

Mi prima hace un mohín de resignación y me acaricia el pelo.

—Está bien.

Nos levantamos de la cama para darle la noticia a mi madre, a la tata y a Flor. Haremos la hipnosis antes de irnos, así pueden ayudarnos a reforzar la energía y respaldar el trabajo de Chiara. Ninguna parece muy de acuerdo con mi decisión, de hecho titubean cuando les pido ayuda, pero finalmente acceden.

Sé que una parte de mí jamás lo olvidará, puede que su recuerdo me visite en sueños, pero ahí estará seguro, donde solo pueda tocarlo en la distancia.

37

Diego

1931-1934

Me sabía de memoria cada peca, cada curva y rugosidad de la piel de Cris. En aquellos estimulantes meses, aprendí mucho en clases, pero sobre todo fuera de ellas; aprendí a relacionarme con mis iguales, también a conocerme a mí mismo, sobre todo a través de la mirada incandescente de Cristóbal.

Vestíamos ternos a la inglesa y chaquetas de golf, tomábamos té en las habitaciones (normalmente en la nuestra) en largas tertulias aburguesadas, inventábamos historietas, cantábamos... y antes de dormir, Cris tocaba el piano que había en el salón y todos nos reuníamos allí para oírlo tocar, igual que hacía en la finca después de las clases de poesía.

Un tiempo atrás no me habría visto desenvolverme en aquel estilo de vida con tanta comodidad, pero no recordaba haber sido tan feliz jamás.

Cris me contó que no había ido a la casa de la Huerta de San Benjamín por imposición de Margarita; al parecer, su madre le había prohibido ir a casa mientras yo siguiera allí para mantenerlo alejado de mí. Había tenido que quedarse en casa de algunos amigos en las festividades, incluido en su cumpleaños, y todavía le guardaba rencor por ello. Durante aquel tiempo intercambiamos correspondencia con don Joaquín, con Victoria y con mi madre.

Cris se negaba a escribirle a Margarita, nunca lo había visto tan dolido con ella.

La mentalidad de los estudiantes de la Resi era muy diferente a lo que había conocido hasta entonces, pero aun así debíamos tener cuidado con mostrar algún signo de afecto entre nosotros, algo que cada vez me costaba más. A veces me picaban las manos de las ganas que tenía de acariciarle el pelo cuando tocaba el piano para todos o cuando hacía o decía alguna cosa increíble con la cual los demás reían complacidos. Las escapadas al centro a «tomar unos vinos» y los planes para ir de nuevo a Toledo eran habituales, de modo que teníamos que ser más cuidadosos con lo de estar cansados siempre que una chica nos proponía bailar o dar una vuelta. Salva y Rafa, que parecían saber más de lo que decían, nos aconsejaron que nos acercásemos a Carmen Río y sus amigas, que nos fuésemos con ellas alguna noche de juerga para acallar cualquier rumor. No entendimos muy bien aquel consejo hasta que conocimos a Carmen. Ella y una amiga suya nos tomaron a ambos de los brazos y salimos con ellas de la taberna de Madrid en la que estábamos. En cuanto estuvimos los cuatro solos en las calles, se dieron la manos y se acariciaron y bromearon entre ellas; ¡eran novias! Cris y yo nos miramos con los ojos brillantes. Sentí un alivio profundo en el pecho que seguro que él también experimentó. No éramos los únicos que se escondían, había más personas como nosotros. Aquella noche fue muy divertida y especial, Carmen y su novia empezaron a hablarnos de ellas y su relación sin tapujos y nosotros hicimos lo propio; era liberador, como deshacernos de un peso. Aquella no fue la última vez que salimos con ellas.

En Navidades decidimos regresar a la casa de la Huerta de San Benjamín, echábamos de menos a Victoria, a su padre y a mi madre. El reencuentro con Margarita fue bastante tenso. Cris no me lo contó, pero sabía que ella y él habían discutido acaloradamente antes de la cena de Nochebuena. Nadie pudo impedir que durmiésemos juntos y, en aquella ocasión, como tantas veces había ocurrido en la Residencia, hicimos el amor en silencio. Era diferente besarnos y lamernos bajo el techo de su habitación, donde tantas veces nos habíamos deseado sin decirlo. Por las mañanas volvimos a retomar la costumbre de retarnos a correr por los alrededores y, en una de las ocasiones, cuando lo tiré al suelo antes de trepar al árbol, Cris me besó con ferocidad y se volvió loco ante el recuerdo de la última vez, porque me desnudó en pleno diciembre sobre las hojas y la tierra y se apropió de mi sexo para darme un placer que me trastornó. Gemimos en mitad del bosque con esa sensación de urgencia que siempre nos acompañaba, porque sentíamos que lo que hacíamos estaba prohibido.

* * *

—¿Qué escribes? —le pregunté a Cris.

Estábamos en el dormitorio de la Residencia después de haber cenado. Él se encontraba en su cama tumbado con la espalda apoyada en el cabecero mientras yo me lavaba los dientes. En cuanto me asomé un poco a la libreta donde estaba escribiendo, la apartó y se le tintaron las mejillas.

—¿No me dejas verlo? —exclamé, sorprendido.

Siempre leía sus poemas mientras los creaba, me pedía mi opinión y los modificaba según mi criterio aunque le insistía en que yo no tenía ni idea de poesía.

—Este no. Quiero que esté perfecto cuando lo leas —dijo con una nota de timidez y emoción.

Cris fue creándose un nombre en la Residencia durante mil novecientos treinta y dos. Su poesía sobresalía por encima de la del resto, su manera de expresarse, de sentir y de derramarse sobre sus letras eran poco propias de los hombres de la época, más humanas y sensibles de lo acostumbrado. Todo el mundo quería leerlo, y por eso don Joaquín lo ayudó a contactar con una editorial que publicase su primer poemario a mediados de año. *Arde, piel* se convirtió en un fenómeno de ventas. Él, humilde, no se creía el éxito.

—En ese poemario están mis mejores y más viscerales desvaríos —me dijo un día mientras fumábamos en la ventana del dormitorio de la Resi—. Todos menos uno.

Lo miré con curiosidad. En la residencia ya éramos famosos por nuestra amistad *peculiar*. Nosotros no habíamos dejado de salir con Carmen Río y su novia, que estudiaban en la Residencia de Señoritas; fingíamos que Carmen estaba enrollada conmigo y su novia con Cris. Sin embargo, algunos de nuestros amigos se lo tragaron y otros no tanto. Nos habían preguntado abiertamente si éramos *maricones* (sí, así con esa palabra) y, por supuesto, lo habíamos negado. Pero no nos importaban los rumores, éramos felices. Nos habíamos convertido, además de en mejores amigos, como siempre habíamos sido, en confidentes y amantes. Éramos el hogar del otro, el lugar donde más a salvo nos encontrábamos.

—¿Y dónde está ese poema perdido? ¿Por qué no lo incluiste en *Arde, piel*? —le pregunté, dándole la última calada a mi cigarrillo.

—Porque ese poema es tuyo, Diego. Solo tuyo —respondió con voz suave.

Lo observé con asombro; Cris nunca dejaría de sorprenderme.

—Si es mío, ¿por qué nunca lo he leído?

Él se mordió el labio y enrojeció.

—Sé que te lo cuento todo, pero… ese poema lo escribí a las tantas de la madrugada una noche que me desvelé y te miré dormir a mi lado. Me puse muy intenso —admitió.

Me quemaron las orejas y la nuca; parecía que, con el tiempo, mi deseo por él aumentase y la sensación de vértigo por ser su único objeto de deseo no dejase de afectarme.

—¿Puedo leerlo ahora?

Él se encogió de hombros, vergonzoso. Madre mía, lo irresistible que era Cris cuando actuaba así… Además vestía con una camiseta blanca de tirantes que no sabía si era mía o suya y unos pantalones holgados y tan finos que me dejaban apreciar al detalle su anatomía. Cristóbal era cada año más atractivo.

—Está en el cajón de mi mesita —accedió.

Le sonreí con ganas y apagué el cigarro para pasearme por la habitación con el torso desnudo, sorteando su cama para abrir el cajón. Tomé su libreta y pasé las páginas; la mayoría de esbozos de poemas ya los había leído hasta que me encontré con uno nuevo.

—Léelo en voz alta —me pidió desde la ventana.

Apreté el papel entre los dedos y caminé por el cuarto mientras leía:

—Te miro y eres todo lo que está bien en este mundo. Ni los árboles, ni el río, ni el aire que se cuela en el bochorno del verano me dan más oxígeno. Te miro y eres la luz y la risa y la vida. Ni los agravios, ni las dudas, ni el odio pueden eclipsarte. Somos hombre contra hombre. Somos piel frágil, humana, callada. Somos hombre contra hombre. Y el miedo me paraliza porque ese torrente de felicidad que eres puede drenarse. Porque la gente, indiferente, puede romperte. —Tragué saliva con dificultad y proseguí—: Te miro y eres la sangre que impulsa mis latidos. Somos hombre contra hombre. Somos piel frágil, humana, callada. Enamorada.

Me limpié las lágrimas a golpes con la palma de la mano y el dorso del brazo. ¿Estaba a punto de echarme a llorar como un crío? Así era. Cris se acercó rápido desde el alféizar, no lo vi llegar; de repente, sus brazos estaban alrededor de mi cuerpo y me abrazaba con fuerza.

—¿Te sorprende algo de lo que has leído, chico de campo? —susurró contra mi nariz.

Negué con la cabeza, pero mentía.

—Quiero quedármelo —le pedí con la voz quebrada.

—Es tuyo, Diego. Soy tuyo —musitó y luego me besó los labios mojados de lágrimas.

Como siempre con él, perdí la cabeza y deseé más y más. No sabía si era normal la cantidad de veces que practicábamos sexo o nos besábamos, a veces no aguantábamos y nos escondíamos para tocarnos. Podríamos existir desnudos en la habitación y no necesitaríamos nada más aparte de lo básico para sobrevivir.

Supuse que aquella etapa de pasión desenfrenada se resentiría con el tiempo, pero mil novecientos treinta y tres comenzó en la casa de la Huerta de San Benjamín con periodos largos de sexo en el bosque, donde hacíamos pícnics en pleno enero; en Granada nunca hacía tanto frío como para privarnos de aire fresco. Pilas de libros, poesía, narrativa, ensayo, hojas y hojas de la letra impulsiva y apasionada de Cris, comida, mantas y cigarrillos, era lo único que necesitábamos para pasar las fiestas. A veces invitábamos a Victoria a unirse, otras nos repantigábamos cerca de la chimenea y ella nos leía con su voz preciosa y cantarina algún libro que la fascinaba. Nosotros le contábamos nuestras fechorías en la Residencia y ella nos mostraba con melancolía las ganas que tenía de estudiar en Madrid.

Fue la época en que Margarita empezó a darme más miedo. El hecho de verse obligada a resignarse ante el empeño de su hijo en estar conmigo la hacía estar continuamente irascible. Además, su fama como espiritista se hizo más sólida a inicios del treinta y tres y era habitual encontrar velas negras consumidas u objetos de magia oscura en alguna esquina de la casa. Cristóbal siempre me pedía que no me preocupase, pero, aunque era un agnóstico, me inquietaba.

* * *

—¡Viene Lorca a la Resi! ¡Lorca viene a actuar! —anunció uno de nuestros compañeros un día de primavera.

Cris respondió con una alegría desmedida, de hecho me abrazó y me alzó en vilo en mitad del pasillo (aunque los abrazos entre los amigos eran habituales allí).

El poeta había visitado a menudo el lugar donde estudió para ofrecer algún espectáculo, en esa ocasión tocaría con La Argentinita, la mujer con quien había hecho la obra de teatro llamada *El maleficio de la mariposa*.

El ambiente bullía de expectación y nervios ante la visita. Cris estaba especialmente inquieto. Para él, Lorca era un referente. La poesía había tomado mucha importancia en su vida y su nombre ya sonaba en las tabernas y en las voces de otros artistas de Madrid. En su repertorio de poemarios publicados ya había tres viajando a todas las ciudades y en ninguno de ellos había incluido el que, para él, era su mejor escrito: *Somos hombre contra hombre*.

La sala se llenó hasta arriba de estudiantes agitados. En cuanto Federico y Encarnación López (La Argentinita) se presentaron en el salón, los vítores y aplausos nos ensordecieron. Cris me apretó la mano que me agarraba. Los artistas subieron al escenario y Lorca, con su traje elegante y su corbata amarilla, se sentó ante el piano, el mismo que tantas veces había tocado Cris. Pronto entendí el fervor que generaba Federico. Además de que su acento granadino nos trasladaba a casa, era gracioso, dicharachero y se ganaba al público con un par de gestos o palabras acertadas; era hipnótico. Cristóbal lo contemplaba con fascinación. Nos presentaron mediante canto, taconeo y palmas *La colección de canciones populares antiguas,* que la mayoría en esa sala cantaron a todo pulmón coreando a los artistas, ya que Lorca animaba a todo el mundo a participar.

—Esta Residencia fue mi segunda casa —nos dijo Lorca, de pie en el escenario—. Y cada vez que vengo aquí, a esta vida humilde, reposada pero grata y tan cara de espíritu, rejuvenezco.

La emoción en la voz de Federico se contagió a los estudiantes.

—Son baños espirituales lo que vengo a hacer aquí —dijo con la mano en el corazón—. Mi consejo es que aprovechéis estos años, que de aquí salen las personas que modernizan la sociedad. Eso es lo que hace la enseñanza libre, la igualdad, la diversión, el compañerismo y el arte. Os aliento a que no os conforméis, eso nunca.

Apreté la mano de Cristóbal en esa ocasión, afectado por las palabras del poeta. Era inspirador.

—Vamos, Diego, se van a ir y tengo que conocerlo —me urgió Cris cuando Lorca y Encarnación empezaron a bajar del escenario entre aplausos acalorados.

No éramos los únicos que queríamos su atención. Cristóbal aguardó inquieto sin soltarme de la mano hasta que el poeta estuvo libre y avanzó entre la muchedumbre.

—Hola —lo interceptó Cris, colocándose en su camino—. Solo quería decirte lo mucho que te admiro. Habéis estado maravillosos y… he leído todo lo que has escrito.

—¡Oh! ¡Muchísimas gracias! ¿En qué año estáis?

—Somos estudiantes de tercero. Él es Diego Vergara y yo me llamo Cristóbal Leiva.

—¡Leiva! ¡He oído hablar de ti! Leí *Arde, piel,* ¡enhorabuena! Cómo me gusta encontrarme estudiantes tan talentosos en la Resi.

A Cris se le colorearon las mejillas con intensidad; sabía cuándo algo era demasiado importante para él y ese era uno de esos momentos que nunca olvidaría.

—Vaya, qué honor, gracias —dijo en tono vehemente—. Me encantaría tener algún consejo tuyo.

Cris me apretó de nuevo la mano y buscó mi mirada unos instantes para regresarla a la de Federico. El poeta se dio cuenta del gesto, sus ojos se desviaron a nuestras manos entrelazadas y luego hacia nuestros rostros; su cara se dulcificó, de repente parecía cómplice de lo nuestro.

—Lo que hay al margen de esta sociedad es lo más extraordinario de este mundo y nunca opinaré lo contrario, amigos míos —comenzó diciendo con voz cálida—. Mi consejo, Leiva, es que no temas ser extraordinario. Ninguno de los dos lo teméis. El mundo es demasiado anodino sin gente como nosotros, ¿no creéis?

A ninguno nos hizo falta aclarar que no solo estábamos hablando de arte, ese mensaje tenía un trasfondo mucho más íntimo, un mensaje que nos reconfortó.

Carta desde la Residencia de Señoritas, Madrid, 1934

Queridos Cristóbal y Diego:

¡Esto es maravilloso! ¡Qué interesantes son mis clases y las conversaciones con mis compañeras! Querido hermano, ¡cuánta razón tenías cuando decías que es como estar en otro mundo! Es una vida ajetreada e independiente, un soplo de aire fresco. Y debo contaros algo que no puedo sacarme de la cabeza desde hace días, ¿a quién se lo voy a decir si no es a vosotros que conocéis los entresijos del alma humana? He conocido a un chico. Bueno, en realidad él no me ha visto a mí. Lo veo todos los días a la salida de la Residencia. Siempre anda solo con la nariz metida en un libro o garabateando en una libreta. No sé cómo explicarlo, mirarlo hace que el corazón me vaya muy muy deprisa y me suden las palmas de las manos. Adela, que ya se ha convertido en una buena amiga aquí, me aconseja que me acerque y me presente, pero ¡¿cómo podría acercarme?! ¡No puedo! Solo de pensarlo me muero. Él es más mayor, parece maduro, como si el jovial alboroto de su alrededor le quedase pequeño y solo le interesasen las charlas intelectuales. Intento sacarlo de mi cabeza, pero no soy capaz, ¿algún consejo? Lo agradecería muchísimo.

Con amor,

Victoria

38

Ágata

Verano de 2023

A veces la magia, como la vida, toma sus propios caminos caprichosos para concluir sus propósitos más ambiciosos.

El día en que mi nieta decidió olvidar a Edan, creí que todos los avances que habíamos hecho, todo por lo que habíamos velado y luchado, se desvanecían. Y con su partida y la posterior marcha de Edan junto a su padre, los kilómetros que los separaban eran sinónimos de grilletes alrededor de nuestras muñecas. No podía entenderlo, ¿qué habíamos hecho mal? ¿Dónde había quedado mi infalible intuición? ¿Y todos los rituales?

Belie se volvió un lugar complicado en el que vivir. Mariela se fue con Vera cuando por fin encontraron un piso donde mudarse cerca de Flor y Chiara. Y Bosque y yo vagábamos por la casa vacía, a menudo sin saber qué hacer. Pero eso no era lo peor; los vecinos estaban empeñados en que no quedásemos ni una de las brujas de Belie en el pueblo. La muerte de Bego había desatado algo que había yacido latente durante años: el odio silencioso y las miradas de desprecio se habían convertido en acciones, y lanzaban huevos o piedras con notas amenazadoras contra nuestra casa y nadie me atendía en las tiendas cuando necesitaba comprar algo. No me quedaba ni un solo apoyo cálido en Belie: mi mejor amiga no estaba, mi hija y mi nieta se habían ido.

La magia no me bastaba para protegerme sola.

—Ven con nosotras, mamá. Este piso es lo suficientemente grande —me pedía Mariela cada vez que hablábamos por teléfono.

—Este es mi hogar. No pueden echarme de mi hogar —le decía con el alma encogida, sabiendo que, al final, aquella situación no se sostendría.

Pasado un tiempo, Vera encontró una encantadora casa en las inmediaciones de la ciudad rodeada de naturaleza y un río cercano. Lo había hecho para terminar de convencerme de que me fuese con ellas y, con solo decir que haríamos una réplica de las habitaciones de la casa de Belie, funcionó. Flor y Chiara también se mudarían porque la casa de campo era enorme.

—Montaremos una tiendecita con tus materiales esotéricos. Sé de una zona pintoresca de la ciudad que te encantará, tata. Venderemos las velas artesanales, las piedras, los sahumerios caseros… Incluso podrás montar una consulta y dar consejos —me propuso Vera, pletórica.

¿Cómo iba a negarme? La tienda se llamaría Las Brujas de Belie porque, aunque el pueblo no nos quisiese, nuestro corazón siempre pertenecería a aquel lugar. Y así fue cómo, entre las cinco mujeres Anies, montamos una magnífica tienda con toda la esencia de nuestro hogar; decoramos las estanterías y los escaparates, dimos forma al mostrador y a la sala donde haría visitas privadas, como hacía antes en casa… Admito que pronto me ilusioné con el proyecto. Y, para qué mentir, es una gozada pasear por las calles sin recibir miradas de desprecio o algún gesto de rechazo.

Como decía, la magia toma sus propios caminos para concluir sus propósitos. Y pronto entendería que nosotras no podemos manejar cómo ni cuándo sucederá. El universo tiene sus propios planes y un caluroso día de agosto Vera recordó…

39

Vera

Verano de 2023

Huele a chocolate, a té y a tinta; una mezcla mágica que me invita a quedarme toda la mañana. Suena de fondo música *indie*, se respira cultura y promesas de que, en cualquier esquina, algún artista encontrará inspiración. Se trata de una cafetería-librería que hay justo al lado de Las Brujas de Belie y acabo de tomar la firme decisión de que vendré a desayunar aquí cada mañana antes de abrir la tienda.

La idea de ser la encargada principal me entusiasma; no sabía que una tiendecita con todos nuestros objetos de bruja me haría tanta ilusión. Además doy rienda suelta a mi imaginación con las combinaciones de hierbas y nuevos rituales (ya no freno mi intuición) y, tras un visto bueno de la tata, los pongo a la venta. Me encanta explicar a los clientes cómo preparar las plantas y los efectos que tendrá según sus necesidades: suerte, dinero, amor, alguna dolencia...

Pido mi té y un cruasán en el mostrador y luego me siento. Hay una pareja de estudiantes al fondo, una chica de mediana edad dando sorbos a un café con la atención puesta en un libro, un hombre tecleando en su portátil... Detengo la mirada en el chico que se sienta a dos mesas frente a mí. Escribe algo en un cuaderno con el gesto fruncido, un bucle negro le cae en la frente. Tiene unos rasgos dulces, pálidos. No sé qué es lo que me llama la atención de él, pero no puedo apartar la mirada; su postura, sus largos dedos manchados de tinta. Unos labios gruesos alrededor de un bolígrafo mordisqueado, ojos claros, no sé exactamente de qué tono, ojeras… Sí, parece cansado, como uno de esos escritores atormentados por la creatividad con el aliciente de un amor frustrado o no correspondido.

La camarera se detiene unos segundos antes de llegar a su mesa y se arregla el pelo; desde aquí noto su inquietud. Enrojece cuando le pregunta qué desea tomar y él alza la mirada hacia ella; sonrío con ternura al apreciar cómo le tiemblan las manos alrededor de la libreta mientras apunta el pedido, el chico baja la mirada de nuevo hacia sus tareas y ella continúa observándolo un poco más. Al parecer no soy la única a la que ese desconocido ha embrujado.

Me acabo de tomar el desayuno y me dispongo a irme cuando el sonido metálico de un micrófono a mis espaldas me sobresalta.

—Buenos días. Voy a recitar algún escrito y eh… espero que paséis una mañana agradable. Gracias —dice el chico guapo que hace unos instantes estaba inmerso en su libreta, la misma que ahora sostiene en la mano.

Lo observo con curiosidad mientras se prepara sobre el pequeño escenario.

—Cuando despierto duele un poco menos respirar porque sé que ella existe. Cuando las calles se apagan y mi habitación se sume en la penumbra ya no estoy solo; es extraño como la mera presencia de alguien en el mundo puede salvar algo dentro de mí que creía perdido. —Parpadeo, inmóvil en mi sitio. Él continúa—: Ella se pasea por mis sueños sin permiso aunque duela. Ella se cuela entre las grietas colmadas de heridas aunque no la invite. —Su voz es profunda, casi ronca. Todo el mundo en la cafetería lo está mirando—. Me fascinas. Me desgarras. Me curas. Me iluminas. Me dueles. Me salvas. Me estalla el pecho.

Aprieto la servilleta usada en un puño y el corazón empieza a latirme más deprisa. Yo he leído antes esos escritos, no tengo ninguna duda. Pero… ¿cómo es posible? Unos aplausos de admiración se alzan entre los espectadores y él sonríe con timidez y luego baja del escenario para dirigirse al mostrador a pagar. No me dirige ni una sola mirada aunque ha pasado al lado de mi mesa. Quizá… quizá la persona que dejaba notas en mi cabaña en Belie copiase las frases de otro autor más conocido. Quizá el chico poeta no escribía sus propias ideas.

Dejo el dinero en la mesa y salgo a la calle con cierta urgencia. ¿Debería preguntarle? La sola idea me hace sentir vértigo. Quizá deba dejar las cosas como están, es peligroso acercarme a alguien que me genera tanta atracción, incluso antes de escucharlo.

Además, es muy probable que no me lo vuelva a cruzar.

Al día siguiente el chico no está en la cafetería y siento una mezcla de alivio y desilusión, es lo mejor que puede pasar porque no he podido dejar de pensar en él desde ayer.

Por la tarde quedo con Chiara para hacer uno de esos talleres en los que pintamos nuestra propia taza mientras tomamos té y, como llego muy pronto a la cita (hemos quedado cerca de nuestra tienda), paso a una pequeña *boutique* de vinilos preciosa que me lleva llamando desde que inauguramos Las Brujas de Belie.

A todas nos ha costado un poco adaptarnos a nuestra nueva casa aunque tenemos todo lo que teníamos en Belie (a excepción de mi cabaña). La que más nota el cambio es la tata; a veces la veo triste mientras preparamos nuevos pedidos o cuando sale al huerto a regar. Ojalá pudiese hacer algo. Pero ni siquiera ella puede negar la ventaja de poder hacer más actividades fuera de casa y que nadie nos conozca ni nos juzgue.

Miro a través del enorme escaparate de la tienda de vinilos hacia el horizonte. Como de costumbre, guiño un ojo y coloco los dedos bajo la posición del sol y sobre los tejados de las casas para saber cuántos minutos quedan para que se ponga el sol; esa sensación inexplicable de impaciencia, como si fuese a pasar algo importante, como si tuviese que ir a algún lugar, se posa en mi estómago. Pero nunca pasa nada y no sé a qué lugar debería ir para saciar esa intensa sensación.

Suspiro y paseo los dedos por las carátulas de los vinilos y admiro los pasillos largos que rebosan nostalgia y arte. De vez en cuando me coloco los cascos para escuchar alguna canción. *Young and Beautiful*, de Lana del Rey, inunda mis tímpanos y me quedo un poco más ahí con los ojos cerrados; noto cómo alguien toma los cascos que están a mi lado, parece que también le interesa Lana del Rey. Miro de soslayo a la persona con gustos parecidos a los míos y la sangre hace algo extraño contra mi piel cuando distingo al chico de la cafetería. Me concentro en los vinilos que tengo enfrente con fijeza mientras me palpitan las sienes con violencia. Lo he mirado unas milésimas de segundo y he descubierto que de cerca intimida lo guapo que es. De repente me llega un efluvio a su perfume y me tenso. Ese olor... ¿me es familiar? Reprimo un respingo y me fijo en sus manos cuando escoge uno de los vinilos a mi lado, tiene los dedos manchados de tinta. Me atrevo a levantar un poco los ojos para mirarlo; está concentrado escuchando. Aprieto la costura de mi vestido con los dedos; nuestros hombros casi se rozan y la sola idea de que eso suceda me acelera el corazón. ¿Qué me pasa? ¿Debería preguntarle si es el chico poeta?

Alzo de nuevo la mirada y en esta ocasión tengo la valentía de observarlo un poquito más; grises, tiene los ojos grises. De pronto levanta la mirada y me pesca observándolo. ¡Ay, madre mía! El chico esboza una sonrisa amable que respondo sintiéndome estúpida, y luego vuelve a bajar la vista. Ninguno de los dos se mueve. ¿Cómo va a ser el chico poeta si es evidente que no me conoce? Debería irme, debería alejarme de aquí de inmediato, pero, en vez de hacer eso, como una tonta vuelvo a desviar la vista furtiva hacia su cara. Él debe notar que lo observo porque vuelve a cruzar sus ojos con los míos; en esta ocasión, ninguno sonríe. Y noto algo intenso, algo... que me encoge el pecho; es un sentimiento indómito, palpable, lo veo en sus pupilas. Dios, ¿parece estar esperando algo? Le tiembla un poco el labio inferior y luego se quita los cascos y los deposita con cuidado en su lugar antes de alejarse. Tengo la irracional e impulsiva necesidad de correr tras él.

—¡Vera! ¡Te estaba buscando! —Chiara aparece en mi campo de visión. Mira hacia atrás sin ningún motivo aparente y noto que está… ¿nerviosa?—. Habíamos quedado frente a Pink Cheesecake, menos mal que me dijiste que te encantaba esta tienda de vinilos.

—Ah… —Miro la hora en mi móvil—. Lo siento, Chiara, he perdido la noción del tiempo.

* * *

Es noche de hacer ritual de manifestación, Bosque parece eufórica, corretea entre nuestros tobillos, perfumados con gotas de azahar, y maúlla feliz tras las faldas de los vestidos blancos que llevamos puestos. Hemos preparado todo en el jardín, que ya tiene la firma inconfundible de Ágata: un estallido de colores y vida tan hermoso que la gente que pasa debe detenerse para admirarlo. Y no solo eso; mamá ha pintado la fachada con sus dibujos y hay botellas de vidrio con plantas colgando de los árboles, faros y campanillas de viento. La esencia de las mujeres Anies en todo su esplendor.

—¡Brindemos por nosotras! —La tía Flor alza la copa alrededor de la mesa del salón—. Porque cada día es una oportunidad nueva para que la magia nos sorprenda.

Choco mi copa con las suyas y bebo contenta del brebaje secreto de la tata; hace tiempo que pude probarlo en uno de nuestros rituales y está tan rico como esperaba. Mamá pone la música y bailamos alrededor de la mesa con los vasos en las manos y los pies descalzos. El salón se convierte en un lugar de risitas, melenas abultadas haciendo eses en la espalda, brazos pálidos y desnudos danzando al aire, pieles suaves y lisas por los trucos de belleza de Ágata y olores místicos provenientes del sahumerio, las esencias y las velas caseras.

Cuando nos bebemos nuestro brebaje, algunas repetimos y otras salen al jardín a terminar de preparar el lugar del ritual. Bosque no se despega de mi lado y me lame la cara cuando la tomo en brazos para hundir la cara en su pelaje sedoso. Esta noche, además de manifestar y preparar nuevos elixires, nos contamos las cosas que nos inquietan para intentar ponerle una solución común.

—Creo... bueno, estoy casi segura de que he conocido al chico poeta —les cuento cuando llega mi turno en el círculo.

La sorpresa surca las caras de mi familia.

—¿Te refieres al mismo *chico poeta* que colgaba notas de amor en tu cabaña? —pregunta Chiara con la voz aguda por el asombro.

—Ayer lo oí recitar alguno de sus escritos y son los mismos que me dejó en el bosque. Además creo... Me ha parecido notar que me conoce cuando lo he visto en la tienda de vinilos.

—¿No se lo has preguntado?

—¡No! No, es mejor quedarme al margen. Él parece no querer acercarse mucho y yo no voy a ser quien lo remedie.

Se me hace algo extraño que la conversación no vaya a más; el rumbo de la charla cambia casi sin darme cuenta y no volvemos a hablar de ello.

Bosque sube conmigo a la habitación cuando concluimos el ritual; nos hemos dado los besos y abrazos de buenas noches y cada una nos hemos retirado a dormir a nuestros cuartos. Estoy agotada sin razón y siento una tristeza extraña, como si no fuese mía. Mi gata se enrosca en mi abdomen sobre la sábana, algo poco común, ya que siempre prefiere los pies. La mirada de ese atractivo desconocido es lo último que veo antes de entrar en la inconsciencia. Aunque... es bastante confuso porque no parece que esté dormida, es demasiado real. Un chico entra en mi habitación y yo no me sobresalto, de hecho lo único que noto es alivio y un amor irracional que me apretuja las entrañas.

—¿Tori? Tori, ¿estás despierta?

Es a mí a quien llama, respondo a ese nombre, un diminutivo que solo utiliza él.

—Sí. —Me incorporo, impaciente por volver a tocarlo—. ¿Va todo bien?

—Necesitaba verte. —Andrés se tumba a mi lado y me rodea la cintura para atraerme a su cuerpo y estrecharme con fuerza.

Yo le devuelvo el abrazo con ganas y beso su pelo con aroma a miel y especias.

—Nunca he sentido esto por nadie —confiesa contra mi pecho—. No sabía que podía ser tan fuerte.

La avalancha de felicidad que experimento me abruma.

—¿Y por qué suenas triste?

—Porque… cuando algo es tan inmenso, cuando… cuando es tan perfecto, el dolor es mayor si algo va mal. Y he aprendido a las malas que la vida no es justa, Tori.

—No tiene por qué ir nada mal —le digo, besándolo de nuevo.

—Juro que no me comporto con esta impaciencia a menudo, solo me pasa contigo.

Un júbilo que me desborda me hace ser impulsiva y busco su boca para besarlo. Andrés me devuelve el beso con intensidad. Necesito estar desnuda y que él lo esté también, necesito notar cada parte de su piel. No sabía que se podía desear eso con tanta agonía; he imaginado muchas veces cómo es el sexo y no tenía ni idea de que fuese tan arrollador. Andrés me quita el camisón y sus manos se deslizan entre mis muslos. El sabor de su saliva, su perfume… me nubla el juicio. ¿Eso es lo que se siente al estar enamorada? Dios mío, ¿cómo sobrevivieron mi hermano y Diego los meses que estuvieron alejados? ¿Cómo aguantaron ocultando sus sentimientos? Rozo por primera vez la cicatriz de media estrella de su pelvis… Pero no es una cicatriz, es una marca de nacimiento, ¿verdad? Andrés me cuenta que tuvieron que darle puntos porque se cayó de la bicicleta a los doce años. Entonces sí es una cicatriz; es muy confuso que los recuerdos se entremezclen y lo extraño es que todos me pertenecen.

El escenario cambia envuelto en una nube confusa que se difumina como una niebla espesa, de repente estoy de pie caminando por una calle amplia y vacía, es de noche y tengo el pulso acelerado por una sensación de angustia. Soy un poco más mayor que en el recuerdo anterior, lo noto en la madurez de mis pensamientos y en mi cuerpo. Me froto las manos con nerviosismo porque Andrés está tardando, miro hacia los lados de la calle rezando para que las escuadras negras no aparezcan.

—¡Tori! —Andrés tuerce la esquina y estrella su fornido cuerpo contra el mío al abrazarme.

Yo lo estrecho contra mí con una exhalación ahogada.

—¡Creía que no vendrías! —lloriqueo contra su pecho.

—¿Cómo voy a hacer eso? Aunque tenga que venir a rastras, si voy a encontrarme contigo, no dejaría que te quedases esperando —promete al tiempo que me agarra de la cabeza para besarme, las manos le tiemblan sobre mi pelo—. Lo que está ocurriendo… es horrible, Tori. Nos quitan de en medio como si fuésemos inmundicia, no podemos dejar que nos hagan esto.

—No vayas, por favor. Quédate a mi lado —le suplico, aunque sé que es en vano.

Andrés luchará por nuestros derechos junto a una organización con ideología republicana.

—Volveré a tu lado, Tori, eres mi refugio, mi vida. Volveré a tu lado, no puedo no hacerlo.

Andrés me besa con desesperación y sus labios saben a despedida. Una parte de mí, y no sé a qué parte pertenece esa certeza, sabe que nunca más volveré a verlo.

Y un dolor infernal por la pérdida me invade con tanta violencia que grito. Estoy gritando en mitad de la noche tumbada sobre una cama de la que me incorporo con una angustia que me impide respirar. La luz se enciende de golpe y unas manos calientes y cariñosas me tocan la cara y los brazos. Me cuesta enfocar a la mujer que tengo delante, no la conozco, ¿dónde estoy?

—Vera, Vera, pequeña, ¿qué te pasa? —Su sincera preocupación me hace mirarla.

Más mujeres entran en la habitación con gestos alarmados.

—No sé dónde está… Tengo que encontrarlo, ¡tengo que encontrarlo! —Escucho mi propia voz como si fuese ajena, pero en realidad no lo es.

—Cariño, ¿a quién tienes que encontrar? —pregunta otra mujer.

—No vino a nuestro último encuentro… ¡Él me dijo que nunca dejaría que me quedase esperando! Le ha pasado algo malo, lo sé.

—¿Victoria? —me llama la mujer más mayor que todavía me sostiene con afecto de los brazos.

Sí, ese es mi nombre. La miro con lágrimas en los ojos. Ella me acaricia la mejilla con una sonrisa tierna en sus labios.

—Tengo que encontrarlo… —susurro.

—Lo has encontrado, créeme, lo has hecho, pequeña —responde ella, y le caen dos lágrimas de sus ojos—. Ven conmigo.

El resto de las mujeres se hacen a un lado y nos siguen cuando la más mayor me conduce hacia unas escaleras. En el piso de abajo, abre la puerta de un dormitorio y me suelta la mano para abrir un armario y sacar una caja de gran tamaño; de ella extrae una lámina con un retrato de…

—¡Andrés! —Me aproximo con velocidad para tocar el dibujo.

—No, pequeña, este chico no es Andrés —me dice con voz cauta y suave.

Observo con detenimiento el hermoso rostro de la persona de la que estoy enamorada. Ese retrato… lo dibujó mi madre.

—Edan… —exhalo.

Parpadeo, descolocada. La imagen del chico poeta me viene a la cabeza, sus ojos grises, su olor, sus dedos… Siempre fue él, siempre fue Edan.

—Debes dejar de buscarlo —me pide con la voz afectada por la emoción.

Luego saca algo más de la caja, un papel doblado de periódico que parece bastante antiguo o muy manoseado. Me tiembla el pulso cuando lo tomo de su mano y leo: «Nombres de los fallecidos bajo el dictado de Franco en 1936». Se me corta el aliento cuando leo su nombre en la lista de fusilados: Andrés de los Ríos. Hay algo que destacan en paréntesis a su lado: «Voceó varias veces el nombre de Tori antes de que el alguacil le apuntase justo en el corazón».

40

Diego

Carta desde la Residencia de Estudiantes de Madrid, 1934

Querida Victoria:

Puedes intuir lo que te vamos a decir, ¿verdad? Diego y yo abogamos por la valentía. Debes atreverte, hermanita, el amor vale la pena. Además, la mayoría de los estudiantes de la Resi son muy buena gente, estamos seguros de que ese chico del que nos hablas es una gran persona, ¿siempre leyendo o escribiendo? ¡Es de los nuestros! Una vez Lorca nos dijo que lo extraordinario reside al margen de esta sociedad, no debemos temer ser extraordinarios, Vic. Nunca sabrás si te estás perdiendo algo increíble si tienes miedo a intentarlo. ¡Dinos! ¿Qué podemos hacer para ayudar? Te ayudaremos a averiguar su nombre, ¿qué edad tiene?

Con amor,
Cris y Diego

Carta desde la Residencia de Señoritas, Madrid, 1934

Queridos Cris y Diego:

Hay una cosa que nunca os he dicho y es que, cuando os miro, puedo creer que todo es posible. Es fácil creer en las cosas luminosas cuando estoy con vosotros. No creo que os deis cuenta de lo que transmitís, de la huella que dejáis. He crecido a vuestro lado y he de confesaros algo que siempre he pensado de vosotros: no he conocido mayor historia de amor. Todo está en vuestra contra: mamá, la sociedad, las leyes… y aun así no habéis dejado que nada os separe. Sois una prolongación del otro, os buscáis continuamente, no podéis estar en lugares distintos; os sucede desde mucho antes de que os dieseis cuenta. Y me resulta puro, inocente y extraordinario. Sois extraordinarios, como dijo Lorca; ese poeta siempre tiene razón. Y ¿sabéis una cosa? Yo me he enamorado así. Tengo miedo de escribir estas palabras porque él me parece tan volátil como el viento entre mis dedos. Lo vi cantar con su guitarra en una taberna una de las noches que salí con mi cuadrilla de la Residencia. Sensual, dulce, tímido. Me fijé en sus manos, en la pose de su boca al cantar y sentí dolor en el pecho, ¿es normal sentir que enfermas cuando te enamoras? Luego, al finalizar, me miró entre el resto de la gente. No sé describir la sensación de estar a la vista de alguien que ha ocupado mi mente durante meses, es asfixiante y brutal. Cris, Diego… ¿Y si no soy suficientemente guapa? ¿Y si tartamudeo? ¿Y si hago el ridículo delante de él?

Con amor,
Victoria

Carta desde la casa de la Huerta de San Benjamín, Granada, 1935

Querida Victoria:

Te echamos muchísimo de menos, la casa está vacía sin tu presencia. Pero estamos alegres, no te creas, Andrés de los Ríos es un nuevo integrante en esta familia y nos emociona pensar que tus vacaciones con él están siendo tan maravillosas como nos cuentas. ¿Recuerdas cuando nos escribías que te sentías insegura por si te rechazaba? Ha caído rendido a tus pies. Diego y yo no teníamos duda alguna. Solo hay que ver cómo te mira; hay veneración en sus gestos alrededor de ti, y eso nos hace tan felices… Te mereces el mundo, Vic, te mereces el sol y el universo.

Nosotros estamos bien, como siempre. Mamá sigue en su línea, hace como si no existiéramos, y papá trata de apaciguar los ánimos. Sabes que si seguimos visitando la finca es por él y por María, la madre de Diego. El desagradable humor de madre siempre afecta a Diego; su naturaleza bondadosa no le permite ver a alguien sufrir, aunque sus motivos sean egoístas e ideológicos, algo que me parece ruin tratándose de su propio hijo.

Ahora mismo te estoy escribiendo desde el jardín, tengo mi último poemario casi acabado bajo la carta, una limonada al lado y a Diego dormitando con un sombrero de paja en la cara. En cuanto deje de escribirte, le quitaré el sombrero y lo besaré en esa cicatriz alargada de su barbilla. Por cierto, ¿te hemos contado cómo se la hizo? Intentando impresionarme escalando un árbol. Casi me morí del susto al ver tanta sangre, ¡cómo se intensifican los sentimientos por alguien cuando corre peligro! Ahora he perdido la cuenta de las veces que he besado o acariciado esa cicatriz. No tardaré en volver a hacerlo. También lo engatusaré para que nos bañemos, hace mucho calor por aquí.

Con amor,
Cris y Diego

Era primeros de julio de 1936 y, aunque el bochorno se adhería a nuestras pieles y nos habíamos pasado gran parte de la mañana en bañador, estábamos corriendo a medianoche por el bosque en traje. Había sido idea mía, en realidad, pero Cris había sido el artífice del robo de los viejos anillos de su madre y el de la proposición entusiasta de enfundarnos en camisas, pantalones de pinza y americanas. La risa se escapaba de nosotros mientras corríamos con los mocasines hasta la escultura de *Perseo con la cabeza de Medusa*; se trataba de una especie de altar envuelto en vegetación y flores salvajes, un lugar lo suficientemente bello para llevar a cabo lo que pretendíamos: nos íbamos a casar. Por supuesto, no había cura ni testigo, con nosotros mismos nos bastaba. Era emocionante y... romántico.

En los últimos años, la pasión había desembocado en una más visceral y menos carnal. El amor se había convertido en un refugio y, a veces, en un salvavidas. Habíamos pasado muy pocos momentos malos y siempre habían sido cuando, por motivos ajenos a nosotros, nos alejábamos por un tiempo, como cuando había accedido trabajar con Tomás en el verano del treinta y cinco en otra propiedad. No sabíamos estar el uno sin el otro, quizá pueda sonar obsesivo o poco sano, pero jamás calificaría nuestra relación así. Seguíamos siendo intensos, inocentes, entusiastas. Y por mucha gente nueva que conociésemos (sobre todo Cris, que se labró una fama sólida con su poesía y ya salía en la prensa y en la radio), siempre regresábamos al otro para contarnos las nuevas noticias, para descargar las frustraciones o ilusionarnos con nuevos proyectos. No nos cansábamos de estar solos, de hablar o de estar en silencio, de hacer el amor, de planear cosas juntos…

Nos prometimos amor para siempre de rodillas el uno frente al otro bajo la atenta mirada de Perseo y nos pusimos los anillos mutuamente con los dedos temblorosos. Se nos cayó alguna lágrima y luego nos besamos y nos apretamos con fuerza. Éramos dos hombres trajeados manchándonos de tierra bajo la luz de la luna anhelando una vida plena y sin escondernos, algo que jamás tendríamos. Sin embargo, éramos conscientes de nuestro privilegio, no todas las personas en nuestra situación podían estar tanto tiempo juntos sin recibir el cruel desprecio de la sociedad. Nosotros desenvolvíamos nuestra vida entre la Residencia de Estudiantes de Madrid, los círculos de amigos y artistas abiertos de mente (aunque nunca hicimos oficial lo nuestro) y la casa de la Huerta de San Benjamín. A Cris lo llamaban cada vez más para eventos o encuentros con otros escritores o para entrevistas; estaba orgulloso de él, del mensaje que dejaba en sus poemas, donde proclamaba la libertad de amar, aunque siempre tuve algo de miedo justo por eso. Y en aquellos días turbulentos, cuando el nombre del general Franco provocaba desagradables escalofríos, todavía más; el ambiente era de continua alerta e incertidumbre.

* * *

El veinte de julio, estaba en el *bungalow* con mi madre cuando el ama de llaves fue corriendo a avisarnos de que Granada había caído en manos de los sublevados. Dos días más tarde, el Albaicín, la zona de la resistencia, fue bombardeada y tres aviones de caza ametrallaron el barrio. El terror se adhirió a nuestros pechos. Detenían a los albaicineros por comunistas, por anarquistas, por ateos, por rojos. Además, desde Unión Radio Sevilla, el general Queipo de Llano se regodeaba todas las noches en sus discursos para sembrar el terror en las casas. Victoria lloraba todo el tiempo porque su amor, Andrés de los Ríos, formaba parte activa del bando republicano y porque su hermano estaba expuesto debido a su fama.

«Nuestros valientes legionarios y regulares han demostrado a los rojos cobardes lo que significa ser hombre de verdad y, a la vez, a sus mujeres. Esto es totalmente justificado. Porque estas comunistas y anarquistas predican el amor libre. Ahora por lo menos sabrán lo que son hombres de verdad y no milicianos maricones. No se van a librar por mucho que berreen y pataleen», decía el general. Cada noche soltaba una sarta de barbaridades que nos ponían a todos los pelos de punta. La impotencia y el horror se apropiaron de la casa de la Huerta de San Benjamín. Y además estaban las cartas que Victoria y Andrés intercambiaban; él veía lo que sucedía de primera mano o por contactos cercanos.

Estuve hablando con el guarda del cementerio de San José. Los están fusilando en las tapias, Tori, suben coches a todas horas. Los escuadras negras tienen carta blanca, toman a la gente, sin razón, sin ningún motivo, porque les caen mal por lo que sea, y los matan. Las mujeres preguntan por sus maridos o sus hijos al guarda y él no puede responderles porque suben a más de cincuenta hombres al día. Y los amontonan allí, los enterradores meten a dos o tres en la misma zanja, sin nombre ni cruz. Es un sinsentido, Tori; los monstruos se están haciendo con el poder y no podemos hacer nada. Por favor, quédate en casa, las calles no son seguras. Y dile a tu padre y a tu hermano que tengan mucho cuidado, que busquen una salida en caso de que sospechen que pueden ir a por ellos.

Te quiere,
Andrés

Don Joaquín telefoneó a su íntimo amigo, Luis Robledo, el padre de Diana, la chica que había ido a la finca aquella vez, cuando Cris había trepado a mi habitación para dormir conmigo después de cenar con ella. Luis era un poeta granadino cuya familia estaba muy bien considerada por la derecha de la ciudad. Él y sus cuatro hermanos ocupaban puestos importantes en la Falange, pero no se lo pensó cuando don Joaquín le pidió ayuda y fue a la finca a barajar cuáles eran las mejores opciones para que él (un maestro de Literatura reconocido, rojo y ateo) y Cristóbal estuviesen a salvo. Se reunieron en familia y yo, en segundo plano, escuché lo que decían con un nudo lacerante en el estómago. Ni siquiera Margarita parecía verme en aquel momento, como si me hubiese convertido en el menor de sus problemas. Hablaron de trasladarlos a la zona republicana, pero se descartó enseguida porque les parecía poco seguro. La mejor opción era su propia casa.

—Estaré bien —me prometió Cris entre besos angustiados mientras mis lágrimas copiosas mojaban su cara—. Cuida de Victoria por mí, ¿vale? Volveremos a estar juntos antes de que te des cuenta, ya lo verás.

—Voy contigo, dile a tu padre que iré con vosotros...

—No, no, Diego... —Cris me tomó de la cara con ambas manos y me hizo mirarlo a los ojos—. Aquí eres el hijo de una sirvienta, no te relacionarán conmigo. Estás a salvo en la finca. Por favor, quédate, abraza a Victoria cuando llore, estate al lado de tu madre y no salgas, ¿me lo prometes?

El miedo me impedía hablar. Lo atraje hacia mí y lo apreté contra mi cuerpo deseando poder fusionarme con él, que estuviese a salvo bajo mi piel.

—Te quiero... muchísimo —balbuceé en su cuello.

—Y eso es a lo que me aferraré mientras esté lejos de ti, chico de campo.

El once de agosto de mil novecientos treinta y seis vi alejarse el coche de Luis Robledo con mi vida entera dentro de él. «No digáis a nadie dónde están, pase lo que pase, ¿de acuerdo?», nos pidió Luis antes de subir su ventanilla y llevárselos.

Margarita se encerró en su despacho, donde hacía las consultas de espiritismo, apenas salía de ahí. Y Victoria, mi madre y yo nos pegamos a la radio para estar informados de todo a todas horas. A veces Victoria se veía con Andrés cerca de la finca por las noches; me parecía precioso y profundamente doloroso haber visto cómo se enamoraban desde esas primeras cartas desde la Residencia de Señoritas y cómo ahora solo podían verse una vez a la semana a escondidas, con una temerosa Victoria sufriendo por la incertidumbre de no saber si Andrés acudiría a la cita. «Si no viene es que lo han atrapado, Diego. Cada noche tengo pesadillas con eso», me decía entre lágrimas.

El dieciséis de agosto, las escuadras negras irrumpieron en la casa de la Huerta de San Benjamín y nadie pudo impedirles el paso. En cuanto los vi cruzar la verja principal, escuché en mi cabeza la voz de Luis pidiéndonos que no dijésemos dónde estaban; podían matarme si querían, jamás diría nada. Preguntaron por ellos, por supuesto, y nosotros enmudecimos; entonces fue cuando se pusieron a destrozarlo todo; los jarrones, los adornos de las estanterías, lanzaron los libros al suelo, golpearon el piano hasta hacerlo trizas. Victoria se abrazó a su madre entre gritos y llanto. Eran cinco hombres sin piedad, en sus ojos no había ni una pizca de humanidad; sentí escalofríos desagradables cuando uno de ellos cruzó la mirada conmigo, ¿cómo un hombre puede estar tan vacío de alma?

Al comprobar que la violencia contra el mobiliario no funcionaba, recurrieron a métodos más drásticos; se me salió el corazón por la boca cuando uno de las escuadras negras arrancó a Victoria de los brazos de Margarita con agresividad y encañonó su cabeza con un arma.

—¡¡Suéltala!! —vociferé.

Y otro escuadra negra me apuntó con su pistola. Escuché el grito de mi madre detrás de mí.

—¿Queréis que la suelte? Bien, ¿dónde están Joaquín y Cristóbal Leiva? No repetiré la pregunta otra vez, lo aseguro.

Gimoteos y respiraciones ahogadas por el pánico precedieron a la pregunta del hombre. Miré el bonito rostro de Victoria con los ojos inyectados en terror; sabía que ese tipo no dudaría en pegarle un tiro, lo habría hecho centenares de veces los últimos días.

—Muy bien —prorrumpió el hombre que la sujetaba, y la agarró más fuerte del pelo.

—¡¡No!! ¡Espera! ¡Te lo diré! ¡Te diré dónde están! —chilló Margarita.

Aquella fue la primera vez que vi su faceta maternal, fue la primera vez que la vi vulnerable. Y lo peor es que lo agradecí porque, si ella no hubiese intervenido, lo habría hecho yo; les habría dicho a esos asesinos dónde estaba el amor de mi vida. Sin embargo, fue ella quien, entre lágrimas, les dijo la dirección de la casa de Luis. El mundo se detuvo en ese instante, el tipo soltó a Victoria con violencia y ella cayó al suelo. Yo me agaché en un gesto automático para ayudarla a levantarse.

—Todo aquel que contribuya a la muerte de mi marido y mi hijo sufrirá pérdidas horribles el resto de su vida, los hijos de sus hijos lo lamentarán y ríos de sangre mancharán sus manos con sus propios amados —empezó a recitar Margarita con voz de ultratumba. Luego fijó su mirada amedrentadora en mí—. Todo aquel que haya corrompido su alma y lo haya alejado de la decencia, habiéndolo conducido a la fatalidad, estará maldito. Los hijos de sus hijos lo lamentarán, ríos de sangre mancharán sus manos con sus propios amados. Con mi muerte se sellará el pacto.

Margarita se cortó la palma de la mano con un trozo de vidrio roto y gotas carmesí mancharon el suelo. Observé con los pelos de punta su gesto espeluznante y cómo las palabras que había dicho se convertían en una energía pesada y estremecedora sobre la piel.

—¡Es una bruja! —la acusó uno de los escuadras negras.

Vimos cómo la arrestaban con brusquedad y cómo ella se quedaba inmóvil con la cara impasible. La arrastraron hacia la salida y fuimos tras ellos a trompicones. La subieron a una de sus furgonetas y solo cuando el motor sonó como un rugido tenebroso de sentencia de muerte, reaccioné: iban a por Cris. Las furgonetas se alejaron y yo corrí tras ellas. Corrí hasta que mis pulmones empezaron a sonar atrofiados.

Me sentía como en una pesadilla en la que, por mucho que corres, no logras avanzar. Sentía que la tierra se vencía bajo mis pies, que mi organismo, quejándose de un dolor salvaje, se paralizaría de un momento a otro por la agonía. Pero no me di tregua, volví a imponerle fuerza a mis extremidades para correr.

Un buen hombre tuvo que verme muy mal para detenerse en una calle de la entrada a la ciudad con su coche y preguntarme si me podía ayudar en algo. Me llevó hasta la casa de Luis Robledo. Me dedicó miradas compasivas durante el trayecto en el que la sangre no me llegaba al cuerpo y, cuando vi la quietud sepulcral del portal, me temí lo peor. Bajé del coche o más bien me lancé; ni siquiera recordaba haberle dado las gracias al hombre. Fue Diana quien me abrió la puerta.

—Se los han llevado —me respondió con la cara roja e hinchada de haber llorado—. Han tomado todas las bocacalles, incluso han puesto vigías armados en los tejados, ¡como si fuese un hecho de guerra! No lo podíamos creer. Han dicho que Cristóbal ha hecho más daño con su pluma que otros con sus pistolas, ¿cómo es posible que esté sucediendo esto? Lo hemos intentado todo, pero nos han amenazado con sus fusiles. Se los han llevado.

Repitió con la voz afónica. Y yo sentí que me caería delante de ella, creí que vomitaría allí mismo.

—Mi padre ha ido al Gobierno Civil, se va a enfrentar con esos. Se han presentado en casa de un superior sin una orden, ¡no pueden hacer eso! Conseguirá una orden de liberación del Gobernador militar, ya lo verás.

Le di las gracias a Diana y me despedí antes de girar sobre mis talones.

—¿Diego, verdad? —me dijo ella cuando me disponía a echarme a correr. Su mirada, irritada por los bordes, guardaba algo que no supe descifrar—. Si vas a ir a verlos, tendrás que tener un pretexto. Aguarda.

Diana se metió en su casa y yo miré la puerta vacía; mi cuerpo solo quería correr y mi corazón daba bandazos, me pitaban los oídos y las náuseas estaban atascadas en mi garganta.

—Toma. —Apareció para ofrecerme un cesto—. Hay comida y cigarrillos. Diles que vas a llevarles esto para que te dejen pasar y que eres un sirviente de la casa.

—Gracias —dije, descolocado por su amabilidad.

Me planté en la puerta del Gobierno Civil tras casi media hora corriendo por las calles de Granada. Había muchísima seguridad en la puerta, hombres uniformados y armados hasta los ojos. Me tragué el miedo y me acerqué.

—Hola, soy un sirviente de la casa de Joaquín y Cristóbal Leiva. Me mandan para traerles algo de comida y tabaco...

El tipo que tenía delante no me dejó acabar, me arrancó el cesto de las manos y empezó a hurgar en él para inspeccionar todo lo que había dentro.

—Que sea rápido —me ordenó con voz severa.

Luego lo seguí a zancadas hasta las celdas. Lo vi antes de que él me viese a mí; estaba demacrado, con las ojeras hundidas y los labios secos. Reprimí con esfuerzo el impulso de agarrarme a los barrotes y pasar los brazos para tocarlo. Su mirada se abrió de par en par cuando me localizó, vi una emoción intensa en sus ojos que controló al ver al escuadra negra detrás de mí.

—¿Qué haces aquí?

En ese momento vi que don Joaquín estaba en la celda de al lado. Me dedicó una sonrisa triste cuando cruzamos la mirada.

—Venía a traeros comida —respondí mientras repasaba su cuerpo por si encontraba el mínimo indicio de maltrato; no podía estar seguro de si estaba herido y eso me mataba.

El tipo abrió la celda para darle el cesto a Cris y luego cerró de nuevo, ni siquiera me dio la opción de entregársela yo.

—Un minuto te doy —conminó con la mano en la culata de su arma.

—Diego... —Su voz se quebró; podía sentir sus ganas de acercarse a las rejas donde me encontraba, pero estábamos demasiado vigilados—. No tendrías que haber venido.

Me mordí fuerte la lengua para ahogar las lágrimas que pugnaban por salir.

—Diana me ha dicho que Luis os sacará de aquí.

—Sé que hará lo que pueda... —Su tono destilaba tanto cariño que sentí que me acuchillaban las entrañas; necesitaba abrazarlo, era una necesidad febril.

—Por supuesto, debe ser así. Tú y tu padre sois inocentes. —No le nombraría nada acerca de Margarita, no valía la pena añadir más dolor a ese momento.

—Vete a casa, Diego, por favor, ¿me lo prometes? No salgas más, te estás poniendo en peligro —dijo en tono bajo y cauto.

—Siento tanto que estéis aquí... —Un par de lágrimas saltaron de mis ojos.

—No es culpa tuya, sé que os habrán amenazado. Solo espero que no haya salido nadie herido.

Negué con la cabeza para que mi voz no delatase que le escondía información. Cris echó una mirada furtiva hacia el hombre que nos vigilaba de cerca, era muy frustrante no tener ni la más mínima privacidad.

—Diego, vete a casa. Mira en los bolsillos de mis pantalones de traje, esos que me puse cuando... cuando estuvimos ante Perseo. Ya sabes dónde están. Y no salgas más, ¿me lo...?

—¡Un minuto! ¡Desfilando! —No solo me lo ordenó sino que vino hacia mí para empujarme lejos de él.

Yo miré hacia atrás con el terror hirviendo en mi sangre. Cris se agarró a los barrotes y gesticuló con los labios un «te quiero» sin hablar. No pude responderle, en menos de dos segundos estuve en la calle de nuevo con las miradas intimidantes de las escuadras negras sobre mí. Sus gestos me indicaban que si hacía el mínimo amago de regresar o quedarme por allí cerca, no se pensarían dos veces usar sus fusiles. Y cada paso que daba lejos de él me desgarraba.

No sé cómo acabé de nuevo en casa de Luis Robledo. Debía haber entrado en *shock* o algo porque no fui capaz de pronunciar palabra cuando Diana me abrió la puerta. De nuevo, fue demasiado amable, puso a mi disposición su cochero para que me llevase a la finca. Apenas recordaba el trayecto, solo podía pensar en que cada metro me separaba más y más de Cris y no podía soportarlo.

Reaccioné cuando Victoria y mi madre vinieron a abrazarme, llorosas. Les conté lo que me había dicho Diana y el minuto que había estado en el Gobierno Civil.

En la casa de la Huerta de San Benjamín se respiraba demasiada ausencia. El servicio estaba descolocado, ya solo quedaba Victoria como señora de la casa. Subí al dormitorio de Cris para buscar sus pantalones con su hermana a mi lado; ni mi madre ni ella parecían querer alejarse de mí, como si temiesen quedarse solas. Encontré una hoja doblada en el bolsillo, era la letra de Cris, estaba fechada a diez de agosto, un día antes de que se fueran.

Mi amado Diego:

No vamos a engañarnos, todos tememos que ocurra lo peor. Ojalá me equivoque y siga a tu lado cuando todo pase, pero necesito escribirte esta carta para visualizarte leyéndola en caso de que esté lejos de ti; será un bálsamo para mi corazón.

Quieren silenciarnos, chico de campo, pero no podrán. No van a poder quemar todas mis letras, no podrán corromper todas las mentes libres que ya han leído mis poemas. El odio no puede controlar el amor, nunca ganará por mucha violencia que emplee; vamos a amarnos de todas formas. Y otros poetas venideros como tú y como yo escribirán sus sentimientos más profundos y la gente los leerá. No van a estar ahí siempre con sus fusiles para callarnos con una bala. Estoy seguro de que, algún día, habrá miles de libros por todo el mundo contando una historia como la nuestra y no será censurada, sino que será premiada, alabada y los hombres que amen a los hombres y las mujeres que amen a las mujeres serán más libres y se sentirán más a salvo. Y ellos lo saben, lo saben y por eso nos dan caza y nos arrestan, porque la literatura expande la mente y abre el corazón y el fascismo no soporta esa idea.

Diego, no puedo describir lo afortunado que me siento y cómo has completado mi vida. No exagero si te digo que desde que apareciste he sido más feliz. Al principio, cuando no sabía identificar por qué, me confundía que tu mera presencia me causase tanta emoción. Pero luego... luego simplemente me entregué a esa felicidad. ¡Cómo me arrepiento de no haberme entregado antes! Debería haberte besado el día que olías a albaricoques, debería haberte declarado mi amor desde el principio. Pero no es tiempo de lamentaciones. Tú, chico de campo, eres mi hogar, eres las flores que crecen en la escultura de Perseo, eres la fuerza que nace de mis dedos al escribir, eres el olor a leña, a sueños, a tierra mojada, a lugar seguro. Y por mucho que me arranquen de tu lado nunca dejarás de serlo.

Ahora mismo estoy dándole vueltas a mi anillo, un pequeño símbolo que solo conocemos tú y yo, pero que me enlaza a tu vida. Eres mi marido, eres mío, y la alegría inmensa que me hace sentir eso nadie me la va a arrebatar.

No nos callarán, Diego. Es demasiado tarde para eso.

Tuyo siempre,

Cris

Abrí los ojos a las cuatro de la madrugada entre jadeos. La oscuridad reinaba en la habitación de Cris; Victoria dormía a mi derecha y mi madre a mi izquierda en su amplia cama. Me había despertado de una pesadilla; en ella Cris estaba esposado, también estaban don Joaquín y Lorca en el mismo grupo. Las escuadras negras los escoltaban hacia un terreno desierto con la única luz de los faros de una furgoneta alumbrándolos en la noche profunda. Luego los obligaban a arrodillarse en el suelo a todos y los apuntaban con sus fusiles; los sonidos de los disparos me habían arrancado del sueño y ahora un sudor frío cubría mi piel. Un mal presentimiento me erizaba el vello y el llanto sordo hinchó mi pecho. Salí de la cama procurando no despertarlas.

Debía ir con él.

Quizá me había vuelto loco de amor, era muy probable porque solo un hombre fuera de sus cabales se viste para correr en plena oscuridad con la única luz de una linterna. Ni siquiera tenía en mente qué haría una vez que llegase a las puertas del Gobierno Civil. Solo corría con las lágrimas ardiendo como brasas en mis ojos. Una parte de mi mente lo sabía; sabía que no estaba actuando con coherencia.

Esta vez nadie me recogió con su coche porque las calles estaban vacías y lo único que se escuchaba eran mis pisadas y mis exhalaciones. Llamé al timbre de la casa de Luis Robledo tras más de una hora y media de camino.

—¡Muchacho! Nos has dado un buen susto, ¿has visto la hora que es? —La mujer de Luis me recibió abrazándose a la camisola.

—Lo siento mucho —jadeé—. ¿Hay alguna noticia nueva de don Joaquín y Cristóbal?

—No sabemos nada —negó con la cabeza, bostezando.

—¿Diego? —Diana apareció tras su madre, también con el camisón.

—Tengo un mal presentimiento… —confesé.

—Mi padre consiguió anoche la orden de liberación del Gobernador militar, va a llevarla a primera hora esta mañana y los sacará de allí —me dijo, aliviada.

—Puede que sea demasiado tarde, no hay tiempo que perder. —Soné impaciente, casi fuera de mí.

—Luis hace lo que puede, chico. Cuando llegue a Granada irá directo al Gobierno Civil —dijo la madre esta vez—. Ahora vete a tu casa, no querrás que las escuadras negras te vean por ahí a estas horas.

La mujer cerró la puerta sin dar opción a Diana de decir nada más.

De camino al Gobierno Civil, el terror me atenazaba las extremidades, pero no temía por mí. No sabía cómo reaccionarían al verme allí de nuevo, algo en mi interior con la voz clara de Cris me gritaba que me detuviese y que regresase a la finca. Pero no podía hacerle caso, mi parte irracional era más fuerte.

—Buenas noches —saludé una vez llegué a su altura. Los dos centinelas de la puerta me dedicaron miradas asesinas—. Solo he venido a preguntar por dos presos.

—¿Qué haces circulando por aquí tan temprano? —espetó uno de ellos con hostilidad.

—Son los señores de la casa a la que sirvo, amigos de Luis Robledo, integrante importante de la Falange. De hecho viene directo con una orden de liberación del Gobernador militar, llegará a primera hora.

Los hombres se miraron entre sí y vacilaron unos segundos.

—¿Cuáles son sus nombres?

—Joaquín y Cristóbal Leiva.

Me miraron con gestos impasibles, tardaron demasiado en contestar.

—No están aquí —respondió el mismo de antes.

—¿Qué? Ayer mismo vine a visitarlos. —Mi voz delató el pánico.

—Pues ya no están.

—No… no puede ser. ¿A dónde se los han llevado?

Los dos colocaron sus manos en las culatas de sus armas.

—Vete a tu casa. Y la próxima vez no molestes tan temprano, otros no serán tan pacientes. ¡Largo!

Salté del sitio por la agresividad de su orden, pero aun así tardé en reaccionar los mismos segundos que al tipo le costó desenfundar su arma para amenazarme. Me nació abalanzarme sobre él con toda la rabia y la impotencia que crecían en mis entrañas, pero hasta mi parte más irracional sabía que sería una estupidez.

Me pitaban los oídos. No sabía en qué momento me había resguardado en una bocacalle cercana, pero estaba sentado con la espalda en la pared. El sol recortaba las casas dándoles un tono ocre amarillento que refulgía en los ventanales. Se me había fundido el cerebro, lo que me pasaba no tenía otra explicación. No lloraba ni sentía nada, solo estaba ahí, inmóvil mirando a la nada.

—¡Diego! ¡¡Diego!!

Mis ojos enfocaron y el sonido se estabilizó en mis tímpanos para escuchar la voz atiplada y llena de angustia de Victoria. Me di cuenta de que me zarandeaba por los hombros intentando hacerme reaccionar.

—Victoria... —susurré.

Ella me abrazó fuerte. Temblaba mucho.

—Pensé que también te había perdido —farfulló entre un llanto que ya estaba acoplado a sus pulmones desde hacía tiempo.

Sus palabras surtieron el efecto adecuado para terminar de despertar mi cerebro estropeado.

—¿También? —No sabía si había llegado a pronunciar la palabra.

—Lo van anunciando por las tabernas de Granada como si fuese una maldita proeza, uno de los escuadras negras se jacta de haber... de haber matado a los poetas. A uno lo ha descrito con la cabeza gorda. El muy malnacido va diciendo por ahí que le ha pegado dos tiros en el culo por maricón. Habla de Lorca. —Victoria se echó a llorar con intensidad tapándose la cara con las dos manos—. Los han visto con él, Diego; mi padre y Cris estaban con Lorca. Los han matado.

Ella se dejó caer contra mí y yo fui incapaz de moverme. La realidad se volvió difusa, ya no sentía mis brazos, mi piel o mi pulso.

No sabía en qué momento mi capacidad de escucha regresó para volver a oír la voz de la hermana de Cris.

—No ha venido a nuestra cita. Andrés me dijo que vendría antes del amanecer. He esperado, pero no ha venido —dijo entre hipidos bruscos—. Tengo que encontrarlo.

En ese momento mis brazos se accionaron para abrazarla.

—Hay que irse, estamos justo al lado de Gobierno Civil y hay altercados. —Una voz nueva que no había apreciado hasta el momento sonó cerca de nosotros.

Era Isabel, su mejor amiga de la infancia. Sus risas infantiles en el lago y la mirada verde oliva rodeada de pestañas mojadas de Cris se colaron en mis recuerdos con fuerza y me apretujaron el estómago hasta que sufrí una arcada que me obligó a apartar a Victoria de encima de mí para vomitar. Apenas expulsé algo de bilis, no había comido nada desde... no recordaba cuándo.

—Diego... —me nombró Victoria con tristeza—. Vámonos de aquí.

En ese momento atisbé un coche aparcado en la acera, el cochero aguardaba a que Isabel y Victoria regresasen.

—Id, poneos a salvo —le pedí.

—¿Y tú? Ven con nosotras.

—Yo ahora iré, subid al coche, Vic. Marchaos antes de que esto se ponga feo.

—Diego, por favor...

—No puedo volver a la finca sin él —confesé en medio de un llanto roto—. Déjame que lo busque, déjame que... La casa es demasiado grande y no tiene luz si no está.

Ella se llevó una mano a la boca y se echó a llorar. Isabel la agarró del brazo para estirarla hacia el coche. Sonaron disparos y jaleo en la calle contigua.

—Victoria, vámonos... —le suplicó Isabel.

—Ve —le pedí.

Y luego caminé lejos de ella porque sabía que volvería a intentar convencerme de que me fuese con ellas.

No me costó cerciorarme de lo que me había contado Victoria; en las tabernas no se hablaba de otra cosa: habían matado a los poetas que proclamaban el amor libre. Lorca y Leiva estaban muertos en alguna zanja. Habían querido silenciarlos. Una rabia roja se apoderó de mi cuerpo. Y en ese instante escuché el nombre de Miguel de las Casas entre los hombres que estaban sentados en una esquina alejada de la puerta. Recordaba ese nombre, Victoria lo había nombrado varias veces porque Andrés se lo contaba todo; era un divulgador republicano. Repartía información que no estuviese sesgada por ideas fascistas. Me acerqué a ellos sin vacilar y me senté en una de las sillas vacías.

—¿Qué pondrás en tus panfletos acerca de las muertes de Lorca y Leiva? —pregunté sin rodeos.

Los tres hombres me observaron con asombro y suspicacia. Era normal, Miguel de las Casas era divulgador en la sombra, de no ser así ya estaría muerto.

—Eres del servicio de la casa de los Leiva, ¿me equivoco?

—No te equivocas —asentí con el gesto, y agarré uno de sus vasos de *whisky* y bebí dos tragos sin preguntar—. Escribe esto: «Han matado a los poetas más importantes de Granada para silenciar sus letras, pero han iniciado una maldita revolución. Sus muertes solo servirán para ensalzar sus nombres, para darle fuerza al mensaje que transmitía su poesía. Ha sido un asesinato que tambaleará los cimientos del fascismo; solo eran dos hombres inocentes, desarmados, vulnerables y sin cargos».

Miguel y sus acompañantes me miraban sin pestañear, les interesaba mucho lo que les estaba contando, incluso parecían enardecidos por mi mensaje.

—«No van a poder quemar todas sus letras, no podrán corromper todas las mentes libres que ya han leído sus poemas. El odio no puede controlar el amor, nunca ganará por mucha violencia que emplee; vamos a amarnos de todas formas» —cité a Cris, y me satisfizo que Miguel anotase con disimulo mis palabras en su cuaderno.

—Erais muy buenos amigos, ¿verdad? —preguntó.

—Cristóbal Leiva era mi vida —confesé.

Miguel asintió con la cabeza, apenado.

—Lamento mucho su pérdida.

—Toda Granada lo lamenta, así como la muerte de Lorca. Es horrible —dijo uno de sus acompañantes.

Bajé la mirada hacia mi anillo, el mismo que Cris me había puesto ante Perseo. Apreté los dientes con fuerza y luego lo saqué de mi dedo.

—Andrés de los Ríos, ¿sabéis dónde está? —pregunté.

Ellos bajaron las cabezas, Miguel negó con el gesto.

—Ayer las escuadras negras irrumpieron en una de las reuniones clandestinas en las que participaba. Se llevaron a todos los integrantes republicanos —me contó con impotencia.

Cerré los ojos con fuerza para no imaginarme a Victoria cuando se enterase de la noticia.

—¿Podríais darle esto a Victoria Leiva? —Puse el anillo sobre la mesa. Los tres me miraron, descolocados—. Decidle que su hermano y yo nos casamos en secreto. Que, aunque no haya sido posible para nosotros, algún día dos hombres se casarán sin esconderse. Decidle que estoy muy agradecido de haber tenido una hermana y una amiga incondicional, que no he conocido a nadie más dulce y más valiente. Decidle que la quiero con todo mi corazón. Y a mi madre, decídselo también a mi madre.

—¿Por qué no se lo dices tú mismo?

Suspiré y le acerqué el anillo sobre la mesa.

—Por favor, ¿se lo diréis? ¿Publicaréis lo que os he dicho?

Miguel me observó con intriga y luego asintió.

—Por supuesto, y nos ocuparemos de que llegue lejos —prometió.

—Gracias.

Y así, me levanté de la silla, me bebí lo que quedaba del vaso de *whisky* y me dirigí a la puerta. Era un chico de veinte años saliendo de una taberna con andares seguros y enfadados, con mirada contundente y los puños apretados. No había ni pizca de temor en mí y quizá ni pizca de cordura; lo sabía, sabía muy bien lo que estaba haciendo y aun así no me detuve. Definitivamente me había vuelto loco de amor, algún ínfimo resquicio en mi fuero interno me lo decía.

Y cuando la calle se abrió paso a la multitud de la mañana, con los pocos comercios abiertos, los escuadras negras patrullando, el hedor a terror que se respiraba en el aire, yo alcé la voz:

—¡Te miro y eres todo lo que está bien en este mundo! ¡Ni los árboles, ni el río, ni el aire que se cuela en el bochorno del verano me dan más oxígeno! ¡Te miro y eres la luz y la risa y la vida! ¡Ni los agravios, ni las dudas, ni el odio pueden eclipsarte! —Estaba recitando a voz en grito el único poema que Cris nunca había publicado, el poema que era solo mío—. ¡Somos hombre contra hombre! ¡Somos piel frágil, humana, callada! ¡Somos hombre contra hombre!

La gente se giraba para mirarme cuando pasaba por la mitad de la calle. Vi a algunas personas observarme con asco. La palabra «maricón» sonó más de una vez. Pero también vi gestos de admiración, también vi compasión y miradas que me decían que era valiente pero inconsciente. Esas eran las miradas que valían la pena, las que se quedarían en este mundo para que la luz prevaleciese sobre la oscuridad.

No tardaron en arrestarme. Y ni siquiera se molestaron en encerrarme en las celdas. La rabia que sentían por haber osado enfrentarme a ellos hizo que mi sentencia fuese rápida. No tenía miedo. Cris lo había tenido por los dos al encontrarse en esa misma posición, arrodillado, atado de las muñecas con un arma apuntándolo.

—Voy a amarlo, incluso muerto, ¿vendréis a callarnos allí? Nuestra voz suena más alto que las balas. Y perdurará en el tiempo.

Y caí como había despertado esa mañana, con el sonido de un disparo arrebatándome la vida, que ya había perdido mucho antes de ese momento.

41

Vera

Verano de 2023

Tengo en las manos los panfletos que Miguel de las Casas divulgó por Granada en mil novecientos treinta y seis con las palabras de Diego. Estamos sentadas en los sofás del salón; la tata, mamá, Flor y Chiara se encuentran cerca de mí, me dedican toda su atención.

Soy yo misma de nuevo. Noto a Victoria más que nunca en mi interior, pero está en reposo, ya no me traspasa sus emociones tan poderosas ni habla por mí.

Mi abuela dejó de contar la historia de Diego y Cris cuando decidí olvidar a Edan y me mudé de Belie. Pensó que no era el momento, que mi mente no estaba lista. Así que aguardó a que este día llegase. Todas tenemos lágrimas en los ojos y yo, de alguna forma, estoy reviviendo un dolor amortiguado que no es mío, es de ella.

—La reencarnación se manifiesta sobre todo en los niños y niñas de uno a cinco años de edad. Yo descubrí que eras la reencarnación de Victoria el día de la muerte de tu padre —me explica Ágata mientras me acaricia el dorso de la mano—. Entonces me puse a investigar. He investigado acerca de esta historia durante años y sé a ciencia cierta que ahí reside el origen de nuestra maldición.

—Margarita… —musito y sufro un escalofrío.

—Sí —murmura la tata—. Era una bruja poderosa que manejaba la magia negra con maestría. Y esa magia la fue consumiendo;

Isabel me contó que, cuando ella y don Joaquín se casaron, Margarita era una joven inocente y tímida; tenía potencial de bruja, pero se sumergió en una rama que a nadie le conviene hurgar. Con los años fue perdiendo esa luz que sus hijos poseían.

—Pero no lo entiendo, Margarita lanzó una maldición contra las escuadras negras que mataron a su marido y a su hijo —comenta Chiara—. Y también maldijo a Diego. ¿Cómo esa maldición ha llegado a afectarnos a nosotras?

La tata suspira profundo, su expresión indica que sabe mucho.

—¿Os acordáis de toda la historia? La empecé a contar hace dos años, quizá no recordéis algún detalle importante.

—Yo lo recuerdo todo —aseguro.

—Bien, en ese caso sabréis quién es Julia, ¿no?

—¿Julia? Sí, la mujer con la que Diego se acostó el día de su decimosexto cumpleaños porque sus ojos le recordaban a los de Cristóbal —digo, convencida.

—Así es, pequeña. Pues veréis, Julia era mi abuela —confiesa.

Mi pecho se detiene. Todas guardamos silencio, nadie respira.

—¿Tu abuela? —exclama Flor.

—Eso… eso significa… —tartamudea Chiara.

—Significa que somos descendencia de Diego Vergara —anuncio, impactada.

—Margarita maldijo a los hijos de sus hijos. Esas somos nosotras —confirma Ágata.

Se oyen aspiraciones y sonidos de incredulidad.

—Yo nunca conocí a mi abuela Julia, murió cuando mi madre era pequeña. Y ella nunca me habló de Diego, no creo que supiese de su existencia; lo sé porque mi madre siempre me enseñó todo lo que sabía. También era una bruja muy intuitiva y le encantaba mostrarme los beneficios de nuestra naturaleza —nos cuenta la tata.

Nos es difícil procesar aquella información, incluso mamá y Flor están afectadas; Ágata tampoco les había contado nada a ellas.

—Entonces sabemos qué originó la maldición, ¿y ahora qué? —pregunta mi prima, excitada.

La tata dirige su mirada limpia hacia mí y las demás la imitan.

—Vera es la reencarnación de Victoria. Ella ha vuelto a este mundo para encontrar a Andrés, pero… ¿y si tiene más motivos? Vera, ¿sigues sintiéndola?

—Todo el tiempo… —digo, notando su presencia en alguna parte de mi cabeza y tras mi corazón.

Ella esboza una sonrisa nostálgica y me acaricia la cara.

—Quiere salvar la vida de Edan, que es la reencarnación de Andrés —confirma ella sin vacilación. Y yo siento un doble latido extraño que me pertenece y a la vez no—. Estamos a mediados de agosto, el mes en que ocurrió todo. Edan tiene diecinueve años, los mismos que tenía Andrés cuando murió. Sé que es muy simbólico, pero encaja. Vera, sigues enamorada de él y él de ti, por mucho que desees olvidarlo, al final terminaréis encontrándoos. Siempre ocurrirá. Edan corre peligro, y mucho me temo que se le acaba el tiempo.

El miedo me invade por partida doble; lidiar con sus emociones y las mías a la vez es extraño, pero al mismo tiempo siento calidez; yo soy ella, de alguna forma su conciencia ha despertado en mi mente, pero sé que se irá, lo hará pronto, por eso tenemos que actuar deprisa.

—¿Qué hacemos? —digo con urgencia.

—Lo que mejor sabemos hacer: brujería. Tendrás que traer a Edan, debes hacerlo tú. Sé cuál es el ritual para este caso. Lo iremos preparando para esta misma noche, no hay tiempo que perder.

Apenas hemos dormido porque las he despertado de madrugada (bueno, más bien las ha despertado Victoria), sin embargo todas nos ponemos en marcha; Chiara me lleva con su coche a la tienda. Normalmente acudo en bicicleta, apenas es un cuarto de hora de camino, pero Victoria está muy presente en mí y prefieren no dejarme sola.

—Tengo algo que contarte… —me dice mi prima en el coche.

La miro de reojo; no me ha gustado cómo ha sonado su tono de voz.

—Vale… —digo despacio.

—Hablé con Edan. Lo vi rondar la tienda hace dos días, me impresionó mucho verlo. —La observo sin respirar. Ella me echa una mirada rápida de disculpa y prosigue—: Me dijo que lo habías visto y no lo habías reconocido, entonces le conté lo de la hipnosis para olvidarte de él; le pareció bien, de hecho le alivió, aunque… no podía esconder su tristeza.

Aprieto los dientes con fuerza y miro por la ventanilla.

—Admitió que había venido a la ciudad a propósito para verte. Por lo visto encontró la página web de Las Brujas de Belie y no se lo pensó. «Ya le dije que no era capaz de mantenerme lejos de ella», me dijo. Así que, en cuanto supo dónde estabas, vino. Se aloja en una habitación de hotel cerca de la tienda. Podemos ir allí.

—¿Sabías que es el chico poeta? —le pregunto con la voz afectada.

—¡No! ¡Claro que no! Eso también ha sido una sorpresa para mí —responde, sincera—. Te darías cuenta de mi nerviosismo cuando te encontré con él en la tienda de vinilos, ¿no? Estabais el uno al lado del otro. Edan me miró de pasada cuando se alejó de ti, probablemente no me saludó porque sabía que preguntarías y creo que no quiere interferir… Solo quiere estar cerca de ti, no sé hasta cuándo ni si tiene un plan.

Me muerdo el labio inferior para aguantar las ganas de llorar.

—Ahora que su recuerdo ha vuelto, lo echo tanto de menos que me duele el pecho como si fuese a partirse —admito en voz baja.

—Cuando los recuerdos sumergidos salen a flote en avalancha… es difícil de gestionar. Y tú no solo estás lidiando con ello, sino con Victoria. —Chiara me agarra de la mano con cariño—. Podemos con esto, Vera. Vamos a poner a Edan a salvo, vamos a acabar con la maldición.

Le devuelvo el apretón a mi prima y las lágrimas saltan de mis ojos.

Chiara deja que entre sola en el hotel. Pero, aunque llamo un par de veces a su puerta, no abre nadie. Un relámpago de miedo me atenaza al pensar que se ha ido, yo no tengo ninguna noción de dónde ir a buscarlo.

Niego con la cabeza a mi prima cuando salgo del hotel y ella arruga el ceño. Decidimos ir a desayunar algo a mi cafetería-librería favorita, pero nuestras esperanzas también se apagan cuando no aparece aunque esperamos con nuestras tazas de té vacías en la mesa.

—Abre la tienda. Yo iré a casa a hacer un hechizo de localización con la tata. Llámame con lo que sea, ¿de acuerdo?

Así que estoy sola con la presencia fantasmagórica de Victoria en mi interior mientras limpio algunos minerales y sahúmo la tienda. Tenemos bastante clientela, viene gente de fuera gracias a la página web. Y cada vez que suena la campana de viento de la puerta se me encoge el estómago, pero nunca es él.

Estoy con una clienta que quiere llevarse una colección de velas artesanales cuando suena de nuevo la campanilla. El aire que entra trae una brisa que, nada más alcanza a mis fosas nasales, me embala el pulso: río salvaje, perfume fresco y exótico.

—¿Vera? Vera, ¿esta vela sirve para ahuyentar las malas energías? —me pregunta la chica.

Lo veo a través de los huecos de las estanterías, distingo sus andares, sus manos de dedos largos, su cabello revuelto…

—Vera, ¿me estás oyendo?

—Disculpa. Sí, sí es para eso… ¿Me permites un momento? Vuelvo enseguida.

Está mirando los objetos esotéricos de las estanterías con interés, al menos eso es lo que parece. Lleva puestos unos vaqueros oscuros y una camiseta de manga corta que le sienta muy bien. ¡Ah, esta sensación! El magnetismo intenso, la familiaridad… Victoria también lo siente. No estoy nerviosa como pensaba que estaría al verlo, todo lo contrario, es Edan; el amor que siento se desborda de mí.

—Hola, una pregunta… —me dice cuando me escucha caminar hacia él. Se me acelera el corazón—. Fuera hay un cartel que dice que hacéis mezclas de hierbas para cualquier tipo de necesidad.

—Sí —digo, revisando su rostro; él todavía parece entretenido con los botes de tés que tiene delante.

—¿Puedes hacer una mezcla para cuando te duele el corazón? —Edan desvía su mirada gris por fin hacia mi cara.

Debe ver algo en mi expresión porque parpadea con indolencia y me observa con los labios ligeramente abiertos.

—Lo he pensado mucho y, la verdad, es que me da igual dónde. Lo único que me importa es ir contigo. Donde sea, pero contigo, siempre.

Le ofrezco la última nota que el chico poeta dejó en mi cabaña: «¿Si hubiese un lugar donde pudieses ir con una sola persona? ¿A dónde irías? ¿Con quién? Yo lo tengo claro, puedes hacerte una idea después de todas mis cartas, ¿verdad?».

Edan lee su propia nota y le tiemblan los dedos entorno al papel. De su garganta brota un jadeo y sus ojos enrojecen. Me acerco a él y le acaricio la mano, él cierra los ojos en respuesta y yo tomo su otra mano, que él entrelaza con mis dedos, y apoyo la frente sobre la suya cuando agacha la cabeza. Edan deja escapar sonidos ahogados de alivio y emoción, veo el brillo cristalino de sus lágrimas en sus preciosas mejillas.

Y mi mente se debate entre el anhelo intenso de besarlo, cerrar la tienda y enredarme a su cuerpo (solo él y yo —y Victoria—, y la febril necesidad de volver a probar su desnudez), y el miedo paralizante al pensar que corre peligro y que el tiempo se le agota.

Salvo la distancia entre los dos y lo abrazo con impaciencia; lo aprieto contra mí con una aspiración sibilante y Edan me responde con la misma fuerza. Sus gimoteos chocan contra mi cuello y mi pelo. Volver a sentirlo es como insuflarme de vida, como si hubiese vivido a medias hasta ahora.

Me aparto de él para tomarlo de la cara con ambas manos y poder mirarlo bien; las motas más oscuras de sus ojos plateados, sus labios sedosos y gruesos, sus facciones tan bonitas que quitan el aire… «Tiene los ojos del color de las nubes cuando amenazan con descargar tormenta, es una tormenta en mi pecho. A veces busco su mirada gris entre los desconocidos. A veces despierto con la sensación de que me ha abrazado durante la noche fría». Siento a Victoria llorar de felicidad en algún hueco de mí y eso calienta mi alma.

—Vera, lo siento... Te he buscado, no he dejado de hacerlo y...

Lo silencio aplastando mi boca contra la suya. Él gime y enlaza los dedos entre mi pelo para atraerme hacia él con ansiedad. Nuestros labios se deslizan esponjosos y nuestras lenguas se buscan deseando más, mucho más.

Pero tengo que pensar antes en su seguridad.

—Tenemos que irnos —hablo con apremio entre su boca.

—¿Irnos? ¿A dónde? —pregunta antes de volver a atrapar mis labios con pasión.

Yo expulso un gemido hondo y se me van los ojos del sitio; madre mía, no recordaba cómo Edan puede manejar a su antojo mis emociones y mi juicio.

—A mi casa —respondo, sofocada, tratando de poner un poco de distancia entre los dos—. ¿Recuerdas que soñé con tu marca de nacimiento en forma de media estrella?

—Claro que me acuerdo, te hice prometer que me llamarías si averiguabas por qué.

—Lo he hecho —le digo, emocionada—. Un chico llamado Andrés se cayó de la bicicleta cuando era niño y tuvieron que darle puntos en la pelvis, la cicatriz que se le quedó tenía forma de media estrella.

Edan me mira con asombro. Estoy segura de que recuerda la vez que lo llamé Andrés cuando desperté con él en la cama.

—A Andrés lo fusilaron bajo el dictado de Franco en mil novecientos treinta y seis. Le dispararon justo en el corazón... —Me tomo la confianza de levantarle la camiseta para poder ver su pecho; ahí está, el fino surco en forma de canica.

Lo acaricio con un amor abrumador que sé que también pertenece a Victoria; las lágrimas me emborronan la vista. Edan me toma de la muñeca con cuidado, está descolocado.

—No lo entiendo… —musita.

—Te prometo que te lo explicaré todo, pero ahora tenemos que irnos, ¿vale?

Cuando me aparto de él, ambos nos damos cuenta de que dos clientas nos observan con poco disimulo desde distintas partes de la tienda. Sonrío cuando reaccionan y tratan de disimular.

—Voy a cerrar la tienda, ¿os cobro algo?

—¿Tan temprano? —La mujer de las velas artesanales viene hacia el mostrador.

—Me han surgido asuntos personales muy importantes.

—Ya veo… —La clienta observa a Edan con media sonrisa pícara y él enrojece.

Me muerdo el labio; iría allí a lamer sus mejillas arreboladas.

Tengo que meter prisa a las dos chicas, que de repente tienen un montón de preguntas acerca de productos o hechizos que atraigan el amor. «Un amor así, como el vuestro», dice una de ellas. «Y un hombre como tú, por Dios, ¿dónde os escondéis?», dice la otra. Edan reprime la risa ante mi gesto exasperado cuando cierro la persiana de la tienda con prisa.

Caminamos juntos hasta su coche, aparcado en el garaje del hotel. Mientras tanto le voy contando todo lo que sé: los sueños que he estado teniendo, detalles importantes de la historia de Cris y Diego, que somos descendientes de Diego y por eso estamos malditas… Dejo para el final que Victoria sigue muy presente en mi cuerpo y que somos la reencarnación de dos personas que se enamoraron y se perdieron hace mucho.

Cuando llegamos a casa, las cuatro nos esperan en el jardín. Por supuesto, ya sabían que íbamos para allá y nos aguardaban. Edan me dirige una mirada cómplice cuando bajamos del coche y busco su mano para entrelazar nuestros dedos de camino al encuentro con mi familia.

—Bienvenido, Edan. No sabes cuánto me alegra volver a verte —dice la tata, emocionada.

—Lo mismo digo, Ágata. Mariela, Chiara, Flor. —Las saluda una a una con un evidente afecto.

Ellas se acercan; mi madre y Chiara lo abrazan, la tata y Flor frotan sus brazos en señal de cariño.

—Vera ya te habrá contado por qué te ha traído, ¿verdad? —le pregunta Ágata mientras caminamos hacia la zona más bonita del jardín, la que está más escondida del camino exterior.

—Sí, me ha puesto al día. Aunque es… demasiada información —¿Está más atractivo de lo que recuerdo? Es más hombre, se le ha angulado la mandíbula y parece más ancho de hombros.

Tengo que relajarme, se me ha vuelto a embalar el pulso; para mí, el recuerdo de la última vez que nos vimos es muy reciente, acaba de regresar a mi memoria hace nada. Y todavía nos siento tumbados en el bosque de fresnos, desnudos, tocándonos…

Cuando cruzamos hacia nuestro rincón del jardín favorito, me impresiona el despliegue que han montado: un círculo de flores silvestres en la hierba, con dos cojines envueltos en minerales de distintos tamaños y velas a los lados. Hay un altar con varios tarros con distintas hierbas, esencias y elixires. Y velas, muchas velas.

—Bien, vamos a hacer un ritual muy diferente a lo que estamos acostumbradas —empieza a explicar Ágata cuando nos detenemos—. La luz del sol de agosto nos acompaña, aunque los árboles nos proporcionan sombras. En esta ocasión no buscaremos la luna. Vamos a arraigarnos a la tierra, que nuestros pies se conecten con la naturaleza.

Edan nos imita y se quita los zapatos al tiempo que lo hacemos nosotras. Luego ellas avanzan hacia el círculo de flores y se sientan fuera.

—Chiara tiene un papel muy importante en este rito, usará la hipnosis con los dos —nos explica mientras nos conduce hacia los cojines del centro—. Vosotros no tendréis que hacer nada. Tratar de seguir las indicaciones de Chiara, nada más.

Mi prima se sienta frente a nosotros, fuera del círculo; verla tan seria es extraño, pero creo que yo mantengo la misma expresión. Lo que vamos a hacer es demasiado importante.

La tía Flor sujeta su tambor ceremonial y lo hace sonar con un ritmo suave. La tata toma su cuenco tibetano y lo golpea, haciendo girar el mazo alrededor del metal para que su sonido profundo hienda el aire.

—Tomad una piedra del cuenco y mantenedla en un puño —nos pide, agachándose frente a nosotros.

Yo tomo un cuarzo trasparente, Edan elige la amatista. Flor empieza a entonar un cántico bajo mientras Ágata acude al altar y toma dos elixires.

—Tomad, bebéoslo.

Ambos obedecemos y nos lo tomamos a la vez sin pensarlo. Los dos nos fiamos al cien por cien de la tata, cualquier cosa que nos hubiera dado nos la habríamos bebido. El líquido sabe amargo, nunca lo he probado antes, pero ninguno pregunta qué es.

Mi madre limpia nuestra aura con el sahumerio y bisbisea unas palabras mientras lo hace. La tata toma unas hierbas y flores secas de otro cuenco y las esparce sobre nosotros y sobre Chiara. Cuando acaban, vuelven a sentarse alrededor de nosotros fuera del círculo de flores y velas y se disponen a encenderlas todas.

Edan y yo nos tomamos de la mano. Me mira, conmovido, y aprieto nuestro agarre.

—Nos hemos reunido este día sagrado con un propósito. —Mi abuela alza su voz ceremoniosa desde su asiento—: Romper la maldición que nos arrebata los amores de nuestra vida. Acabar con la condena que Margarita nos impuso en mil novecientos treinta y seis. Y también para sanar las vidas pasadas de nuestros amados Edan y Vera.

Sus dedos vuelven a aferrarse a los míos con más energía, noto la electricidad a través del brazo.

—Hoy, aquí presentes, tenemos las reencarnaciones de Andrés de los Ríos y Victoria Leiva. Agradecemos inmensamente que estén aquí en este rito que marcará un antes y un después en cada una de las vidas de este círculo. Tal día como mañana, un diecisiete de agosto de mil novecientos treinta y seis, Andrés fue fusilado por las escuadras negras. La magia nos señala que se nos agota el tiempo, que la maldición volverá a actuar pronto.

Miro a Edan por el rabillo del ojo; había omitido esa información para no asustarlo, pero no parece modificar su gesto decidido y vivaz.

—Pero esta vez impediremos que ocurra; arrancaremos la oscuridad de raíz. Porque en esta casa la luminosidad colma nuestras almas y no hay hueco para las tinieblas. —La voz de Ágata se quiebra por la emoción, pero se repone pronto—. Invitamos a nuestras guías espirituales para que formen parte de este ritual, invitamos a la magia ancestral, a la Madre Tierra, para que nos dé fuerzas. Querida Chiara, puedes proceder con tu sagrada labor.

Mi prima cuadra los hombros y cierra los ojos para concentrarse; la vemos inspirar hondo tres veces y luego abrirlos de nuevo. Siento un escalofrío, nunca había visto esa mirada en ella, parece haberse trasformado de repente.

—Edan, Vera, Andrés, Victoria, cerrad los ojos —nos pide y seguidamente obedecemos—. Pensad en un recuerdo juntos, uno en el que os hayáis sentido muy felices.

Se me encienden las mejillas al pensar en el instante en que Edan estaba desnudo sobre mí en el bosque de fresnos.

—Bien. Ahora solo Andrés y Victoria pensarán en un recuerdo juntos en el que fueron muy felices.

«¿Qué? ¿Cómo hago eso?». Siento a Victoria muy presente, pero no domina mis pensamientos. Y no creo que Edan sienta en absoluto a Andrés. Me concentro, incluso le pido ayuda a Victoria, pero no ocurre nada.

—Contaré hasta tres y, en el instante en el que chasqueé los dedos, vuestras mentes, pasadas y presentes, se fusionarán y entrarán en otro plano. No estaréis aquí y tampoco allí. Atravesaréis la fina línea que separa la vida de la muerte. —Debería sentir miedo o inquietud tras las palabras contundentes de Chiara, pero solo siento paz.

Estoy como flotando, solo puedo notar la mano de Edan aferrada a la mía, nada más.

—Uno, dos…, tres. —Y chaquea los dedos.

Mantengo los ojos cerrados, en principio no parece haber cambiado nada, pero… no es cierto, ya no siento la mano de Andrés. Abro los ojos y estoy de pie, no hay nadie a mis costados. Y la oscuridad diáfana me envuelve; el suelo, las paredes, todo está en penumbra; solo puedo ver a unos metros de mí una puerta entreabierta.

—¡Andrés! —¿He dicho Andrés y no Edan?—. ¡Andrés!

Creo que soy ella y a la vez yo, pero esta vez Victoria es la que maneja el cuerpo y los pensamientos. Son sus manos lo que vemos cuando las alza ante nuestros ojos, es su vestido, su pelo, su voz. Soy una espectadora. Y, como tal, veo y percibo cómo caminamos hacia la puerta entornada. Nuestras manos tiemblan al agarrar el pomo y terminar de abrirla, lo que vemos nos paraliza durante unos instantes: su madre (Margarita) está sentada en una silla en mitad de la enorme sala oscura. Viste con su atuendo típico de las visitas de espiritismo, negro, con algún encaje, y contempla la nada con la mirada vacía y las manos reposadas sobre las rodillas. Yo tengo miedo, pero Victoria no; a fin de cuentas, es su madre. Nos acercamos sin prisa a ella; Margarita no se mueve, continúa impasible, como si no respirase tan siquiera y se le hubiesen secado los ojos. Es una imagen escalofriante.

—¿Mamá? —La voz de Victoria vibra.

Margarita parpadea con lentitud y desvía la mirada despacio hacia su hija. Tiene unas ojeras oscuras y caídas, como si estuviese consumida por la pena. Sin embargo, su cara se ilumina un poco cuando nos reconoce; esboza una débil sonrisa que desprende afecto.

—Hola, mamá… —Buscamos sus manos y ella nos las toma con el pulso inestable.

Las tiene heladas y rígidas. Margarita nos mira, feliz de vernos, pero no dice nada. Y en el fondo sabemos que no puede hablar. No puede porque es un alma que vaga en pena; la magia negra la consumió, pero no solo fue eso lo que la condujo a deambular eternamente en la oscuridad.

—Mamá, ¿me oyes? Necesito que me escuches. —Nos arrodillamos ante ella, que sigue nuestro movimiento sin apartarnos la mirada—. ¿Recuerdas todas las veces que intenté hablar contigo y no me prestaste atención? Las veces que quise hablar contigo de Cris, ¿lo recuerdas?

Margarita no puede mostrar ninguna respuesta, pero sabemos que nos oye, lo sabemos por el brillo de su mirada.

—Mucho me temo que esta es la última ocasión en la que podrás escucharme. Y no sabes cómo lo siento, mamá. Ojalá todo hubiera sido diferente...

Ella alza su mano rígida para acariciarnos la mejilla con torpeza.

—No quiero que estés aquí, en este vacío frío, ¿crees que podrías llegar a redimir tu alma?

Apenas gesticula, pero sabemos que le interesa lo que queremos decir.

—Cris nunca mostraba su tristeza, se valía del carisma como máscara y se esforzaba por ser un hijo ejemplar. Solo pocas personas se daban cuenta de que, en realidad, se sentía solo. Yo lo vi, solo era una niña y los problemas de adultos no me preocupaban, a mí me preocupaba mi hermano —empezamos a contarle con nostalgia—. Hasta que Diego llegó a la finca.

Margarita no se inmuta, pero sentimos en el ambiente que no le gusta escuchar lo que vamos a decir. Tendrá que hacerlo, debe hacerlo.

—Y entonces Cris dejó de sentirse solo. Vio a un igual en Diego, descubrió un mundo en su interior que no sabía que estaba ahí. Y sus ojos empezaron a refulgir como faros... ¡Ay, mamá! si hubieras visto lo mismo que yo, si tus ideas estrictas acerca de qué es decente de cara a la sociedad se hubiesen evaporado como las nubes ante tus ojos... Entonces lo habrías visto de verdad. Lo habrías mirado y habrías visto a tu hijo, feliz, rebosante de vida, de arte, de sueños... ¿De qué vale la decencia ahora, aquí, en esta oscuridad? Si algo he aprendido en mis propias carnes es que el amor prevalece.

Siento una presencia de una energía preciosa a mis espaldas y me giro de golpe. Cristóbal está ahí, nos mira a ambas con cierta paz en su bonito rostro.

—¡Cris!

Nos levantamos para abalanzarnos hacia su hermano, las dos sentimos felicidad. Él también está frío, pero sus movimientos son más precisos cuando nos devuelve el abrazo. Nuestras lágrimas mojan su traje y su pajarita. Él nos acaricia el pelo. Aquel no es su lugar, Cris no está en la oscuridad. Su visita es simbólica, viene a apoyar nuestro mensaje, viene a ayudarnos.

—Te echo de menos, muchísimo —le decimos entre gimoteos.

En ese momento otro ente aparece al lado de nuestro hermano; Diego toma de la mano a Cris y ambos se miran con amor.

—Diego... —Lloramos sin apenas poder respirar.

Y en ese momento nos centramos en nuestro objetivo principal; miramos hacia Margarita, impasible, y regresamos frente a ella.

—¿Los ves, mamá? Sé que puedes saber cómo acabó todo, este lugar no guarda secretos acerca de la muerte. Y, sin embargo, si los miras de verdad, puedes ver que siguen rebosando vida. —Su mirada está clavada en ellos dos, pero esta vez no estoy segura de cuáles son sus emociones—. Tienes que dejarlos ser, mamá. Déjalos ir. El odio, el rencor y la oscuridad que guardas en tu interior nos siguen hundiendo, nos arrastra eternamente.

Margarita nos mira y una lágrima rebosa de su ojo marchito. Nos giramos hacia Cris y Diego, todavía tomados de la mano, nos observan con gestos alentadores.

—Solo querían amarse en mitad del mundanal ruido —musitamos.

Entonces su padre (don Joaquín) aparece tras ellos, nuestro pecho se hincha de alegría, pero al mismo tiempo alguien más se hace presente desde la puerta por la que hemos entrado.

—¿Tori?

Emitimos un sonido discordante y corremos hacia él hasta que nuestro cuerpo se estrella con el suyo. Nos estrechamos con fuerza entre respiraciones ahogadas.

—Tori, Tori... siento no haber acudido a nuestra última cita —nos dice Andrés entre llantos.

—Lo has hecho, mi vida. Ochenta y cuatro años después, pero has encontrado la manera de volver a mí —decimos con una amplia sonrisa.

Ambas sentimos también a Edan que, como yo, está presente en algún lugar en el interior de Andrés.

Él nos devuelve la sonrisa y luego desvía la mirada detrás de nosotras. Nos giramos de inmediato y entonces vemos a Margarita levantada, se está acercando a Cris y Diego. Contenemos el aliento. Ella se detiene frente a ellos, que aguardan sin soltarse de las manos. Esta vez Victoria tiene el mismo miedo que yo, ambas hacemos el amago de acercarnos, pero Andrés nos toma con cariño del brazo para detenernos.

—Lo has hecho muy bien, Tori. Ahora déjalos a ellos —nos susurra.

Contemplamos con el estómago en un puño cómo la figura inmóvil y oscura de su madre alza una mano hacia Cris y lo acaricia en la mejilla con un gesto agarrotado. Luego desvía la mirada hacia Diego, la quietud tensa se extiende unos instantes hasta que percibo unas gotas carmesí caer al suelo oscuro; es la sangre que brota de la palma de la mano de Margarita, es el corte que se hizo mientras recitaba la maldición. Ella se mira la mano y luego toma su pañuelo fino del cuello para envolverse la herida con él. Después, para sorpresa de todos, ella lleva la mano vendada al pecho de Diego. Don Joaquín se coloca al lado de su mujer y posa una mano en su hombro con afecto.

«Te libero de la maldición, Diego Vergara»; es una voz de ultratumba, apenas suena a la de una mujer, pero sabemos que es Margarita.

De repente Andrés ya no está a nuestro lado. Lo buscamos, alteradas, pero ha desaparecido. Y pronto también lo hacen Cris y Diego, así como Joaquín. Miramos a nuestra madre, todavía de pie en el mismo lugar, y se gira hacia nosotras; su rostro parece más calmado, menos hundido. Una luz empieza a surgir tras ella.

Y entonces abro los ojos.

Escucho mi propia respiración alterada y lo siguiente que noto es la mano que todavía se aferra a la mía.

—Bienvenidos de nuevo al plano de los vivos, Vera y Edan —dice Chiara.

Emito un gorjeo y miro hacia Edan, que parece tan desorientado como yo. Ya no siento a Victoria; su conciencia se ha ido y sé que ya no regresará nunca más.

—¿Estáis bien? —pregunta mi madre.

—Sí... —musito, cada vez más consciente de la realidad—. ¿Edan?

Él se inclina hacia mí con impaciencia y me atrae para estrecharme con fuerza. Yo inhalo su aroma y hundo la cara en su cuello.

—¿Sentís lo mismo que yo? —pregunta mi prima.

—Si te refieres a que te sientes más ligera, como si un peso incómodo y constante se hubiese esfumado... sí, en ese caso sí —responde la tata.

—Es verdad. Es como si... como si pudiese respirar con toda la capacidad de mis pulmones —comenta la tía Flor.

—Lo habéis conseguido —nos dice mi madre con devoción.

—¿Eso quiere decir que Edan ya no está en peligro? —pregunto sin soltarlo.

—Eso quiere decir, mi pequeña bruja, que ya no tenemos que temer a enamorarnos. La maldición se ha roto. Somos libres. ¡Y Edan vivirá cien años!

Ellas emiten chillidos de alegría entre llantos sonoros, se levantan de sus sitios para saltar. Edan ríe al contemplarlas y cruza su mirada con la mía, nos sonreímos con ganas y luego, sin soltarnos de la mano, nos unimos a la celebración.

Somos seis personas rebosantes de alegría abrazándonos, chillando y saltando sobre flores salvajes, velas y minerales. Ellas son excéntricas, mágicas y extraordinarias, y yo... yo también lo soy. Bosque, que se acaba de unir a la fiesta, trota entre las piernas de Edan.

Llorar de extrema felicidad es absolutamente maravilloso. Nuestros ojos se cruzan y veo en su mirada gris el futuro que nos depara: «Donde sea, pero contigo, siempre».

Epílogo

7 años después

Las Brujas de Belie va viento en popa. La tata empezó viniendo más tarde que yo a la tienda para poder hacer su yoga matutino y trabajar un poco el jardín y el huerto antes de venir, pero ha tenido que posponer sus labores por la alta demanda de nuestros servicios y productos. La gente llega de otras ciudades contándonos que alguien le ha hablado maravillas de nosotras, nos alaban porque lo que hacemos funciona de verdad y tiene unos resultados medibles.

Edan se hace cargo de los pedidos *online* mientras la tata y yo atendemos a la clientela. A veces mamá, cuando tiene huecos libres, viene a ayudarnos. Flor y Chiara, también.

Nosotras apenas hemos cambiado, pero sí nuestro entorno.

Chiara se fue de casa para vivir con Abril en un piso no muy lejano al nuestro. No le fue difícil retomar el contacto con ella después de verse obligada a desaparecer de su vida para no matarla; ahora que no hay peligro, Abril está al tanto de nuestra naturaleza brujil y parece llevarse igual de bien con nuestro modo de vida que Edan. Adoro tener nuevas integrantes en nuestra familia poco convencional.

Ágata tiene novias pasajeras. Es entrañable e inevitablemente gracioso oírla hablar de sus nuevos amores. «¡Qué difícil es enamorarse hoy en día! Si lo hubiera sabido, hubiese empezado antes».

Mamá y Flor tienen pretendientes, pero no parecen estar interesadas en ninguno, de momento.

Edan y yo vivimos en el piso superior de la tienda. Nos mudamos de la casa de mi familia hace cuatro años y, aunque siempre fui muy feliz bajo el mismo techo que ellas, vivir con Edan es… otro mundo. Todo lo que soñaba hacer con él cuando no podía tenerlo, ahora lo hacemos cada día: despertarnos juntos, desayunamos mientras bromeamos acerca de alguna clienta que se ha pasado pidiendo la mitad de la tienda web, hacemos el amor y repetimos si nos da tiempo antes de salir a correr (en más ocasiones de las que nos gusta admitir, no corremos). A veces nos dibujamos siguiendo las curvas de nuestros cuerpos con las yemas de los dedos, a veces nos escribimos notas que él sigue firmando como el chico poeta. «¿Por qué me escribías esas cartas anónimas?», le pregunté una vez. «Porque no podía decirte a la cara lo que sentía en realidad, porque eso te habría alejado de mí. Y yo no podía guardar tanto dentro. Necesitaba que lo supieses de alguna manera y esa fue la forma en la que mejor supe hacerlo».

Meditamos y manifestamos juntos antes de dormir, a veces hacemos rituales o hechizos solos y a veces con mi familia, cuando nos invitan a comer o cenar.

La vida es bonita y ya no siento nada de lo que la Vera de diecisiete años sentía cuando pensaba en sí misma: soy una bruja con un potencial valioso. Los demás siempre vieron eso en mí, pero debía ser yo la que lo viese para serlo de verdad.

La campanilla de viento suena por enésima vez esa mañana y, a diferencia de las demás ocasiones, mi intuición se dispara. Desde el mostrador veo a una mujer de unos treinta y tantos años que parece estar buscando a alguien con la mirada. Lo cierto es que la tienda está bastante llena; Ágata está atendiendo a un grupo de clientas que ya son asiduas (por lo visto practican brujería desde hace años y no han conocido tienda tan fiel a la magia como la nuestra), y otros tantos están revisando las estanterías. Lo cierto es que tenemos una variedad grande de productos esotéricos con sus respectivos cartelitos explicativos y la gente se puede pasar horas aquí. Edan está detrás de mí, en su mesa, concentrado en el ordenador. Es genial tenerlo aquí porque, muy de vez en cuando, me acerco a él para besarlo o acariciarlo. En ocasiones nos hemos planteado si realmente es buena idea que estemos tan cerca cuando el beso se nos va de las manos y perdemos el control. Ya hemos dejado la tienda a cargo de la tata en un par de ocasiones (bueno, puede que más) para subir a nuestro piso para arrancarnos la ropa.

La mujer que acaba de entrar me localiza y parece vacilar antes de acercarse.

—Hola, ¿eres Vera?

—Hola, sí, ¿puedo ayudarte en algo?

Ella mira hacia atrás, en dirección a la puerta, y se muerde el labio con cierta inquietud antes de volver a hablar:

—Bueno, esto es una tienda esotérica, ¿no? Lo que voy a decirte no te parecerá tan... disparatado.

—He escuchado de todo, tranquila —le digo con una sonrisa sincera.

—No creo que lo que te voy a decir lo hayas escuchado antes —ríe de forma floja—. Verás, el otro día estaba buscando colgantes de piedras cuando me salió tu página web. El caso es que tenía a mi hijo al lado y, cuando cliqué a la página donde os presentáis, salió tu foto, y entonces él... se puso a llorar.

Parpadeo, descolocada. Tiene razón, no he escuchado nada como eso antes.

—Empiezo desde el principio, ¿vale? Cuando Martín tenía cuatro años empezó a comportarse de forma extraña, nos decía a mi marido y a mí que se llamaba de otra forma, que tenía otra familia, que su casa era otra... La psicóloga lo llamó «regresión a vidas pasadas». Es que... ¡incluso le salía acento andaluz! Solo tenía cuatro años y somos de Valencia. ¡Él no había visto en su vida a nadie con ese acento!

Conforme la mujer habla, la sangre circula con más lentitud en mis venas.

—Aquello le duró bastante, fue... complicado, no sabíamos cómo ayudarlo. Echaba de menos a gente que no sabíamos quién era. Incluso planeamos un viaje a Granada. Sin embargo, de la noche a la mañana, cuando ya había cumplido los seis años, dejó de nombrarnos su otra vida. Hasta hace unos días, cuando te vio en la página web y me dijo que eras su hermana.

Me llevo una mano a la boca y las lágrimas saltan de mis ojos sin previo aviso. La mujer abre mucho los ojos al ver mi reacción.

—¿Lo que te cuento tiene sentido para ti? —dice, conmovida.

—¿Puedes decirme los nombres de la gente a la que echaba de menos o cómo decía que se llamaba él? —digo con la voz quebrada.

—Claro, cómo olvidarlo, no dejó de nombrarlos. Él se llamaba Cristóbal, ¡resulta que era un poeta famoso de Granada! Incluso conoció a Lorca. ¿Te puedes creer que un niño de cinco años se interese por la poesía de los años treinta? ¡Ni siquiera sabía leer bien! Y su hermana, su hermana se llamaba...

—Victoria —me adelanto, y ella aspira entre dientes por la impresión.

—Así es —musita—. Madre mía, es increíble...

Edan posa una mano en mi espalda y se coloca a mi lado al verme llorar, pero no pregunta, puede que lo haya escuchado todo.

—Hace tiempo que sé que soy la reencarnación de Victoria Leiva —le cuento para que entienda que a su hijo no le ocurre nada malo—. Es abrumador saber que has tenido vidas anteriores, pero también es precioso. Y no pasa nada; Martín tendrá una vida feliz, es probable que a veces recuerde cosas o sienta cosas que no sabe de dónde vienen, pero no es algo de lo que haya que preocuparse.

La mujer se emociona ante mis palabras y se seca las lágrimas con un pañuelo que saca del bolsillo.

—Lo he traído conmigo, por supuesto. Él quería venir a verte... ¿Voy a por él?

—Estoy deseando conocerlo —le digo con fervor.

Ella me sonríe y sale de la tienda. Edan me agarra de la mano y me besa la sien. Ágata nos mira desde el lado de los libros y percibo su mirada sabia; por supuesto, aunque es imposible que haya escuchado nada desde allí, lo sabe todo.

Para nuestra sorpresa, la mujer regresa no con uno, sino con dos niños. Están tomados de la mano y parecen orbitar el uno alrededor del otro.

—Sí, este es Oliver. Son... inseparables. Oli vino nuevo al colegio el año pasado, justo cuando Martín dejó de nombrar su vida pasada, y… es obsesión lo que tienen. Duermen juntos, comen juntos, hacen los deberes juntos, ¡todo! Ni su madre ni yo tenemos corazón para separarlos. Creo… tengo la impresión de que… puede ser…

La madre de Martín no se atreve a decirlo en voz alta, pero todos lo sabemos. Yo me acerco al niño que me observa con atención y me agacho a su altura.

—Hola Martín, soy Ve… —Martín se lanza a mi cuello y me abraza con tanto ímpetu que casi me caigo hacia atrás.

Retengo las lágrimas con todo mi esfuerzo; yo noto lo mismo que él: esa familiaridad agradable, esa sensación de amor inexplicable. Lo aprieto contra mí y un par de lágrimas traicioneras se escapan a mis mejillas. En ese momento veo a Oliver, contengo el aliento al apreciar la fina marca de nacimiento que se extiende en su barbilla, como una brecha que alguien se hizo al caer de un árbol en mil novecientos treinta y uno para impresionar a la persona de la que se estaba enamorando.

—¿Te llamas Victoria? —me pregunta Oliver con timidez.

Le sonrío con ganas y el nudo lacerante de mi garganta se hace más grande. Dios, voy a ser un mar de lágrimas en breves instantes.

—Una vez me llamé así, hace mucho tiempo. Ahora me llamo Vera —le respondo con naturalidad.

Él me dedica una adorable sonrisa complacida y se acerca para abrazarme también, abarca el cuerpo de Martín y mi parte derecha del cuello.

—Has encontrado a Andrés… —susurra Oliver en mi oído.

Está bien, ya no puedo más; me resguardo entre sus cabecitas y emito sollozos que ya no puedo controlar.

—¿Por qué lloras? —me pregunta Martín secándome las lágrimas con sus manitas, tal como Cris restañaba las lágrimas de Victoria.

—Porque soy muy feliz.

Los dos niños me sonríen con dulzura y luego se miran entre ellos, la adoración que transmiten al mirarse el uno al otro es exactamente la que imaginaba cuando la tata nos contaba la historia de

Cris y Diego. Así que finalmente se han vuelto a encontrar y ahora ningún mundanal ruido volverá a separarlos.

Martín, Oliver y la madre (que se llama Blanca) se quedan un poco más para que les enseñe la tienda. Les regalo algunas mezclas herbales y algunos minerales y les doy de probar tés dulces. La extrema complicidad que tienen los dos niños me llena el alma.

—¿Podemos ser amigos? Mamá, ¿vendremos más veces? —pregunta Martín con cierta angustia cuando se van a marchar.

—Si es lo que queréis, ¿por qué no? Esta ciudad me parece preciosa —responde Blanca.

Y los niños chillan de alegría y vuelven a abrazarme, a mí y a Edan.

—Tenemos una encantadora casa a las afueras con un jardín enorme. Estáis invitados a comer un día si os apetece. —Los niños vuelven a vitorear y a tomarse de las manos para celebrarlo.

La mirada de Blanca resplandece de felicidad al ver así a su hijo.

—Gracias por todo —me dice de corazón.

—Gracias a ti. No sabes lo mucho que ha significado vuestra visita.

Edan me abraza tras el mostrador cuando los niños ya se han ido y Ágata se aproxima a nosotros con una sonrisa.

—¿Os habéis dado cuenta? Los niños tienen siete años. Hace siete años que rompimos la maldición —comento con una paz interior que no había sentido nunca.

La tata asiente con su gesto de bruja sabia y Edan me aprieta entre sus brazos y besa la comisura de mi boca.

Agradecimientos

Quiero empezar diciendo que he sentido tanto escribiendo esta novela, que he afianzado con fuerza la razón de por qué esta es mi gran pasión; la ilusión, el amor, las lágrimas y el nudo en el pecho son completamente reales. Amo escribir, e historias como Las Brujas de Belie hacen que me sienta muy agradecida de haber encontrado mi vocación.

Doy las gracias a la magia invisible que crepitaba en la superficie de mi piel al escribir esta historia y al sentimiento tan bonito que ahora tengo mientras te cuento esto.

Gracias a mis lectoras cero (algunas de ellas han puesto sus opiniones en la solapa), Bea, Jen, María y Susana Rubio (qué descubrimiento tan maravilloso, amiga). Lo que he conectado con ellas... ha sido muy especial. Raquel, Mimi, Sara, cuyos audios me han emocionado y me han hecho creer todavía más en esta historia. Toni, Melu y Cristina. Gracias por vuestro entusiasmo, por decir un «sí» con mayúsculas a mi propuesta de leer el manuscrito. Vuestro apoyo es fundamental para mí y tengo mucha suerte de teneros conmigo en esta andadura. Sois el fiel reflejo de que en este mundo literario se encuentran amigas que te acompañan toda la vida aunque la amistad sea a distancia.

Gracias a mi marido, Fer, que inspira cada caricia o detalle en todas las historias de amor que invento. Y porque una tarde de invierno me explicó que, si colocas los dedos entre el sol y el horizonte, puedes saber los minutos que quedan para que el sol se ponga, ¿os suena?

Gracias a mi familia, por su inmenso apoyo. Ellos siempre han creído más en mí que yo misma, algo que sigo trabajando día a día.

Gracias a mi editora, Esther Sanz, por confiar en mí ciegamente y a todo el equipo de Titania que sigue cuidándome.

Y gracias a ti, que me lees, un abrazo sentido y un saludo a la magia.

¿TE GUSTÓ
ESTE LIBRO?

**escríbenos y
cuéntanos tu opinión en**

 /Sellotitania  /@Titania_ed

/titania.ed

#SíSoyRomántica